W0322163

btb
Aus Freude am Lesen

btb

Buch

Ulm, in einer Wohnung der Gemeinnützigen Heimstätten: Charlotte Gossler, Jahrgang 1936, wird tot, fast mumifiziert aufgefunden. Das besorgte Schreiben türkischer Nachbarn an die Hausverwaltung, man habe die Frau seit langem nicht mehr gesehen, wurde offensichtlich monatelang verschlampt. Ein gesellschaftspolitischer Skandal, ganz klar, aber kein Fall für die Kripo, denn Charlotte Gossler starb laut Gerichtsmedizin eines natürlichen Todes. Doch da stößt Kommissar Markus Kuttler beim Sichern des Tatortes auf ein Tagebuch mit aufschlussreichen und teilweise verstörenden Notizen. Es stammt vom Sohn der Toten, einem gewissen Tilman Gossler – er hat es bis kurz vor seinem mysteriösen, bis heute ungeklärten Unfalltod geführt. War es gar kein Unfall, war es Mord gewesen? Gemeinsam mit seiner Kollegin Tamar Wegenast macht sich Kommissar Kuttler daran, Fragen zu stellen, harmlose und weniger harmlose. Und unversehens beginnt das gefährliche Spiel, in das sich Tilman Gossler seinerzeit verstrickt hatte, von neuem – aber seinen Freunden von früher muss es erscheinen, als führe diesmal der Tote die Regie…

Autor

Ulrich Ritzel, geboren 1940, lebt in Ulm und am Bodensee. Nach seinem Jurastudium arbeitete er für verschiedene Zeitungen und erhielt 1981 für eine Reportagenserie den renommierten Wächterpreis. Ausgezeichnet wurden auch seine Kommissar-Berndorf-Krimis *Schwemmholz* sowie *Der Hund des Propheten.* Uferwald ist der erste Roman, in dem Berndorfs Kollegen Tamar Wegenast und Markus Kuttler sich ohne ihren alten Chef zurechtfinden müssen. Das Buch steht auf der Auswahlliste für den Glauser-Preis 2007.

Ulrich Ritzel

Uferwald

Roman

btb

FSC
Mixed Sources
Product group from well-managed
forests and other controlled sources

Cert no. GFA-COC-1223
www.fsc.org
© 1996 Forest Stewardship Council

Verlagsgruppe Random House FSC-DEU-0100
Das für dieses Buch verwendete FSC-zertifizierte Papier *Munken Print*
liefert Arctic Paper Munkedals AB, Schweden

1. Auflage
Genehmigte Taschenbuchausgabe Mai 2007
Copyright © 2005 by btb Verlag
in der Verlagsgruppe Random House GmbH, München
Umschlaggestaltung: Design Team München
Umschlagmotiv: Zefa
Satz: Uhl+Massopust, Aalen
Druck und Einband: Clausen & Bosse, Leck
RK · Herstellung: BB
Printed in Germany
ISBN 978-3-442-73667-6

www.btb-verlag.de

Schere, Stein, Papier

Die Fensterläden waren vorgelegt, das Fenster stand offen. Ein Radio lief, kaum hörbar, die grünen Lichtpunkte des Monitors flimmerten im Halbdunkel. Sonst brannte kein Licht. Tagsüber drang ein Widerschein der roten Farbe, mit der die Fensterläden gestrichen waren, ins Zimmer. Einer der Fensterflügel war durch ein Buch festgehalten, das zwischen Rahmen und Kante klemmte. Der andere Flügel schwang auf und wieder zurück, wenn ein Windstoß an den Fensterläden rüttelte. Früh am Morgen hörte man, wie der Berufsverkehr auf dem Autobahnzubringer einsetzte, ein gleichmäßiges Rauschen, das erst am späten Abend wieder abebbte.

Oben an der Kante der Fensterlaibung schlossen die Läden nicht ganz, so dass bei Sonnenschein ein schmaler Lichtstreifen ins Zimmer fiel. Er zeigte sich, wenn die Sonne über den Michelsberg hochgestiegen war, und wanderte dann allmählich durch das Zimmer nach links. Am späten Vormittag erreichte er den Schreibtisch und die Fotografie, die dort in einem Holzrahmen aufgestellt war, so dass das Bild einen trapezförmigen Schatten auf das helle Eschenholz der Schreibtischplatte warf. Am frühen Nachmittag berührte der Lichtstreifen das Tastentelefon, auf dem seit einem Samstagnachmittag im Juni das rote Signal des Anrufbeantworters blinkte. Zuletzt fiel das Licht auf ein halbhohes Gebilde aus Kabeln und Drähten, das einen Autoscheinwerfer trug wie ein einzelnes herausgerissenes Auge.

Es war ein heißer Sommer, und im Juli gab es einige heftige

Gewitter. Bei einem hatte sich der rechte Fensterflügel aus seiner provisorischen Verankerung gerissen. Das Buch, das man dazu benützt hatte, lag seither aufgeblättert auf dem Boden. Damals war auch die Fotografie umgestürzt, und aus der obersten Ablage waren einzelne Blätter ins Zimmer gewirbelt worden. Im August erschien der Lichtstreifen etwas später und wanderte tiefer ins Zimmer hinein, so dass er auch die Hand erreichte, die auf der Schreibtischplatte lag und bei der die Fingernägel inzwischen deutlich aus dem Nagelbett hervorgetreten waren. Es sah aus, als seien sie gewachsen, aber es ist ein Volksmärchen, dass sie das tun.

Nach dem Anruf im Juni hatte das Telefon noch einige Male geläutet, aber niemand hatte mehr auf den Anrufbeantworter gesprochen. Im Juli hatte es einmal an der Wohnungstür geklingelt, es waren Adventisten auf Hausmission. Einige Tage später hatten zwei Schulmädchen, die auf dem Sperrmüll eine verrostete Spendenbüchse des Roten Kreuzes gefunden hatten und damit die Wohnblocks abklapperten, Sturm geläutet. Danach blieb es lange ruhig, bis Anfang September der Türke Murad Inönü, der im Erdgeschoss eine Änderungsschneiderei betrieb, klingelte. Er wartete eine Weile vor der Wohnungstür, dann stieg er wieder die Treppen hinunter und rief nach seiner zwölfjährigen Tochter Fatima, die ihm auch sonst seine Briefe aufsetzte, wenn die Gewerbeaufsicht etwas von ihm wollte oder die Berufsgenossenschaft.

Der Oktober war warm und sonnig. In der zweiten Monatshälfte setzte Föhn ein, im Süden sah man die Alpen als blassblaues, gezacktes Band. In der neuen Naturbau-Siedlung Eschental überlegte Harald Treutlein, ob er später das Rennrad nehmen und eine Zwanzig-Kilometer-Runde übers Hochsträß und durch das Blautal zurück drehen sollte, so viele schöne Tage würde es nicht mehr geben. Einstweilen hatte er noch immer den orange-farbenen Anorak in der Hand, den Johannes auf gar keinen Fall anziehen wollte, während Mona – bereits für das Rad eingepackt – das wohlerzogene Gesicht aufsetzte, mit dem sie den Kraftproben zwischen ihrem Bruder und ihrem Vater zusah.

»Wenn du den Anorak nicht anziehst und krank wirst, können wir heute Nachmittag nicht ins Hölzle.«

Im Hölzle hatte die Elterninitiative einen Abenteuerspielplatz angelegt, aber das Argument war trotzdem schwach, weil man niemandem, auch keinem fünfjährigen Kind, einen Zusammenhang zwischen dem Anorak am Morgen und dem Spielplatz am Nachmittag einreden kann.

»Wir verhandeln hier erst gar nicht«, ertönte von oben die energische und ein wenig scharfe Stimme von Isolde. Dann kamen ihre Füße, die in gut gearbeiteten Lederstiefeletten steckten, die Treppe herab, und gleich darauf die ganze Person, die klein und kompakt war, Aktentasche in der einen, Autoschlüssel in der anderen Hand.

Mit Isoldes Auftreten war der Fall entschieden. Johannes schlüpfte gehorsam in seinen Anorak, Mona zog enttäuscht eine Schnute, und Harald wandte sich zur Garage, um das Fahrrad mit den beiden Kindersitzen auf die bekieste Einfahrt zu schieben.

»Ach Schatz!«, hörte er Isolde in seinem Rücken, »holst du mir meinen Kamelhaarmantel vom Schneider? Du weißt doch, der Türke auf dem Michelsberg...«

Harald verzog das Gesicht.

»Der Zettel liegt auf der Kommode unterm Garderobenspiegel.«

Im Verwaltungsgebäude der Gemeinnützigen Heimstätten saß Luzie Haltermann am Besprechungstisch ihres Dienstzimmers dem Personalrat Hundsecker gegenüber und betrachtete etwas ratlos den Schreibblock, den sie sonst für ihre Notizen benutzte.

»Bitte«, sagte Hundsecker und beugte sich über den Tisch, »keine Notizen! Ein vertrauliches Gespräch, verstehen Sie? Es geht ja auch nicht um Kritik an Ihrem Führungsstil, in keinster Weise…«

Luzie Haltermann sah über Hundsecker hinweg auf das Bild an der Seitenwand ihres Büros. Es war eine Leihgabe aus dem Depot des Städtischen Museums und zeigte eine Winterlandschaft, kahle Bäume säumten eine Straße, die sich am Horizont verlor. Immer noch redete Hundsecker, Luzie verstand nicht genau, was er eigentlich wollte. Die Wortgirlanden tasteten sich an den Begriff der sozialen Kälte heran, an die Probleme einer alleinerziehenden Mutter, allmählich begriff sie.

»Das ist aber nett«, unterbrach sie den Personalrat, »dass Sie die Probleme alleinerziehender Mütter ansprechen… Denken Sie da vielleicht an die Mütter, in deren Wohnungen die tropfenden Wasserhähne nicht gerichtet werden und die kaputten Jalousien auch nicht, weil alle Aufträge im Schreibtisch einer bestimmten überforderten Arbeitskraft hier im Hause liegen bleiben?«

»Überfordert!«, echote Hundsecker, »das ist ein Wort, das so leichthin gesagt wird, was heißt das schon? Vielleicht stimmt da im Organisationsplan etwas nicht, und wenn es so ist, dann müssen wir darüber reden…«

Harald Treutlein hatte Johannes und Mona im Freien Kindergarten abgeliefert und noch kurz mit der blonden Mutter von Monas Freundin Rebecca über die Demonstration gesprochen, mit der die Bürgerinitiative Eschental in den nächsten Tagen den Leuten im Stadtplanungsamt »d' Henna rein tun« würde, wie er sich ausdrückte. Die Blonde hatte ihn etwas verständnislos angestarrt, zu spät war ihm eingefallen, dass sie aus Norddeutschland stammte, und so hatte er eilends ein schwächliches: »Die Flausen werden wir ihnen schon noch austreiben…« nachgeschoben. Die Blonde war in dieser Woche als Hilfe eingeteilt. Ohne die Mitarbeit der Eltern wären die Beiträge nicht zu halten. Harald zum Beispiel hatte in den Ferien den neuen Fußboden selbst verlegt, er hatte das absolut fachmännisch gemacht, nicht einmal das städtische Bauamt – das ihnen sonst gerne jeden Knüppel in den Weg warf, der aufzutreiben war – hatte etwas zu beanstanden gehabt. Jetzt fuhr er von der Au über den Michelsberg zurück, er kannte den Weg gut, es wunderte ihn nur, wie lässig er die Steigung hochfuhr, er musste nicht einmal aus dem Sattel. Früher hatte er spätestens an der zweiten Querstraße in den Wiegetritt wechseln müssen.

Dann lag auch schon die Steige hinter ihm, er rollte an den Villen vorbei, von denen einige in den letzten Jahren aufwendig renoviert worden waren, schließlich war das hier eine begehrte Wohnlage. Der graubraune Wohnblock mit den abblätternden roten Fensterläden freilich sah nicht so aus, als sei dort in den letzten Jahren auch nur ein Cent investiert worden, und der Apfelbaum streckte seine kahlen Zweige so hilflos über den vertrockneten Rasen wie eh und je. Merkwürdig, ein Haus zu sehen, in dem jemand gelebt hatte, den man früher ganz gut kannte, mit dem man sogar befreundet war.

Er stieg ab, schob das Rad zu dem überdachten Fahrradständer neben den Mülltonnen und schloss es sorgfältig ab, mit zwei Stahlseilen. Ohne es eigentlich zu wollen, warf er einen Blick auf die Schilder der Klingeltafel. Unverändert, mit dem immer gleichen altmodischen Schriftzug, stand der Name »Gossler« an seiner alten Stelle.

Die Änderungsschneiderei Inönü lag im Erdgeschoss. Es roch nach Bügeldampf, an einer Deckenschiene hingen Anzüge, Mäntel, Kleider, an einer Nähmaschine saß ein grauhaariger Mann. Eine gebückte Frau mit Kopftuch brachte Isoldes Mantel, dessen Seitentaschen eingerissen gewesen waren. Offenbar hatte Isolde noch anderes ändern und Säume herausnehmen lassen, die Frau mit Kopftuch zeigte die Änderungen vor und erklärte sie. Harald verstand zwar nichts, nahm aber an, dass alles in Ordnung war, und fand den Preis von 25 Euro »praktisch geschenkt«, wie er später Isolde sagen würde.

Er zahlte, verstaute den Mantel in seinem Rucksack und wandte sich zum Gehen.

Dann blieb er noch einmal stehen. »Ach, sagen Sie – wie geht es denn der Frau Gossler? Wissen Sie, die Dame im vierten Stock…?«

Luzie lehnte sich in ihrem Schreibtischstuhl zurück, schloss für einen Moment die Augen und massierte sich die Schläfen. Das Gespräch mit Personalrat Hundsecker war doch noch recht unerquicklich geworden, und ihr Vorschlag, dass sie gemeinsam den Schreibtisch der krank gemeldeten Sachbearbeiterin und alleinerziehenden Mutter Gudrun Fudel in Augenschein nehmen sollten, war von ihm empört zurückgewiesen worden.

Das Telefon klingelte, Luzie meldete sich, ein Herr Harald Treutlein sei am Apparat, sagte die Sekretärin, und lasse sich nicht abwimmeln.

Seufzend nahm Luzie das Gespräch an.

»Juffy, was willst du?«

»Das ist ein ziemliches Geschiss, bis man dich am Apparat hat«, hörte sie Treutleins Stimme sagen, die wie immer ein wenig zu munter klang. »Bist du so wichtig geworden?«

Es lag Luzie auf der Zunge, etwas über die Arbeit im Allgemeinen und die von Hausmännern im Besonderen zu sagen. Aber sie war heute schon in genug Fettnäpfchen getreten.

»Du erinnerst dich doch an die alte Frau Gossler?«, fuhr Harald fort. »An Tilmans Mutter?«

Ja doch, dachte Luzie. Natürlich erinnere ich mich.

»Ich weiß nicht, ob du es weißt – aber sie wohnt noch immer in eurem Block auf dem Michelsberg. Nur hat man sie dort seit Monaten nicht mehr gesehen«, fuhr Treutlein fort. »Die übrigen Mieter hat das wohl nicht weiter gekümmert, nur den türkischen Änderungsschneider aus dem Erdgeschoss, er hat seine Tochter einen Brief an die Hausverwaltung schreiben lassen, also an euch, und weißt du, was passiert ist?«

»Ich ahne es«, antwortete Luzie müde. »Nichts ist passiert, und die Tochter des türkischen Schneiders hat auch keine Antwort bekommen, nicht wahr?«

»Aber du hast den Brief?«

»Nein«, sagte Luzie, »ich habe den Brief nicht, aber ich kann mir denken, wo er ist. Wir haben hier nämlich ein kleines Problem mit dem Organisationsplan, verstehst du? Aber der Personalrat wird darüber nachdenken, und dann wird alles gut.«

»Ich kann dir gerade nicht ganz folgen.«

»Macht nichts. Aber ich schicke sofort jemand hin, der nach der Wohnung sieht.«

»Und nach der Frau«, hakte Treutlein ein. »Weißt du, ich habe immer gedacht, wir hätten ...«

»Sicher«, unterbrach ihn Luzie. »Wir hätten. Immer gibt es etwas, was man hätte tun sollen. Aber du hast ja jetzt angerufen, und ich denke, dass ich keine Zeit verlieren sollte. Gruß an Isolde!«

Und damit war das Gespräch zu Ende.

In seiner Wohnung legte Harald Treutlein den Hörer auf. Der guten Luzie ist ihr Job ein bisschen zu Kopf gestiegen, dachte er.

Auf Gleis 1 des Hauptbahnhofs schlossen sich die Türen des ICE, fast unmerklich setzte sich der Zug in Bewegung, Kriminalkommissarin Tamar Wegenast, eine groß gewachsene, schlanke Frau, hob den Arm und winkte. Sie war noch jung und trug langes, dunkles, hochgestecktes Haar.

»Und du glaubst wirklich, dass der jetzt weg ist?«, fragte der Mann neben ihr. Tamars Kollege Markus Kuttler war kleiner als sie und hatte ein Gesicht, das sich niemand merken konnte. »Einfach weg und nicht mehr da?«

»Kuttler, halt's Maul«, antwortete Tamar und winkte weiter.

Ein Mobiltelefon klingelte. Der Zug verschwand in der Kurve, die ostwärts am Michelsberg vorbeiführt.

Tamar trat zwei oder drei Schritte zurück, in den Schutz einer Plakatwand. Noch im Gehen holte sie das Handy aus der Tasche ihres Jacketts. Während sie zuhörte, verzog sie ein wenig das Gesicht. Kuttler betrachtete die Plakatwand, sie zeigte eine frei im Raum stehende Skulptur aus Metall, oder genauer: aus Schrott, und kündigte eine Ausstellung freier oberschwäbischer Künstler an.

»Wir kümmern uns drum«, sagte Tamar schließlich, stellte das Handy ab und wandte sich an Kuttler. »Eine Leichensache, oben auf dem Michelsberg. Du oder ich?«

»Wie üblich«, antwortete Kuttler und hob die Hand. Eigentlich ist das keine gute Idee, dachte er dann. Bisher hatte er bei Schere-Stein-Papier noch jedes Mal verloren. Besonders gern bei Leichensachen. Im Herbst zum Beispiel, wenn die Pilzesammler finden, was sie nicht gesucht haben. Das letzte Mal war es ein Junkie gewesen, in einem Austragshaus auf der Alb, schon drei Wochen tot, Tamar hatte Schere genommen und er dummerweise Papier. Also wird sie denken, dachte Kuttler, ich werde denken, dass sie das nicht schon wieder tun wird, also wird sie wieder Schere nehmen, und ich gewinne mit Stein...

Aber Tamar hatte Papier genommen.

»Ich hasse dich«, sagte Kuttler.

»Es ist eine alte Frau«, teilte ihm Tamar mit. »Offenbar die getrocknete Variante. Also mach kein Gesicht.«

Charlotte Gossler war 1936 geboren und hatte – nach dem Passfoto zu schließen – ein schmales Gesicht mit einer spitzen Nase gehabt. Als das Foto entstand, war sie noch nicht grau gewesen oder hatte sich das Haar tönen lassen, und trug eine Dauerwelle.

Den Reisepass hatte Kuttler in dem Sekretär gefunden, der in dem kleinen Wohnzimmer mit der blauen Sesselgarnitur stand. Auch im Wohnzimmer waren die Läden vorgelegt. Der Sekretär war aus lackiertem hellem Holz, mit zierlichen Messingbeschlägen auf den einzelnen Fächern. In dem Fach mit dem Reisepass befanden sich außerdem Kontoauszüge, die bis zum April dieses Jahres datiert waren, die Rentenbescheide der letzten Jahre, ferner eine Urkunde der Industrie- und Handelskammer, mit der die Sekretärin Charlotte Gossler für ihre 30jährige Betriebszugehörigkeit geehrt wurde, und schließlich ein Vertrag mit einem Bestattungsunternehmer, an den eine Art Scheckkarte geheftet war.

Kuttler zog ein zweites Fach auf, die Schublade ging ziemlich schwer und war bis obenhin mit Fotoalben voll gepackt. Er schlug eines davon auf, die Fotos zeigten fast ausnahmslos nur ein Motiv: einen jungen Mann mit schmalem, etwas spöttischem Gesicht, einmal auf dem Fahrrad, dann wieder bei einem Badeurlaub, lesend oder Schach spielend. Ein Foto schien im Spätherbst oder Winter aufgenommen worden zu sein, der junge Mann schob einen Rollstuhl mit einem kümmerlichen Menschen, der aus breiten Zahnlücken in die Kamera griente. Andere Aufnahmen zeigten ihn mit Gleichaltrigen, auch Mädchen darunter, aber im Vergleich zu ihnen allen wirkte er schmächtig und sah aus wie der Junge, der beim Völkerball als Letzter in die Mannschaft geholt wird.

Kuttler legte das Album zurück und nahm ein zweites heraus, wieder der junge Mann, diesmal deutlich jünger, halb ein Kind, einmal in einem dunklen Konfirmationsanzug, mit einer weißen Nelke im Knopfloch. Auch dieses Album legte Kuttler zurück und wollte schon die Schublade schließen, als er plötzlich – ohne recht zu überlegen, warum – innehielt und den ganzen Stapel herausnahm.

Ganz unten in der Schublade, in einer blau getönten Klarsichtfolie, lag eine Todesurkunde. Er nahm sie heraus, sie war ausgestellt auf Tilman Lukas Gossler, geboren am 5. Juni 1975, gestorben am 1. Januar 1999.

Kuttler verzog das Gesicht. Er war selbst Jahrgang 1975, aber was hatte ihn das zu stören? Ihn beschäftigte etwas anderes. Der Hausmeister hatte die Leiche nicht etwa hier gefunden oder im Schlafzimmer, sondern im Zimmer nebenan. Es war das Zimmer eines jungen Mannes, vermutlich eines Studenten, für einen Augenblick hatte Kuttler gedacht, es könnte das Zimmer eines Untermieters sein, und das wäre ein doch etwas merkwürdiger Fundort gewesen. Aber jetzt sah das anders aus.

Er erhob sich und ging in die Küche. In der Spüle stand eine Tasse mit einem angetrockneten Bodensatz, der Teebeutel lag noch auf der Untertasse. Es war ein Hagebuttentee gewesen, so stand es auf dem kleinen Papierschild am Ende des Fadens, der den Beutel hielt. Kein Teller, kein Besteck. Im Abfalleimer grünlich-weißer Schimmel, Kuttler zog einen Plastikhandschuh über die rechte Hand und durchsuchte den Abfall. Es waren keine Tablettenschachteln darunter, und so ging er ins Bad. In einem Fach des Toilettenschranks entdeckte er einen Nassrasierer und eine gebrauchte, völlig eingetrocknete Tube Rasiercreme. Ein anderes Fach hatte als Hausapotheke gedient; neben Venensalben, Korodintropfen zur Herzstärkung und gewöhnlichen Kopfschmerztabletten fand Kuttler darin ein Flakon mit Johanniskrautpastillen, dazu eines der stärkeren Schlafmittel und ein Antidepressivum. Alle Packungen waren angebrochen, aber nicht leer.

Kuttler zuckte die Schultern. Kovacz würde schon herausfinden, woran die alte Dame gestorben war. Schlimmer war, dass er noch immer keine Adresse eines Angehörigen gefunden hatte. Widerstrebend ging er noch einmal in das Zimmer, in dem man die Leiche gefunden und vor einer knappen halben Stunde abgeholt hatte.

Er schaltete das Oberlicht ein. Eine Schlafcouch mit einer rotweiß gemusterten indianischen Decke darüber. Ein Schwarzweißposter zeigte einen abgerissenen zahnlosen alten Mann. Ein Clochard? Aber einer mit einem Schreibblock in der Hand. Der Schreibtisch. Das Radio, das noch immer lief. Fast körperlich spürte Kuttler Unbehagen. Schlimm war nicht der Geruch. Er hatte das Gefühl, dieses Zimmer erwarte jeden Augenblick die Rückkehr des rechtmäßigen Bewohners, als sei dieser nur eben Zigaretten holen gegangen.

Noch immer blinkte der Anrufbeantworter. Er ging zum Schreibtisch und drückte auf die Abspieltaste.

»Sie haben eine neue Nachricht«, sagte die Telekom-Stimme. Dann eine zweite Stimme, die einer Frau, mit einer kaum merklichen schwäbischen Tonfärbung:

»Guten Tag Frau Gossler, hier spricht die Isolde Scheuch, vielleicht erinnern Sie sich an mich. Ich wollte Sie fragen, ob ich Sie einmal besuchen darf. Rufen Sie mich doch einfach an. Ach – ich heiße jetzt Treutlein ...« Sie nannte ihre Telefonnummer.

Kuttler notierte sich den Namen. Dann sah er das gerahmte Foto, das mit der Rückseite nach oben auf dem Schreibtisch lag, und drehte es um, das Foto war die Vergrößerung eines Schnappschusses und zeigte den jungen Mann aus dem Fotoalbum, aber rechts unten war ein Trauerband eingelegt, ein schräger schwarzer Balken. Kuttler wandte sich vom Schreibtisch ab und musterte das Bücherregal. Ein dicker roter Kunststoffband sprang ihm ins Auge – der Schönfelder, die Gesetzessammlung, mit der – unter den Arm geklemmt – Juristen so gerne spazieren gehen. Daneben entdeckte er juristische Fachliteratur, genauer: Lehrbücher. Ein Jurastudent? Der deutlich größere Teil der Bücher schien aber aus Romanen, Erzählungen und Gedichtbänden zu bestehen. Wenn er das alles wirklich hat lesen wollen, hat er nicht viel studiert, dachte sich Kuttler und bückte sich über ein Buch im Taschenformat, altmodisch in Leinen gebunden, das auf einem kleinen Wandbrett am Kopfende der Schlafcouch lag, und entzifferte den Titel: »Hunger« von Knut Hamsun.

Er wandte sich ab und wäre beinahe über ein weiteres Buch gestolpert, das aufgeschlagen, mit dem Rücken nach oben, auf dem Boden lag. Er bückte sich und hob es auf. Der Band hatte dazu gedient, den einen Fensterflügel festzuhalten, war dann aber heruntergeweht worden. Auf dem grünen Umschlag mit dem Titel: »Materialien zur Tradition der sozialistischen deutschen Literatur« war von der Fensterkante ein schwärzlich verfärbtes Dreieck eingedrückt worden. Kuttler schlug das Buch auf, aber die Seiten waren leer. Er schüttelte den Kopf und blätterte weiter, plötzlich erschienen Seiten, die beschrieben waren, von Hand beschrieben, die Handschrift war flüchtig, stark rechts geneigt, aber einigermaßen leserlich. Ein Tagebuch? Kuttler blätterte bis zur ersten Seite und wollte zu lesen beginnen.

In diesem Augenblick schlug die Türglocke an.

Die Büros der Vorstandsetage der Gemeinnützigen Heimstätten sind geräumig, aber nicht zu aufwendig möbliert, und das Dienstzimmer der Assistentin der Geschäftsführung ist in Größe und Ausstattung noch um ein Geringes – aber doch erkennbar – kleiner als die Büros der beiden Geschäftsführer. Vor allem aber besitzt es ein Panoramafenster, von dem aus man auf die mächtige Turmhaube der Wiblinger Klosterkirche sieht, die dort thront wie ein Dreispitz auf dem Kopf eines oberschwäbischen Kirchenfürsten.

In ihrem Blickfeld hatte Luzie Haltermann an diesem Nachmittag einen Karton voll unerledigter Vorgänge. Er stand auf ihrem Schreibtisch, und darin stapelten sich Briefe, Mahnungen, Beschwerden, Kostenvoranschläge, ein ganzes Archiv der Überforderung und Indolenz, darunter sogar eine Anfrage aus dem Gemeinderat, warum der Frauentreff im Sozialzentrum Buchenbronn seit Monaten leer stehe. Einen der Briefe hatte Luzie herausgenommen und vor sich auf die Schreibtischmatte gelegt. Der Brief war auf kariertem Papier geschrieben, in einer adretten runden Kinderhandschrift, und lautete:

»Sehr geehrter Herr Hausverwaltung! Die Frau Gossler aus dem vierten Stock habe ich nicht mehr gesehen seit Wochen. Bitte wollen Sie Euer Hausmeister schicken nachsehen das ihr nichts passiert ist sie ist viel krank und traurig. Das Haus ist Herwegh-Strasse 5.«

Darunter stand, in einer anderen, krakeligen Schrift, der Name Murad Inönü.

Für einen Augenblick überlegte Luzie, ob sie Personalrat Hundsecker anrufen und ihm den Brief vorlesen sollte, nur so, zur Tierquälerei. Doch dazu war jetzt keine Zeit. Vor einer halben Stunde hatte der Hausmeister, den sie in die Wohnanlage Michelsberg geschickt hatte, Bericht erstattet. Dass ein alter Mensch monatelang tot und vergessen in seiner Wohnung liegt, das mochte überall vorkommen. Aber dass ein Hinweis darauf wochenlang in der Verwaltung der Gemeinnützigen Heimstätten liegen blieb, war wieder etwas anderes.

Luzie gab sich einen Ruck. Der eine Geschäftsführer war seit Monaten krank, der andere auf einer Tagung der Katholischen Akademie. So konnte sie gleich den Schmied anrufen, in diesem Fall den persönlichen Referenten des Oberbürgermeisters, der erst vor kurzem mit dem Slogan »Für eine menschliche Stadt« wiedergewählt worden war und der in einem seiner Nebenämter auch dem Aufsichtsrat der Gemeinnützigen Heimstätten vorsaß. Andreas Matthes meldete sich fast sofort.

»Schleicher, da ist was blöd gelaufen«, sagte Luzie. »Dein Chef sollte vorgewarnt sein.«

Matthes hörte schweigend zu, während Luzie berichtete, und unterm Reden sah sie ihn vor sich, wie er Notizen machte. Den Spitznamen »Schleicher« hatte er sich schon in seinen frühesten Schuljahren eingefangen und war ihn seitdem nicht mehr losgeworden.

»Und wer ist die Tote?«, fragte er schließlich.

»Das kommt erschwerend hinzu«, sagte Luzie. »Es ist eine Charlotte Gossler.«

»Aber nicht...?«

»Doch«, sagte Luzie. »Wir werden nicht umhin können, einen Kranz zu kaufen.«

»Lass mal«, antwortete Schleicher, »wir müssen das offensiv behandeln. Die Heimstätten sollten die Beerdigung übernehmen, und ich rede mit dem Chef, dass er die Trauerrede hält.

Verstehst du, als Zeichen gegen die Vereinsamung alter Menschen.«

Luzie verzog das Gesicht. »Wenn er da mitspielt...«

Dann legte sie auf und drehte den Schreibtischsessel so, dass sie zum Panoramafenster sehen konnte, auf die Klosterkirche und weit hinaus auf die Hügellandschaft Oberschwabens. Aber was sie sah, war nicht die Landschaft, sondern ein Gesicht, ein mageres, spitzes Gesicht mit einem spöttischen Ausdruck darin, als wolle es sagen: Das ist unser Schleicher, liebe Luzie, wie er leibt und lebt und ich es nicht anders von ihm erwartet habe.

Der Mann, der vor der Tür stand, war um die dreißig und kräftig. Die muskulösen, ein wenig krummen Beine steckten in Radlerhosen, über seine Windjacke trug er einen kleinen Rucksack geschnallt. Er hatte dunkles Haar, das in einem Zopf nach hinten gebunden war, und lächelte Kuttler fast zutraulich an.

»Ich nehme an, Sie sind von der Polizei«, sagte er, »und vermutlich störe ich Sie in Ihrer Arbeit, aber Sie müssen wissen, dass ich es gewesen bin, der heute Morgen Alarm geschlagen hat... Treutlein ist mein Name, Harald Treutlein.« Er streckte Kuttler eine kräftige behaarte Hand hin. Kuttler erwiderte den Händedruck und bat den Mann in den kleinen Flur mit den gerahmten Fotos von Lanzarote und dem Garderobenständer, an dem noch ein Wintermantel mit einem kleinen Pelzbesatz hing.

»Weiß man denn schon, woran sie gestorben ist?«

Kuttler ging nicht darauf ein. »Sie kannten Frau Gossler?«

»Ja«, antwortete Treutlein, »natürlich kannte ich sie...«

»Wann haben Sie sie zum letzten Mal gesehen?«

»Das weiß ich gar nicht.« Die Antwort kam zögernd. »Wissen Sie, ich kannte vor allem ihren Sohn, und der ist ja nun schon eine Weile tot... das sind, warten Sie – das sind auch schon wieder sieben Jahre her, und seither komme ich nur selten hier vorbei, heute eigentlich nur, weil meine Frau ihren Kamelhaarmantel zum Schneider hier im Erdgeschoss gebracht hat.«

Wie hieß noch einmal die Frau, überlegte Kuttler, die auf den Anrufbeantworter gesprochen hatte? Isolde? *Ich heiße jetzt Treutlein…*

»Ihre Frau heißt Isolde?«

»Woher wissen Sie?«, fragte Treutlein zurück.

»Sie hatte engeren Kontakt zur Frau Gossler?«

»Eigentlich nicht. Aber…«

»Wissen Sie, ob Frau Gossler irgendwelche Angehörigen hat?«

»Nein«, sagte Treutlein, »ich glaube nicht, da war nie die Rede davon… Fragen Sie wegen der Beerdigung?«

»Das hat sie wohl schon selbst geregelt.« Kuttler machte eine Pause und sah Treutlein ins Gesicht. »Dieser Sohn«, fragte er dann, »woran ist er denn gestorben?«

»Bei einem Unfall«, antwortete Treutlein. »Er war mit dem Fahrrad unterwegs, und da hat ihn ein Autofahrer angefahren und liegen gelassen. Gefunden hat man den Autofahrer nie. Wahrscheinlich war er betrunken. Es war in der Neujahrsnacht, müssen Sie wissen, in der Neujahrsnacht vor sieben Jahren.«

Nach dem Dienst war Kuttler noch ins Westbad gefahren und war zwanzig Runden – 1000 Meter – geschwommen, wobei er sorgfältig vermieden hatte, auf die Zeit zu achten. Jetzt stieg er, etwas müde, nicht ganz unzufrieden, die Treppe zu der Altbauwohnung hoch, die er vor einem Monat in der Neustadt bezogen hatte, einem Kleine-Leute-Viertel, das sich noch nicht entschieden hatte, ob es Slum oder Szene werden wollte.

Er schloss auf, legte seine Lederjacke über eine Bücherkiste und schaltete die kleine Stehlampe ein, die neben seinem Feldbett stand. Kuttler war hier eingezogen, als er und Kerstin sich getrennt hatten, und in den Wochen danach hatte er sich vor allem um die Renovierung ihrer bisherigen gemeinsamen Wohnung kümmern müssen. Er war es ja auch gewesen, der sie verwohnt hatte, zumindest hatte Kerstin das gesagt.

Im Bad hängte er sein Schwimmzeug auf, dabei stellte er zu seiner Verwunderung fest, dass die Plastiktüte mit dem als Materialien zur sozialistischen Literatur getarnten Tagebuch in seine Sporttasche geraten war. Das ging nun wirklich nicht, dass er sich Beweismaterial nach Hause mitnahm... Aber was hieß hier Beweismaterial? Die alte Frau war einfach gestorben, wahrscheinlich hatte sie nicht einmal nachgeholfen, ein Fremdverschulden, wie es im Polizeibericht heißt, war ausgeschlossen.

Er ging in die Küche, deren Einrichtung er vom Vormieter hatte übernehmen können. Er war sogar froh darum gewesen, denn das Mobiliar ihrer früheren Wohnung war bei Kerstin verblieben, die es ja auch ausgesucht hatte, damals, als sie noch zusammen waren. Er verstaute drei der vier Flaschen Bier, die er sich in der Kneipe an der Ecke hatte geben lassen, im Kühlschrank, die vierte öffnete er und nahm einen kräftigen Zug, Schwimmen macht Durst. Zum Abendbrot hatte er noch etwas Käse und eine Dose Thunfisch, morgen würde er vielleicht etwas Frisches besorgen können. Schließlich ging er aus der Küche in das, was sein Wohnzimmer werden sollte, setzte sich in den Korbsessel, den er vor drei Wochen als Grundstock einer Einrichtung gekauft hatte, und schaltete den kleinen tragbaren Fernseher ein. Die Landesschau berichtete über das Wetter, das schlechter werden würde, über die Weinlese, die reichlich ausgefallen war, über einen Banküberfall in Ochsenhausen, wo zwei bewaffnete und maskierte Männer über 20 000 Euro erbeutet hatten, und schließlich auch über die Verabschiedung des Innenministers, der seinen politischen Ruhestand als Vorstandschef einer landeseigenen Brauerei verbringen würde... Kuttler überlegte, ob das Land Baden-Württemberg ihm wohl dereinst eine Kneipe überlassen würde, er wäre ja schon mit einer schnuckeligen kleinen zufrieden.

Das Programm, das danach kam, ödete ihn an, der einzige Film, der ihn hätte reizen können, wäre ein Western gewesen. Aber auf einem Kleinbildschirm kann man sich keinen Western anschauen. Nicht, wenn man Western mag. Kuttler stand auf, griff sich die Sporttasche und holte das Buch aus der Wohnung der Toten. Auf halbem Weg zu seinem Sessel blieb er stehen. Was hatte er in diesem Tagebuch zu lesen? Es ging ihn nichts an. Es gab keinen dienstlichen Anlass, es zu tun.

Er setzte sich, drehte den Schirm der Stehlampe zu sich herum und nahm das Buch aus dem Schutzumschlag. Es war in rotes Leinen gebunden und hatte ein merkwürdiges Format.

Schließlich schlug er es auf.

Tilmans Tagebuch
Erster Teil

Samstag, 17. Oktober

Der Band stand in dem angestaubten Regal im Verschlag des Alten, zwischen trauernden Kakteen und Blechdosen mit Klebstoff.

»Klein Oktav, quer«, sagte der Alte, »was willst'n damit? Gedichte schreiben, was?«

Ich glaube, ich verzog mein Gesicht. Aber man soll die Leute nicht enttäuschen. Wenn er glaubt, dass der Studiker nach der Schicht in der Buchbinderei Gedichte schreibt, dann soll er das glauben. »Wenn Sie's nicht weitererzählen.«

Ein Buch also, alles zu schreiben, was ich will. Was will ich? Ein bisschen Spaß. Also will ich aufschreiben, was mir begegnet. Wenn es lustig ist. Was begegnet mir?

Vorhin war Luzie da, schauen, wie es mir geht. Ist das lustig? Sie war mit Schleicher in den USA gewesen, erst in New York und dann mit dem Mietwagen quer durch den Westen, übernachtet haben sie in Motels, die Leute sind so freundlich, du machst dir keine Vorstellung, und wenn du einmal New York gesehen hast, dann lässt du keine andere Stadt mehr gelten …

»Es gibt nur eine Stadt, von der du das behaupten kannst: das ist Paris«, sage ich, und Luzie sagt, dass ich ihres Wissens noch gar nie dort gewesen bin, weder in New York noch in Paris, und erzählt weiter von den kalifornischen Stränden, und ich streite mich nicht mit ihr, weil das sowieso keinen Sinn hat, sondern bewundere ihre Nase, auf der sich die Haut vom Sonnenbrand schält. Wie hat der Schleicher das eigentlich ausgehalten?

»Oh, das glaubst du nicht, wie brav der sich eingecremt hat«, sagt sie, »rührend, wie ein kleiner Junge, der es von Mama eingetrichtert bekommen hat.«

Ich stelle mir Schleicher vor, wie er mit der emsigen Umsicht eines Waschbären seine Epidermis salbt, aber dann muss ich pinkeln, und als ich zurückkomme, hat Luzie diesen Blindband in der Hand und blättert ihn durch, die Oberlippe leicht hochgezogen, so dass die Pferdezähne freiliegen. Es ergibt sich folgender Dialog, auch wenn ich nicht glaube, dass wir das alles so gesagt haben, wie ich es hier aufschreibe, aber da ich ein bisschen Spaß haben will, erinnere ich mich eben so, wie ich es aufschreiben mag.

Luzie: »Deine gesammelten Werke, wie? Lauter leere Seiten.«

T: »Es ist ein Blindband. Ein Muster für Papierqualität und Einband. Ich hab's mir mitgenommen. Für Vorlesungen und so.«

L: »Für eine Mitschrift ist das aber nicht sehr praktisch. Was hätte denn das für ein Buch werden sollen?«

T: »Ein philosophisches. Da hatte einer herausgefunden, wie die Welt sich dreht und warum es uns gibt und wozu das gut ist…«

L: »Und wozu ist es gut?«

T: »Ich weiß es nicht. Das Buch ist nie erschienen. Bevor es in Druck gehen sollte, kam der Autor nach Schussenried, in die Klapsmühle.«

L (sachlich, leicht beleidigt): »Das hast du jetzt wieder erfunden. Aber bitte. Und was machst du wirklich damit?«

T: »Im Sommer habe ich eine Geschichte gelesen, von der der Erzähler behauptet, er schreibe sie um seines Vergnügens willen auf, stell dir das mal vor! Das ist ein Satz, den heute keiner mehr schreiben könnte, schon deswegen nicht, weil keiner mehr weiß, was das ist: ein Vergnügen… Ey du! Is' das so was wie Fun?«

L: »Schon gut, so schwer von Begriff bin ich auch wieder nicht. Aber sag mal – warum kannst du eigentlich nicht normal wichsen wie andere auch?«

So ist Luzie, und so redet sie. Wir fahren dann ins Kino, in Luzies neuem Wagen, einem blauen Mini Cooper mit roten Rallye-Streifen, sie hat ihn von ihren Großeltern bekommen, zum glücklichen Abschluss ihres Grundstudiums an der Verwaltungshochschule, mein Gott! Was legen sich die Leute für Autos zu, von den Berufen ganz zu schweigen. Außerdem ist es nicht ganz einfach, mit Luzie irgendwohin zu gehen, weil sich ständig irgendwelche Typen nach ihr umdrehen. Ihr schmeichelt das, aber mir, der ich neben ihr hertrotten muss, ist es lästig. Sie hat eine blonde Mähne, die ihr fast bis auf den Hintern hängt, aber außerdem den Ansatz zu einem Speckgürtel, ziemlich hoch an den Hüften, der beim Gehen den Eindruck erweckt, die ganze Masse könne ganz schnell ins Schlingern geraten. Ich nehme an, die Typen sehen ihr mit einer gewissen Beunruhigung nach, als überlegten sie, wo man da welche Schrauben anziehen müsste, damit die Unwucht behoben ist.

Im Kino gibt es einen lustigen Neuen Deutschen Film über lustige Neue Deutsche Männer mit Haargel-Frisuren, danach in den Glücks-Kasten, wo nur der Bilch sitzt, der aber auch kein wirklich lustiger Neuer Deutscher Mann ist, sondern Kaffee mit Kognak trinkt, weil das, wie er erklärt, die am meisten weltmännische Art ist, nicht betrunken zu werden. Außerdem teilt er uns mit, dass er demnächst dank irgendwelcher Optionen auf schwedische Elektronik-Aktien zehn Riesen einfahren wird, er hat sie praktisch schon in der Tasche und will sie alsbald erstklassig auf den Kopf hauen, und zwar in London: »Bisschen in der Börse rumschnüffeln, gucken, wie die Jungs da ihren Faden abspulen, vielleicht auch ein paar Connections knüpfen, und am Abend nach Covent Garden, ein feines altes Händel-Oratorium reinziehen…«

Luzie hört ihm zu, und ich betrachte ihr Gesicht und ihre Augen, aufgerissen und groß wie Scheunentore. Täusche ich mich, oder ist die ironische Bewunderung ein wenig zu dick aufgetragen, so, als gäbe es da einen Kernbestand, der nicht ironisch ist? Sollte sich Schleicher vielleicht ein wenig zu sehr um die eigene Epidermis gekümmert haben und ein wenig zu wenig um die Luzies? Blüht deswegen womöglich ein neues Glück mit dem Bilch? Sollte es so sein, will ich dabei nicht stören und gehe nach Hause, wo ich dieses Tagebuch beginne, mit Luzie und leider auch mit dem Bilch, etwas Besseres habe ich im Augenblick nicht zu bieten.

Sonntag, 18. Oktober

Sonntagnachmittag, und nichts hat sich geändert, manchmal denke ich, die Sonntagnachmittage sind die wahre Hölle. Spaziergang mit der Alten Frau auf dem Hochsträß, ja, schön ist das Herbstlaub in der Sonne, Indian summer sagen die Amerikaner zu dieser Jahreszeit... Ach, fragt die alte Frau, tun sie das?

Später zu Juffy, in die Einliegerwohnung, die ihm seine Eltern eingerichtet haben, Schachspielen mit Juffy ist ein etwas einseitiges Vergnügen. Irgendwann erzählt er mir von einem Rollstuhlfahrer, den er bei seinem Praktikum kennen gelernt hat, ein ganz kaputter Typ, zwanzig Jahre auf der Straße, aber ausgefuchst. Sie hätten immer um einen Fünfer gespielt, aber gegen Rolli-Rolf hätte er keine Chance, ob ich es nicht mal versuchen wolle?

Nun bezahlt die Neithardtsche Buchbinderei ihre Ferienarbeiter nicht so üppig, dass diese gleich mit Fünfern zocken könnten, und ich sage ihm das. Eine Flasche Bier als Einsatz gehe auch, meint er. Irgendwann ruft Isolde an, ob wir mit ins Roxy wollen, zu »Arsen und Spitzenhäubchen«, und ich sage, ich sei aus dem Alter raus, dass ich die Grimassen von Cary Grant lustig finde. Juffy ist dann mit ihr gegangen. Mit flatternden Fingern.

Sperrsitz, vermute ich mal, hintere Reihe.

Zuhause sagt mir die alte Frau, Isolde hätte angerufen.

»Ich weiß«, sage ich.

Ganz spät nehme ich noch das Rad, nur so, um ein bisschen Luft zu schnappen. Das Fenster von Juffys Einliegerwohnung ist dunkel, ich sehe auch nirgends Isoldes alten Renault. Dass sie es bei ihr tun, glaube ich nicht, Isoldes Vater ist Werkmeister bei Magirus, fährt einen Daimler und hat auch sonst ziemlich viereckige Ansichten.

Montag, 19. Oktober

Die siebte Woche in der Buchbinderei hat begonnen. Neun Tage noch. Noch neun Mal um sechs Uhr in der Nacht das höhnische »Guten Morgen« des Radioweckers. Die Alte Frau im Morgenmantel, die mir einen Tee aufsetzt. Der Radweg in die Oststadt. Der Mief im Umkleideraum, Schweiß, Kernseife, die Ausdünstungen der Toiletten daneben, die nicht richtig abgetrennt sind, der Geruch nach heißem Leim und Maschinenöl, die scharfkantigen Ränder der frisch abgetrennten Papierbögen, die den Handballen immer wieder haarfeine Schnitte verpassen. Die zwei endlosen Stunden, bis auch nur die erste Pause erreicht ist. Die Nachmittagsstunden, die sich quälend hinziehen. Der Vorarbeiter Lengle, der mich ganz selbstverständlich duzt und sauer ist, wenn ich es mit ihm genauso tue. Die polnischen Hilfsarbeiterinnen, darunter Sofia, die scharfe Sofia, wie der Lengle sie nennt...

»Aber glaub bloß nicht, dass der schon mal irgendwas in der Sofia drinne gehabt hat, nich mal nen Finger«, sagt mir Rocco, als wir im »Bären« noch ein Bier trinken. Rocco arbeitet am Schneideautomaten und spricht ein Deutsch, wie man es nur in der Wiblinger Grundschule lernt.

Dienstag, 20. Oktober

Nach der Schicht im »Wichtig«, will Zeitung lesen, aber es sind ziemlich viele Leute da, so dass nur das »Tagblatt« noch zu haben ist. Ich sehe mich nach einem freien Platz um und sehe plötzlich, dass am Tischchen neben mir Isolde sitzt und zu mir hochschaut.

T: »Hast du das eigentlich bei uns in der Klasse gelernt?«

Isolde (verhuscht lächelnd): »Was?«

T: »So zu gucken, dass man dich nicht sieht.«

I: »Ach, das! Das kannst du nicht in der Schule lernen. Das muss vorher da sein.«

Ich frage, wie »Arsen und Spitzenhäubchen« war, und sie fängt an, mir den Film zu erzählen, und ich sage, dass Filme-Erzählen noch unausstehlicher ist als Nudelsalat, und sie sagt, warum fragst du mich dann? Lies doch deine Zeitung!

Freitag, 23. Oktober

Wieder dämmert ein Freitagabend übers Land, also gehe ich in den GlucksKasten, etwas zu früh, aber Luzie und Schleicher sind schon da, beide noch immer leicht nachgedunkelt von der kalifornischen Sonne und der guten Hautcreme, aber Schleicher befindet sich im Geist bereits wieder ganz auf der Höhe der gesellschaftlichen Theorien und studiert irgendwelche Monographien, und damit er auch versteht, was er studiert, unterstreicht er jeden Satz, wobei er ein Lineal benutzt und zwei Kugelschreiber, einen mit roter und den anderen mit blauer Mine, und Luzie schaut ihm andächtig beim Unterstreichen zu. Der Bilch ist also wohl doch nicht näher in Betracht gezogen worden.

»Warum unterstreichst du nicht einfach bloß die Sätze, die du nicht unterstreichen willst?«, frage ich ihn, »dann hast du weniger Arbeit.« Aber Schleicher will dem nicht näher treten, auch treffen ein der Bilch und wenig später Isolde und Juffy, so dass Schleicher etwas widerwillig das Unterstreichen sein lässt und das Gespräch sich alsbald Luzies neuem Cooper zuwendet, dessen Rallye-Streifen aber so was von vorgestern sind, wie der Bilch vorträgt, fast so, wie wenn eine Schnepfe von ihrem Lover sagt, er sei ihr Lebensabschnittsgefährte, von all den anderen Dingen ganz abgesehen, die zu diesem Ding zu sagen wären, denn ein Auto könne man es ja wohl nicht nennen, und was Luzie sich überhaupt denke? Was würden denn die Wähler in Schnürpflingen sagen, wenn sie dort Bürgermeisterin werden wolle und mit einem entlaufenen Autoscooter vorfahre? Luzie sagt nichts, fragt aber irgendwann beiläufig, wie es denn den schwedischen Elektronik-Aktien geht, und der Bilch zieht die Mundwinkel herunter und sagt.

»Ein kleiner Schwächeanfall, eigentlich nur eine Kursbereinigung nach unten, hat nichts zu bedeuten…«

Dann kommt Puck, die freitags sonst nicht kellnert, und Schleicher bestellt eine Apfelsaftschorle, und Juffy sagt, dass Rallyestreifen zwar schon ziemlich übel seien, aber Apfelsaftschorle! Es gebe wohl keine schlimmere Pansche als dieses Schulausflugsgetränk, womöglich noch aus biodynamisch-ökologischem Anbau, und Schlei-

cher antwortet doch tatsächlich, er wolle heute Nacht noch eine Doktorarbeit aus den sechziger Jahren exzerpieren, und wir anderen sehen uns an. Er brauche es für seine Diplomarbeit, fügt Schleicher hinzu und schaut sich um und bleibt mit seinem Blick ausgerechnet an mir hängen und sagt:

»Ich hab nicht so viel Zeit wie manche andere Leute hier...«

Ich sage, dass das eine lustige Art sei, Zensuren zu verteilen, was mich aber nicht besonders überrasche, weil ich Schleicher immer für den gehalten habe, der sich als erster in eine sichere bürgerliche Existenz begeben werde, und zwar im Schweinsgalopp in die eines Schulmeisters.

Er lacht nur, aber Luzie schaut mich an und sagt:

»Da gibt es Sachen, da darf man dich nicht danach fragen, was?«

Samstag, 24. Oktober

Frühstück zu Hause, die Alte Frau ist nervös, wuselt herum, schaut mich an, was hat sie nur? Dann muss sie plötzlich aufstehen und etwas holen, es ist eine Art Freizeitjacke, grün, aus einem Stoff, der so aussieht, als ob er wie Wildleder aussehen soll.

»Ich weiß, dass ich das nicht soll... aber eine kleine Freude muss ich dir doch machen dürfen... Wo du doch die ganze Zeit so hart arbeiten musst.«

Ich mache dann den Fehler und zieh das Ding an, aus Gutmütigkeit, und bin damit in den GlucksKasten, aus Dummheit, wo der Bilch hockt. Wie er mich sieht, ist er plötzlich hellwach:

»Was hast'n da? Aus dem Secondhand-Shop von Karstadt, ja?« Er schaut mich an, zupft am Stoff und gibt keine Ruhe. »Nett, wirklich. Ossis haben so was getragen, bis vor zwei oder drei Jahren, aber in Grün?« Schließlich bückt er sich, hebt eine Plastiktüte hoch und holt eine Jacke heraus, es ist eine Jacke aus richtigem Leder, und sie wird zehn Mal so viel gekostet haben wie dieses grüne Jöppchen hier.

»Kannste haben«, sagt der Bilch, »für einen Fünfziger. Praktisch neuwertig. Praktisch umsonst. Nur dass du nicht sagen musst, ich hätt dir ne Jacke geschenkt.«

Ich sage ihm, dass er sich seine Jacke sonst wo hinstecken soll, und gehe. Ich will ins »Wichtig«, treffe aber unterwegs die Puck, die heute nicht zum Kellnern eingeteilt ist und mich fragt, ob ich zufälligerweise und gegen alle Wahrscheinlichkeit ein Auto zur Verfügung habe und sie ins Kleine Lautertal fahren könne, wo sie sich in einer Kneipe vorstellen will. Ich schaue sie nur an, und sie lacht, und wir gehen im »17a« einen Kaffee trinken…

P: »Wo kommst du heute her?«

T: »Vom GlucksKasten.«

P: »War der Bilch da?«

T (unfröhlich): »Ja.«

P: »Hat er dir die Jacke verkaufen wollen?«

Schließlich erzählt sie mir die Geschichte, aber ich hätte es mir eigentlich denken können. Bilch war mit einer Frau und mit der Lederjacke vor ein paar Tagen im Jazzkeller, die beiden hatten sich aber in die Besenkammer verirrt, wo es dann auf der Lederjacke und im Handbetrieb zur Sache ging. Danach hatte das teure Stück einen Fleck, was den Bilch erboste und die Frau erheiterte, und zwar erheiterte es sie umso mehr, je mehr es den Bilch erboste.

»Und seither sucht er einen, dem er die Jacke andrehen kann.«

»Die Frau – kenn ich die?«

»Glaub ich nicht.«

Mittwoch, 28. Oktober

Schleppe Rocco zur Neuen Linken ins Nebenzimmer der »Heidenheimer Stuben« mit, Juffy ist da, Pippi, Groucho und der Stächele Frieder, alle ganz angetan, dass ich einen richtigen Arbeiter mitbringe, der Stächele nimmt ihn gleich in Beschlag, redet von einem Listenplatz für die Kommunalwahl, Rocco wird es unbehaglich, ich gebe Frieder ein Zeichen, dass er sich Zeit lassen soll. Irgendwann muss dann Juffy das Wort ergreifen und auch zeigen, dass er wichtig ist, und erzählt von seinem Praktikum im Heim Zuflucht, das ist ein Heim für kranke Obdachlose, die dort zwangsbetreut werden, falls ich das richtig verstanden habe, auch der schachspielende Rollstuhlfahrer, den Juffy auf mich hetzen will, ist dort untergebracht. Juffy ist ganz aufgebracht, das sei ein Thema für die Kommunalwahl, sagt er, die armen Teufel hätten kaum ein Taschengeld und müssten um jede Fluppe betteln… Ich überlege, wie viele Prozentpunkte ein Wahlkampf für die Obdachlosen wohl zusätzlich bringen wird, 0,01 Prozent? Das wäre nicht einmal wenig, wenn man auch so bestenfalls auf 1,1 kommt. Plötzlich stelle ich fest, dass Rocco nicht mehr da ist, und finde ihn im Schankraum, wo ein Spiel um den Europapokal übertragen wird, Juventus gegen Olympique Marseille. Ich setze mich zu ihm, so blöd das auch sein mag.

Freitag, 30. Oktober

Letzter Arbeitstag beim Neithardt, ich muss eine Runde Bier ausgeben, immerhin fragt der Alte, ob er im nächsten Frühjahr wieder mit mir rechnen kann, so fragt er das wirklich, aber ich sage, dass ich vielleicht ein Auslandssemester belege, wahrscheinlich in den USA, ich weiß auch nicht, wie ich darauf komme, aber der Alte war es zufrieden. Ich glaube, er wäre enttäuscht gewesen, wenn ich nur gesagt hätte, ja, mal gucken…

Danach in den GlucksKasten, Bilch sitzt vor einem Glas mit Leitungswasser, das aber keins ist, sondern ein Gin Tonic, wie er mir erklärt, denn davon werde man »praktisch nicht betrunken«, freilich hätten sie hier keinen wirklich guten Gin, er werde dem Glucks einen besorgen, aber nur als Privatflasche für ihn selber, den Bilch also.

»Hast deine Jacke losgeschlagen?«

Plötzlich muss er lachen, er hat so eine kichernde Mädchenlache, dabei ist er ein plumper viereckiger Kerl.

»Noch am gleichen Abend!«

Auf dem Weg zu seinem Wagen, die Jacke unterm Arm, hätten ihn zwei Typen aus Klein-Kasachstan angehalten, was er denn da habe? Und Bilch hatte mehr Schiss als Verstand und doch noch so viel Geistesgegenwart, dass er ihnen das Stück hinhielt und jammerte, dass sie ihm das nicht wegnehmen könnten, das habe 3000 Mäuse gekostet, Einzelanfertigung!

»Und jetzt läuft da in Böfingen einer in meiner Jacke herum, stolz wie zehn nackte Neger...«

Ja, und die Jacke hat einen Fleck, nett.

Juffy kommt, und schließlich auch die anderen, wir reden über das Wintersemester, das für die meisten von uns in der kommenden Woche beginnt und inzwischen für keinen von uns ein so rasend spannendes Thema mehr ist, nicht einmal für Schleicher, dann hat Juffy den Einfall, dass er den Wetterbericht gesehen hat und dass es morgen schön wird und dass wir uns eigentlich einen Semester-Eröffnungs-Ausflug angewöhnen könnten... Ich glaube, Juffy ist in einem anderen Leben Dekanatsjugendführer gewesen.

Aber Puck schnappt das auf und sagt, das wär eine tolle Idee, wir könnten ins Kleine Lautertal gehen und uns die alternative Kneipe angucken, die dort aufgemacht hat. Zwar zieht Luzie gleich eine krause Nase und will fragen, wieso und wozu die Puck dort einsteigen will, aber wenn Luzie eine krause Nase zieht, dann ist es so gut wie sicher, dass die Clique anders entscheidet.

Samstag, 31. Oktober

Der Wetterbericht hat sich nicht geirrt, und ich mich auch nicht. Als mich Isolde abholt, sitzt auch schon Juffy in ihrem Renault, und im Fond auf dem Platz, neben den ich mich setzen soll, liegt Juffys Klimpermaunze...

T: »Was ist das?«

I: »Was?«

T: »Frag nicht so blöd.«

I: »Nun steig doch ein.«

T: »Nein.«

I: »Warum nicht?«

T: »Weil ich nicht bei den St.-Georgs-Pfadfindern bin. Weil ich nicht neben diesem Ding sitze. Weil ich wahnsinnig werde, wenn der da das Klimpern anfängt, womöglich noch ›We shall overcome‹ ...«

Das geht eine Weile so, schließlich nimmt Juffy das Ding nach vorne, und wir fahren los, der alte Renault röhrt gequält, vielleicht verträgt er Isoldes Fahrstil nicht, Juffy meint, wir werden froh sein müssen, wenn wir überhaupt bis Blaustein kommen, aber Isolde sagt, dass der Motor vor Behagen schnurre, wenn er so klingt, außerdem habe sie ihm versprochen, dass er in den nächsten Wochen frisches Öl kriegt und einen neuen Keilriemen, sie hat da hinter Söflingen eine kroatische Werkstatt zur Hand, da kostet die Inspektion noch nicht einmal ein Drittel von dem, was du sonst blechen musst... So kommen wir ins Kleine Lautertal hinter Blaustein, nett, ja doch, die Sonne scheint, die Lauter glitzert und mäandert zwischen den Bäumen mit ihrem bunten Herbstlaub, und von den Hängen schauen dich die Kalkfelsen mit ihren Höhlen an, dass du denkst, es sind prähistorische Götzen oder Trolle wie bei Tolkien. Irgendwann kommen wir zu fünf Häusern und einer Kirche, die Kirche sieht ziemlich evangelisch aus, ein' feste Burg ist unser Gott, und die Häuser erinnern an feuchte Keller. Dazwischen erstens der Quelltopf der Kleinen Lauter, ein Becken unterhalb einer schrundigen Felswand, das Becken grün von Wasserpflanzen, und zweitens die Gastwirtschaft »Zum Lamm«, bei der man raten muss, dass sie so heißt, denn die altertümliche Aufschrift ist fast schon ganz abgeblättert. Drinnen ist eine Wirtsstube mit einem freistehenden Eisenofen und Holzbänken und einer Holzdecke, aber keiner neo-rustikalen, sondern einer, die es dort schon immer gegeben hat, mindestens seit dem 19. Jahrhundert, oder wie alt diese Kneipe sein mag... Juffy ist ganz still, und ich kann sehen, wie seine Dekanatsjugendführerseele sich ganz andächtig dem Anblick der alten Balken hingibt. Schleicher und Luzie sind auch schon da, Puck macht sich mit den beiden Frauen bekannt, die den Gasthof übernommen und wiedereröffnet haben, eigentlich dachte ich, auf die Eröffnung und den Betrieb von alternativen Landkneipen sei man in den Achtzigern verfallen und lasse es inzwischen wieder bleiben, aber bei uns geht offenbar alles irgendwie langsamer. Irgendwo höre ich Isolde schrill entzückt kreischen, wir suchen besorgt nach der Ursache und finden sie im früheren Stall, in dem jetzt eine Tischtennisplatte steht, wobei Tischtennis eine ähnliche Wirkung auf Isolde hat wie die Gitarre auf Juffy, mit dem Unterschied allerdings, dass Isolde nicht in diesem Maß unbegabt ist wie Juffy. Jedenfalls fliegen

Schleicher, der von uns noch der sportlichste ist, die angeschnittenen Bälle nur so um die Ohren, was mir sehr gut gefällt, so dass ich mich befriedigt wieder vor mein Bier setze. Später essen wir alle Pfannkuchen zu Mittag, Juffy wird immer seliger, Holzbalken und Eisenofen und Pfannkuchen! Zum Glück gibt es noch andere Gäste außer uns, am Nebentisch sitzt ein Mann allein, als sei ihm der Kneipenlärm Gesellschaft genug. Vor allem aber hat er einen schwarzen Labrador bei sich, der daliegt und Juffy aus bernsteingelben Augen betrachtet, was diesen doch etwas dämpft, denn er hat Schiss vor Hunden.

Ich weiß nicht, aus welchem Grund, aber nach dem Essen fahren wir nicht zurück, mir ist es recht, es gibt Lustigeres als einen samstäglicher Fernsehabend mit der Alten Frau. Juffy und Luzie versuchen sich an der Tischtennisplatte, ich will zu der Schlossruine, die etwas oberhalb der fünf Häuser liegt, Isolde und Bilch kommen ungefragt mit, was will der Bilch mit einer Ruine? Die Ruine liegt auf Baumwipfelhöhe über der Talsohle, oder genauer: die von Gehölz und Moos überzogenen Mauerreste tun das, eine Tafel teilt mit, dass hier einmal Paracelsus zu Besuch war. Der Anstieg ist nur kurz, aber Isolde und der Bilch schnaufen, Isolde, weil sie sich beim Tischtennis verausgabt hat, der Bilch, weil er noch nie Kondition hatte. Von der Ruine führen zwei Wege weiter den Hang hoch, ich will den steileren davon ausprobieren und sage den beiden, dass sie mich nicht zu begleiten bräuchten, Fußkranke könne ich nicht gebrauchen!

Der Weg führt nicht ganz den Hang hinauf, sondern verläuft etwas unterhalb der Alb-Hochfläche, aber doch hoch genug, dass man auf die Felsen auf der anderen Talseite herunterschauen kann. Ich denke – ich weiß nicht mehr was, Tagträume eben, oder warum ich meine Zeit mit solchen Langweilern wie dem Bilch oder Juffy vertue. An einer Weggabel gehe ich nach rechts, das ist ungefähr die Richtung, aus der ich gekommen bin, schließlich stoße ich auf einen Pfad, der wieder ins Tal führt, und sehe sehr bald unter mir den Vorsprung, auf dem die Ruine steht. Ich gehe weiter und bleibe stehen, weil irgendetwas merkwürdig klingt, ein Rascheln und Keuchen und Getue... die werden doch nicht? denke ich und gehe vorsichtig zwei oder drei Schritte weiter. Ich habe noch nie Leuten beim Bumsen zu-

gesehen, ich weiß auch nicht, ob ich das will, eigentlich kann ich das nicht wollen.

Isolde liegt im Moos, etwas unterhalb der Ruine, und Bilch auf ihr drauf, aber er ist, soweit ich sehen kann, noch nicht sehr weit gekommen. Offenbar hat er die eine Hand in ihrer Hose, aber sie hat sie noch an und will sie sich auch nicht ausziehen lassen, jedenfalls wehrt sie sich und versucht, die Hand wegzustoßen. Plötzlich sieht sie mich, »Til, hilf mir doch«, ruft sie halblaut, ich mache ein paar Schritte auf sie zu und bleibe dann stehen, gegen einen Baum gelehnt. Wenn es ihr wirklich so schlimm ist, denke ich, warum schreit sie dann nicht richtig? Dann sehe ich, dass der Bilch ihr den Mund zuzuhalten versucht, aber das geschieht alles ein wenig täppisch, und plötzlich rammt ihm Isolde das Knie irgendwohin, und er rollt zur Seite und hält sich die Weichteile.

Dann steht Isolde auf und zieht den Reißverschluss ihrer Hose wieder zu und fängt an, sich das Laub aus Kleidern und Haar zu klopfen. Auch der Bilch kommt wieder auf die Beine, und während er seinen Hosenladen zuknöpft, bemerke ich, dass ich noch nicht viele Vergewaltigungen gesehen habe, aber das hier sei wohl ein besonders dilettantischer Versuch gewesen. Beide sagen nichts, wir gehen zu dritt und schweigend ins »Lamm« zurück, wo es Kaffee und Kuchen gibt und Juffy tatsächlich an seiner Gitarre herumzuklimpern beginnt. Ich warte darauf, dass jetzt das Große Tribunal stattfindet. Aber nein, es fällt kein Wort, Isolde sagt überhaupt nichts, und wenn das so ist, muss ich ja auch nicht davon anfangen.

Dienstag, 3. November

Wieder in dem kalten Loch in Tübingen-Lustnau, das kleine elektrische Heizöfchen macht einen staubigen Geruch, und die Lampe auf dem Kinder-Schreibtisch beleuchtet das Lehrbuch über Schuldrecht, Besonderer Teil, das ich vor zwei Semestern schon hätte durcharbeiten müssen. Mit dem Tauchsieder mache ich mir Wasser heiß für einen Tee, und zwar nicht, weil ich jetzt unbedingt einen Tee bräuchte, sondern nur so, und überlege mir dabei, ob ich versuchen soll, die

Sätze, von denen mir keiner in den Kopf gehen will, von denen ich nicht einen auch nur annähernd verstehe und deren Worte in dem Augenblick jeden Sinn verlieren, in dem ich versuche, sie in einen Zusammenhang zu bringen – ob ich also versuchen soll, diese Sätze zu unterstreichen, nach der Methode Schleicher, ich hätte sogar einen Vierfarben-Stift, da würden die Wortgirlanden sich zu einem bunt gewirkten Teppich ausbreiten, einem Wunderteppich der Jurisprudenz, mit dem ich Tausendundeine Klausur überfliegen könnte… Bevor ich ganz und gar verrückt werde, fahre ich aber mit dem Bus in die Stadt und gehe in die Kneipe an der Neckarmauer und trinke einen Glühwein, ich sitze an der Theke und bin – so kommt es mir vor – der einzige, der da allein hockt, ohne Gesellschaft, ich trinke den Glühwein und höre zu, keinem einzelnen Gespräch, sondern dem gleichförmig rauschenden Kneipenlärm, dieser akustischen Ausdünstung trinkender, rauchender Menschen…

Einmal hat mich die Alte Frau zu Ferien auf dem Bauernhof – wie soll ich sagen? – deportiert, wir saßen in einer Ferienwohnung fest und sahen uns die Streifentapete an, es war also ganz schrecklich, und abends musste ich Milch aus dem Kuhstall holen, den seltsamen Geruch nach Gras und Kuhscheiße habe ich noch immer in der Nase, aber vor allem war mir die kauende dampfende Geschäftigkeit der Kühe merkwürdig, wie man nur so mit sich selbst beschäftigt sein kann!

Und solches Zeug geht mir durch den Kopf, während ich den Leuten zusehe, manchmal auch den Mädchen, und wegschaue, wenn sie merken, dass ich sie beobachte.

Freitag, 6. November

In der Neuen Aula treffe ich Schleicher, der tut, als hätten sich noch niemals zwei Ulmer in Tübingen getroffen, dabei waren wir zuletzt so innig nicht miteinander, und mich zu einem Kaffee einlädt und mir erzählt, dass man ihn gestern Abend zum zweiten Vorsitzenden vom Argument Club gewählt hat und ob ich nicht auch einmal kommen wolle, Juristen gebe es eigentlich weniger oder gar nicht im Club…

T.: »Juristen sind von Haus aus reaktionär.«

Schl. : »Du doch hoffentlich nicht.«

T.: »Wart es ab.«

Dann erzählt er mir, dass der Club ein Wochenendseminar über Staat und Politik im dritten Jahrtausend vorbereite, das wäre doch ein unheimlich guter Einstand für mich, wenn ich ein kleines Referat hielte über die Weiterentwicklung der Grundrechte zum Beispiel...

T. : »Grundrechte werden abgebaut, nicht weiterentwickelt.«

Schl. : »Markier nicht den Zynischen! Im Umweltrecht gibt es doch so was, oder dass niemand benachteiligt werden darf, weil er schwul ist oder eine Lesbe...«

T. : »Schon recht. Ich weiß aber nicht, ob ich bei euch überhaupt einen Einstand haben will.«

Schl.: »Hab dich nicht so. Oder traust du es dir nicht zu?«

Ich antworte kühl, dass ich es mir überlegen werde, auch wenn das Thema für ein kleines Referat ein bisschen schwergewichtig sei. Schleicher ist es zufrieden. Such dir einen Schwerpunkt aus, sagt er, und irgendwann kommen wir darauf, dass ich am Wochenende doch nicht in Tübingen bleibe, sondern mit ihm in seinem Golf nach Hause fahre.

Zur Strafe habe ich mir seine Zukunftspläne anhören müssen, dass er zum Beispiel im Frühjahr für den Bundesvorstand vom Argument Club kandidieren will.

»Deswegen muss die Diplomarbeit bis dahin in trockenen Tüchern sein...«

Seine Diplomarbeit handelt, falls ich das richtig verstanden habe, vom Abstimmungsverhalten der südwürttembergischen Metallarbeiter bei den Betriebsratswahlen in den fünfziger Jahren, was um alles in der Welt soll daran noch feucht sein?

»Und irgendwann«, frage ich, »kandidierst du dann für den Bundestag?«

Er schaut zu mir herüber, und über seinen ohnehin weiß-rötlichen Teint zieht sich eine zusätzliche Röte.

»Ich denke, du traust mir nur zu, dass ich einen Schulmeister abgebe?«

Ich sage erst nichts. Soll ich ihm vielleicht erklären, dass es mir am

Arsch vorbeigeht, ob er dermaleinst einen Schulmeister oder einen Bundestagsabgeordneten abgeben wird? Und dass ich der Partei, für die Schleicher mutmaßlich antreten wird, jeden sesselfurzenden, aber politisch korrekten Klarsichtmappenträger als Kandidaten zutraue?

»Ich finde«, bemerke ich in so höflichem Ton, wie es irgend geht, »dass das eine ein so nützlicher Beruf ist wie das andere. Und Rente kriegen schließlich beide.«

Er schweigt, etwas beleidigt, zum Glück kommt auch schon die Ausfahrt Ulm-West, und so gelangen wir schließlich direkt in den Glucks-Kasten, wo Luzie gerade dabei ist, dem Juffy die Hucke voll zu quasseln. Damit hört sie auch nicht auf, als wir kommen, im Gegenteil, sie zieht den Schleicher ohne weitere Umstände an ihre Seite und redet weiter und erzählt von ihrem zweiten Praxisjahr, das jetzt im Städtischen Wohnungsamt begonnen hat, und dem Stress mit den alleinerziehenden Müttern, die von der Stütze leben, und dass man geradezu zugucken könne, wie ein ganzer Wohnblock herunterkommt, wenn mehr als eine Problemfamilie dort untergebracht wird.

Schleicher unterstreicht diesmal nichts, sondern hört eine Weile lang zu, und sagt dann etwas davon, dass die Luzie nicht von Problemfamilien reden soll, wir müssten lernen, deviantes Verhalten zu akzeptieren, und das Problem seien nicht die Familien, sondern die Leute, die ihnen das Etikett der Problemfamilien aufbügelten, aber schließlich sagt auch Juffy etwas, dass Schleicher nämlich einerseits Recht habe und andererseits nicht den Hauch einer Ahnung von dem, worüber er da rede, und er solle doch bei seinen Broschüren über die IG Metall in den fünfziger Jahren bleiben!

Nur ich bin still, bis ich plötzlich niesen muss. Mehr hab ich, glaube ich, nicht zur Unterhaltung beigetragen.

Samstag, 7. November

Ich erwache mit einem Schnupfenkopf, benommen und verschwiemelt, und erkläre der alten Frau, dass ich schwimmen gehen will, damit der Schnupfen vorbeigeht oder ein richtiger wird. Das will ich so-

gar wirklich, aber wie ich ins Westbad fahre und fast schon dort bin, hupt es hinter mir, und es ist der Bilch. Er fährt einen fast neuen BMW, das heißt, er hat ihn ganz neu, auch wenn er gebraucht ist, ob ich nicht Lust hätte, eine Spritztour zu machen, vielleicht nach Konstanz, da gebe es ein Mineralbad. »Ein bisschen spießig, aber keine solche Inkubationsanstalt für Fußpilz wie das hier, am Abend geben sie im Theater ›Così fan tutte‹, na ja Konstanz, aber warum soll man sich das nicht anhören, einfach so!«

Sagte ich bereits, dass ich an diesem Morgen nicht ganz klar im Kopf war? Ich stelle das Rad ab und steige beim Bilch ein, und wir fahren durch Oberschwaben, und Bilch redet von Autos und von Schweizer Biotec-Aktien, das sei überhaupt der Hype jetzt, wer es klug anstelle, könne damit praktisch nur gewinnen, wie ich an seinem vorzüglichen Schlitten sehe, und ob er für mich nicht auch mal ein Engagement tätigen darf? Ich antworte, dass ich dafür kein Geld übrig hätte, die paar Kröten aus der Buchbinderei seien wirklich zu sauer verdient, um sie aufs Spiel zu setzen, und Bilch erklärt, dass ich eben keine Ahnung habe, was Geld wirklich sei…

»Für sich genommen ist Geld blöd. Es ist gar nichts. Geld ist erst dann Geld, wenn es zu fressen kriegt. Es muss mehr werden, sonst verfällt es schneller, als du hingucken kannst. Geld ist nur das, was in Umlauf ist.« So ungefähr belehrte er mich aus der profunden und umfassenden Kenntnis eines bei der Ulmer Handels- und Gewerbebank ausgebildeten zweiten Hilfskassiers. »Da gibt's in unserer Filiale ein altes Tantchen. Die sieht nicht mehr richtig, und ich muss ihr die Kontoauszüge vorlesen, aber wenn sie ein paar Mark fünfzig mehr drauf hat, dann ist das ihr ganzes Glück. Es bräuchte gar keins da zu sein, Hauptsache, ich sag ihr, es ist mehr geworden…«

Ich wende ein, dass die Banken dann doch eigentlich besser Chips ausgeben sollten wie die Spielbanken, und der Bilch lacht und sagt, warum nicht? Und: »Hast du überhaupt jemals ein Casino von innen gesehen?«

Wahrheitsgemäß antworte ich, dass nein, und Bilch sagt: »Ha! Das werden wir ändern!«, und fährt drauflos, irgendwann legt er eine Scheibe auf, eine Messe von Mozart, das ist doch pervers, am Sams-

tagmorgen im Auto eine Mozart-Messe hören, nur weil ich zu müde oder zu schwächlich oder zu gleichgültig bin, um zu protestieren... In einer guten Stunde sind wir in Meersburg, gelangen mit der Fähre über einen blaugrauen krisseligen Bodensee nach Konstanz, und ich finde mich vor der Spielbank wieder, wo mir der Bilch partout eine fleckige Krawatte aufnötigen will, die er im Handschuhfach übrig hat, weil man nämlich ohne Krawatte nicht reinkommt, dabei habe ich allmählich wirklich Kopfweh und schniefe aus beiden Nasenlöchern...

T.: »Außerdem hab ich kein Geld dabei, wirklich nicht, schon gar keines zum Zocken.«

B.: »Kein Problem, nirgends. Wenn du willst, schaust du auch nur zu.«

An der Rezeption müssen wir uns ausweisen und Eintritt bezahlen, der Bilch bezahlt für mich und legt an der Kasse zwei Tausender in die Drehscheibe unterm Panzerglas, bekommt dafür ein paar Rollen blauer, grüner, roter Chips, teilt einen Haufen davon ab und schiebt ihn mir zu.

Betäubt stolpere ich in einen Saal mit Plüsch und Kristalllüstern und Mahagoni-Tischen, irgendwo sieht man sogar den See, es achtet aber sonst niemand darauf. Wohin hat mich der Bilch da geschleppt? Lauter Leute jenseits von Gut und Böse, verbrauchte alte Weiber mit ondulierten, blond gefärbten Haaren, merkwürdig angekratzte Greise in karierten Sakkos, kaum jemand jünger als vierzig, falls ich das Alter überhaupt schätzen kann, weil die Gesichtszüge der Leute mir sämtlich erscheinen, als seien sie zu oft entgleist. Der Bilch bewegt sich überraschend gewandt in diesem Milieu, dass er ein Zocker ist, wusste ich eigentlich schon immer, den Vorstand der Handels- und Gewerbebank wird es freuen. Immerhin erklärt er mir, wie ich setzen kann, und ich begreife, dass ich mit einfacher Chance nicht viel riskiere: Ich beginne ganz niedrig mit Rot, wenn ich gewinne, bin ich's zufrieden und beginne von vorne, verliere ich, bleibe ich bei Rot und verdopple den Einsatz, und das so lange, bis Rot kommt. Irgendwann tut es das, und ich behalte einen kleinen Gewinn... Bilch erklärt mir, dass das leider nur peinlich sei, aber er wolle mir nicht dreinreden und gehe deshalb an einen anderen Tisch, wo er zwischendurch Zehntausend gewinnt, wie er mir sagt, aber eine halbe oder eine ganze Stunde später kommt er plötzlich wieder zu mir und grinst und sagt:

»Alles in Umlauf gebracht!«

Ich biete ihm meinen Haufen an, der inzwischen etwas größer geworden ist, aber er will nichts nehmen. Ich bestehe darauf, dass er zumindest zurücknimmt, was er mir als Startkapital gegeben hat. Schließlich nimmt er es, aber mir bleiben doch noch Chips für gut 400 Mark.

»Fleißiges Eichhörnchen«, sagt der Bilch, und wir gehen im Konstanzer Thermalbad schwimmen, wo es auch nur alte Leute hat und der Bilch seinen weißen wabbeligen Körper in einen Liegestuhl plumpsen lässt. Offenbar ist es ein anstrengendes Vergnügen, fünfzehnhundert Mark Klimpergeld zu verzocken. Für »Così fan tutte« kriegen wir dann doch keine Karten, und so fahren wir über die Schweiz zurück und nehmen in Romanshorn die Fähre nach Friedrichshafen, nachdem der Bilch sich noch mit einer Stange Chesterfield-Zigaretten eingedeckt hat. Es ist schon dunkel, ich freue mich auf die Fahrt über den nachtschwarzen See, aber dann sitzen wir in einer Cafeteria, die ausgeleuchtet ist wie ein Wartesaal am Flughafen, und ich muss mir das Gerede vom Bilch anhören.

»Mit diesem Flavour kriegst du die sonst nur noch in den Staaten«, erklärt er mir.

Flavour? Es dauert eine Weile, bis ich begreife, dass er noch immer von den Zigaretten redet, ich greife nach einer ausgelesenen Ausgabe der »Neuen Zürcher«, die ein anderer Fahrgast hat liegen lassen.

»Wo hast du noch mal das Geld her«, frage ich irgendwann, »das Geld für den BMW und die Spielbank?«

»Die feine Schweizer Biotechnik. Hab ich dir doch gesagt.«

»Hier steht was von Biotechnik«, sage ich. »Und von einem konstanten Abwärtstrend.«

»Was für ein schlaues Eichhörnchen!«, antwortet der Bilch. »Aber das sind die Schlimmsten. Zeitung lesen und nichts verstehen.«

»Dann erklär es mir.«

»Eichhörnchen kaufen Aktien und warten, dass der Kurs irgendwann einmal ein paar Mark oder Fränkli zulegt. Ich nicht. Ich spekuliere mit Optionen. Konkret: mit Verkaufsoptionen, weil der Hype nämlich darin besteht, dass sie vorbei ist. Ich biete also an, dir Guillaume Tells biodynamische Verhüterli in vier Wochen zum Kurs von heute zu verkaufen. Wenn die Verhüterli bis dahin 40 Prozent verlieren, ist das mein Gewinn.«

»Du kannst mir viel anbieten«, antworte ich, »niemals werd ich mit dir ein Geschäft machen.«

Aber der Bilch ist nicht beleidigt. Er lacht nur. »Was hast du schon, womit du Geschäfte machen könntest!«

Dienstag, 10. November

Krank. Die Lutschtabletten taugen nichts, natürlich nicht. Die Raufasertapete dieser erbärmlichen Bude hat Wasserflecken, bräunliche. Sie ziehen sich von der Decke herab fast bis zum Fußende meines Bettes. Einer der Flecken sieht aus wie Thailand, und Malaysia hängt dran runter, wie ein Schwanz, aus dem noch Ejakulat tropft. Und sich unten, an der Bodenleiste, zu grünlichem Schimmel sammelt.

Mittwoch, 11. November

Ich bin noch im Bett, es muss früher Nachmittag sein, irgendjemand klingelt und hört nicht auf... Es ist Isolde, die in ihrem alten Renault von Ravensburg und Weingarten durch Gottes eigenes Oberschwaben herübergefahren ist, um in der Uni-Bibliothek etwas nachzuschlagen, angeblich braucht sie es für ihre Zulassungsarbeit, angeblich hat sie auch gefunden, was sie gesucht hat, und nicht nur das! Nein, sie hat auch gesehen, dass heute Abend eine Gruppe Cajun-Musiker aus Louisiana im »Sudhaus« spiele, und ob ich nicht Lust hätte, mit ihr hinzugehen, dabei müsste selbst eine angehende Grundschullehrerin sehen, dass ich Halsweh hab und keine Lust auf Schrammelmusik mit Alligatoren. Schließlich begreift sie und scheint ein wenig enttäuscht, dann will sie wissen, ob ich etwas gegessen habe, ob Medikamente da seien… »Oder soll ich dir was aus der Apotheke holen?« Und sitzt da, auf dem einen Stuhl, den es in meinem Büdchen gibt, und weiß nicht, was sie hier soll. Schließlich fragt sie, ob sie mich nicht besser nach Ulm bringen soll, ohnehin muss sie an diesem Wochenende nach Hause, weil ihr Vater im Krankenhaus ist, und weil ich nicht weiß, was ich sonst mit mir und ihr anfangen kann, sage ich: »Ja«, und Isolde nimmt nicht die Autobahn, sondern wir fahren über die Alb. Die Alb ist schneebedeckt, eine rosenfarbene Dämmerung zieht herauf, und irgendwann sagt Isolde mit leiser Stimme:

»Übrigens wollte ich dir noch danken.«

T: »Wofür?«

I: »Wenn du nicht gekommen wärst, ich weiß nicht, wie das ausgegangen wäre.«

T: »Ich weiß nicht, was du meinst.«

I: »Das mit Bilch. An der Ruine im Lautertal.«

T: »Ach so.« Plötzlich ist mir alles nur noch peinlich. »Aber ich hab ja gar nichts gemacht. Ich wusste ja nicht, wie ihr es miteinander habt.«

I (nach einer Pause): »Nein?«

Und die ganze Zeit denke ich, das ist das Dümmste, was du je getan hast: Dich von Isolde nach Hause bringen zu lassen zur Alten Frau…

Exkurs über die Mumifikation

Das Telefon schlug an, Kuttler klappte den Band zu, stand mühsam auf und sah sich suchend um. Es dauerte eine Weile, bis er den Apparat hinter einem Umzugskarton mit seinen Wintersachen entdeckt hatte. Er meldete sich und hatte plötzlich – sehr nah und sehr scharf – die Stimme Kerstins im Ohr.

»Ich wollte dich fragen, wann du diesen Kühlschrank abholen kommst. Der passt hier nicht rein, und ich hab nicht die Zeit, ständig auf dich zu warten.«

Kuttler schüttelte den Kopf, als könne er sich so besser auf das neue Thema einstellen.

»Ich hole deinen Kühlschrank nicht ab«, sagte er schließlich. »Es ist deiner.«

Durch den Hörer kam zorniger Protest. »Was redest du da! Es war unser Kühlschrank, und ich sehe nicht ein, dass ständig ich alles aufräumen muss.«

»Es ist dein Kühlschrank«, beharrte Kuttler. »Du hast ihn dir ausgesucht. Du hast alle Möbel ausgesucht, die du mitnehmen wolltest, und dazu hat der Kühlschrank gehört.«

»Aus Mitleid!«, widersprach Kerstin. »Du hattest ja gar keine Wohnung, also musste ich ihn ja mitnehmen. Aber hier ist schon einer, ein sehr viel besseres Gerät übrigens, und es wäre jetzt wirklich nett, wenn du dieses alte Ding wegschaffen würdest, wir haben schließlich ausgemacht, dass wir die Trennung ganz einvernehmlich über die Bühne bringen, und jetzt willst du dich bei jeder Gelegenheit drücken...«

Kuttler nahm den Hörer vom Ohr und hielt ihn auf Armlänge von sich. Trotzdem war zu hören, dass der Redestrom weiter floss. Er betrachtete den Hörer und spürte, wie ein merkwürdiges Gefühl in ihm hochstieg, ein Gefühl, von dem er nur wusste, dass er es sehr schnell unter Kontrolle bringen musste.

Er zog den Hörer wieder zu sich her und unterbrach den Redefluss. »Ich geb eine Anzeige auf, Kühlschrank zu verschenken, mit deiner Telefonnummer, dann kannst du selbst mit den Leuten aushandeln, wann das Ding abgeholt wird.«

Damit legte Kuttler auf, packte das Telefon und steckte es in den Umzugskarton unter seinen Dufflecoat. Dann ging er zum Kühlschrank – zu seinem! –, holte sich ein Bier und nahm einen kräftigen Schluck. Er schaute auf das Tagebuch und schüttelte wiederum den Kopf. Er hatte ungefähr ein Drittel gelesen, aber wozu sollte es gut sein, dass er sich – auch noch außerdienstlich – mit Geschichten über irgendwelche fremden Nervensägen herumschlug? Nervensägen hatte er auch so genug am Hals.

Er schaltete wieder das Fernsehen ein, auf einem der Sportkanäle kam Sumo-Ringen, gerade recht zum Bier, dicke Männer, die sich aus dem Ring patschen, ein paar kräftige Ohrfeigen, ein Heber oder zack! ein elegantes Ausweichen – und dann war es das schon, nicht dieses grasharfenfeine Zirpen und Nerven und Krallen, monatelang! Eine reelle Sache, fand Kuttler und holte sich das dritte Bier, einer der Kämpfer hockte gerade nach siegreich überstandenem Patschen und Rempeln an seiner Ringseite und wartete auf die Belohnung, die Haartracht etwas in Unordnung geraten. Diese Zöpfe! dachte Kuttler und musste an den Menschen von heute Nachmittag denken – Zopf und Rucksack und Radlerhosen. Treutlein, Harald. Er überlegte, ob Treutlein in dem Tagebuch erwähnt wurde oder ob er womöglich schon von ihm gelesen hatte, und schob den Gedanken gleich wieder weg. Diese albernen Spitznamen wie Juffy oder Bilch oder Schleicher waren ihm von Anfang an auf den Geist gegangen, ein Kennzeichen von Cliquen, die damit ihren Langweilern, aus denen sie allesamt bestanden, ein buntes Mützchen aufsetzen.

Vermutlich Juffy. Schleicher konnte auch ein richtiger Name sein, und der Mann in den Radlerhosen sah nun wirklich nicht nach einem Bank-Kaufmann aus. Also hatte dann dieser Juffy die Isolde geheiratet. Egal. Kuttler entschied, den Fernseher auszuschalten, das vierte Bier nicht zu trinken und sich auf sein Feldbett zu legen. Er schlief wie ein Stein.

Die Nacht hatte Regen gebracht, so dass Harald am Morgen den Volvo nahm und damit zuerst die Kinder in die Au brachte und dann Isolde, die an diesem Morgen ihre Klasse erst ab der zweiten Stunde übernehmen musste, in die Grundschule am Eselsberg.

Wieder einmal inszenierte Johannes die große Show, dass er nicht in den Kindergarten wolle und nie gewollt habe und lieber bei der Mutti bleibe. Und wie immer, wenn Johannes seine Show hatte, studierte Mona das Geschehen so aufmerksam, als müsse sie etwas fürs Leben lernen.

»Geht das eigentlich jeden Morgen so?«, fragte Isolde, als sie schließlich losfahren konnten.

»Eigentlich nicht«, antwortete Harald und ließ die Straßenbahn vorbei, die von der Messe kam. »Es ist nur, wenn du dabei bist. Johannes will mich dann ein bisschen vorführen…«

Die Antwort gab ihr einen kleinen Stich. Aber warum? Sie wusste es selbst nicht.

Die Hauptverkehrszeit war zwar schon vorbei, trotzdem wollte Harald nicht über das Blaubeurer Tor fahren. Seit ein schwedisches Möbelhaus dort eine Filiale eröffnet hatte, stauten sich die Autos mit den oberschwäbischen Kennzeichen, als sei der Dreißigjährige Krieg gerade eben durchgezogen und alle Häuser leer geplündert. So nahm er die Stuttgarter Straße, vorbei am Hauptfriedhof, um über die Nordumgehung zu fahren.

»Wer kümmert sich eigentlich um die Beerdigung?«, fragte Isolde unvermittelt.

»Offenbar hat sie da selbst schon vorgesorgt«, antwortete

Harald. »Der Polizist sagte so etwas... Aber wenn du mich gerade fragst – sollten wir nicht zur Beerdigung? Oder wenigstens einen Kranz schicken?«

»Wird sie überhaupt beerdigt?«, fragte Isolde zurück. »Vielleicht wollte sie verbrannt werden.«

»Tilman hat ein Grab. Ich denke, dass sie da – egal. Eine Art Trauerfeier wird es so oder so geben.«

»Blumen ja«, sagte Isolde. »Aber kein Kranz. Und was sollte da auch drauf stehen? ›In Trauer – Tilmans Freunde?‹ Würdest du dich wirklich trauen, so etwas da hinzulegen?«

»Ich weiß nicht. Wenn du nicht willst, dann hat es sowieso keinen Sinn. Aber hingehen sollten wir.«

»Das glaube ich nicht, dass ich da hingehen will.« Plötzlich wurde ihre Stimme zornig. »Weshalb denn? Weil ich vielleicht ein schlechtes Gewissen habe? Warum sollte ich? Womöglich tauchen da Zeitungsleute auf und stellen Fragen. Eine alte Frau ist gestorben und liegt tot in ihrer Wohnung, und niemandem ist es aufgefallen – warum nicht? Warum Ihnen nicht? Waren Sie mit ihrem Sohn befreundet? Das alles könnten sie fragen, und das will ich mich nicht fragen lassen.«

Harald warf einen Blick zur Seite. Isolde sah starr geradeaus. »Weißt du was? Ich ruf mal die anderen an. Vielleicht können wir uns kurz treffen und absprechen...«

»Ohne mich.«

»Wie du meinst.« Er überlegte. »Wenn wir gerade dabei sind«, fuhr er nach einer Weile fort, »da ist noch etwas merkwürdig. Dieser Polizist wusste, dass du Isolde heißt. Hast du ihr mal geschrieben?«

»Nein, ich hab mal angerufen.«

»Und?«

»Nichts«, antwortete Isolde. »Es hat sich nur der Anrufbeantworter gemeldet.«

Es war kurz nach 9 Uhr, Manfred Czybilla legte das Handelsblatt zur Seite und schaltete auf seinem Computer den Nachrichtenkanal ein, der um die Zeit einen Korrespondentenbericht über den vorbörslichen Handel brachte. Der Nikkei-Index hatte schwach vorgelegt, der Dollar stand weiter unter Druck, die US-Handelsbilanz, nun ja! Gleich würde der alte Prälat Wildenrath anrufen und fragen, ob er Daimler-Chrysler zukaufen soll...

Im Kassenraum ratschten Susi und die Aushilfskraft von der Zentrale. Ein stämmiger, unterm Regenmantel schwitzender, rotgesichtiger Mann betrat den Schalterraum, eine altmodische Aktentasche unterm Arm, und sah sich suchend um. Czybilla rückte den Krawattenknoten zurecht und zog beim Aufstehen seine Hosen mit einer raschen Bewegung nach oben, so dass sein Bauch nicht allzu sehr heraushing. Er sollte öfter in die Sauna, dachte er noch, als er den Rotgesichtigen begrüßte und sich vorstellte.

»Zu Ihnen wollte ich«, sagte dieser, »es geht um...« Er suchte nach Worten.

»Um eine Beratung?«, fragte Czybilla hilfreich nach. »Vielleicht eine Geldanlage betreffend?«

»Ganz recht«, antwortete der Mann, »es ist so, man hat... also, man hat Sie mir empfohlen.«

Eine Kunde fürs rote Notizbuch? Czybilla geleitete den Besucher in den kleinen Besprechungsraum und half ihm aus dem Regenmantel. Dann bat er ihn, Platz zu nehmen. Zögernd setzte sich der Mann, noch immer die Aktentasche auf dem Schoß, als sei sie das Kind, das mit seinem Vater noch spät durch Nacht und Wind reitet. Er war Inhaber eines kleinen Meisterbetriebs für Sanitärinstallation und hatte seine geschäftlichen und privaten Konten bei einer Raiffeisenbank auf der Alb. Jetzt suchte er aber... Ja, was?

»Also, verstehen Sie, eine Anlage für privat, wie soll ich sagen? Ich kann doch vertraulich reden?«

Das rote Notizbuch. Czybilla beugte sich nach vorn, setzte

die goldgeränderte Brille mit den sehr kleinen Gläsern ab und rieb sich die Augen, als seien sie erschöpft vom Studium der in Sechs-Punkt-Größe gedruckten Zahlenkolonnen des Börsenberichts.

»Vielleicht sollten Sie mir einfach sagen, wer Sie an mich empfohlen hat?«, fragte er schließlich.

Aber er hätte es sich denken können. Es war ein guter Bekannter eines guten Bekannten, und man war sich im Golfclub näher gekommen.

Wie sieht wohl der Lawn aus, wenn solche Leute darüber gelaufen sind, überlegte Czybilla eine halbe Stunde später, als er den Inhalt der Aktentasche – 30 000 Euro in gebrauchten Scheinen – in seinem Tresor verstaute. Eine Mozart-Melodie kam ihm in den Sinn, und er summte vor sich hin: »Wollt ihr nun tanzen, mein lieber Klempner, die Gitarre dazu spiel ich...

In diesem Augenblick schlug das Telefon an, er nahm ab. »Ein Anruf für Sie«, sagte Susi. »Ein Herr Treutlein...« Czybilla verzog das Gesicht, dann meldete er sich.

»Das tut mir Leid, Juffy «, sagte er nach einer Weile. »Ja, sicher... warum sollen wir keinen Kranz schicken?... Wenn du einen Bedarf siehst... Natürlich können wir da hin, Eastside heißt es ja jetzt, ist ganz gediegen, nein, nicht am Abend... 14 Uhr, das geht, wenn es nicht zu lange dauert.«

Einen Kaffee?«, fragte Dr. Roman Kovacz, und Kuttler antwortete, danke, er habe gerade erst. Dabei ist es blöde, dachte er noch, eine Tasse Kaffee auszuschlagen, weil man Kaffee nicht nur trinkt, um Kaffee zu trinken, sondern vor allem, um eine Gesprächssituation aufzubauen, wie es einer der Dozenten an der Fachhochschule gesagt hatte.

Aber da war es schon zu spät.

»Ja, also dann«, sagte Dr. Kovacz, »zu der alten Dame, die Sie mir haben bringen lassen... Lassen Sie mich raten... Im ersten

Augenblick habe ich gedacht, Sie hätten sie auf einem Dachboden gefunden, auf der Bühne, wie man hier sagt, dort, wo es trocken ist und vor allem gut durchlüftet…«

Kuttler wollte sagen, dass er eigentlich nicht zu einem Ratespiel hergekommen sei, schwieg aber lieber.

»Aber der sonstige Zustand deutet nicht auf einen Dachboden hin«, fuhr der Gerichtsmediziner fort. »Den sucht man sich auch nicht zum Sterben aus, es sei denn, man wünschte, sich aufzuhängen. Sie haben sie auch nicht im Wald gefunden, ganz ausgeschlossen, sondern in einer Wohnung, in einer gut gelüfteten Wohnung, es muss Durchzug möglich gewesen sein, also waren die Fenster offen, aber wenn die Fenster offen waren, müssen die Fensterläden vorgelegt gewesen sein, sonst hätten sich allerhand gefiederte Gäste eingefunden und an den Augen herumgepickt…«

My dear Watson, dachte Kuttler. Ein Regenschauer schlug gegen die Mansardenfenster des Dienstzimmers, das im Dachgeschoss einer alten Villa untergebracht war.

»Liege ich soweit richtig?«

»Bingo«, antwortete Kuttler.

»Ich vermute, Sie wollen gerne ein paar konkrete Angaben haben«, sagte Kovacz etwas pikiert. »Also. Sie wog nur noch knapp neun Kilo, Sie könnten also von einer Dörrleiche sprechen. Nun war sie schon zu Lebzeiten eine zierliche Person, aber knapp neun Kilo sind noch weniger als das Trockengewicht eines Menschen, das etwa vierzehn Kilo ausmacht. Das heißt, die alte Dame ist nicht vollständig mumifiziert, wie dies eher selten vorkommt, sondern es hat auch einen Abbau von Gewebesubstanz gegeben, insbesondere in der Bauchhöhle, durch die von Gallenflüssigkeit und Magensäure ausgelöste Autolyse.«

Autolyse? Kuttler versuchte, sich lieber nicht vorzustellen, wie ein Magen sich von selbst auflöst. Er hätte die Tasse Kaffee nicht ausschlagen sollen.

»Aber zur Todesursache!«, fuhr Kovacz fort. »Keine Gewalteinwirkung, keine Strangulation. Keine akute organische Erkrankung. Restbestände von Medikamenten sind nachweisbar, aber nicht in einer Dosierung, die in irgendeiner Weise – also auch nicht durch eine Kombination von Wirkstoffen – hätte zum Tode führen können.«

»Hat sie sich zu Tode gehungert?«, fragte Kuttler.

»Nein, denn dann müsste es Anzeichen für einen massiven Abbau von Körpersubstanz noch zu Lebzeiten geben. Die liegen nicht vor. Aber warum fragen Sie?«

»Sie ist im Zimmer ihres Sohnes gefunden worden«, antwortete Kuttler. »Der Sohn ist vor Jahren bei einem Verkehrsunfall ums Leben gekommen.«

»Vielleicht wollte sie einfach nicht weiterleben«, meinte Kovacz. »Auch das soll vorkommen.«

Kuttler bedankte sich und stand auf.

»Wie geht es übrigens«, fragte Kovacz, »Ihrem alten Kollegen Berndorf?«

»Wir haben ihn gestern zum Zug gebracht«, antwortete Kuttler. »Zum Zug nach Berlin.«

Sie sehen hier geradezu exemplarisch das Geworfen-Sein des Menschen«, sagte der Kustos des Kunstvereins und zeichnete mit der Hand die Konturen der Skulptur nach, die in einer Seitennische des Kunstvereins aufgestellt war. »Das ist ein Werk durchaus in der Tradition des Munchschen ›Schrei‹...«

Andreas Matthes betrachtete den Kustos und dann wieder die Skulptur. Der Kustos trug eine gepunktete Fliege zu einer karierten Weste und einem gestreiften Jackett. Die Plastik war aus Blechteilen gearbeitet, wie sie für Autokarosserien und Stoßstangen verwendet werden, gut anderthalb Meter hoch, und stand auf einem Holzsockel. Auf einem am Sockel angebrachten Plastikschild stand: »Alexander Keull: Traumtänzer, 1999«.

Matthes vermutete, dass das Material erst in einer Schrottpresse und dann mit einem Vorschlaghammer verformt worden war und danach bemalt. Wenn er ein oder zwei Schritte zurückging, erinnerte die Skulptur an ein Totem.

»Das ist gar nicht so falsch gesehen«, sagte der Kustos. »Diese Ulmer und oberschwäbischen Künstler, die wir versammelt haben, sind – wenn Sie so wollen – einem existenziellen Strukturalismus verpflichtet, sie brechen die Verkrustungen traditioneller Sichtweisen auf, um die ursprüngliche, die rohe Essenz der Wirklichkeit einzufangen... Hier!« Er deutete auf eine zweite Nische, in der Gemälde hingen, die ausnahmslos grau-grün gepunktete Strukturen zeigten. »Ein Beispiel für Systeme, die sich im Auge des Betrachters selbst organisieren...«

»Hören Sie nicht auf diesen Unsinn«, sagte eine Stimme hinter ihnen. Matthes drehte sich um und sah einen Mann in einem blauen Overall vor sich, der noch größer war als er selbst, kräftig und mit einer lockigen schwarzen Mähne. »Die Leute reden zu viel. Wenn man es erklären könnte, müsste man's nicht malen. Oder nicht modellieren.«

»Oh! Der Maestro persönlich!«, sagte der Kustos, »darf ich vorstellen – Alexander Keull – Herr Matthes, Referent des Herrn Oberbürgermeister.«

Die beiden Männer tauschten einen Händedruck. »Richten Sie Ihrem Chef aus«, meinte Keull, »es wäre das Beste, er erklärt den Leuten, sie sollen ihre Augen aufmachen und ihren Grips anstrengen, mehr sei nicht nötig...«

Matthes nahm seinen Notizblock. »Darf er Sie zitieren?«

Kuttler bog am Willy-Brandt-Platz nicht nach rechts in die Innenstadt ab, sondern nach links in die Schwamberger Straße und parkte den Wagen dort vor einem Flachbau, neben einem Streifenwagen und zwei VW-Bussen der Polizei. Dann stieg er die kleine Treppe hoch, die zum polizeilichen Verkehrsdienst führte.

Schichtführer Gruber II war ein hoch aufgeschossener Mann,

etwas vornüber gebeugt und mit einem Hang zur Melancholie. Kuttler nickte ihm zu und erklärte, wonach er suchte.

»Wann war das? 1. Januar 1999?«, fragte Gruber II zurück und holte einen Schlüsselbund aus seinem Schreibtisch. »Vielleicht hast du Glück, und die Akten sind noch da. Eigentlich müssten sie schon vernichtet sein.«

»Wieso eigentlich?«

»Datenschutz«, erklärte Gruber II und zuckte mit den Schultern. Damit war alles gesagt. »Datenschutz« war das Zauberwort, das alle Türen verschloss, wenn man davor stand.

»Ein Fall von Unfallflucht, sagst du?«

»Soviel ich weiß.«

Gruber II schloss die Tür zu einem schmalen Zimmer auf, das von einer Regalwand voller Aktenordner ausgefüllt schien, und ging suchend an ihr entlang.

»Gossler, Tilman«, sagte er plötzlich, »hier. Glück gehabt.«

»Glück stelle ich mir anders vor«, meinte Kuttler und setzte sich mit dem Ordner an den Tisch vor dem einzigen Fenster.

Der Unfallbericht war eindeutig und ließ eigentlich nur eine Frage offen. In der Nacht zum 1. Januar 1999 war der 23jährige Tilman Gossler mit seinem Fahrrad auf der Uferstraße entlang der Donau in Richtung Thalfingen unterwegs. Gossler benutzte kein Mountainbike, sondern ein gewöhnliches Tourenrad mit einer Zwölf-Gang-Schaltung. Er trug keinen Schutzhelm, sondern nur eine Wollmütze, und er fuhr auch nicht auf dem gesonderten Fuß- und Radweg, der nach dem Ortsende Ulm nicht mehr asphaltiert ist, sondern auf der Straße. Zur Unfallzeit hatte er einen Blutalkoholgehalt von etwa 0,7 Promille. Eine geringe Konzentration von Tetrahydrocannabinol im Haar deutete daraufhin, dass er in der Vergangenheit gelegentlich Haschisch konsumiert hatte. An seinem Fahrrad war der Dynamo an das Antriebsrad gedrückt, die Lichtanlage also eingeschaltet, und sie war auch nicht defekt. Nach Zeugenaussagen hatte Gossler kurz vor 3 Uhr das Lokal »Gluckskasten« verlassen. Von dort bis zur Unfallstelle braucht ein geübter Radfahrer nur wenige Minuten. Dies stimmte mit dem Ergebnis der gerichtsmedizinischen Untersuchung überein, wonach sich der Unfall zwischen 2.30 und 3.30 Uhr ereignet hatte. Kurz nach 3 Uhr musste, so war aus den Unfallspuren zu schließen, ein ebenfalls Richtung Thalfingen fahrender Wagen das Fahrrad Gosslers mit hoher Geschwindigkeit erfasst haben. Gossler wurde von der Wucht des Aufpralls nach vorne über die Leitplanke und gegen einen Baum der bewaldeten Uferböschung geschleudert. Er war auf der Stelle tot.

Die Uferstraße ist in diesem Bereich gerade und übersichtlich. Vor der Unfallstelle gab es keine Bremsspuren, auch nicht danach. Am Tourenrad Gosslers wurden Lackanhaftungen sichergestellt, die nach dem Ergebnis der Untersuchung durch das Kriminaltechnische Labor des Landeskriminalamtes auf einen schwarzen Daimler hinwiesen. Nach Ansicht des von der Polizei zugezogenen Kfz-Gutachters musste das Fahrzeug des flüchtigen Fahrers vorne rechts beschädigt gewesen sein.

Alles klar, dachte Kuttler. Neujahrsnacht, der Fahrer betrunken, aber nach Hause in die Garage reicht es noch. Und dann? Man muss nur jemanden kennen, der jemanden kennt. Und irgendwann geht ein Transport von Gebrauchtwagen nach Osten, manche leicht beschädigt, darunter auch ein Daimler, und nur wer genau hinschaut, sieht: da war mal was. Und jetzt fährt ein gewendeter Politruk seine Wodka-Fahne damit spazieren...

Was für ein Stammtischklischee, rief Kuttler sich zur Ordnung und blätterte zu den Zeugenaussagen zurück. Dass Tilman Gossler das Lokal »GlucksKasten« kurz vor drei Uhr verlassen hatte, war übereinstimmend von einer Angelika Falter, die in dem Lokal als Aushilfskellnerin arbeitete, und einem Manfred Czybilla zu Protokoll gegeben worden.

Kuttler notierte sich die beiden Namen, schloss den Ordner und stellte ihn zurück.

»Hast du was gefunden«, fragte Gruber II, als Kuttler ihm den Schlüssel zum Archivraum brachte.

»Weiß nicht. Sag mal, da ist von einem Lokal ›GlucksKasten‹ die Rede – das muss wohl vor meiner Zeit gewesen sein…«

»Ach, das!«, sagte Gruber II, »das heißt schon lang nicht mehr so. Das ist das Eastside am Willy-Brandt-Platz, wurde vor zwei oder drei Jahren mal umgebaut. War vorher eine ziemliche Kaschemme, frag mal die Kollegen vom RD.«

Kuttler murmelte ein Dankeschön und ging.

Er war, was die Kollegen vom Rauschgift-Dezernat betraf, kein direkter Fan. Aber das musste Gruber II nicht unbedingt wissen.

Wäre der Mann mit der ausgeprägten Stirnglatze und dem buschigen grauen Schnauzbart hinter der Theke eines der besseren Döner-Kebab-Läden der Stadt gestanden, so hätte dies niemanden gewundert. Er saß allerdings an einem Schreibtisch in einem Amtszimmer mit Blick auf spitzgieblige Dächer, sah Sitzungsvorlagen durch und hörte gleichzeitig dem Bericht zu, den ihm Andreas Matthes erstattete.

»Dass die Leute selber denken sollen, das gefällt mir, das nehmen wir«, unterbrach er Matthes. »Aber die andere Sache…« Er fuhr sich bedächtig über die Glatze, als korrigiere er den Sitz einer imaginären Frisur. Noch immer hielt er die Augen gesenkt. »Matthes – ein Komödiant kann einen Theologen abgeben und ein Theologe einen Komödianten. Steht bei Goethe. Aber der Oberbürgermeister soll nicht Pfarrer sein wollen. Die Leute haben ihn nicht gewählt, damit er ihnen predigt.«

Matthes betrachtete ihn, nicht eigentlich aufmerksam. Irgendwo hatte er einmal gelesen, die in Rätien stationierten römischen Legionen seien zumeist in Kleinasien und an der Levante rekrutiert worden, was in den ländlichen Gegenden Südbayerns und Oberschwabens heute noch manchen Männern anzusehen sei. Schließlich raffte er sich zu einem Widerspruch auf. »Aber das ist doch ein exemplarischer Fall von Vereinsamung, ein eminentes gesellschaftliches Problem...«

»Unsinn! Es ist ein exemplarischer Fall von Schlamperei der Heimstätten«, schnitt ihm der Oberbürgermeister das Wort ab. »Und ich mach Ihnen und den Heimstätten nicht den besinnlichen Dackel dazu. Sagen Sie denen Bescheid, dass sie der alten Frau wenigstens eine ordentliche Beerdigung ausrichten sollen!«

Kuttler hatte bei der Zentrale ein Ferngespräch nach Hannover angemeldet. Wie immer dauerte es viel zu lange, bis die Verbindung zu Stande kam. Am Apparat war eine Frau mit jenem indignierten norddeutschen Tonfall, der sich nach Kuttlers Eindruck immer dann zu verstärken schien, wenn der norddeutsche Gesprächspartner es mit einem für ihn erkennbar süddeutschen zu tun hatte.

»Nein«, sagte die Stimme, »Herr Professor Gossler ist für Sie nicht zu sprechen, nicht am Telefon, er hört sehr schlecht, worum geht es denn?«

Kuttler erklärte es.

»Das ist natürlich sehr traurig«, kam es aus dem Hörer, »aber ich kann meinen Mann damit nicht belasten, ausgeschlossen, er ist zuckerkrank und emotional nicht der stabilste. Schon dieser bedauerliche Unfall, das ist ja nun auch schon Jahre her, hat ihn äußerst angegriffen... Und es liegt ja unsererseits überhaupt keine Verpflichtung vor, diese Ehe ist bereits vor dreißig Jahren geschieden worden und war ja überhaupt nur ein sehr kurzes... wie soll ich sagen, ein Zwischenspiel, nicht wahr? Natürlich ist das alles sehr traurig, ich werde sehen, wie ich ihm das Ganze schonend...«

Das sei richtig, sagte Kuttler, es bestehe keine Verpflichtung. Er dankte für das Gespräch und legte auf. In diesem Augenblick öffnete sich die Tür, Kriminalkommissarin Tamar Wegenast kam in das gemeinsame Dienstzimmer und schloss die Türe wieder hinter sich, leise, aber mit der Bestimmtheit, die darauf hindeutete, dass die Kleine Lage – die Dienstbesprechung bei Kriminalrat Englin – eher unerfreulich verlaufen war. Aber wann tat sie das nicht?

»Ärger?«

»Nicht mehr als sonst. Das Lauern der Paviane, wer in der Horde den nächsten Fehler macht.« Sie legte die Klarsichtmappe, mit der sie aus der Besprechung gekommen war, auf ihren Schreibtisch. »Was macht deine Leiche?«

»Praktisch abgeschlossen.« Kuttler wandte sich wieder dem PC zu. »Sie starb, weil sie nicht weiterleben wollte. Sagt Kovacz, der dich übrigens grüßen lässt und fragt, wann ihr mal wieder einen Kaffee zusammen trinkt.«

»Was ist mit den Angehörigen?«

»Keine.« Kuttler zuckte mit den Schultern. »Sie hatte einen Sohn, aber der ist vor sieben Jahren bei einem Unfall ums Leben gekommen. In der Neujahrsnacht 1999, er war mit dem Rad auf der Uferstraße nach Thalfingen unterwegs. Irgendein Betrunkener hat ihn mit dem Daimler von der Straße gefegt, vielleicht erinnerst du dich?«

Tamar runzelte die Stirn. »Kann sein. Den Fahrer haben wir nie gefunden, nicht wahr?«

Kuttler nickte. »Übrigens hatte sie nicht nur einen Sohn, sondern war auch mal verheiratet gewesen, mit dem Kindsvater, ein gutes Jahr, dann hat sie sich scheiden lassen. Ich habe den Ex angerufen, einen Professor in Hannover, das heißt, das habe ich eben nicht geschafft, die norddeutsche Zweitfrau hat mich abgewimmelt.«

Tamar sah zu ihm hinüber. »Was hast du denn da?« Sie deutete auf das Buch im Querformat, in rotes Leinen gebunden.

»Das ist ein Tagebuch«, sagte Kuttler und versuchte, nicht verlegen zu werden. »Das Tagebuch von diesem Sohn, einem Tilman Gossler...« Plötzlich kam ihm eine Idee. »Ich wollte dich schon fragen, ob du ihn vielleicht gekannt hast. Er war in meinem Alter, hat Jura studiert und war viel im Eastside, das damals wohl GlucksKasten hieß.«

»Das war nicht meine Szene.« Plötzlich hob Tamar den Kopf und sah ihn aus zusammengekniffenen Augen an. »Kuttler – was treibst du da? Dieses Tagebuch geht uns und geht dich nichts an, so wie die Dinge liegen, oder liegt da doch was vor?«

»Nöh«, machte Kuttler.

»Dann bring es zurück oder tu's zu den Dokumenten für den Nachlassrichter.«

Zu Mittag aß Kuttler einen Teller Pasta im Café »Wichtig« und trank ein Mineralwasser dazu. Das »Tagblatt« berichtete über die Verabschiedung des Innenministers und knüpfte daran einige Mutmaßungen über ein bevorstehendes Revirement in der baden-württembergischen Polizeiführung. Eine dieser Spekulationen betraf den Ulmer Kriminalrat Englin, der für die Leitung der vakanten Polizeidirektion Friedrichshafen ausersehen sei, ja, er sei praktisch bereits ernannt, nur die Ernennungsurkunde müsse noch unterschrieben werden... Außerdem gab es einen phantasievollen Bericht über den Banküberfall in Ochsenhausen, den das Tagblatt einer oberschwäbischen Kalaschnikow-Bande zuschrieb, weil bei einem der vorhergegangenen Überfälle ein Streifenwagen, der die Verfolgung aufgenommen hatte, mit einem Schnellfeuergewehr zu Schrott geschossen worden war.

Kuttler bestellte noch einen Espresso und stellte sich den verhaltenen Jubel im Neuen Bau vor, das Zischen der Bierdosen und das mühsam unterdrückte Knallen der Sektkorken, wenn aus Stuttgart die Nachricht von Englins Beförderung an den Bodensee eintreffen und die Runde machen würde... Er trank aus, zahlte und ging beschwingt die Platzgasse hinunter zum Landgericht, wo er vor der Ersten Großen Strafkammer als Zeuge geladen war. Es ging um eine Messerstecherei auf dem letzten Volksfest in der Au, als eine deutsch-russische und eine türkische Clique aneinander geraten waren, das heißt, eine Messerstecherei konnte es eigentlich nicht gewesen sein, denn bei der polizeilichen Vernehmung waren sich alle Beteiligten einig gewesen, dass sie sich ganz friedlich unterhalten hätten und sich durchaus nicht erklären könnten, warum dem einen von ihnen nun plötzlich der halbe Magen und die ganze Milz fehlte.

Der Vorsitzende Richter hatte Kuttler für 14 Uhr geladen, aber dann lehnte einer der Anwälte das Gericht wegen Befangenheit ab, weil sich der Berichterstatter der Kammer ein wenig sarkastisch über die Absichten geäußert hatte, die mit dem Erwerb eines Butterfly-Messers seitens des Hauptangeklagten verbunden gewesen sein mochten. Kuttler überlegte, ob er zurück zum Neuen Bau gehen sollte, doch der Protokollführer des Gerichts meinte, die Sache sei in einer halben Stunde erledigt. Also setzte sich Kuttler auf eine der Bänke im Treppenhaus, holte das Buch hervor, das seine Manteltasche ausbeulte und das er eigentlich nach der Verhandlung noch in die Wohnung auf dem Michelsberg zurückbringen wollte, und schlug es an der Stelle auf, an der er zuletzt zu lesen aufgehört hatte.

Tilmans Tagebuch
Zweiter Teil

Samstag, 15. November

Isolde kommt vorbei, aber ich habe tatsächlich Fieber und rede viel zu viel, zum Beispiel, dass ich keine Lust habe, irgendwann Anwalt zu werden, womöglich noch in einer Sozietät, wo die großen Fälle dann selbstverständlich den Seniorpartnern zugeteilt werden... Isolde sieht mich an, auf eine Weise, die mir fast mitleidig vorkommt, und so höre ich auf zu reden und frage sie, wie es bei ihr wird, und sie erzählt irgendetwas von ihrer Zulassungsarbeit, neuerdings haben sie es alle furchtbar wichtig mit ihren Zulassungsarbeiten und Diplomen.

Mittwoch, 19. November

Am Montag wieder nach Tübingen, aber immer noch krank, die erste von den Klausuren im Schuldrecht beim ekelhaften Dunstheimer, um mich herum lauter eifrige hochrote Gesichter, alle tief über den Schreibblock gebeugt, wissende Gesichter, die Münder hechelnd vor Einverständnis mit den Tücken der Aufgabe. Kein gutes Gefühl.

Zum Assistenten von Zivilprozessrecht II gegangen und gebeten, das Referat erst im Januar halten zu müssen. Er sieht mich an und sagt, das gehe schon, aber ich soll im Dezember noch einmal kommen und einen Vorbericht geben. Im Antiquariat bei der Alten Mensa eine Broschüre mit Aufsätzen über Rechtsphilosophie entdeckt, die Broschüre ist in den zwanziger Jahren herausgegeben worden und noch nicht einmal aufgeschnitten.

Freitag, 21. November

Obwohl das Semester eben erst begonnen hat, treffe ich im Glucks-Kasten nicht nur den notorischen Bilch, sondern auch die anderen, mit Puck sind wir zu siebt, das ist inzwischen die optimale Idealbesetzung, wie es aus Juffy schwallt, der heute mal wieder seinen euphorischen Tag hat. Mehr sind aus unserer Clique nicht übrig – Torsten und Kai gingen nach Berlin, Belinda lebt in Rom und säugt, und von Ngyen hat Schleicher zuletzt aus Singapur gehört, offenbar will er »back to the roots« …

»Ich frage mich«, fragt sich Luzie, »wie viele wir in einem Jahr noch sind.«

Schweigen senkt sich über die Runde, schließlich sage ich, dass es überhaupt ungewöhnlich sei, wie lange wir schon zusammenglucken, und Bilch schaut mich lange an und bemerkt, ausnahmsweise hätte ich Recht. Juffy aber kann nicht an sich halten, wir seien einfach die beste Clique der Welt oder zumindest in der Stadt, und will nicht damit aufhören, bis der Bilch ihn unterbricht und vorschlägt, wir könnten doch wetten, wer nächstes Jahr nicht mehr dabei sei.

Dann ist wieder eine Weile Stille, bis Isolde sagt, darüber mag sie nicht wetten, obwohl sie wisse, wer ihr Kandidat sei, und Schleicher meint, mit dem Bilch wette er schon gar nicht, weil der sich sowieso noch um Kopf und Kragen zocken werde, auch ohne dass wir das unterstützen müssten. Schließlich sage ich, wetten bräuchten wir ja nicht. Aber statt des blöden Bleigießens könnten wir doch an Silvester das Spiel machen: Wer gehört dem Wolf? Bilch versteht nicht, und ich erkläre ihm, dass wir einfach darüber abstimmen, wer von uns sieben nächstes Jahr noch zu Silvester kommen darf, für jede Einladung einen Wahlgang, bis einer übrig bleibt, und der hat dann wegzubleiben. Und dass wir das jedes Silvester machen könnten – »oder ihr könnt das« –, bis nur noch zwei da sind. Und die müssten sich ihr ganzes restliches Leben aushalten.

»Du bist heut nicht gut drauf, oder?«, fragt Luzie, aber Bilch sagt, dass er den Vorschlag sehr gut findet und auch schon einen Kandidaten hat, vielleicht sogar eine Kandidatin.

»Wenn nur du dabei bleibst«, sage ich dümmlich, und vielleicht hätten wir uns noch richtig gezofft, wenn Puck nicht schrill aufgeschrien hätte, dass sie uns ja noch die Fotos zeigen müsse, die ihr Belinda geschickt habe, und dann mussten wir die Fotos von irgendwelchen Windelpaketen mit Inhalt bewundern und süß finden, sonst hätte es Ärger mit Puck gegeben.

Montag, 24. November

Im Zug in dem Sammelband mit den Aufsätzen über Rechtsphilosophie gelesen, ein Graukopf verstrickt mich in ein Gespräch:

»Sie studieren Jura?«

Zu peinlich. Ich versuche, ein Gespräch zu vermeiden, ein Mädchen kommt vorbei und fragt, ob wir ihr zwei Mark für den Tübinger Stadtbus geben könnten, sie hätte alles Geld für die Fahrkarte ausgegeben. Der Graukopf holt einen fadenscheinigen Geldbeutel heraus und gibt ihr den Zweier. Darauf:

T: »Haben Sie ihr diese Geschichte geglaubt?«

G: »Darauf kommt es nicht an. Sie hat schöne Augen.«

T: »Also darum heißt es, jemandem schöne Augen machen.«

Schließlich sind wir nun doch im Gespräch, und zwar über das Betteln und die Frage, was denn einem Gesetzgeber das Recht gebe, das Betteln zu verbieten.

T: »Den zivilisierten Staat erkennt man daran, dass Betteln nicht mehr nötig ist.«

G: »Ich bin schon froh, wenn Ihr zivilisierter Staat ein paar Grundrechte übrig lässt. Und sei es das auf Armut.«

Zyniker, wenn sie in die Jahre kommen, sind nur noch Schwätzer.

Dienstag, 25. November

Im Seminar Verwaltungsrecht behandelt Lindtorff den Begriff der Störung, kommt prompt auf das Bettelunwesen in den Fußgängerzonen zu sprechen, ich mache den Einwand, Betteln sei schon im Mittelalter ein selbstverständlicher Teil des öffentlichen Lebens ge-

wesen, sozusagen im gesamten christlichen Abendland, und die Kommilitonen fangen an zu kichern, christliches Abendland! Sehr komisch. Und ich fahre fort, man könne sich doch nicht ständig auf die christlich geprägte Grundordnung berufen und dann…

»Wollen Sie darüber arbeiten?«, unterbricht mich Lindtorff, ich reagiere nicht sofort, sondern merke nur, dass die Kommilitonen nicht mehr kichern, L. schiebt noch etwas nach von einem rechtsgeschichtlichen Überblick über kommunale Polizeiordnungen und den Status von Vermögenslosen, ob mich das interessieren könne?

Dann zögere ich zu lange, und er wendet sich schon wieder ab. Nach dem Seminar gehen wir ins »Gutenberg«, das heißt, es sind die, die nach dem Seminar immer dorthin gehen, aber irgendwie scheine ich diesmal mitkommen zu sollen oder dürfen. Die Blonde sagt mir beiläufig, ich hätte da einen guten Beitrag geliefert, ob ich das nicht an Lindtorffs Reaktion gemerkt habe? Ich antworte, dass ich mich eigentlich nicht darum schere, was ein Prof meint. Die Blonde heißt übrigens Helga, hat diese Haut, die gerne einen Ausschlag bekommt, und trägt – vermute ich mal – Kontaktlinsen.

Mittwoch, 26. November

Heute wurde die Dunstheimer-Klausur zurückgegeben. Zwei Punkte. Ich weiß nicht mehr, wie ich die Besprechung überstanden habe oder wie ich danach aus dem Hörsaal herausgekommen bin, als wäre nichts. Irgendwie schaffe ich es, vorbei an den Wichtigtuern mit ihren neun oder zehn Punkten, ohne einen von ihnen zu sehen, und mache mich auf den Weg zu meiner Bude und bleibe stehen und gehe weiter und bleibe wieder stehen und kehre um und stolpere durch die Stadt an den Neckar, weil ich glaube, dass irgendwo auf der Platanenallee eine Feuerstelle ist, wo ich die Klausur verbrennen kann, aber irgendwann stelle ich fest, dass ich keine Streichhölzer bei mir habe… Blind laufe ich schließlich in der Kneipe an der Ufermauer ein und bestelle einen Glühwein und gehe aufs Scheißhaus, wo ich die Klausur in kleine Stücke reiße. Aber bevor ich sie runterspüle, fällt mir auf, dass das Klo so aussieht, als ob es gleich ver-

stopft, das will ich denn doch nicht, dass die Klausur hier hoch geschwemmt wird, und die Fitzelchen verteilen sich mit der Scheiße auf dem Boden, und auf einem der Fitzelchen kann man dann meinen Namen lesen ... So tappe ich mit meiner Mappe voller Papierfetzen zurück in die Kneipe und trinke noch einen Glühwein und einen Kognak, ich kann zahlen, jawohl, ich habe ja noch immer das Geld aus der Konstanzer Spielbank! Ewig muss ich aber hier nicht bleiben, vom anderen Tisch gucken die Leute schon komisch, also zahle ich und ziehe weiter, hoch zur Stiftskirche und an ihr vorbei, irgendwann entdecke ich einen großen Müllbehälter, offenbar ist morgen Müllabfuhr, wozu braucht die Kirche einen so großen Müllbehälter? Ich mache ihn auf, verwelkte Blumen liegen darin und Einwickelpapier und lassen auch noch Platz für die Fitzelchen und Dunstheimers zwei Punkte. Gleich daneben ist ein Café, wo ich beschließe, mich für die weitere Nacht mit einem doppelten Espresso und einem Kognak fit zu machen, hatte nicht der Bilch behauptet, davon werde man praktisch nicht betrunken? Wieder eine halbe Stunde später finde ich mich im »Trotzki« ein, wo ich leider keinen Espresso, sondern nur einen Kaffee zum Kognak bekomme, was natürlich nicht perfekt ist, trotzdem bestelle ich eine zweite Runde, als ein Mensch zur Türe hereinkommt und – blaß-rosa der Teint, brandrot das Haar – sich als der Bundestagsabgeordnete Schleicher herausstellt.

Schl. : »Du hier?« (Oder so ähnlich, jedenfalls ziemlich blöd).

T. : »Wieso sitzt du nicht an deiner Diplomarbeit?«

Schl.: »Die ist fertig. So gut wie.«

T. : »Fein. Dann lad mich zu einem Kognak ein. Zu einem Kognak und einem Kaffee.«

Schl.: »Nicht besser einen Kaffee allein?«

T.: »Hast du nun was zu feiern oder nicht?«

Schleicher ist damit fürs Erste geschlagen, aber den dritten Kaffee mag ich nicht mehr, wir setzen uns in eine Ecke, und ich erzähle ihm, dass auch ich etwas zu feiern habe, nämlich eine »Entsorgung«. Er will wissen, was das ist, aber so genau will ich ihm das nicht auf die Nase binden, seine Nase ist übrigens gerade und ausgeprägt, überhaupt hat er ein kantiges Gesicht, männlich, ja doch, ein wenig schmallippig, Kognak will er keinen trinken, aber Bier. Ich sage ihm, er soll mir etwas von seiner Diplomarbeit erzählen, worauf sie hinausläuft oder was er herausgefunden hat, und er beginnt zu reden und redet und merkt nicht, dass ich kein Wort verstehe oder überhaupt nicht zuhöre, sondern nur darauf achte, wie er sein Bier trinkt, plötzlich will ich nicht allein sein, nur das nicht, das Geplätscher von Schleichers Rede soll weitergehen... Eine Stunde später meint er, es sei nun doch spät geworden, ob ich noch nach Lustnau wolle? Ich könne auch bei ihm übernachten, das sei nicht so weit, und so ziehen wir über den Neckar in die Südstadt, wo Schleicher ein schmuckes Kellerzimmer bewohnt, eine Luftmatratze hat er nicht, und eine Couch gibt es auch nicht.

»Wenn es dir nichts ausmacht«, sagt er und sieht mit seinen grünen Augen irgendwie an mir vorbei, »kannst du ja bei mir im Bett schlafen...«

Das sollte Luzie aber lieber nicht erfahren, will ich sagen und lass es bleiben, überhaupt bin ich – falls mich meine Erinnerung nicht täuscht – zuletzt ein wenig einsilbig geworden, die Worte wollen nicht mehr so recht, ich ziehe mich aus und bin plötzlich nackt.

»Das... das darfst du nicht machen«, höre ich Schleicher sagen, »das gibt ein Problem für mich...«

Ich sehe ihn an, und in all meiner Betrunkenheit begreife ich.

Donnerstag, 27. November

Was gestern war, kann ich aus einleuchtenden Gründen erst heute schreiben. Irgendwann in der Nacht wache ich auf, weiß nicht, wo ich bin, habe Durst und stehe schließlich auf, das heißt, ich muss über Schleicher steigen, der jetzt einen Schlafanzug trägt, stehe also auf und ziehe mich an, dabei merke ich, dass ich fürchterliches Kopfweh bekommen werde. Offenbar muss ich in der Nacht in das Bett gefallen und eingeschlafen sein, unmittelbar, nachdem ich Schleichers Problem erkannt hatte (schließlich war es nicht zu übersehen gewesen), oder es war so, dass in eben dem gleichen Augenblick mein Black-out einsetzte, so dass ich nicht weiß, was danach war und ob

Schleicher seine Erektion behoben hat und – wenn ja – wie. Jedenfalls glaube ich nicht, dass ich in irgendeiner Weise daran beteiligt war, irgendwie müssten sich verschiedene Dinge dann anders anfühlen.

Bevor ich gehe, werfe ich noch einen Blick auf das Bett. Schleicher ist wach und beobachtet mich, wortlos.

»Danke für die Übernachtung«, sage ich beiläufig. »Übrigens – wir haben gar nicht von dem Wochenendseminar von deinem Club gesprochen…«

»Kommst du?«, fragt er mit belegter Stimme.

Ich sage, es tue mir Leid, aber ich sei bei Professor Lindtorff eingeladen, kleiner Kreis…

»Das ist so eine Gelegenheit, die kannst du nicht einfach sausen lassen, sonst ist der Fahrstuhl weg.«

»Schade«, sagt Schleicher.

Freitag, 29. November

In der Cafeteria der Neuen Aula treffe ich die blonde Helga, ich hole am Tresen zwei Kaffee für uns… Als ich damit an den Tisch zurück komme, steht dort Dunstheimers quelläugiger Assistent, hat einen kanariengelben Pullunder an und scharwenzelt an die Blonde hin, deren Gesichtsausschlag ganz neurodermitisch wird vor Entzücken. Sie will uns einander vorstellen, ich nicke ihm nur zu, er nickt zurück, zögernd, als ob er sich nicht ganz sicher sei, und betrachtet mich, als sei ich ein Insekt, das es eigentlich nicht geben dürfe, nicht mehr geben dürfe, ganz sicher weiß er, dass ich derjenige bin, der die zwei Punkte bekommen hat, es sind schließlich Dunstheimers Assis, die die Noten geben, nicht Dunstheimer selbst, vielleicht dass der Assi dem Prof eine einzelne Arbeit gezeigt hat: »Da, schauen Sie nur! Wie einer überhaupt keine Ahnung haben kann…«, und jetzt lebe ich noch, bin nicht vor Scham im Orkus versunken, nicht vernichtet von niederschmetternden zwei Punkten.

Mir fällt es ein, auf die Uhr zu schauen und zu sagen: »Ach Gott! Ich muss dringend Lindtorff anrufen…«

Und renne davon, und der Kaffee bleibt ungetrunken zurück.

Samstag, 30. November

Es ist später Vormittag, die Alte Frau ist besorgt, es geht dir nicht gut, ich sehe es doch, noch immer die Angina? Vielleicht solltest du dir doch die Mandeln... Ich halte es nicht aus und gehe ins »17a«, um Zeitung zu lesen und möglichst niemanden zu sehen, kaum habe ich eine Zeitung gefunden, winkt mir aus einer Ecke Puck zu, müde, mit einer Geste wie früher, als hätten wir beide jetzt eine Französischarbeit zu schreiben. Ich setze mich zu ihr.

T: »Du siehst nicht aus, als ob du guten Sex gehabt hättest.«

P: »Es geht.« Pause. »Du machst mal wieder nette Komplimente.«

Dann stellt sie fest, dass ich auch nicht so besonders gut drauf sei, und ich antworte, nein, das sei ich nicht, ich hätte gestern eine Klausur zurückbekommen.

P: »Und du hast sie vergeigt?«

T: »Es geht. Ein oder zwei Punkte mehr hätten es schon sein können. Aber verstecken muss ich mich damit nicht.«

P: »Auf Deutsch hast du sie also ganz jämmerlich in den Sand gesetzt.«

Dann trinkt sie noch einen Kaffee, und es geht ihr auch schon wieder besser, schließlich fällt ihr ein, dass sie ein paar CDs kaufen will, und ich geh mit, warum gehe ich mit? Ich weiß es nicht. Weil ich nichts anderes zu tun habe. Weil – egal. Im Plattenladen findet sie lange nichts und greift sich schließlich ein Album von Chuck Berry, kaum die Musik für den GlucksKasten, denke ich, aber sie will das dann gleich hören, und ich tappe wieder mit ins Kreuzviertel. In ihrem Dachzimmer – neorustikal, mit Balken, um sich den Kopf dran anzustoßen – ist es warm, und man hat eine schöne Aussicht über die Dächer, wenn man nicht bloß Sterne sieht von den Balken. Ihre Stereoanlage ist ziemlich großkotzig und macht einen gewaltigen Krach, und als sie das eine Teil einspielt, das man aus dem Kino kennt, und dazu aber schon sehr heftig mit den Hüften wackelt, wird es mir irgendwie eigentümlich, so ist das Leben, dass man es gar nicht sagen kann. Dann ist das Stück vorbei, Puck guckt in ihrem Kühlschrank nach, ob sie ein Bier für mich hat, und bringt mir ein Tuborg, selber nimmt sie nur ein Glas Mineralwasser, weil sie am Abend wie-

der im GlucksKasten jobben muss. Ich mach das Bier auf und schau mir ihr Bücherregal an, und Puck fragt mich, sag mal, als du im Frühjahr mit dem Rad in Südfrankreich gewesen bist, hast du da eigentlich keine aufgerissen?

T: »Nein, eigentlich nicht.«

Puck: »Und uneigentlich?«

Und während ich nun doch einen Blick auf die Schachtel Chesterfield werfe, die im Regal liegt, erzähle ich, wie ich im April in der Bucht von La Ciotat zu schwimmen versucht habe, das Meer hatte nicht einmal 17 Grad, dafür war es so blau wie auf einer Postkarte, die Mimosen blühten, und in der Jugendherberge hatte ich Lynn kennen gelernt, Lynn war rothaarig und hatte die weiße Haut der Rothaarigen und studierte Soziologe oder vergleichende Kulturwissenschaften auf Englisch. Wir saßen in dem Park vor dem Kurhaus, das Kurhaus sieht so aus, als wäre die Zeit stehen geblieben, gleich kommt Peter Lorre als kokainsüchtiger Gestapospitzel um die Ecke, sagte ich, und Lynn machte ein artiges Gesicht und fragte, Peter Lorre was here, indeed?

Puck: »Und weiter?«

T: »Nichts. Am nächsten Tag fuhr sie weiter, nach Cannes, und hat mir ihre Adresse gegeben. Aber ich habe ihr nicht geschrieben.«

Puck: »Warum nicht?«

T: »Ich wusste nicht was. Hätte ich ihr schreiben sollen: I hope you had a nice journey to Cannes?«

Daraufhin meint Puck, ich sei komisch, während ich die Packung Chesterfield aufhebe, sie ist angebrochen und hat keine Steuermarke…

»Nimm dir ruhig eine«, sagt Puck, »es sind amerikanische.«

»Ja, doch«, sage ich und lege die Packung zurück.

Im Zimmer ist es nun doch sehr warm geworden. »Es ist sehr warm im Zimmer«, sagt Puck auch schon, »findest du nicht?« Sie zieht sich den Pullover aus, und ich sehe, dass sie unter dem T-Shirt keinen BH trägt und dass es jetzt geschehen soll, jetzt und hier in dieser überheizten Dachstube.

Aber es wird nichts. Ich funktioniere nicht.

»Das, mein Lieber«, sagt Puck zum Abschied, »das war jetzt wirklich schlechter Sex.«

Sonntag, 1. Dezember

Das Heim Zuflucht liegt zwischen der Bahnlinie nach Stuttgart und dem Gewerbegebiet Nordwest, ich wusste gar nicht, dass es da noch ein Tal gibt und vereinzelte Häuser darin. Eines davon ist ein lang gestreckter, zweistöckiger gelb gestrichener Bau, mit Fenstern ohne Gardinen. Im Aufenthaltsraum abgetretenes Linoleum, es riecht nach Desinfektionsmitteln und schlechtem Essen. Nebenan gibt es einen eigenen Fernsehraum, und so hört man im Aufenthaltsraum nur den Krach einer Runde abgewetzter Skatbrüder, die sich um Zehntelspfennige kloppen und sich aus Mündern voller Stummelzähne anschreien, wenn einer sich die Zehn hat blank spielen lassen. Wenn sie zu laut krakeelen, kommt ein Mensch mit nach hinten gekämmten Haaren und einer Brille, die er sich ständig zurückschieben muss, und schreit, dass er gleich den Aufenthaltsraum schließen wird.

Das HB-Männchen, wie Rolli-Rolf ihn nennt, ist Heimleiter Brauchle, der nicht so recht weiß, was er von einem Besuch halten soll, aber gerade keine Vorschrift zur Hand hat, um mich rauszuwerfen. Rolli-Rolf döst in seinem Rollstuhl in einer Ecke, ist aber sofort hellwach, als Juffy mich mit ihm bekannt macht, und kann gar nicht schnell genug zu dem Schrank geschoben werden, in dem neben allerhand vergammelten Heftromanen und einem Mensch-ärgere-dich-nicht auch ein angekautes Schachspiel verstaut ist. Mit der einen Hand, die er noch bewegen kann, fuhrwerkt er auf dem Schachbrett herum wie ein Preisboxer, der früher einmal das Handwerk richtig gelernt hat. Er weiß nicht nur, wie eine Schachuhr bedient wird, sondern hat die gängigen Eröffnungen alle drauf. Aber er hat schon lange um nichts anderes gespielt als um einen Fünfer oder eine Flasche Bier. Trotzdem habe ich die größte Mühe, mich in ein Endspiel zu retten und ein Remis zu halten. Die zweite Partie gewinne ich, aber in der dritten erwischt mich ein fürchterlicher Matt-

angriff, und über das zerknitterte zahnlose Gesicht von Rolli-Rolf zieht sich eine sonnige Heiterkeit, wie ich sie schon lange nicht mehr bei einem Menschen gesehen habe, bis das Grinsen in einem Blitzlicht gefriert, weil der Idiot Juffy seinen neuen Fotoapparat ausprobieren muss und sich dazu genau den Moment aussucht, in dem ich matt gesetzt bin. Die nächste Partie geht Remis aus, dann kommt Juffy und will nach Hause, ich hole Rolli-Rolf – der übrigens Kaminski heißt – noch ein Bier und verabrede mich mit ihm für nächsten Samstag. – Auf der Rückfahrt erzählt mir Juffy, es sei ein Wunder, dass Rolf überhaupt noch lebe, er sei beim Betteln von einem Transporter angefahren und überrollt worden, von einem Gemüsehändler aus dem Bayerischen…

»Du hast den Namen sicher schon gehört, Simon Rotter, wenn er nicht gerade Kohlköpfe verkauft, wettert er gegen die Umweltverschmutzung.«

Ich sage, dass ich weiß, wer das ist. Die alte Frau geht regelmäßig auf den Wochenmarkt, und zwar ausgerechnet wegen Rotter, und manchmal bringt sie Handzettel mit nach Hause, die soll ich dann lesen!

»Jeder weiß, dass er ein berufsmäßiger Choleriker ist, und den Rolli-Rolf hat er vorsätzlich angefahren, aber seine Anwälte haben es so hingedreht, dass es eine Herzattacke gewesen sei.«

Und wer zahlt?

Das weiß Juffy nicht, vermutlich sei es der Steuerzahler, für das Heim Zuflucht komme der Landeswohlfahrtsverband auf, so viel er wisse. Ich meine, Rolli-Rolf hätte ja wohl auch Schmerzensgeld zu bekommen, aber Juffy ist sich da nicht sicher. Das war ein Bettler, sagt er, und Bettler stünden offenbar außerhalb der Rechtsordnung, wenn ihnen etwas zustößt, seien sie selbst schuld, da sich der Rechtsstaat – als eine von den Besitzenden für die Rechte der Besitzenden eingerichtete Organisation – für einen Vermögenslosen logischerweise nicht zuständig fühle.

Keine Ahnung, aber links rausreden.

Samstag, 6. Dezember

Rolli-Rolf ist heute nicht gut drauf, oder liegt es daran, dass konsequentes Stellungsspiel Gift ist für seine Kaffeehaus-Attacken? Irgendwann sagt er, dass er mir jetzt ein Bier zahlen müsse, aber leider befinde er sich momentan in einem Liquiditätsengpass, und ich hole uns aus dem mit einem Stahlgitter gesicherten Automaten zwei Pils, aber ich glaube, es war ein Fehler, denn wie ich ihm die Flasche aufmache und wir uns zuprosten, fragt er mich:

»Du bist doch Rechtsverdreher? Juffy hat es mir gesagt.«

Und er fängt an, mir seinen Fall vorzutragen, und dass er genau wisse, dass er einen Anspruch auf Schmerzensgeld habe und dass die Versicherung des Gemüsehändlers zahlen müsse. Zum Glück kommt einer seiner Kumpel vorbeigekrochen und blickt mich hungrig an, ob er von mir ein Bier schnorren kann, und Rolli-Rolf hat plötzlich sein Schmerzensgeld vergessen und schlägt eine Revanche vor.

Ich will aber nicht allzu lange bleiben, weil für den Abend eine Adventsfeier angekündigt ist, Juffy will neue deutsche Schlager vorstellen, Juffy höchstselbst, sich auf der Gitarre begleitend. Das muss ich mir nicht antun, und so fahre ich zurück, in weiser Voraussicht war ich nicht mit Juffy, sondern mit dem Rad gekommen.

Zu Hause merke ich, dass ich wieder Halsschmerzen habe und wahrscheinlich auch Fieber. Ich gurgle mit dem roten Zeugs, aber es hilft nicht viel.

Montag, 8. Dezember

Am Morgen bei dem HNO-Doktor zwei Stunden gewartet, dann hat er mich im Rachen so gewürgt, dass ich ihm fast die Hand entzweigebissen hätte. Er rät mir dringend, die Mandeln herausnehmen zu lassen. Wieso eigentlich? Es ist dieses kalte feuchte Loch in Lustnau, mit dem Schimmel in den Ecken, das mich krank macht. Aber das will dieser Pferdemetzger nicht hören.

Mittwoch, 10. Dezember

Wieder in Ulm. Ich habe das Zimmer gekündigt, obwohl die Dezember-Miete schon bezahlt war. Ohnehin kann ich das Referat für das ZPO-Seminar auch in Ulm ausarbeiten, in der Stadtbibliothek gibt es die wichtigsten juristischen Fachzeitschriften und Urteilssammlungen. Und für den Januar wird schon irgendwo ein Zimmer leerstehen.

Donnerstag, 11. Dezember

Am Vormittag in der Stadtbibliothek, leider kein passendes Urteil gefunden. In einem Schachlehrbuch sehe ich mir die Caro-Cann-Verteidigung an und spiele mit meinem Steckschach ein paar Varianten durch. Eröffnungen kann man nicht einfach nur auf dem Papier studieren. Danach im »Wichtig«, an einem kleinen Ecktischchen sitzen Luzie und Schleicher, was immer sie zu besprechen haben, scheint so wichtig zu sein, dass sie niemanden sonst sehen, das heißt, Luzie sieht niemanden sonst, und Schleicher... Vielleicht bilde ich mir das auch nur ein, dass Schleicher jetzt gerade überhaupt niemanden anschauen will, nicht einmal Luzie, das heißt, sie schon gar nicht... Was weiß ich! Ich tu so, als hätte ich beide nicht gesehen, nehme mir eine Zeitung und suche mir einen Platz weiter weg, am Korridor, mit Blick auf den jetzt leeren Biergarten. Die Halsschmerzen sind besser geworden, und am Nachmittag geh ich ins Hallenbad, ein paar Runden schwimmen.

Kommst du voran? Das will die Alte Frau am Abend wissen, noch immer etwas besorgt, weil ich das Lustnauer Loch gekündigt habe. Und zugleich ist sie irgendwie aufgekratzt, hat frischen Aufschnitt zum Abendbrot besorgt und sogar ein Bund Radieschen, das ist doch wirklich nicht die Jahreszeit dafür.

Sonntag, 14. Dezember

Im Heim Zuflucht von dem HB-Männchen Brauchle freundlich, ja geradezu herzlich begrüßt, er lässt sogleich nach dem Herrn Kaminski rufen, sein Schachfreund sei da! Wie sich herausstellt, liegt

Rolli-Rolf die Caro-Cann-Verteidigung aber schon gar nicht. Bei der vierten Partie hat er schwarz, erwidert aber die Eröffnung nicht, sondern schaut sich um. Wir sind allein im Aufenthaltsraum, und er fängt wieder von dem Unfall an und dem Gemüsehändler und dem Schmerzensgeld, das ihm zusteht und das irgendwie nicht hereinkommt. Ob ich wohl den Rechtsanwalt Dannecker kenne? Der kümmere sich um den Fall, oder vielleicht auch nicht. Zufällig – weil ich oft genug daran vorbeigekommen bin – weiß ich, dass Dannecker seine Kanzlei im Hafenbad hat, für Rolli-Rolf ist das schon etwas, und er meint, als Jurist sei ich doch sozusagen ein Kollege von Dannecker und könnte ihn doch einfach fragen, wie der Fall steht.

Mal sehen, antworte ich und hätte mir fast auf die Zunge gebissen. Was gibt es da zu sehen! Hochkant rausschmeißen wird mich dieser Dannecker, was sonst.

Montag, 15. Dezember

Auf dem Weg in die Stadtbibliothek über Luzie gestolpert oder sie über mich, wir scheinen beide nicht sehr erfreut.

L: »Was machst du hier?«

T: »Ich geh in eure Stadtbibliothek. Ich will dort etwas eruieren, wenn du weißt, was das ist.«

L: »Blödmann. Was suchst du in dieser Bibliothek, was du in Tübingen nicht findest?«

Ich frage zurück, ob sie sich vielleicht die Arbeitsbedingungen im Juristischen Uni-Seminar vorstellen kann? Außerdem erkundige ich mich höflich, ob Luzie vielleicht gerade ihr PMS habe, weil sie heute Morgen so besonders freundlich und liebenswürdig ist.

L (leichte Rötung im Gesicht): »Das würde jemanden wie dich wohl irritieren, wenn ich es hätte, wie? Das könntest du nicht ab.«

T: »Muss ich ja auch nicht.« Dabei hätte ich es gut belassen können, aber nein, in einem Anfall von Bosheit füge ich hinzu: »Wirklich nicht. Schleicher muss damit klarkommen. Tut er doch wohl?«

L (die Rötung ist deutlich dunkler geworden): »Irgendetwas verträgst du nicht. Die ganze Zeit denke ich das schon. Du bist so dane-

ben, dass du es nicht erträgst, wenn jemand ganz normal seine Ausbildung macht oder studiert und ganz normal eine Beziehung eingeht und ein ganz normales Leben lebt.«

T: »Du tust mir Unrecht. Ich bin ein ausgesprochener Fan von den ganz Normalen. Du ahnst ja nicht, zu welchen Überraschungen die gut sind.«

Luzie sagt nichts mehr, sondern schaut mich nur an, irgendwie zornig und empört und verunsichert, wenn man das alles auf einmal sein kann, und ich gehe weiter.

Mittwoch, 17. Dezember

Am Vormittag bei Rechtsanwalt Dannecker in seiner Kanzlei im Hafenbad meine zwei Stunden gewartet, darunter geht es offenbar nirgends, und ihm dann meinen Spruch aufgesagt: dass ich Jura-Student sei und an einem Referat über den aktuellen Stand der Rechtsprechung zu Fragen des Schmerzensgeldes bei Verkehrsunfällen arbeite und zufälligerweise und in anderem Zusammenhang auf den Fall Kaminski, Rolf gestoßen sei… Dannecker ist ein groß gewachsener, blonder Mann mit einer vorspringenden Nase und schaut mich aus blauen Augen an, so dass ich nicht weiß, ob er mir überhaupt ein Wort glaubt. Dann erklärt er mir aber recht freundlich, dass er mir zwar keine Akteneinsicht gewähren könne, mich aber gerne über den Stand des Verfahrens in Kenntnis setzen wolle, nur müsse er ganz sicher sein, dass nichts davon nach außen dringe, denn wenn in dem Heim Zuflucht bekannt werde, dass sein Mandant möglicherweise noch Geldbeträge zu erwarten habe, könne dies für ihn sehr nachteilige Folgen haben. Er erzählt mir dann etwas von Gutachten, die noch ausstehen, und dass die gegnerische Versicherung offenbar auf Zeit spiele, in der Erwartung, dass der Herr Kaminski es nicht mehr lange machen werde, aber er, Dannecker, werde dem schon einen Riegel vorschieben, nur müsse dies alles absolut vertraulich bleiben, so Leid es ihm tue, denn für jeden gerecht denkenden Menschen – und also auch für ihn – sei es eine große Versuchung, den Herrn Simon Rotter, der sonst so gerne das große Wort führe und sich als Menschenfreund aufspiele, in aller Öffentlichkeit als den vorzuführen, der er wirklich sei. Aber die Rücksicht auf seinen Mandanten zwinge ihn, hier sehr behutsam vorzugehen, doch werde er mich gerne verständigen, sobald eine Verhandlung vor dem Landgericht terminiert sei, ob er meine Adresse notieren dürfe?

Ich gehe dann und denke, so werde ich nie reden können, und was ich eigentlich Neues erfahren habe... Nichts habe ich erfahren, merke ich dann, wieder einmal bin ich abgespeist worden wie ein dummer Junge, den man nicht ernst nehmen muss, der sich nicht richtig vorbereitet hat und nicht die richtigen Fragen stellt, weil er nämlich keine Ahnung von nichts hat. Ich laufe blind aus der Kanzlei, die Treppen hinunter, eine Frau kommt mir entgegen, und ich merke noch, dass sie mich anschaut wie einen, der einen Schatten hat...

Am Nachmittag fahre ich mit dem Rad zum Heim, es ist ziemlich kalt, im Aufenthaltsraum hocken lauter alte, kranke, dünstende Männer, Rolli-Rolf will auch nicht Schachspielen, sondern fragt, ob ich ihn ein bisschen draußen spazieren fahre. Er muss dann ziemlich warm angezogen werden, seit dem Unfall merkt er es nicht, wenn es ihm zu kalt wird. Hinter dem Heim ist ein Tal mit kahlen Bäumen, ich schiebe ihn den Kiesweg hoch, dabei scheuchen wir eine Horde Krähen auf. Als wir schon ziemlich weit vom Heim entfernt sind und sich auch die Krähen wieder beruhigt haben, fragt er mich, ob ich bei Dannecker war, und ich erzähle ihm von dem Gespräch, betont sachlich tue ich es, kühl, professionell, dass die gegnerische Versicherung offenbar eine Entscheidung hinauszögern wolle, Dannecker aber auf eine Verhandlung dränge, und dann könne es ja gar nicht anders sein, als dass Rolf zu seinem Geld komme.

Das ist schön, sagt Rolf, ein gutes Gefühl. Aber es sei auch ein gutes Gefühl, einen Kumpel zu haben, dem man trauen kann. Einen, der es blickt. Aber das habe er schon beim Schachspiel gemerkt.

Wir reden noch lange, auf dem Rückweg kommt uns ein Kleinbus entgegen, obwohl das keine Fahrstraße ist, der Kleinbus blinkt uns an und hält. Es steigt aus der Heimleiter Brauchle und schiebt sich die Brille zurück und ist wieder ganz das HB-Männchen und fährt mich an, was mir einfalle, so lange mit Rolli-Rolf wegzubleiben! Wenn ich mich nicht an die Hausordnung halte, werde er mir den Umgang mit Herrn Kaminski verbieten... Ich versuche, ruhig zu bleiben, und erkläre ihm, dass auch die Bewohner des Heimes Zuflucht nicht wie unmündige Kinder behandelt werden sollten. Das HB-Männchen kommt aber bloß immer mehr ins Schreien und hievt den Rollstuhl samt Rolli-Rolf mittels einer Hydraulikrampe durch die Seitentür in den Kleinbus und blökt, ich hätte Hausverbot, und Rolli-Rolf blinzelt mir zu und sagt gar nichts und lässt sich wie eine Puppe in den Kleinbus verfrachten.

Donnerstag, 18. Dezember

Am Morgen kurz beim Landgericht vorbei und den Aushang mit den Gerichtsterminen durchgesehen, aber nur einen Termin mit dem Rechtsanwalt Dannecker gefunden, eine Scheidungssache zudem, wie es aussieht: Schöttle vs. Schöttle... Ich glaube, es würde ziemlich blöd aussehen, wenn ich mich dort hineindrücken würde. Und bitte, der Herr da hinten, wer sind Sie? Sind Sie Zeuge? Ich überlege, ob ich zu »Tonio« gehen soll, in das Juristencafé gleich neben dem Landgericht, und weil es doch ziemlich kalt geworden ist, finde ich mich am Tresen wieder und bestelle einen Cappuccino. Das Café, eigentlich nur ein schmaler Schlauch entlang des Tresens, mit kleinen Sitzgruppen an der Wand, ist ziemlich voll, dabei ist es noch nicht einmal später Vormittag, Männer mit Aktentaschen und dem Gehabe einer professionell-lockeren Geschäftigkeit trinken einen eiligen Espresso oder lesen Zeitung oder diskutieren die Tagesnachrichten oder halblaut ihre Verhandlungsstrategie: also werden es Prozessparteien sein, denke ich, deren Fall noch nicht aufgerufen ist. Zu meiner Verlegenheit entdecke ich vorne am Fenster den Graukopf, den ich damals im Zug getroffen habe und der mich jetzt mit einer Handbewegung begrüßt und herüber ruft, ob ich nebenan gerade ein Praktikum mache? Am Tisch mit dem Graukopf sitzt ein Mensch, der schon am Vormittag einen gespritzten Weißen trinken muss und der mich über seine Halbbrille scharf ins Auge fasst, als sei es überhaupt ungehö-

rig, dass ein solches Greenhorn wie ich sich hier aufzuhalten wagt. Nein, antworte ich, glücklicherweise wolle ich nur einen Kaffee trinken und habe mit dem Bau nebenan gar nichts zu tun. Ich überlege, ob mir der Graue gegebenenfalls etwas über den Rechtsanwalt Dannecker erzählen kann, er scheint auf die eine oder andere Weise zum Justizmilieu zu gehören, aber er hat sich schon wieder dem Weißweintrinker zugewandt.

In der Stadtbibliothek versuche ich etwas über die Tarife herauszufinden, nach denen das Schmerzensgeld für Unfallfolgen berechnet wird. Aber die Fallsammlungen beschäftigen sich damit nicht, oder ich finde wieder einmal nicht die richtigen Entscheidungen. Schließlich schaue ich noch bei den Schachbüchern vorbei und leihe mir eine Sammlung von Aljechins Partien aus. Es dunkelt schon, als ich mit dem Rad zurückfahre, der beißend kalte Gegenwind ist so stark, dass ich zum Michelsberg hochschieben muss. Zu Hause sagt die alte Frau, da sei ein junger Mann da gewesen, »so einer mit einer schwarzen Mähne«, und hätte nach mir gefragt, und sie hätte gesagt, er solle es im GlucksKasten versuchen, ob er mich getroffen habe? Ich nehme an, es war einer aus der Kampfgruppe Stächele, und sage der alten Frau, sie solle keine solchen Auskünfte geben, ohnehin hätte ich den GlucksKasten dick.

Kratzend setzte die Lautsprecheranlage ein. »Ich bitte den Zeugen Kuttler in den Saal, Zeuge Kuttler bitte in den Saal«, schepperte die Stimme des Vorsitzenden Richters. Kuttler schrak hoch, klappte das Buch zusammen und legte seinen Mantel darüber. Er ging in den Saal, deponierte Mantel und Buch auf dem einen freien Platz in der ersten Sitzreihe, ging weiter vor bis zu dem Stuhl, der für die Zeugen bereitgestellt ist, und diktierte dem Protokollführer seine Personalien: Kuttler, Markus, Kriminalkommissar, 30 Jahre, ladungsfähige Anschrift: Polizeidirektion Ulm, Neuer Bau, im übrigen verneinend...

Was heißen sollte, dass Kuttler mit den Angeklagten nicht verwandt war und auch nicht wegen Eidesverletzung vorbestraft.

Kuttler braucht einen Espresso

Harald Treutlein stieg vom Rad und sah sich suchend um, aber den Fahrradständer gab es nicht mehr. Was konnte er anderes erwarten von einer Kneipe, in der Leute wie der Bilch verkehrten! Er sicherte das Rad an der Linde, die an der Einmündung der kleinen Nebenstraße stand und die man – wenigstens das – beim Umbau hatte stehen lassen.

Dann betrat er das Eastside und wäre am liebsten gleich wieder umgekehrt. Statt des abgetretenen geölten Dielenbodens rötlich-dunkles Tropenholz, statt Tischen und Holzstühlen Sitzgruppen mit schwarzen Lederfauteuils, dazu Tischlampen. Tischlampen! Von irgendwoher tröpfelte Fünfziger-Jahre-Jazz.

Ein dicklicher Mann winkte ihm zu, das heißt, es war kein Winken, sondern eine irgendwie und vor allem müde angehobene Hand.

»Na, hat sich doch mächtig in Schale geworfen, der alte GlucksKasten«, sagte Czybilla, als sich Treutlein zu ihm setzte. »Aber wie siehst du eigentlich aus? Hast einen Job bekommen als Fahrradkurier für den Dritte-Welt-Laden?«

Treutlein beugte sich nach vorne und schlug Czybilla mit dem Handrücken auf den Bauch. »Das wäre dann noch immer besser, als mit dieser Wampe herumzulaufen. Kommst du eigentlich überhaupt noch in eine Frau rein, falls dich eine lassen sollte?«

»Oh, da sei unbesorgt, ich kann nicht klagen, darüber am allerwenigsten! Und wo ein Wille ist, ist auch ein Weg.«

Ein Mädchen in weißer Bluse und einem sehr kurzen, seitlich geschlitzten schwarzen Rock kam. Treutlein bestellte ein Pils und warf dabei einen Blick auf das Glas, das vor Czybilla stand. »Das feine Mineralwasser, wie?«

Der winkte ab.

»Wenigstens hast du dein Problem erkannt.«

Die Tür schwang auf, und Luzie Haltermann stand im Rahmen. Sie sah sich kurz um, ging zur Garderobe, schlüpfte aus ihrem Regenmantel und hängte ihn auf. Sie trug Jeans und darüber einen Pullover. Die beiden Männer sahen ihr zu, dann begegneten sich ihre Blicke.

Um die Hüften herum hatte auch Luzie ziemlich zugelegt.

Sie kam an den Tisch, tippte kurz zur Begrüßung auf die Glasplatte und setzte sich. »Schleicher will auch noch kommen.«

»Und was wird das dann?«, fragte Czybilla. «Ein Tilman-Gossler-Gedächtnisabend? Dabei hab ich ihn nicht ausstehen können. Nie.«

»Wir müssen uns jetzt nicht darüber unterhalten, wer wen nicht ausstehen kann«, antwortete Luzie nicht ohne Schärfe. »Diese alte Frau ist da allein in ihrer Wohnung krepiert, sie hat keine Angehörigen, aber sie war die Mutter von Tilman, und deswegen gehört es sich, dass wir zur Beerdigung gehen, ich nehme an, sie hat das so angeordnet, dass sie bei Tilman bestattet wird.«

»Das glaub ich sogar«, meinte Czybilla, »so, wie sie zu seinen Lebzeiten geklammert hat.«

»Hör mit deinem Zynismus auf«, sagte Andreas Matthes, der unbemerkt an den Tisch getreten war. Er setzte sich neben Luzie und nickte Treutlein zu. »Isolde kommt nicht?«

»Nein, die Nachbarin ist verhindert, die sonst auf Mona und Johannes aufpasst. Außerdem ...«

»Ja?« Das kam von Luzie.

»Ich glaube, es ist ihr grad einfach zu viel. Sie findet, wir sollten Blumen schicken, alles andere wäre aufgesetzt ...«

»Sie will nicht gern an Tilman erinnert werden, wie?«, warf Czybilla ein.

»Wie meinst du das?«, fragte Treutlein leise zurück, aber Luzie fuhr dazwischen und erklärte energisch, dass sie keine Zeit habe, die Kindereien von Juffy und vom Bilch anzuhören. »Ich will jetzt wissen, ob wir, also die Clique von früher, einen Kranz schicken, als Freunde von Tilman, oder ob wir es jedem von uns überlassen, ob er hingeht und Blumen mitbringt ...«

»Sagtest du: Freunde Tilmans?«

»Ja, Bilch. Die Freunde von Tilman. Das waren wir einmal.«

Der Auftritt des Zeugen Kuttler hat sich dann doch hingezogen. Bei seiner ersten Vernehmung durch die Polizei hatte der Hauptangeklagte – ein untersetzter stämmiger Mann – noch in der Tatnacht zugegeben, er erinnere sich dunkel daran, dass er einmal ein Messer besessen habe. Sein Verteidiger, Rechtsanwalt Eisholm, konnte sich diese Aussage aber nur dadurch erklären, dass der vernehmende Beamte – Kuttler also – erhebliche physische und psychische Gewalt gegen seinen Mandanten ausgeübt habe.

»Sie sind damals doch davon ausgegangen, dass der Nebenkläger sich in Lebensgefahr befindet, nicht wahr?«, fragte Eisholm. Er hatte seinen Platz neben dem Hauptangeklagten verlassen, die Brille in der Hand, und nahm Kuttler – den Kopf leicht schief haltend – ins Visier, als könne er ihn auf die Weise besser orten oder durchschauen.

»Das ist mir so gesagt worden«, antwortete Kuttler höflich.

»Sie haben also damit gerechnet, dass es sich möglicherweise um ein Verbrechen des Totschlags handeln könne? Vielleicht gar ...« – Eisholm machte eine absichtsvolle Pause – »um Mord?«

»Diese rechtliche Bewertung stand mir im Augenblick der Vernehmung nicht zu.«

»Sie sind ein junger Beamter?« Eisholm zog sich wieder hinter den Tisch zurück, auf dem seine Akten lagen. »Ulm ist keine große Stadt. Ich trete Ihnen nicht zu nahe, wenn ich sage, Sie haben noch nicht oft in Mordfällen ermittelt?«

»Ich weiß nicht, was Sie oft nennen.«

»Ja, das ist sicherlich relativ«, räumte Eisholm ein. »Aber Sie haben den Fall sehr ernst genommen? Sie waren motiviert?«

»Ich habe den Fall ernst genommen, ja.«

»Sie kennen den Fall des Herrn Daschner in Frankfurt«, sagte Eisholm. »Sicherlich kennen Sie ihn. Sicherlich haben Sie sich auch schon einmal gedacht, in einer solchen Situation, wenn es um ein Menschenleben geht – also da hätte ich auch zugepackt. Oder zupacken lassen.«

»Ich halte nicht viel von Gewalt«, antwortete Kuttler. »Eigentlich gar nichts. Auch nicht davon, jemanden einzuschüchtern.« Plötzlich lächelte er schmal. »Schon deswegen, weil es höchstens komisch aussieht, wenn ich so etwas versuchen würde...«

»Ach ja?«, antwortete Eisholm. »Sie finden meine Fragen komisch? Man macht sich in dieser Stadt lustig, wenn ein Verteidiger seine Arbeit tut?«

Also, mir reicht es jetzt«, sagte Luzie und nahm einen Schluck von dem Tee, den sie sich hatte bringen lassen. »Es war vielleicht keine so besonders gute Idee, dass wir uns noch einmal treffen. Jedenfalls werde ich zu der Beerdigung gehen, und was ihr tut...«

»Du brauchst jetzt nicht die Große Anteilnehmende zu spielen«, sagte Czybilla ärgerlich. »Du musst da hin, weil dein Laden es vergeigt hat, sich um die tote Frau zu kümmern.«

»Von dir erwartet es ja auch niemand«, warf Treutlein ein.

»Eben. Aber grad drum geh ich hin.«

»Ich kann es noch nicht sagen«, meinte Andreas Matthes. »Es kommt auf den Termin an, mein Chef...«

Die anderen warteten, aber er sprach nicht weiter.

»Sein Chef ist der Ansicht«, erklärte Luzie, »dass die Heimstätten das in den Griff kriegen sollen, die Stadt will da nicht involviert sein.«

Matthes schüttelte den Kopf. »So hab ich das nicht gesagt.« Er winkte der Bedienung. »Sobald ich von der Friedhofsverwaltung den Termin habe, sage ich euch jedenfalls Bescheid.« Er bezahlte, die anderen folgten seinem Beispiel.

»Weiß eigentlich jemand«, fragte Treutlein, als die anderen ihre Mäntel anzogen, »was Puck treibt?«

»Hat ein Kind«, antwortete Luzie. »Wohnt oben am Buchenbronn. Sie muss heute Nachmittag jobben, hat sie mir am Telefon gesagt.«

»Sie lebt in einer von euren Wohnungen?«, mutmaßte Czybilla.

»Ja.«

»Einen Mann zum Kind hat sie also nicht?«

Luzie schüttelte den Kopf. »Bilch, ich hab deine blöden Klischees satt. Denk dir doch, was du willst.«

Keine weiteren Fragen?« Der Staatsanwalt und der Vertreter der Nebenklage schüttelten die Köpfe, Eisholm machte – ohne auch nur den Blick zu heben – eine abwehrende Bewegung mit der schmalen, langfingrigen Hand. Kuttler wandte sich zur Saaltür, beinahe hätte er seinen Mantel und das Buch darunter vergessen, aber der Justizbeamte am Eingang deutete mit einer kurzen Handbewegung auf den Stuhl, auf dem beides abgelegt war.

Draußen beschloss Kuttler, dass er erst einmal einen Kaffee brauchte. Er verließ das Justizgebäude über den westlichen Ausgang und ging in die Platzgasse, zu Tonio, der kleinen Cafébar gleich am Anfang, und bestellte sich einen doppelten Espresso.

Außer ihm waren nur noch zwei Gäste bei Tonio – ein Paar, das hinten am Tresen saß, auf den beiden letzten Hockern, Kuttler hatte die beiden schon öfters dort gesehen, ganz in sich versunken. In seiner Manteltasche steckte das Buch, das ihm nicht gehörte und das ihn nichts anging und das er zurückzubringen hatte... Aber merkwürdig. In dem letzten Eintrag, den er gelesen hatte, war dieser junge Mann Tilman Gossler hier in diesem Café gewesen – was heißt junger Mann? Kuttler und er waren beide gleichen Jahrgangs... Tilman also war hier in diesem Café gewesen und hatte wen beobachtet? Einen älteren Mann, der sich einmal im Zug nach Tübingen mit ihm unterhalten hatte, Tilman hatte sich überlegt, ob er ihn wegen dieses Rechtsanwalts Dannecker ansprechen solle, aber der Grauhaarige war diesmal im Gespräch vertieft mit einem Menschen, der... – Kuttler konnte nun doch der Versuchung nicht widerstehen und schlug das Buch noch einmal auf – *schon am Vormittag einen gespritzten Weißen trinken muss...*

Zwei Männer kamen zur Tür herein und hängten ihre Mäntel an den Garderobenhaken auf. »Was wollen Sie?«, sagte der eine von ihnen, ein Mann mit einer Halbbrille und kurz geschorenem Haar, »Eisholm ist ein VIP, das will morgen auch der Vorsitzende Richter lesen, dass so jemand vor seiner kleinen unbedeutenden Kammer aufgetreten ist... Tonio, einen Gespritzten!«

Für einen Augenblick oder auch nur den Bruchteil davon überkam Kuttler die Empfindung, ertappt worden zu sein. Von wem? Der Wirklichkeit? Natürlich wusste er, wer der Mensch mit der Halbbrille war, auch wenn er vorhin während seiner Vernehmung nicht wahrgenommen hatte, dass der Gerichtsreporter Frentzel in der Verhandlung saß, schließlich hatte ihm Eisholm nicht die Zeit gelassen, sich im Saal umzusehen.

»Aber sagen Sie mir doch, was dieser ganze Auftritt bringen soll«, meinte der andere Mann und nahm an dem Tischchen neben Kuttler Platz, nachdem er eine große und etwas abgeschabte Aktentasche daneben abgestellt hatte. Er war hoch gewachsen, hatte eine weiß-gelbliche Haarmähne, die wohl einmal blond gewesen war, und eine auffällige vorspringende Nase. »Diese Konfliktverteidigung kommt hier in Ulm nicht gut an, das war noch nie so, das bringt nur den Beifall der Galerie ein…« Er bestellte einen Espresso und einen Grappa.

»Nicht nur Beifall«, widersprach Frentzel. »Vor allem bringt es Honorar ein, das sollte ich Ihnen doch nicht sagen müssen, mein Lieber! Übrigens…« Er beugte sich nach vorne, so dass er an seinem Begleiter vorbei zu Kuttler sehen konnte, und nickte ihm zu. »Sie haben sich ja gut gehalten, Kompliment!«

Auch der andere Mann wandte den Kopf und machte ein Gesicht, als wolle er sich notgedrungen dem Lob anschließen. Ihn hatte Kuttler schon in der Verhandlung wahrgenommen, es war ein Anwalt, der Vertreter der Nebenklage.

»Wenn's der Wahrheitsfindung gedient hat«, antwortete Kuttler. »Sie haben schon Feierabend?«

»Ich noch nicht«, sagte Frentzel. »Leider nicht. Aber nach Ihrer Vernehmung wurde ziemlich schnell vertagt. Herr Staranwalt Eisholm ermangeln zur Zeit eines Führerscheins und müssen mit dem ICE zurück nach München… Was macht eigentlich die Nachfolge von Berndorf? Noch immer kein weißer Rauch?«

Kuttler drehte die Hand um, so dass die leere Handfläche zum Vorschein kam. »Unserem scheidenden Landesvater hat man soeben einen eigenen Fahrer und eine eigene Sekretärin für den Ruhestand bewilligt. Irgendwo muss die Landesregierung doch sparen.«

Der Anwalt neben ihm lachte, etwas zu laut, wie Kuttler fand. »Das ist schön, dass Sie Ihren Obersten Dienstherrn so verteidigen«, sagte er und streckte Kuttler die Hand hin. »Wir kennen uns ja wohl vom Sehen, aber jetzt will ich mich doch mit Ihnen bekannt machen. Dannecker ist mein Name, Wolfram Dannecker…«

Die Hand ragte Kuttler aus einem Anzugärmel entgegen, der am Rand schon etwas ausfaserte. Der Anzug war aus einem teuren englischen Tuch geschneidert, aber jetzt faserte er aus. Warum fällt mir das auf, dachte Kuttler, bis er begriff, dass er jetzt die Hand nehmen musste und den Händedruck erwidern.

»Kuttler«, sagte er, »Markus Kuttler. Angenehm.«

Öl tendierte leichter, deutsche Aktien zum Börsenschluss geringfügig im Plus, der Dollar nicht mehr ganz so schwach. Manfred Czybilla schaltete den Nachrichtenkanal aus und gähnte. Alles ganz nett. Eichhörnchenfutter. Der Singapur-Fond tümpelt vor sich hin. Egal. Der liebe Gott lässt einen braven Spekulanten nicht verkommen, die Dreißigtausend des Installateurs von heute Morgen rissen vorerst alles heraus, wozu der zivilisatorische Fortschritt nicht gut war! Früher hatten sie Sitzgruben auf der Alb, und jetzt...

Noch einmal sah er sich den Kontoauszug an, den er sich vorhin hatte ausdrucken lassen, und lächelte ein kleines Lächeln, das er mit niemandem teilen musste. Falter, Angelika. Siebzig Euro unterm Limit vom Überziehungskredit, und das Monatsende noch in weiter Ferne! Kein Wunder, Alimente flossen offenbar nur selten oder nie, das kommt davon, wenn eine nicht ans Geld denkt, wenn sie die Beine breit macht. Nun ja, weiß man's, vielleicht hat die gute Puck inzwischen dazu gelernt, vielleicht kellnert sie auch wieder, aushilfsweise, ohne Lohnsteuerkarte, dann aber in keiner der besseren Kneipen, sonst wäre sie ihm sicher wieder einmal über den Weg gelaufen...

Er stand auf, zog seinen Mantel an und schloss sein Büro ab. Genug für heute, ohnehin war er vermutlich wieder einmal der Letzte. Der Fahrstuhl brachte ihn in die Tiefgarage, die für die Mieter des Blocks sowie die Mitarbeiter der Filiale und der beiden Arztpraxen im Haus reserviert war. Wie immer musste er sich zwingen, nicht zu schnell zu seinem Wagen zu gehen. Die Tiefgarage war ihm unheimlich. Im Haus wohnte längst nicht mehr die beste Kundschaft, und wie oft las man, dass Bankmitarbeiter als Geiseln genommen worden waren!

Er startete seinen BMW und legte sich noch einmal – während das Rollgitter der Tiefgarage langsam nach oben glitt – seinen kleinen Fahrplan für diesen Abend zurecht. Es brauchte nicht teuer zu werden. Eine Flasche Schampus, eine Tafel Schokolade für den Schreihals – nein, keine Schokolade, ein

Teddybär, im neuen Einkaufszentrum müsste so etwas ja wohl zu finden sein.

Und dann ein beiläufiges kleines Angebot. Die Kreditlinie ist ein wenig eng gezogen, finde ich, viertausend – wäre dir damit geholfen? Ich brauch nur ein Wort mit dem Sachbearbeiter zu reden, der löchert mich sowieso die ganze Zeit, dass ich ihn einsteigen lasse…

Aber warum Puck? Er schaltete den CD-Player ein, eine triumphierende, eine auftrumpfende Musik brach aus den Lautsprechern, wieso hatte er Verdi aufgelegt? Ihm war heute nicht nach Verdi. Das triumphierende Blech brach ab, trat respektvoll zurück und machte Platz dem alles und vor allem sich selbst liebenden Tenor des Herzogs von Mantua: *La donne é mobile…*

Die anderen waren schuld. Dieses blöde Treffen im Eastside. Alles war noch einmal hochgekommen. Ihm war es hochgekommen. Und da darf man dann ja wohl auch das Angenehme ein bisschen aufwärmen, jetzt, wo alle dazugelernt hatten und wussten, was zählt. Geld zählt, er hatte es ja immer gewusst. Also würde niemand mehr Umstände machen, diesmal nicht, so trügerisch sind Weiberherzen gar nicht.

Die Anzeige des Anrufbeantworters blinkte in nervtötendem Gleichmaß. Kuttler verzog das Gesicht und drückte auf die Abspieltaste:

»Ja, ich habe also mit Toby über deinen Vorschlag gesprochen, und er findet es auch ganz unmöglich, dass du uns Leute ins Haus schicken willst, die sich dann hier umsehen können und alles ausspionieren…«

Kuttler drückte auf die Löschtaste, und Kerstins Stimme brach ab, als seien ihr die Stimmbänder gerissen. Befriedigt ging er in die kleine Küche, entschied, das letzte Bier aufzuheben, und schaltete den Wasserkocher ein, um sich einen Tee aufzugießen. Das Buch, die Aufzeichnungen dieses Tilman, hatte er nun doch nicht auf den Michelsberg gebracht, schließlich eilte das auch nicht, irgendwann würden sie auf einen Berg Altpapier kommen und eingestampft werden für alle Zeit und Ewigkeit. Genauso gut könnte er…

Er schüttelte den Kopf und goss seinen Tee auf. Das Tablett mit der Kanne und dem einen Becher, den er bisher besaß, brachte er zu seinem Korbsessel und stellte alles auf einen Bücherkarton. Der Tee musste noch ziehen. Das Tagebuch steckte in seinem Mantel, er holte es und schlug es auf.

Tilmans Tagebuch
Dritter Teil

Freitag, 19. Dezember

Es muss nach 22 Uhr sein, Bilch hat sein viertes Weizenbier vor sich stehen, in den Kinos sind die ersten Abendvorstellungen vorbei. Wir streiten über unsere Silvesterfeier, als Luzie – die schon den ganzen Abend geladen ist – die Stimme hebt, vielleicht etwas zu sehr, und der Geräuschpegel in der Kneipe plötzlich, wie erschrocken, absackt, so dass Luzies Rede über den Köpfen schwebt und dort hängen bleibt wie eine zornige grüne Comicblase:

»Wenn er dieses Scheißspiel bestellt hat, dann soll er es auch bekommen…«

Ich halte den Kopf gesenkt, aber nicht, weil ich mich besonders angesprochen fühle. Soll sie doch reden! Dann sehe ich mich vorsichtig um, die Leute kehren zögernd zu ihren Gesprächen zurück, der Bilch guckt in sein Bierglas, Schleicher blättert wie gedankenverloren in irgendwelchem Altpapier, welch ein Glück, dass er immer wieder neues findet und sich darin versenken kann und niemanden anschauen muss! Die ganze Wissenschaft lebt doch davon, dass der Kreislauf von Käuen und Widerkäuen niemals unterbrochen wird, aber es ist nicht das, was mir in diesem Augenblick durch den Kopf geht.

An der Tür steht eine Frau, in einem dunklen Cape, dessen Kapuze und dessen Schultern von Schnee bedeckt sind. Sie trägt keine Handschuhe, und die eine Hand hält noch immer die Kapuze ihres Capes fest, als zögere sie, ob sie sie zurückstreifen solle. Offenbar ist sie zum ersten Mal hier und weiß nicht, ob das die richtige Szene für sie ist. Von der Kälte oder dem Schnee, den ihr der Wind ins Gesicht ge-

trieben hat, sind die Wangen gerötet, in den Augenbrauen hängen Schneeflocken, und auch in den dunklen Haaren, die von der Kapuze nicht ganz bedeckt sind, haben sie sich verfangen. Ihre Augen sind groß und von einem dunklen Blau oder Grau.

Jetzt, drei oder vier Stunden später, bin ich mir ganz sicher, dass mir diese Augen sofort aufgefallen sind. Das ist merkwürdig. Wie will ich gesehen haben, dass sie blau oder grau sind, quer durch die Kneipe?

Luzie, zum Glück, hört zu reden auf und zündet sich eine Zigarette an.

»Habe ich das recht verstanden«, fragt Juffy, »wir wählen einen, der nächstes Jahr nicht mehr ... wie soll ich sagen? Der nicht mehr kommen soll.«

»Nein«, sagt Luzie. »Wir wählen jeden, der nächstes Jahr an Silvester dabei sein wird. Eine oder einen nach der oder dem anderen. Bis eben einer übrig bleibt.«

»Und was ist mit dem?«

Luzie schnaubt eine Rauchwolke durch die Nasenlöcher. »Der weiß dann, dass die anderen ihn für entbehrlich halten.«

»Ich glaube«, sagt Juffy bedächtig, »dass das ein Scheißspiel ist.«

»Meine Rede«, antwortet Luzie und deutet mit der Zigarette auf mich. »Es ist ja auch eine Idee von ihm.«

Ungefähr so, irgendwie so haben wir das wohl gesagt, aber was ich davon aufschreibe, ist so zuverlässig und abgesichert wie die Behauptung, ich hätte sofort gesehen – auf den ersten Blick –, dass die Frau mit der Kapuze graue oder blaue Augen hat. Mit dem Erinnern beginnt das Lügen.

Die Frau hat nun doch die Kapuze abgestreift und ist an die Theke getreten, die Typen dort – strauchbärtige Sozialarbeiter und Junglehrer im Endstadium vor der Verbeamtung, so viel ich sehe – machen ihr eher gleichgültig als bereitwillig ein Eckchen Platz. Irgendetwas bringt mich dazu, den Blick wieder von ihr abzuwenden, und als ich das tue, sehe ich, dass Isolde mich beobachtet. Sie hat mir zugesehen, wie ich der Frau zusehe, und für einen Augenblick bin ich zornig.

»Izzy-Schatz«, sagt der Bilch, »siehst du die Frau an der Theke? Die kann da nicht bleiben. Nicht unter diesen Hirngesteuerten. Sei lieb und geh hin und sag, dass sie sich zu uns setzen soll.«

Ich hätte nicht gedacht, dass Isolde überhaupt mit ihm redet, aber sie antwortet etwas in der Art, dass sie nicht daran denke, Bilch die Schnitten aufzureißen, und er solle gefälligst seinen Arsch selbst an die Theke bequemen. Aber Luzie meint, dass das keinen Sinn hat, weil die Frau umfällt, wenn Bilch ihr seine vier Weizenbiere ins Gesicht bläst, und steht auf und geht an die Theke und redet mit der Frau und bringt sie an den Tisch. Die Frau hält ein Glas Weißwein in der Hand und sagt: »Hallo!« und lächelt und setzt sich auf den freien Platz neben dem Bilch.

»Ich bin die Solveig.«

Solveig hat langes, blauschwarzes Haar, und ihre Augen sind nicht einfach grau oder blau, sondern in das Grau ist ein Farbton beigemischt, es dauert eine Weile, bis mir einfällt, was es ist: Es ist die Farbe der Schlehen, wie man sie im Oktober in den Hecken auf der Alb findet.

»Verstehst du das?«, fragt mich Juffy.

Ich antworte nicht. Luzie war es langweilig. Das ist kein Wunder, wenn man den Bilch am Tisch hat und auf Schleicher irgendwie sauer ist. Von mir will ich gar nicht reden. Also packt sie die erstbeste Gelegenheit am schwarzen Schopf und lässt den Bilch darauf los. Oder die Gelegenheit auf den Bilch. Das ist so gut wie sonst eine Seifenoper. Die Clique vom GlucksKasten, 127. Folge.

Vielleicht will sie auch der Puck eins draufgeben, wie mir beim Schreiben dämmert, weil es doch vermutlich die Puck selbst war, die dem Bilch die Lederjacke ruiniert hat und trotzdem die Chesterfield ohne Steuermarke zugesteckt bekommt. Zwei-Fliegen-Luzie.

»... dir gegenüber sitzt der Bilch, er ist bei der Handels- und Gewerbebank und wird dort irgendwann ein ganz großes Rad gegen die Wand fahren«, höre ich Luzie sagen, »und das hier ist Tilman, man sieht es ihm ja nicht direkt an, aber irgendwann kommt sogar er groß raus und schreibt einen Roman, da kommen wir dann alle drin vor, und dieser Abend vielleicht auch, stell dich also gut mit ihm.«

Solveig schaut mich an, fragend oder besser: forschend, als sei ich *ein irgendwie merkwürdiges oder sonst missratenes Insekt. Ich gebe den Genervten, werfe einen Blick zur Decke und hebe abwehrend beide Hände.*

Ich hätte sagen sollen, in ruhigem, freundlichem Ton, dass ich schon einmal ein oder zwei Bücher gelesen hätte – gelesen! nicht geschrieben – und dass jemand von Luzies Bildungsstand das einfach nicht schnallt... Aber nie fällt mir so etwas rechtzeitig ein.

»Stellt euch vor«, fährt Luzie fort, »wie ich neulich bei ihm bin, liegt ein dickes Buch mit einem weinroten Einband auf seinem Tisch, kein Aufdruck, nichts, und ich denke, was ist das und was steht da drin, und Tilman sagt, ich soll die Finger davon lassen, also schlage ich es auf – und wisst ihr, was drin war?« Triumphierend sieht sie sich um. »Nichts war drin. Lauter leere Seiten. Das ist eben Tilman...«

Und das ist eben Luzie.

»Und was macht Tilman, wenn er nicht gerade keinen Roman schreibt?«, fragt Solveig und sieht mich schlehenäugig an. Ihre Stimme hat etwas, das ich nicht beschreiben kann. Katzen müssten sofort zu schnurren beginnen, sobald sie diese Stimme hören.

Luzie antwortet etwas in der Art, dass wir alle irgendwie und irgendetwas studieren würden, und Bilch fällt es ein, witzig sein zu wollen, und deutet mit dem Bierglas auf mich:

»Er studiert Jura so, wie er keine Romane schreibt. Auf lauter leeren Seiten.«

Für einen Augenblick überlege ich, ob ich ihm das Bierglas wegnehmen und über ihm ausleeren soll. Oder gehen.

Aber dann sagt Solveig, Bücher mit leeren Seiten und gar nichts drin könnten sehr schön sein und außerdem praktisch. Juffy will daraufhin wissen, was Solveig denn mit Büchern zu tun habe, und sie sagt, dass sie in einer Buchhandlung jobbt, beim Schoepflin, und ich sehe, wie Luzie sie anschaut, als ob daran etwas anrüchig wäre oder seltsam.

Irgendwann kommt Puck vorbei, und ich sage, sie soll mir einen Kaffee bringen, und als sie ihn bringt, schiebe ich meinen Stuhl ein Stück zurück, als gehe es mir darum, den Tisch besser zu übersehen. Vermutlich will ich der Neuen – warum nenne ich sie nicht bei ihrem

Namen –, vermutlich will ich Solveig also nur zeigen, dass ich nicht wirklich dazugehöre, nicht zu der lieben Isolde, über die es so wenig zu sagen gibt wie über den Bilch, nicht zur Zwei-Fliegen-Luzie oder zu Juffy, der den armen Obdachlosen alte deutsche Schlager auf der Klampfe vorsingt… Das Gespräch dreht sich um den Film, den sich Solveig angesehen hat, es ist kein neues deutsches Lustspiel, sondern ein neues deutsches Melodram, und die Hauptdarstellerin hat ein Pferdegesicht, wie Luzie behauptet und ausführlich darlegt, weshalb sie den Film auch gar nicht gesehen hat und nicht sehen will, so dass Solveig gar nicht zum Erzählen kommt. Ich höre zu und auch wieder nicht und versuche, nicht auf Solveig zu schauen, weil es mir doch zu peinlich ist, dazusitzen und wie ein Ochse zu glotzen, als hätte ich noch nie eine Frau gesehen.

Ist das komisch? Wahrscheinlich.

Irgendwann zahlt sie und will gehen, ich zahle auch und überlege, wie ich sagen soll, dass ich sie ein Stück begleite, das heißt, nicht einmal das Hohngelächter der Clique hätte mich daran gehindert, das zu sagen, sondern Solveig hat ihre Ente gleich um die Ecke geparkt, außerdem gehen die anderen auch, ich helfe noch, Luzies gestreifte Sardinenbüchse und Solveigs Deux Chevaux aus dem Pappschnee auszugraben, und sage Tschüß! und bekomme von Solveig einen Kuss auf die Wange, bis irgendwann! sagt sie noch, was immer das heißen soll, und dann gehe ich zu Fuß und allein durch das Schneetreiben nach Hause.

Jetzt kann ich nicht schlafen. Wenn ich ans Fenster gehe und die Augen abschirme, sehe ich, dass es immer noch schneit.

Samstag, 20. Dezember

Die Alte Frau hat mich heute Morgen ausschlafen lassen, war sogar einkaufen gegangen, was an den Samstagen sonst ich übernehme. »Du sollst nicht so viel arbeiten«, sagt sie beim Frühstück mit dieser Rührung in der Stimme, die allein schon unerträglich ist, auch ohne den Umstand, dass sie offenbar gehorcht hat, wie lange ich noch geschrieben habe und wann ich ins Bett gegangen bin.

Mir geht durch den Kopf, was wohl wäre, wenn eine Frau bei mir übernachten wollte, und ich schiebe den Gedanken gleich wieder weg. Wichtiger ist, dass die Alte Frau nicht ihre Nase in dieses Tagebuch steckt. Vorerst habe ich es in den Schutzumschlag eines Bandes »Materialien zur Tradition der deutschen sozialistischen Literatur« gepackt, das sollte nicht einmal sie aufschlagen wollen.

Ihre Rührung hält so weit an, dass sie mir zwanzig Mark unter die Kaffeetasse schiebt, mit dieser himmelschreiend beiläufigen Geste, die vergessen machen soll, dass zwanzig Mark sehr viel Geld für sie sind. Ich stecke den Schein ein und würge ein »Danke« über den Tisch.

Ich bin dann in die Stadt, zu Fuß, denn es liegt an diesem Morgen auf den Straßen so viel Matsch und Schnee, dass mit dem Fahrrad kein Durchkommen ist. In der Adventszeit, während der Dauer des Weihnachtsmarktes, ist der Wochenmarkt in die Seitenstraßen des Münsterplatzes abgedrängt; den Stand von Simon Rotter finde ich schließlich an der Nordseite des Münsters, er ist wie immer dicht umlagert und mit Plakaten behängt, auf denen Rotter alte Bauernregeln erklärt oder gegen die neue Regierung wettert, weil sie nichts gegen die Wasserverschwendung von Industrie und Großmolkereien tut. Er ist ein großer rotgesichtiger Mann mit einer kräftigen, weithin hallenden Stimme. Verdursten werde die Menschheit, nicht verhungern, predigt er, während er einen Sack Kartoffeln abwiegt, im Sommer sei eine ganze russische Millionenstadt auf dem Trockenen gesessen, zu Hunderttausenden seien die Menschen geflohen und aufgebrochen, eine frische Quelle zu suchen.

»Ja, das könnt ihr euch nicht vorstellen, da war kein Wasser mehr, keine Quelle, kein Brunnen, nichts, alles trocken, nur noch vertrocknete, giftige Gumpen voll Scheiße und Gift und Chemie, ja, ihr glaubt wieder, der Rotter übertreibt, aber es ist die Wahrheit und die Zukunft, darf's ein halbes Pfund mehr sein, die Dame?«

So ungefähr.

Irgendwann erblickt er mich und fragt, »Und der junge Herr da? Womit kann man ihm dienen?«

Ich sage leise: »Erinnern Sie sich an Kaminski, an Rolf Kaminski?« An seinem Gesicht sehe ich, dass er mich sofort verstanden hat. Erst sagt er gar nichts, nur das Gesicht verändert sich, es zieht sich in die Länge, und plötzlich beginnt er zu brüllen, »Warte, Bürschchen!«, schreit er, »ich werd dich lehren, mein Geschäft zu stören und meine Kunden!«

Kaminski habe noch immer kein Schmerzensgeld bekommen, sage ich, das heißt, ich will es sagen, aber der Mann schreit und fuchtelt mit einem Knüppel, oder sind es bloß Sellerie-Stangen? Und die Leute weichen ein paar Schritte von mir zurück und betrachten mich wie – ich weiß gar nicht, wie sie mich anschauen. Ich gehe, und fast körperlich spüre ich den Hagel von Schimpfwörtern in meinem Rücken.

Ein paar Schritte weiter bin ich im »Wichtig«, das Café ist voll, an einem Ecktisch sehe ich Luzie, allein. Ich zögere, dann setze ich mich zu ihr und entschuldige mich zugleich, ich wolle ihr nicht auf die Nerven fallen, aber ich hätte gerade ein wenig Stress gehabt. Tatsächlich zittern mir die Knie, auch wenn das vielleicht ein Klischee ist, aber sie tun es wirklich.

Luzie schaut mich an, mäßig interessiert, und fragt, ob ich mir eine Abfuhr geholt habe? Wieso Abfuhr, frage ich zurück, und sie sagt, ich würde mir ein paar Dinge zu viel einbilden, und eines davon sei, dass man es mir nicht ansehe, wenn ich wieder einmal auf die Fresse gefallen sei…

Wie du meinst, antworte ich, und sie fährt fort, sie hätte es mir gestern gleich sagen sollen, dass das mit dieser Solveig nichts wird, ob ich eigentlich gesehen hätte, was die für Klamotten habe? Das heißt, sagt sie im gleichen Atemzug, natürlich hätte ich es nicht gesehen, weil ich ganz einfach keine Ahnung habe, es sei ja nun wirklich nicht ihre Art, jemandem sein Outfit vorzuhalten, aber ob ich eigentlich wisse, wie ich in dieser grünen Jacke aussehe?

Das sei sehr lieb von ihr, antworte ich, wie es überhaupt immer ganz reizend von Luzie sei, den Menschen die Augen über sich selbst zu öffnen, aber Luzie ist nicht zu bremsen und redet weiter und erklärt mir, dass sie auf den ersten Blick gesehen habe, dass Solveig diese Klamotten und dieses Auto niemals von dem bezahlen könne, was sie beim Schoepflin verdiene, wenn sie nur daran denke, dass diese Solveig natürlich nicht irgendein Auto fahre, sondern einen

Deux Chevaux, was glaubst du, was der Geld für Reparaturen frisst… Dieser Schnepfe, fuhr Luzie fort (ausgerechnet Luzie fuhr so fort), dieser Schnepfe könne ich vielleicht eine amüsierte halbe Stunde lang mit meiner Aura als Dichter der leeren Seiten Aufmerksamkeit abgewinnen, aber von allem, was darüber hinausgeht, solle ich die Finger lassen, aber das habe ich inzwischen selbst begriffen: »Das ist nicht deine Kragenweite, verstehst du das? Und überhaupt – bist du nicht überhaupt, wie soll ich sagen… andersrum?«

Dazu sage ich nun überhaupt nichts, nicht einmal, dass sie offenbar auch über das andere Ufer die besseren Informationen habe. Ich lächle sie arglos an, kippe meinen Espresso, zahle und gehe… Erst im letzten Augenblick fällt mir noch ein, Luzie freundliche Grüße an Schleicher aufzutragen.

Zur Buchhandlung Schoepflin gehört ein Antiquariat. Das war unverdächtig, ich suchte schon länger eine Ausgabe von Hamsuns »Hunger«. In der Buchhandlung standen mehrere Kunden herum, Solveig war nicht zu sehen, und ich ging rasch ins Antiquariat hinauf, wo ich früher bereits das eine oder andere Mal gewesen war und in den aufgelassenen Bibliotheken hingeschiedener Studienräte und Rechtsanwälte gestöbert hatte: eine Asservatenkammer schweinslederner Historienschinken, leicht angestoßene Kunstbände, in Leinen eingesargte gesammelte Werke unserer mausetoten Klassiker, was tat ich hier? »Hallo«, sagt eine Stimme, dass alle Katzen im Chor geschnurrt hätten, und aus einem Seitengang tritt Solveig und lächelt mich an.

Ich weiß nicht mehr, was ich sage, möglicherweise etwas so Dämliches wie: dass man sich so rasch wieder sehe… Eilig frage ich nach »Hamsun« und »Hunger«, und sie will im Computer nachsehen, und ich stehe neben ihr und sehe, wie sie »Hamsen« eingibt, ich korrigiere sie, und sie schaut zu mir hoch und lächelt und sagt, oh, ist das jetzt peinlich? Und ich antworte, nein, wirklich nicht, aber wie lange sie noch arbeiten müsse und wie es wäre, wenn wir danach einen Kaffee trinken? Oh, sagt Solveig, sie hat am Nachmittag eine Freundin zu Besuch, aber ein Kaffee geht, und um 14 Uhr hat sie frei.

Die Zeit bis dahin geht irgendwie vorbei, sehr langsam, eigentlich überhaupt nicht, dann muss ich noch fast eine Viertelstunde warten, bis sie kommt und es mir schon wieder die Sprache verschlägt. Wir gehen ins »Brettl«, das ist zwar nicht das »Deux Magots«, aber von der Clique kommt da eher niemand hin, und irgendwie will ich jetzt keine Luzie und keinen Bilch und auch keinen Juffy dabeihaben.

Jetzt, ein paar Stunden später, weiß ich nicht mehr, worüber wir geredet haben. Dass sie aus Freiburg ist. Dass ich natürlich keinen Roman schreibe. Dass ich nicht weiß, warum ich Jura studiere. Oder doch. Und ich erzähle von Rolli-Rolf und von dem Wutanfall des Simon Rotter, und sie schaut mich mit ihren großen schlehenfarbenen Augen an, und ich weiß nicht, was ich darin lesen soll. Aber dann muss sie zu ihrer Freundin, aber wir gehen morgen Abend ins Kino, falls ich nicht Karten fürs Theater bekomme.

Sonntag, 21. Dezember
Im Zimmertheater wird »Kommen. Gehen. Schweigen« gezeigt, ich hatte schon bessere Einfälle, Solveig scheint eher gelangweilt. Das Stück handelt davon, dass die Menschen nicht miteinander reden können, erkläre ich ihr in der Pause, genauer: dass Mann und Frau einander nicht verstehen können, und sie sagt, wenn das so ist, ist es doch schlimm genug, und man muss nicht noch ein Theaterstück daraus machen. Warum macht man kein Theaterstück, das erfindet, wie man miteinander reden kann? Ich weiß keine Antwort darauf, und auch nach dem Theater fällt mir keine ein, als wir in der Kneipe in der Dreikönigsgasse noch ein Glas trinken, schließlich flüchte ich mich in die Ausrede, Kunst verabscheue es, erklärt zu werden. Dann will sie nach Hause, wo ist das eigentlich? Ach, antwortet sie, hast du nicht gesehen, dass meine Ente ein Neu-Ulmer Kennzeichen hat? Ich bringe sie zum Parkhaus, sie will mich nach Hause fahren, aber das will nun ich nicht, und so setzt sie mich vor dem Hochhaus in der Karlstraße ab, im Auto versuche ich noch, sie zu küssen, aber sie wehrt ab. Als ich aussteige, fragt sie mich, ob ich sie morgen Nachmittag begleite, zu einem Künstler, bei dem sie für einen alten Freund ein Geschenk aussuchen will. Ich weiß nicht, was das werden soll.

Montag, 22. Dezember

Bei Sascha Keulls Atelier handelt es sich um einen Schuppen in einem Gewerbegebiet im Blautal, hinter Söflingen noch, genauer gesagt befindet sich das Atelier in einer Ecke einer alten Autowerkstatt, die von einem Kroaten betrieben wird, der schon lange keinen Vertrag mit einer Automarke mehr hat oder vielmehr einen solchen nie gesehen haben wird. Solveig lässt ihre Ente dort warten, sonst käme sie überhaupt nicht über die Runden, sagt sie (Luzies Ohren sollen klingen!), aber offenbar lässt nicht nur Solveig beim Kroaten arbeiten, denn in einer Ecke entdecke ich ein Auto mit hochgeklappter Motorhaube, das ich kenne, es ist Isoldes Renault, der angeblich vor Behagen jault, wenn man ihn mit dem Gaspedal tritt.

Zu der Werkstatt gehört eine Art Wohnung, vielleicht könnte man es auch ein Wohnklo nennen, das nicht der Kroate selbst bewohnt, sondern der Künstler Sascha Keull als Gegenleistung dafür, dass er am Wochenende auf den Schrott aufpasst. Er ist ein großer stämmiger Kerl mit einer lockigen schwarzen Mähne und dieser Ausstrahlung von Selbstbewusstsein, über die ich nichts weiter schreiben will und die vermutlich auch von gar nichts zu erschüttern sein würde, was immer mir dazu einfiele. Solveig ist die Kundin, aber er behandelt sie eher gleichgültig, als liege ihm gar nichts daran, etwas zu verkaufen, schaut aber immer wieder zu mir her, als sei ihm nicht ganz klar, was ich hier soll oder in welcher Beziehung ich zu Solveig stehe. Keull arbeitet in Metall, das heißt, er modelliert Skulpturen aus Kotflügeln und malt spiegelnde Konvex- oder Konkav-Bilder auf Autotüren, oder er feilt einen Motorblock zu etwas zurecht, was womöglich ein weiblicher Akt sein soll. Solveig scheint unschlüssig, so, als ob sie mit seinen Sachen eigentlich überhaupt nichts anfangen kann, ich sage ihr, dass ich eines dieser Autotürenbilder mit einer verschwimmenden Stadtlandschaft (so, als ob sich die Straße darin spiegeln würde), sehr interessant finde, aber Keull verzieht plötzlich das Gesicht, als hätte ich etwas gesagt, das unangemessen sei. Solveig meint schließlich, das würde ihr auch recht gut gefallen, aber sie müsse es sich noch einmal überlegen und könne es jetzt auch nicht mitnehmen. Ob sie Keull anrufen und er es ihr dann bringen könnte?

Ich halte das für eine Absage, plötzlich – warum eigentlich? – bin ich es, der sich blöd vorkommt. Ja sicher, sagt Keull und schreibt ihr eine Handy-Nummer auf, dann stehen wir noch etwas ratlos da, ich deute auf ein Ding, das eine Schreibtischlampe sein könnte und aus einem ausgebauten Autoscheinwerfer gebastelt ist, und sage, dass das pfiffig sei. Wieder verzieht er das Gesicht, und ich sage, ich werde es zwar nicht bezahlen können, aber was es denn kosten würde? Er sagt: Fünfzig Mark, und die habe ich dabei, ein vorletzter Rest vom Konstanzer Geld, und so ist auch dieser Fünfziger in Umlauf gebracht und ich in den Besitz der scheußlichsten Schreibtischlampe, die man weithin finden wird.

Auf der Rückfahrt schweigen wir uns eine Weile an, Solveig fragt mich nicht nach meiner Meinung, und ich bin ganz froh darüber. Schließlich reden wir über Weihnachten, sie wird ihre Mutter in Freiburg besuchen, und was tust du?

Ja, was werde ich wohl tun? Nicht viel anderes, Weihnachten unterm Tannenbaum, Sekt vom Aldi, die ff. Wiener mit Kartoffelsalat vom Metzger Goschenhofer … Vielleicht will ich am ersten Feiertag Rolli-Rolf besuchen, aber das geht ja nicht, ich hab ja Hausverbot dort. Sie fragt mich, ob ich mit der Geschichte von Rolli-Rolf nicht zur Zeitung gehen will. Einen Augenblick lang finde ich das einen guten Vorschlag, einen wirklich guten sogar, dann fällt mir ein, dass Rolli-Rolfs Geschichte auf gar keinen Fall publik werden darf: Wenn die Kumpel im Heim Zuflucht spitzkriegen, dass er Geld zu erwarten hat, kassieren sie ihn gnadenlos ab.

Aber irgendwas musst du doch tun, sagt sie und schaut mich an. Ja, sage ich, du hast Recht, und sie sagt, du hast doch schon mal mit dem Rechtsanwalt von dem armen Kerl gesprochen, diesem Dannecker? Ja, antworte ich ausweichend, und sie sagt, du bist also gegen die Wand gelaufen … Ich zögere mit der Antwort, und dann redet sie auch schon weiter und sagt, sie habe eine Freundin, die arbeite in Danneckers Kanzlei, ob sie versuchen darf, diese Freundin nach dem Fall zu fragen?

Ich habe zwar meine Zweifel, aber was weiß ich, wie geschwätzig Frauen unter sich sind! So sage ich höflich, dass es natürlich toll wäre, wenn sie etwas herausfände. Denn dann wüsste ich, wo ich ansetzen könnte. Mit gezielten Fragen. Vielleicht könnte ich sogar Druck machen, richtig Druck.

Ja, sagt Solveig, vielleicht kann sie heute Abend mit der Freundin telefonieren. Dann bringt sie mich noch darauf, dass wir Rolli-Rolf ein kleines Weihnachtspäckchen schicken sollten, ein paar Pralinen, einen Gruß, nichts weiter. Die Pralinen besorgen wir am Hauptbahnhof, und in der Bahnhofsbuchhandlung finde ich sogar einen kleinen Band mit Schachproblemen. Als wir in der Hauptpost ein Päckchen daraus machen und ich meinen Namen als Absender angeben will, sagt Solveig, dass das vielleicht nicht so klug sei und der Heimleiter das Päckchen möglicherweise beschlagnahmt. Sie hat Recht, und so wird Rolli-Rolf zu Weihnachten eben ein Päckchen von Wolfram Dannecker bekommen, seinem Anwalt.

Dienstag, 23. Dezember

Wie immer muss ich einen Tannenbaum besorgen, wie immer suche ich den kümmerlichsten aus, wie immer schlägt die alte Frau die Hände zusammen, was für ein schöner Baum! Im »Brettl« auf Solveig gewartet, sie kommt etwas zu spät, ist in Eile und sehr ernst. Sie spricht sehr leise, mit gesenktem Kopf, ich müsse mir überlegen, was ich jetzt tue, sagt sie, sie habe nämlich mit ihrer Freundin gesprochen, und die kenne den Fall Kaminski ganz genau und wisse nicht, wo das Problem liege. Die Versicherung habe nämlich längst gezahlt, 200 000 Mark...

Dann schaut sie auf.

Er hat mich angelogen, sage ich. Sie zieht die Augenbrauen hoch. Du hast einem Anwalt geglaubt? Wirklich?

Ich sage nichts, sondern blicke dumm auf den Tisch hinunter. Ich bin verlegen. Die ganze Zeit markiere ich den Großen Juristen & Rächer der Enterbten, aber in Wahrheit erreiche ich überhaupt nichts. Und diese Frau ruft eine Freundin an, und im Handumdrehen hat sie die harten Fakten.

Was wirst du jetzt tun?

Die Daumenschrauben werd ich anlegen, sage ich, schon wieder großmäulig wie Juffy im schlimmsten manischen Zustand... Zuerst vielleicht nur Nadelstiche. Vielleicht doch übers Tagblatt, aber ohne dass die es dort merken. Die Ankündigung fiktiver Vorträge zum Beispiel. Rechtsanwalt Wolfram Dannecker spricht heute in der Volkshochschule über die gewinnbringende Vertretung von Unfallopfern. Und vielleicht auch Graffiti. Einfach eine Schablone mit der Zahl 200 000 schneiden und die Zahl dann so oft auf den Gehsteig und die Eingangstür der Kanzlei sprayen, dass sie dem Herrn Rechtsanwalt und jedem von seinen Mandanten bei jedem Schritt ins Auge springt, und das jeden Morgen.

Plötzlich merke ich, dass mich Solveig mit diesem Blick ansieht, den ich schon kenne, ein wenig mitleidig, wie man halt einen dummen Schwätzer und Aufschneider ansieht, von Isolde kenne ich das.

Dann muss Solveig auch schon gehen. Ich werde sie erst am Montag nach Weihnachten wieder sehen.

Bestimmt? frage ich.

Vielleicht, sagt sie.

Mittwoch, 24. Dezember

Weihnachten nach Ansage. Würstchen, Aldi-Sekt, Kartoffelsalat. Nach dem zweiten Glas wird die Alte Frau rührselig, so oft würden wir Weihnachten nicht mehr zusammen feiern, ganz sicher würde ich vielleicht schon das nächste Weihnachten mit einer Freundin zusammen sein... Mein Gott, was soll ich tun, wenn es Solveig in den Sinn kommen sollte, mich zu Hause zu besuchen?

Erschwerend kommt hinzu, dass sie mir irgendwo in einem Antiquariat (womöglich beim Schoepflin) die Erstauflage eines Kommentars zum Bürgerlichen Gesetzbuch besorgt hat, einen Schinken aus dem Jahre 1902, mit verblassten Sütterlin-Bleistiftnotizen darin, weiß Gott, wem das gehört haben mag. Und wieder kann oder mag ich ihr nicht sagen, dass ich mit der Juristerei am Ende bin, fertig, aus die Maus! Und mit dem Studieren überhaupt.

Samstag, 27. Dezember

Weihnachten und die Tage danach waren grau und regnerisch, das heißt, wenn es nicht geregnet hat, lag die Stadt im Nebel. Am zweiten Feiertag rufe ich Juffy an, aber er hat keine Lust auf eine Partie Schach und ist überhaupt merkwürdig und kurz angebunden. Er war ins Heim Zuflucht gefahren und ist dort hochkant rausgeflogen, was ich sehr komisch finde, er aber überhaupt nicht, denn er hat sich offenbar ausgerechnet, das Praktikum im Frühjahr fortsetzen zu können und im Herbst dort als Assistent des Heimleiters einen Job zu bekommen. Angeblich bin jetzt ich schuld, dass sich diese »Lebensperspektive zerschlagen hat« (O-Ton Juffy, ich weiß auch nicht, wo er solche Ausdrücke her hat). Was habe ich denn angestellt?, frage ich, aber er sagt nur, das müsse ich selbst am besten wissen, bei wem alles ich intrigiert habe.

Irgendwann gehen auch die ödesten Feiertage zu Ende, am Samstagvormittag ist die Stadt schon wieder zum Brechen voll mit Leuten, die über Weihnachten und an dem Wochenende danach offenbar nicht satt geworden sind. Im »Wichtig« sehe ich Schleicher und setze mich zu ihm, ganz unbefangen, und werde schon wieder dumm angeredet. Er habe mich nicht an den Tisch gebeten, sagt er, und ich will aufstehen, aber wenn ich schon da sei, könnte ich ihm ja mal erklären, was ich eigentlich in der Stadt über ihn herumrede? Ich antworte, dass ich ihn bei aller Wertschätzung nicht für das interessanteste Thema halte, aber dann kommt Luzie dazu, die wohl auf dem Klo gewesen ist, und fährt mich an, ob ich schon wieder Unfrieden stiften wolle? Ich antworte, dass sie gerade die Richtige sei, andere Leute das zu fragen, und sie könnten mich alle beide kreuzweise, und stehe auf, ohne irgendetwas getrunken zu haben, und gehe, aber kurz vor der Tür rempelt mich ein Kerl an, er trägt eine Joppe und Gummistiefel und riecht nach Landwirtschaft, ich gehe einen Schritt zurück, und er baut sich vor mir auf:

»Dir hat lange keiner mehr Bescheid gesagt, weißt du das?«

»Wie Sie meinen«, antworte ich höflich.

»Wie Sie meinen!«, echot er. »Du bist nicht bloß ein einfaches Arschloch, sondern ein vornehmes?«

In diesem Augenblick schiebt sich einer der Kellner zwischen uns, hebt begütigend beide Hände hoch und sagt: »Lass gut sein, Paulus…«

»Das ist das Arschloch, das uns die Kundschaft aufhetzt«, sagt der Kerl und will den Kellner zur Seite schieben. Der aber bleibt stehen und gibt mir ein Zeichen, dass ich verschwinden soll.

Eigentlich will ich mich so nicht abservieren lassen, schon gar nicht, weil Luzie und Schleicher das bestimmt alles mitbekommen haben, aber ich will mich auch nicht mit einem Krawallbruder vom Schweinemarkt prügeln.

Ich gehe und höre noch, wie der Kerl sagt:

»Was glaubst du, wie es dir gefällt, wenn ich hier herumlaufe und sonst was über dich und deinen Laden erzählen tu?«

Draußen auf der Straße merke ich, dass mir schon wieder die Knie zittern. Muss ich mich dafür schämen? Aber was ist das, warum die Leute alle hohl drehen?

Montag, 29. Dezember

Im »Brettl« bin ich zunächst allein, nein, natürlich nicht, irgendwelches Jungvolk, das ich nicht mehr kenne und das offenbar zum Fest nach Hause gekommen ist, drückt sich in der Kneipe herum, tut wichtig und qualmt. Außerdem setzt sich das Elend zu mir an den Tisch und zischelt mit Luzies Stimme, dass Solveig natürlich nicht kommt, sie hat anderes im Sinn und andere vor allem, sie ist nicht deine Kragenweite, hast du das vergessen?

Ich kralle mir das Tagblatt, es steht aber nichts drin. Was die neue Regierung alles nicht kann, will ich nicht wissen, und was geht mich Fußball an oder Schneehüpfen! Im Feuilleton läuft eine Leserbriefdebatte über »Kommen. Gehen. Schweigen« und die bescheuerte Rezension des Tagblatt-Kritikers, der Lokalteil feiert die Ulmer Polizei, weil sie eine groß aufgezogene Schutzgelderpressung hat auffliegen lassen, in einem Kasten ist ein Interview dazugestellt, das mit dem Leiter der Sonderkommission geführt worden ist, zu dem Interview gehört ein Foto, und das Foto zeigt den Graukopf, der der Schnorre-

rin im Zug zwei Mark gegeben hat, nur weil sie schöne Augen hatte. Ich lasse die Zeitung sinken, aber dann steht auch schon Solveig da und ist nicht käsig blass wie wir Menschen hier im Nebel und Regen, sondern strahlend und braungebrannt.

Ich sage ihr, dass sie toll aussieht, aber sie lächelt nur und sagt, das vergeht! Dann fragt sie mich, wie Weihnachten war, und ich sage, wie jedes Jahr. Und bei dir? Ach!, sagt sie, auch wie jedes Jahr. Fast.

Du gehst aber nicht jedes Jahr skifahren, frage ich, und sie antwortet, nein, nicht jedes Jahr. Und fragt, was hast du da in der Zeitung gefunden? Und ich sage, dass ich jetzt weiß, mit wem ich über Rolli-Rolf reden kann. Das interessiert sie, und ich zeige ihr den Artikel und erzähle ihr, dass ich diesen Polizisten kenne und schon mal mit ihm diskutiert habe, und plötzlich merke ich, dass sie blass wird unter der Sonnenbräune. Was hast du?, frage ich, und sie sagt, das kannst du nicht machen, das kommt doch sofort heraus, von wem du das weißt, dass die Versicherung gezahlt hat, dann ist meine Freundin dran, und ich kann der nie wieder in die Augen sehen.

Ich sage, dass ich das respektieren muss. Das muss ich wirklich. Aber mit dem Polizisten kann ich trotzdem reden. Ich brauche ihm ja nicht zu sagen, dass die Versicherung bereits gezahlt hat und dass ich das weiß. Ich kann ihn einfach um Rat fragen, sage ich, was kann man tun, wenn eine Versicherung mauert?, werde ich sagen, und vielleicht bringe ich ihn dazu, dass er ein wenig herumtelefoniert und die Dinge von sich aus in Bewegung bringt.

Aber Solveig schaut mich an, und ihre Augen sind ganz dunkel. Die Sache gefällt ihr nicht, und schließlich fragt sie mich, wann ich den Polizisten anrufen will. Das muss nicht heute sein, sage ich, ein bisschen in der Hoffnung, dass wir vielleicht am Nachmittag ins Kino gehen. Sie meint dann, ob ich nicht bis zum neuen Jahr warten könne, so dass ein paar Tage seit ihrem Gespräch mit ihrer Freundin vergangen seien. Das leuchtet mir ein, auch wird dieser Polizist zwischen den Jahren vielleicht gar nicht zu erreichen sein.

Dann muss sie auch schon wieder gehen, aber immerhin verabreden wir uns für Dienstagabend, diesmal nicht ins Theater, aber viel-

leicht ins Kino, mal wieder einen lustigen Neuen Deutschen Film ansehen.

Dienstag, 30. Dezember

Es war kein Neuer Deutscher Film, sondern etwas sehr viel Besseres: im »Roxy« lief »Nur die Sonne war Zeuge« mit Alain Delon als Tom Ripley. Leider ist Delon nicht Solveigs Typ, wie sie sagt, und ich glaube sogar, der ganze Film gefiel ihr nicht. Als ich ihr erzähle, dass der Film nach einem Roman von Patricia Highsmith gedreht wurde und Ripley in diesem Roman nicht nur ungeschoren bleibt, sondern in den nächsten Romanen noch jede Menge weiterer Morde begehen wird, runzelt sie die Stirn, hör auf damit! Du weißt ja nicht, wovon du redest.

Wir trinken noch ein Glas Wein vorne an der Bar des »Roxy«, aber irgendwie ist Solveig missgestimmt. Hast du den Polizisten angerufen?, fragt sie und scheint zufrieden, als ich sage, dass ich das erst nach Neujahr versuchen werde. Okay, sagt sie schließlich und will wissen, was ich an Silvester mache, und ich antworte, dass ich wohl zu Hause vorbeischauen muss, danach aber in den GlucksKasten gehen werde, weil sich unsere Clique immer an Silvester im GlucksKasten trifft, das sei seit Menschengedenken so, aber jetzt, jetzt endlich, würden wir uns wohl so verkrachen, dass Ruhe ist im Karton!

Vielleicht komm ich dazu, sagt Solveig.

Mittwoch, 31. Dezember

Silvester. Nachher werde ich ein Glas Sekt mit der alten Frau trinken. Ich werde ihr sagen, dass ich mein Studium überdenken muss. Dass ich vielleicht einen Neubeginn versuchen werde. Und dass ich mir eine eigene Wohnung suchen muss.

Danach in den GlucksKasten. Vielleicht kommt Solveig.

Mechanisch blätterte Kuttler die folgenden Seiten durch, aber da kam nichts mehr. Wer hätte dort auch noch etwas eintragen sollen? *Vielleicht kommt Solveig.* Und Ende.

Er stand auf, ging zum Telefon, zögerte und wählte dann doch die Nummer des Diensthabenden der Nachtschicht.

Die Stimme von Kommissarin Tamar Wegenast klang freundlich, entschieden, aufmerksam.

»Stress?«, fragte Kuttler.

»Was willst du?« Schon war die Freundlichkeit weggewischt.

»Ich weiß nicht, ob du dich erinnerst, aber da muss es bei uns vor gut sieben Jahren, 1998, eine Soko Schutzgelderpressung gegeben haben...«

»Es ging um die Kosovo-Gang«, unterbrach ihn Tamar. »Sie hatten sich mit den Italienern anlegen wollen. Sehr lustig. Warum, zum Henker, willst du das mitten in der Nacht wissen?«

»Und wer war Chef der Soko? Der Kriminalrat?«

»Nein. Berndorf. Warum... ?«

»Ja, so. Danke«, antwortete Kuttler rasch. »Ich erklär es dir morgen. Mach es gut.« Er legte auf und trat an das Fenster. In der Dachwohnung gegenüber brannte Licht, aber die Vorhänge waren zugezogen, und so starrte er in die Nacht hinaus, ohne sich dessen bewusst zu sein. Sollte er Berndorf anrufen? Wozu? Tilman hatte den Mann von der Polizei nicht mehr erreicht. Aus. Berndorf würde ihm nichts sagen können. Ob er einmal im Zug nach Tübingen mit einem jungen Mann gesprochen habe? Der junge Mann habe ihn später noch einmal bei Tonio gesehen und – vielleicht – sprechen wollen? Aber dann sei er – dieser junge Mann – gestorben, bei einem Unfall ums Leben gekommen, vor sieben Jahren... Ja, und was erwarten Sie jetzt von mir? Kuttler, sagen Sie mal – haben Sie was getrunken?

Kuttler schüttelte den Kopf. So ging das nicht.

Wie lange stand er so? Er wandte sich vom Fenster ab, zog seine Jacke an und steckte die Autoschlüssel ein. Zu seiner Wohnung gehörte ein Stellplatz vor dem Haus, auf dem er seinen alten Opel geparkt hatte. Der Diesel sprang rumpelnd an,

Kuttler kurvte zwischen Blumenkästen und anderen parkenden Autos hindurch, bis er die Wohnstraße hinter sich ließ und auf den Inneren Ring kam. An den leeren Parkplätzen verlassener Einkaufsmärkte vorbei erreichte er das Donautal, in einem ummauerten Gebäude mit einem neugotischen Türmchen brannten noch vereinzelte Lichter, noch nicht alles weggeschlossen im Knast? Flutlichtmasten beleuchteten eine späte Trainingseinheit des SSV, nur nicht verlieren in Bonlanden oder Krauchenwies! Leer warteten die Musterhäuser einer Fertigbau-Ausstellung auf die glücklichen Familien, von denen sie doch im Prospekt so fröhlich bevölkert waren.

Bei der Abzweigung nach Böfingen fuhr Kuttler geradeaus weiter Richtung Thalfingen, jetzt sah er rechts die Donau, ein breiter schwarzer Kanal, von Bäumen bestanden, den Signallichtern und Turbinen des Kraftwerks Böfinger Halde zustrebend, nein: nicht zustrebend, zugeführt.

Nach ungefähr anderthalb Kilometern hielt er und stellte den Wagen halb auf der Böschung ab. Er schaltete die Warnblinkanlage ein und stieg aus. Laub, schon feucht und modrig, blieb ihm an den Schuhen hängen, als er die Böschung hinabkletterte und zwischen Bäumen hindurch auf den Fuß- und Radweg am Ufer gelangte. Früher wohl war der Weg einmal asphaltiert gewesen, aber irgendwann waren die Schlaglöcher nur noch mit Kies aufgefüllt worden. Kuttler überlegte, ob er mit dem Rad den Uferweg genommen hätte oder die Fahrstraße. Aber er fuhr nicht gerne Rad. Es kommt darauf an, dachte er, wie eilig es jemand hat... Ach, Unsinn, eilig haben sie es immer, und der Uferweg ist holprig, das ist kein angenehmes Fahren, vor allem nicht nachts. Er ging bis an das Ufer vor, der Himmel über ihm war von Wolken verhangen, rechts war der diffuse Lichtnebel über den Städten Ulm- und Neu-Ulm zu sehen, unter ihm glatt und schwarz die nächtliche Donau, ohne erkennbare Strömung, den sternenlosen Nachthimmel spiegelnd. Hier, irgendwo, war Tilman Gossler gestorben.

Auf der Straße hielt ein Auto. Kuttler runzelte die Stirn. Blaulicht zuckte durch Baumstämme und über Ufergehölz.

»Hallo«, rief eine Stimme. »Alles in Ordnung bei Ihnen?«

Kuttler drehte sich um, ein Lichtstrahl fiel auf ihn und saugte sich an ihm fest, hinter dem Lichtstrahl stolperte ein Mann durch die Bäume, ein Polizist, hat man denn nie Ruhe, wollte Kuttler denken und ließ es dann bleiben.

»Gibt es ein Problem?«

Orrie, hau ab!, dachte Kuttler, denn keiner, der Polizeihauptmeister Leissle kannte, nannte ihn anders. »Nein, Kollege«, sagte er dann. »Ich hab mir nur den Fluss anschauen wollen.«

»Und – gefällt er dir?«, fragte Orrie. »Übrigens kannst du deinen Blecheimer so nicht stehen lassen, das ist eine gefährliche Ecke hier, unsere Saufköpfe fahren viel zu schnell ...«

»Ich weiß«, sagte Kuttler. »Vor sieben Jahren haben sie hier einen Radfahrer totgefahren, in der Neujahrsnacht 1999.«

»Hoppla«, meinte Orrie, »und jetzt interessiert sich das Dezernat Römisch Eins dafür ... Was soll unsereins davon halten?«

»Nichts«, antwortete Kuttler und fand sich ziemlich wahrheitsliebend. »Nichts sollt ihr davon halten. Ich wollt es mir nur anschauen, kein Anfangsverdacht, nirgends.«

»Ah ja«, machte Orrie. Und: »Heilbronner, hast du das gehört? Der Kollege Kuttler hier interessiert sich für den Toten aus der Neujahrsnacht ...«

Sie waren zurück an die Böschung gegangen, hinter Kuttlers Opel stand der Streifenwagen, noch immer das Blaulicht zur Sicherung eingeschaltet. Ein zweiter Polizist, um einiges größer als Orrie, trat auf Kuttler zu und tippte grüßend an die Uniformmütze.

»Heilbronner hat damals den Unfall aufgenommen«, fuhr Orrie fort. »Und er hat immer gesagt ...«

»Die Unfallaufnahme hab ich nicht gemacht«, sagte Heilbronner. »Ich war nur dabei. Übrigens war das nicht hier, sondern etwa einhundertfünfzig Meter weiter ...« Er sah zu Kuttler. »Ich zeig es dir, fahr ein Stück vor, bis ich blinke.«

Scheiße, dachte Kuttler. Er hatte sich den Kopf auslüften wollen, nichts weiter, und nun fuhren sie im Schritt einen Unfall von vor sieben Jahren ab, zu nachtschlafender Zeit! Gehorsam stieg er ein, startete den Opel und fuhr langsam die Straßenpfosten entlang. Der Streifenwagen folgte, noch immer mit Blaulicht, im Schritttempo, bis Heilbronner den Blinker setzte. Wieder fuhr Kuttler halb auf die Böschung und hielt. Die Fahrbahn schien hier nur wenig höher zu liegen als das Ufer, das man hinter den Bäumen ahnte.

Der Schein einer Taschenlampe fiel auf einen dicken Stamm mit rissiger Rinde, die aber unten, etwas oberhalb der Wurzel, merkwürdig abgeschält aussah.

»Hier lag er.« Der Lichtstrahl tastete über sumpfigen Boden. »Er ist erst gegen den Stamm geflogen« – der Lichtstrahl kehrte zu dem Baum mit der kahlen, abgeschälten Stelle zurück – »und dann abgeprallt und liegen geblieben.«

»Hat man diesen Baum fällen wollen, oder warum sieht er so aus?«, fragte Kuttler, und noch während er es fragte, kam er sich bereits ziemlich dumm vor.

»Das sind die Biber«, antwortete Orrie, »die legen bald den ganzen Uferwald um.«

Kuttler ging zwei oder drei Schritte zurück. »Der muss mit einem ziemlichen Drive erwischt worden sein«, sagte er schließlich. »Vom Rad über die Böschung gegen den Baum …«

»Ja, merkwürdig«, antwortete Heilbronner. »Aber mich hat noch etwas anderes gewundert.« Er schwieg, als warte er, dass Kuttler nachfrage. »Nicht nur der Drive. Auch der Effet, oder wie man es nennen soll. Ich zeig es dir …«

Er sah sich suchend um, bückte sich dann nach einem morschen Zweig und brach ein etwa zwanzig Zentimeter langes Stück davon ab. Er legte es auf die Fahrbahn, kniete sich nieder und schlug mit der Handkante gerade gegen den Zweig. Der Zweig flog in Richtung des Schlags.

»Hast du gesehen?«

Kuttler murmelte Zustimmung.

»Aber jetzt pass auf!« Wieder legte Heilbronner den Zweig auf den Boden, wieder schlug er mit der Handkante zu, aber diesmal nicht direkt, sondern der Schlag war ein wenig versetzt, als ob er von halbrechts käme. Der Zweig flog nach vorne, aber nicht gerade, sondern drehte sich seitlich nach rechts.

»Verstehst du: Der hat den Radfahrer nicht einfach von hinten gerammt«, sagte Heilbronner. »Der wäre ihm sonst in die Windschutzscheibe geflogen. Das war angeschnitten. Und so waren dann auch die Spuren. Der Wagen von diesem Kerl war vor der Kollision übers Bankett geraten, das kann die Besoffenheit gewesen sein, aber wenn es das nicht war, dann war's einer, der genau wusste, was er tat. Und der fahren kann, wie das kein Besoffener hinbringt.«

»Besoffene kriegen fertig, was sie nüchtern niemals schaffen«, meinte Orrie.

»Warum stand das nicht im Unfallbericht?«, fragte Kuttler.

»Ich sagte doch, ich hab den Unfall nicht aufgenommen«, antwortete Heilbronner. »Ich hab nur die Unfallstelle gesichert.«

Ein Schuh für Janina

Die automatische Glastür schloss sich hinter Kuttler und sperrte den Regen wieder aus, der sich seit dem Morgen über der Stadt ausgoss. Kuttler zog seine Mütze ab und streifte sie kurz an seinem Ärmel ab, ehe er sie zusammengelegt unter die Achselklappe seines Trenchcoats steckte. Er war im vorderen Bereich der Buchhandlung stehen geblieben, an den Tischen und Regalen lagen Neuerscheinungen aus, rechts vorne führte eine steile Treppe ins Antiquariat hinauf.

Es war noch früh am Morgen, und im Laden sah er noch keine Kunden. Ein Mann kam auf ihn zu, in dessen Gesicht die Jahre oder die Sorge, es werde bald niemand mehr ein Buch lesen wollen, tiefe Falten gekerbt hatten. Ob er behilflich sein könne?

»Ich suche eine junge Frau«, sagte Kuttler, »von der ich nur den Vornamen weiß: Solveig. Sie arbeitet nicht zufälligerweise bei Ihnen? Oder hat hier gearbeitet, vor sieben oder acht Jahren?«

Der Buchhändler, von dem Kuttler nur wusste, dass er mit Sicherheit nicht Schoepflin hieß, sah ihn an, nicht gerade Stirn runzelnd, aber doch etwas befremdet.

»Hat sie sich…«, setzte er zu einer Gegenfrage an. »Sie sind doch von der Polizei? Ich habe Sie schon mit Herrn Berndorf gesehen und der Frau Wegenast…«

Kuttler, der es nicht leiden konnte, wenn man ihn nur als Begleitung von jemand anderem wahrnahm, fingerte wortlos seinen Polizeiausweis aus der Jacke und zeigte ihn dem Buchhändler. »Ich bräuchte nur eine Auskunft von ihr.«

»Also Solveig«, sagte der Buchhändler, »der Name ist ja so häufig nicht, und in der Tat, wir hatten einmal eine junge Frau hier, eine Aushilfe…« Er zögerte, als müsse er in seinem Gedächtnis eine halb verschüttete Erinnerung freilegen. »Eine sehr attraktive Person, das darf ich schon sagen.« Plötzlich lächelte er entschuldigend, als sei eine solche Feststellung in einer Buchhandlung eher fehl am Platz. »Aber es ist schon Jahre her… Warten Sie.« Er ging in den rückwärtigen Teil des Ladens und setzte sich hinter einen Schreibtisch, wo er eine Lesebrille aufsetzte und in einem Aktenordner zu suchen begann. Kuttler folgte ihm.

»Hier«, sagte der Buchhändler schließlich, »Solveig Wintergerst… Sie war von Mai 1998 bis Februar 1999 bei uns. Sie wurde nach Stunden bezahlt.«

»Sie ist also im Februar 1999 gegangen«, wiederholte Kuttler. »Gab es einen Grund dafür?«

Der Buchhändler blickte über seine Brille zu ihm hoch. »Ich glaube, sie hätte gerne mehr als nur ein paar Stunden gearbeitet. Aber sie hatte ja nicht einmal eine Buchhandelslehre.«

»Und wissen Sie, wohin sie dann gegangen ist?«

»Das ist ja schon eine ganze Weile her«, kam die Antwort, »aber mir ist es so, als wollte sie nach Frankreich, nach Paris…«

Einige Minuten später trat Kuttler wieder in den Regen hinaus. Solveig Wintergerst war 1972 in Freiburg geboren, war also drei Jahre älter als Tilman Gossler. Sie hatte in Thalfingen gewohnt, und einen Monat nach Tilmans Tod war sie weggegangen, nach Frankreich.

Was bedeutete das? Kuttler wusste es nicht. Er wusste nicht einmal genau, warum er bei dem Buchhändler das Stück »Kommen. Gehen. Schweigen« bestellt hatte. Ein kleiner Schweizer Verlag hatte es tatsächlich in seinem Programm. Aber er würde es erst morgen bekommen.

Pfarrer Johannes Rübsam war ein knapp mittelgroßer Mann, die Haare schon grau durchwirkt, und er begrüßte Luzie mit einer heiteren Gelassenheit, als gebe es nur wenig auf dieser Welt, das sich nicht auf die eine oder andere Weise aufräumen ließe. Sein Büro war so voll gestellt mit Büchern und Zettelkästen, dass sie sich fast beengt fühlte. Vor seinem Schreibtisch stand ein altmodischer Sessel, auf dem ein Stapel Zeitschriften lag. Er nahm den Stapel und legte ihn neben den Schreibtisch auf den Boden, dann bat er sie, Platz zu nehmen.

Während sie sich setzte, überlegte Luzie, ob es Rübsam gewesen war, der Tilman beerdigt hatte. Sie konnte sich nur an Schneeregen und Kälte erinnern und daran, dass sie hatte heulen müssen, dabei war sie mit Til so innig nicht gewesen, wirklich nicht.

»Sie kommen wegen einer Trauerfeier?«

Luzie sagte, was zu sagen war: Gossler, Charlotte, erst nach Monaten tot in der Wohnung aufgefunden, große Betroffenheit, Gemeinnützige Heimstätten, angemessene Trauerfeier…

»Verstehen Sie, wir sind zwar die Vermieter, aber wir können über einen solchen…« – sie suchte nach einem Wort, fand aber keines und hatte einfach keine Lust, »tragisch« zu sagen – »über eine solch traurige Sache nicht einfach hinweggehen und so tun, als gehe es uns nichts an.«

Rübsams Gesicht hatte sich verändert. Die heitere Gelassenheit war verschwunden.

»Frau Gossler hat vor einigen Jahren ihren Sohn verloren, nicht wahr?«, sagte er unvermittelt. »Ich erinnere mich. Ich habe den Sohn beerdigt. Und ich habe versucht, mit ihr Kontakt zu halten. Aber…« Er brach mitten im Satz ab. Luzie wartete.

»Wenn ich Sie recht verstehe«, fuhr er schließlich fort, »wollen Sie eine Trauerfeier ausrichten, die über das hinausgeht, was die Verstorbene mit dem Bestattungsunternehmen vereinbart hat? Das ist ein wenig heikel.«

So könne man das nicht ausdrücken, wollte Luzie widersprechen, ließ es dann aber bleiben.

»Und Sie wollen dies sozusagen als Vermieter tun, der sich in irgendeiner Weise verantwortlich fühlt? Ja, wofür eigentlich?«

Ja, wofür eigentlich? Es half nichts, dachte Luzie, ich muss ihm reinen Wein einschenken. »Uns ist mitgeteilt worden, schon vor Wochen, dass mit der Frau Gossler etwas nicht stimmt. Aber ein Sachbearbeiter hat diese Mitteilung...« Ja, was? »Er hat sie ganz einfach verschlampt, auf seinem Schreibtisch liegen gelassen, und deshalb sind wir in der Pflicht, etwas zu tun.«

»Ja«, sagt Rübsam langsam, »so etwas kommt vor. Dass man sich um jemanden kümmern sollte, und dann geht es nicht, aus irgendeinem Grund. Trotzdem weiß ich nicht, ob ich mich so einfach über den Willen der Toten hinwegsetzen kann.«

Luzie sah ihn an. Er musste um einiges älter sein als sie. Ein alter Bedenkenträger. Hätte seine Kirche sich besser um die alte Frau gekümmert... Aber das half ihr jetzt auch nicht weiter.

»Hören Sie«, sagte sie entschlossen, »ich bin auch aus einem persönlichen Grund hier. Ich kannte Tilman Gossler, und wenn es Ihnen nicht genügt, dass die Heimstätten eine Trauerfeier ausrichten wollen, so möchte ich es tun, und zwar im Namen der Freunde von Tilman...«

Die Siedlung Buchenbronn liegt auf einer westlichen Anhöhe über der Stadt und wird mit einer hohen Lärmschutzwand aus Betonfertigteilen gegen den Autobahnzubringer abgeschirmt, was der Siedlung ein wenig den Charakter einer ummauerten und dem Mittelalter nachempfundenen eigenen Stadt gibt. Verstärkt wird das durch die Aufteilung in enge, abwechselnd von Reihenhäusern und vereinzelten mehrgeschossigen Blocks gesäumte Gassen und Plätze: *Hochwertiges Wohnen in urbanem Ambiente* hieß das in der Sprache der Städteplaner, als sie das Projekt im Gemeinderat vorstellten und von einem attraktiven Angebot für junge Familien und Singles schwärmten. Vor zehn Jahren war das gewesen.

Der Mann, den alle Brötchen nannten – freilich nur dann, wenn er selbst es nicht hören konnte –, Brötchen also stand am Fenster und sah in den Vormittag hinaus. Das Fenster hatte einen Kunststoffrahmen, dessen Deckleisten sich an den Rändern abzulösen begannen. Der Regen hatte aufgehört, und unten auf der Gasse trieb der Wind eine halb zerrissene Zeitungsseite vor sich her, zur Einfahrt des Parkdecks und wieder zurück, die Zeitung flatterte über den Flaschenhals, der mitten auf der Gasse lag, geriet auf die Seite der Reihenhäuser und verfing sich dort an einer der Eingangsstufen. Brötchen überlegte sich, was geschehen müsse, damit die Zeitung wieder Fahrt aufnehmen würde. Wenn der Wind auffrischte, könnte es sein, dass das Papier nur fester gegen die Stufe gepresst würde. Also müsste der Wind einen Augenblick Ruhe geben und dann wieder loslegen.

»Lies das mal«, sagte Wanja hinter ihm.

Brötchen blieb am Fenster stehen. »Lies es vor.«

Wanja lachte. »Du kannst die Schrift nicht lesen. Wird allmählich Zeit, dass du's lernst. Wir sind hier nicht in Russland!« Er beugte sich auf der Ledercouch vor, um den Teletext auf dem Bildschirm besser sehen zu können. »Nach dem Raubüberfall auf die Filiale der Gewerbebank in Ochsenhausen, bei der bisher unbekannte Täter über zwanzigtausend Euro erbeutet haben, hat jetzt die Polizeidirektion Ravensburg eine Sonderkommission eingerichtet. Es seien bisher zahlreiche Hinweise eingegangen, erklärte ein Sprecher der Polizei, aber eine heiße Spur habe man noch nicht.«

»Und?«, fragte Brötchen. Die zerrissene Zeitung war nicht mehr zu sehen, so sehr drückte sie der Wind hinter der Stufe zusammen.

»Das waren gerade mal siebzehntausend und ein paar Zerquetschte«, sagte Wanja. »Wir haben es beide gezählt. Was soll der Scheiß, den die da erzählen?«

»Sie wollen uns zeigen, dass wir Dummköpfe sind«, antwortete Brötchen. »Sie haben den Rest für sich eingesteckt.«

»Du hast denen den Rest vom Geld gelassen?«

»Ganz sicher nicht. Vielleicht haben sie es sich vorher zur Seite gelegt. Was weiß ich! Vielleicht fehlt es ihnen schon die ganze Zeit, und jetzt können sie es uns in die Schuhe schieben.«

»Wie kann man wem was in die Schuhe schieben, was nicht da ist?«

Brötchen antwortete nicht. Hinter der Stufe vor dem Reihenhaus blähte sich die Zeitungsseite auf und flog in hohem wirbelndem Bogen über die Gasse, bis sie aus dem Blickfeld verschwand. Aus dem Parkdeck kam ein jüngerer Mann, er trug Jeans und eine Tweedjacke und sah irgendwie nicht aus, als ob er arbeitslos sei. Brötchen trat einen Schritt vom Fenster zurück. Der Mann ging zu dem Haus, vor dem die Scherben lagen, und klingelte.

Es dauerte eine Weile, bis ihm aufgemacht wurde.

»Was hast du?«, fragte Wanja.

»Nichts«, sagte Brötchen und wandte sich um. »Was bedeutet das, wenn sie eine solche Kommission machen? Holen sie da die Bullen von überall her?«

Der Türöffner hatte zu summen begonnen, ohne dass jemand nach Kuttlers Anliegen gefragt hätte. Er drückte die Tür auf, rechts davon war eine kleine Garderobe, voll gehängt mit Kinderanoraks, dazwischen ein schwarzes Cape. Geradeaus ging es in einen engen Flur, der zu einer Treppe führte. Auf der Treppe stand ein dickes kleines Mädchen mit abstehenden blonden Zöpfen. Drei Jahre? Mochte sein.

»Janina?«, fragte Kuttler. »Du hast sehr schöne Zöpfe.«

»Scheißzöpfe«, antwortete das Mädchen. »Jannie is oben.« Sie blieb auf der Stufe stehen, drückte sich aber an die Wand, als ob der Besucher sonst nicht vorbeikäme. Ein zweites Mädchen erschien oben, es war im gleichen Alter, aber nicht so dick wie das andere und hatte langes dunkles Haar.

»Guten Tag«, sagte Kuttler, so artig, wie er dachte, dass man mit dreijährigen Mädchen sprechen sollte. »Dann bist also du die Janina.«

Er stieg die Treppe hoch, aber bevor er oben war, drehte sich Janina um und lief zu einer offenen Tür, zwischen deren Rahmen eine Reckstange eingepasst war. Sie hängte sich daran, schob die Beine über die Stange und knickte sie ein, so dass sie sich mit den Kniekehlen halten konnte, und hing kopfüber von der Stange herunter, dass die dunklen Haare sich auf dem Boden ausbreiteten.

»Ja, bitte?« Aus einer zweiten Tür war eine Frau gekommen, sie war kleiner als Kuttler, hatte kurze dunkle Haare und kräftige Hüften und eine schmale Taille. Warum ist das wichtig, dass sie eine schmale Taille hat?, überlegte Kuttler und stellte sich vor. Markus Kuttler, Kriminalbeamter, hier meine Karte, ich spreche mit Frau Angelika Falter?

»Ich dachte, Sie seien Rosies Mutter«, sagte sie und wollte die Karte gar nicht erst lesen. »Hat der Saukerl mich angezeigt? Ich wusste gar nicht, dass für so was gleich die Kripo kommt...«

Er? »Warum hätte er Sie denn anzeigen sollen?«, fragte Kuttler.

»Nun kommen Sie halt rein«, sagte Angelika Falter und ging ihm voran in ein winziges Wohnzimmer. Kuttler stieg über ein Dreirad und wurde an einen braun gebeizten Tisch mit Holzstühlen gebeten, die so aussahen, als seien sie schon vor achtzig Jahren gebraucht gekauft worden. An der Wand gegenüber stand eines von diesen Selbstbau-Regalen, Fichte naturbelassen, einige Bücher darin und ein CD-Rekorder, am obersten Brett hingen zwei Marionetten, ein glutäugiger Kasperl und eine dralle Gretl. Das Zimmer war hell, mit weißer Raufaser tapeziert, die Stellen, an denen die Tapetenbahnen zusammenstießen, begannen sich bräunlich zu verfärben. Die leuchtend gelben Vorhänge machten den Tag freundlicher, als er draußen war.

»Hab ich ihn wirklich so schlimm getroffen?«, fragte die Frau. Wen getroffen und warum? Und wieso zwei Kinder?, dachte

Kuttler, als er an dem Tisch Platz nahm. Vermutlich gehört das eine einer Freundin, oder das Reihenhaus ist überhaupt von einer kleinen WG angemietet. Ohne dass er es beabsichtigt hätte, saßen sie sich so gegenüber, dass das Licht von draußen auf ihr Gesicht fiel. Ihre Augen waren grünbraun, und auch ihr Mund fiel ihm auf, er war klein, aber die Lippen waren voll und schön geschwungen... Kuttler!, rief er sich zur Ordnung, was tut das zur Sache! Das blonde Mädchen hatte sich neben dem Tisch aufgebaut, einen Teddy in der Hand, Janina hing noch immer kopfüber von der Reckstange. Die junge Frau sah sich suchend um, dann entdeckte sie schließlich unter einem Kinderbuch die Fernbedienung für ein Fernsehgerät. »Magst du die Geschichte vom Eulenspiegel angucken?«, fragte sie das blonde Mädchen. »Die Kassette ist schon eingelegt.«

Das Mädchen nahm – etwas zögernd, wie es Kuttler schien – die Fernbedienung und trollte sich an Janina vorbei in das Zimmer mit der Reckstange. Janina wartete noch einen Augenblick, dann ließ sie sich von der Stange herunter, rollte sich auf dem Boden ab und folgte ihr. Gitarren begannen zu klimpern, und Flöten flöteten, was Kuttler verdächtig an Musikabende erinnerte, bei denen studentische Nachwuchsensembles Musik des frühen 15. Jahrhunderts mit zeitgenössischen Instrumenten zu Gehör brachten. Kerstin hatte ihn manchmal zu so etwas mitgeschleppt... Schluss. Was hatte die Frau gerade eben gesagt?

»Die Scherben da draußen auf der Straße«, sagte Kuttler, »sind das die Reste von dem, was Sie geworfen haben?«

«Ich hätte das schon längst aufkehren müssen«, antwortete die Frau. »Ich mach's auch gleich... Aber deswegen sind Sie doch nicht hier?«

»Was war denn in der Flasche drin?«

»Irgendeine Schaumpampe. Eine Witwe vielleicht. Verstehen Sie, der Kerl kommt hier rein und winkt mit dem Schampus und redet schmierig von irgendeinem Kredit, und ich soll... Jannie – was ist?«

Das Mädchen war hereingekommen und hatte sich neben Kuttler gestellt. »Gibst du mir deinen Schuh?«

»Bitte?«

»Gibst du mir deinen Schuh? Nur einen.«

»Jannie«, sagte ihre Mutter, »das geht nicht.«

»Nur den einen.«

Plötzlich begriff Kuttler. »Aber es muss der linke sein, nicht wahr?« Zum Glück hatte er heute Morgen geduscht und frische Socken angezogen. So konnte er seinen linken Schuh ausziehen und ihn Janina geben, die damit zur Reckstange rannte und sich hinaufschwang, den Schuh in der Hand wie eine Trophäe.

»Ja«, sagte ihre Mutter, »und da hab ich den Kerl halt hochkant rausgeschmissen und den Schampus hinterher, und womöglich hab ich ihn am Kopf getroffen und jetzt...«

»Entschuldigen Sie«, sagte Kuttler, »aber deswegen bin ich gar nicht hier. Ich weiß auch nichts von einer Anzeige, sie wäre auch kaum bei mir gelandet...« Kuttler, mach dich nicht wichtig. »Ich wollte Sie fragen... Erinnern Sie sich an Tilman Gossler?«

Ihr Gesicht blieb unverändert, nur ihr Blick schien anders zu werden, fast starr.

»Das ist seltsam«, antwortete sie nach einer Weile. »Seine Mutter ist gestorben. Der Bilch, das ist der Kerl von gestern Abend, hat es mir erzählt. Aber warum ist das ein Fall für die Polizei?«

»Sie haben meine Frage nicht beantwortet.«

»Ach so...« Sie richtete sich auf und sah Kuttler ins Gesicht. »Natürlich erinnere ich mich an Til. Er ist in der Neujahrsnacht vor sieben Jahren ums Leben gekommen. Ich war... wir waren eine Clique, kannten uns seit der Grundschule, auch wenn ich dann nicht mehr richtig dazugehört habe, die anderen haben studiert, und das Eastside, das damals GlucksKasten hieß, war ihr Stammlokal, manchmal hab ich dort bedient...«

»Auch in der Neujahrsnacht?«

»Ja, sicher«, antwortete sie, fast abwesend. »Ich hab das damals auch der Polizei erzählt. Die kam gegen Mittag, als wir beim Aufräumen waren, und ich hab gesagt, dass ich gesehen habe, wie er gegangen ist, ich meine, wie er den GlucksKasten verlassen hat... Aber es war doch ein Unfall?«

»Gewiss doch«, sagte Kuttler. »Ein Auto hat ihn angefahren, und so etwas nennt man einen Unfall.«

Sie sah ihn prüfend an, den Kopf ein wenig schief gelegt. »Das klingt komisch, wie Sie das sagen.«

»In der Clique hießen Sie doch Puck? Wie kamen Sie zu dem Namen?«

Sie hob leicht die Augenbrauen. »So was interessiert Sie? Das hat ein Englischlehrer aufgebracht.« Ein kurzes Lächeln huschte über ihr Gesicht, eigentlich ist es kein Lächeln, dachte Kuttler, sondern eine anmutige kleine Grimasse. »Ein Puck ist ein Kobold. Angeblich bin ich einer.« Die Grimasse verschwand. »Woher wissen Sie das überhaupt?«

Kuttler ging nicht darauf ein. »Kannten Sie eine junge Frau, die Solveig hieß? Solveig Wintergerst?«

»Wer soll das sein?«

»Kannten Sie sie?«

»Der Name sagt mir nichts. Winter... wie?«

»Hatte Tilman Gossler jemals von einer Solveig gesprochen?«

»Ich sagte Ihnen doch, dass mir der Name nichts sagt.«

Ich bin in der Sackgasse, dachte Kuttler. Puck hatte bedient, was soll sie da von den Gesprächen am Stammtisch mitbekommen haben! »Hatte Tilman Gossler in jener Nacht getrunken?«

»Eher weniger als sonst.« Plötzlich wurde ihr Blick misstrauisch. »Aber das müssten Sie doch eigentlich wissen.«

»War er irgendwie anders als sonst?«

»Es war die Nacht auf Neujahr, die soll doch etwas Besonderes sein, glauben Sie nicht? Und Tilman... also Til war schon immer ein bisschen anders als die anderen.« Sie blickte auf.

»Nicht, was Sie jetzt vielleicht meinen. Er war unberechenbar oder manchmal einfach launisch.«

»Waren Sie mit ihm befreundet?«

»Wir waren eine Clique.«

»Das ist nicht das Gleiche.«

Wieder hob sie die Augenbrauen. »Richtig. Aber ich weiß nicht, ob ich mit ihm befreundet war. Wie soll man mit jemandem befreundet sein, der sich selbst nicht leiden kann?«

»Wissen Sie noch, ob an jenem Abend noch jemand anderes in die Kneipe kam, der zu Gossler wollte?«

»Mein Gott, keine Ahnung. Das ist alles schon so lange her. Und was denken Sie, wie es in der Neujahrsnacht zuging?«

»War in der Clique etwas anders als sonst? Gab es einen Streit?«

»Die stritten sich eigentlich immer.« Sie stand auf, ging zu dem Regal an der Wand und kam mit einer Packung Zigaretten wieder. »Stört es Sie?«, fragte sie und bot Kuttler die Schachtel an. Nein, danke, sagte er höflich, er habe sich das Rauchen abgewöhnt, aber es störe ihn nicht.

»Der Kerl, der gestern da war«, sagte sie schließlich, als sie sich eine Zigarette angezündet hatte. »Das war einer aus der Clique. Bilch nannten wir ihn. Mit solchen Leuten kann man sich doch nur streiten …«

»Und wie heißt er richtig?«

»Czybilla, Manfred. Der Banker Czybilla. Spekuliert schon am frühen Morgen an der Börse in Tokio und nachts in New York. Haben Sie noch nie von ihm gehört?«

Leider nicht, meinte Kuttler. Ob das eine Bildungslücke sei?

»Angestellt ist er bei der Handels- und Gewerbebank. In irgendeiner ihrer Filialen.« Angelika Falter schaute ihn an, und beide lachten.

»Noch einmal zu Tilman Gossler.« Kuttler blickte zu dem Kind, das auf der Reckstange halb saß und halb balancierte. »Dass Sie beide eine engere Beziehung eingehen – das stand nie zur Diskussion?«

Das Gesicht der Frau blieb unbewegt. Sie betrachtete die Zigarette in ihrer Hand und den Rauchfaden, der vom glühenden Ende hochstieg. Aus dem Kinderzimmer drang das Geschrei, das Schauspieler machen, wenn sie eine schreiende Menschenmenge darstellen sollen.

»Hey, du«, übertönte Janina das Geschrei, »ich hab deinen Schuh, willst du nicht deinen Schuh holen?« Sie winkte mit Kuttlers Schuh, er sah zu ihr hin, sie grinste und kippte dabei nach hinten und verlor das Gleichgewicht und plumpste auf die Matratze, die vorsichtshalber unter der Reckstange ausgelegt war. Ihre Mutter sprang hoch und stürzte zu ihr, auch Kuttler stand auf, das Mädchen lag zunächst bewegungslos auf der Matratze, dann schrie sie gellend und hörte eine ganze Weile nicht mehr auf damit. Na ja, dachte Kuttler, sammelte seinen Schuh ein und zog ihn wieder an, wenigstens ist sie nicht bewusstlos, vielleicht hat sie sich auch überhaupt nicht wehgetan und schreit nur der Mutter zuliebe.

Angelika nahm ihre Tochter auf den Arm, allmählich beruhigte sich Janina wieder und ließ sich schließlich neben das blonde Mädchen vor den Fernseher setzen.

Schließlich wandte sich Angelika wieder Kuttler zu. »Tut mir Leid, aber was hatten Sie gerade noch einmal wissen wollen?«

Kuttler sah sie nur an. Das weißt du ganz genau, dachte er.

»Ach ja«, sagte sie und ging wieder ins Wohnzimmer. Dann drehte sie sich um. Kuttler war ihr gefolgt. »Sie wollten wissen, ob ich mal mit ihm gebumst hab. Nein. Ja, ich hatte mal Lust. Er hatte mich blöd angeredet, und ich dachte, dem werde ich's zeigen. Aber es hat nicht geklappt.« Sie lächelte, das Lächeln schien ein wenig traurig. »Zum Glück hat es nicht geklappt. Außerdem...« Dann schüttelte sie den Kopf. »Es wäre nichts draus geworden, verstehen Sie?«

Die Klingel schlug an, und das blonde Mädchen rannte aus dem Kinderzimmer. »Rosies Mutter«, erklärte Angelika, »sie kommt, sie abzuholen.« Sie ging zum Regal und schrieb etwas auf einen Notizblock. »Wenn Sie noch Fragen haben, rufen Sie mich halt in Gottes Namen an.« Sie gab ihm den Zettel. »Meine Handy-Nummer.«

Kuttler dankte und steckte den Zettel in seine Brieftasche. »Im Augenblick wollte ich eigentlich nur wissen, ob Sie mir sagen können, wer Tilman Gossler näher gekannt hat?« Dann zog er, wie um sich zu revanchieren, eine seiner Visitenkarten aus der Brieftasche und hielt sie ihr hin.

Zögernd nahm sie die Karte, und für einen Augenblick schien ihm, als ob sich in die grün-braunen Augen ein Glimmen von Spott mischte. »Sprechen Sie doch mit den Treutleins, mit Isolde und Juffy, die waren oft mit Til zusammen.«

Das kleine dicke blonde Mädchen wurde von einer großen dicken blonden Frau abgeholt, die Kuttler mit einem prüfenden Blick musterte. Eilends verließ er das Reihenhaus, bückte sich aber doch nach einer der Scherben, auf der noch Reste des Etiketts klebten.

Es war keine Witwe gewesen, sondern ein Krimsekt. 8,95 Euro, schätzte er. Er ging die Gasse weiter, links war ein Kinderspielplatz, im Sandkasten lagen Bierdosen, und an der Schaukel war die eine Kette abgerissen.

An einem 1. Dezember hatte Tilman das Heim Zuflucht zum ersten Mal besucht, Kuttler las es im Tagebuch nach, draußen im Wagen, als er vor dem zweistöckigen Behelfsbau geparkt hatte:

…im Aufenthaltsraum abgetretenes Linoleum, es riecht nach Desinfektionsmitteln und schlechtem Essen…

Was, zum Teufel, hatte Tilman erwartet? Ein Vier-Sterne-Hotel? Ernüchtert klappte Kuttler den Band wieder zu und stieg aus. Er war schon öfter hier gewesen, die Klientel des Heimes Zuflucht ist manchmal auch die der Polizei, aber diesmal überkam ihn fast ein Herzklopfen, so als sei er Tilman, der trotz des vor Jahren gegen ihn verhängten Hausverbots hier einzudringen versuchte.

Die gelbe Fassade war von Rissen durchzogen und eine Scheibe an der Eingangstür durch eine Plastikplane ersetzt. Er musste klingeln, es dauerte, schließlich machte ihm ein kahlköpfiges Männchen auf, man kannte sich.

»Oh«, sagte Frieder Jakubeit – denn so hieß das Männchen – und machte einen Diener, »hoher Besuch, bitte einzutreten, der Herr Oberkommissar, was führen den Herrn in unsere ärmliche, aber baufällige Hütte?«

»Besten Dank«, sagte Kuttler, »man logiert nicht mehr im Alten Friedhof?«

»Ach!«, klagte Jakubeit und tastete mit seiner Hand nach der Hüfte, »die Knochen und der Herr Ordnungsamt wollen es nicht mehr leiden.«

»Ja, so«, meinte Kuttler anteilnehmend. »Meister Brauchle geruhen in seinem Büro zu sein?«

»Bitte mir zu folgen«, antwortete Jakubeit und ging Kuttler voran, an der offenen Tür des Aufenthaltsraums vorbei. Kuttler nickte den Männern zu, die dort im Zigarettenqualm hockten und neugierig oder auch misstrauisch zu ihm herschauten. Jakubeit klopfte an eine weitere Tür, öffnete sie dann und ließ Kuttler in ein Büro eintreten, das mit einem Schreibtisch, einigen Stahlschränken und einer kümmerlichen Liege möbliert war. Hinter dem Schreibtisch saß ein Mann mit zurückgekämmtem schütterem Haar, der Kuttler durch eine Hornbrille entgegenstarrte: der Heimleiter Brauchle. Jakubeit war verschwunden.

»Der Herr Kuttler, nicht wahr?«, sagte Brauchle. »Das sieht nach Ärger aus, und den können wir jetzt noch weniger brauchen als sonst.« Er stand auf, Kuttler und er tauschten einen Händedruck.

»Ärger kann man nie brauchen«, antwortete Kuttler. »Und ich will Ihnen auch keinen machen. Aber warum können Sie den jetzt noch weniger brauchen als sonst?«

Brauchle machte eine Handbewegung, als wolle er dem Besucher sein Büro zeigen. »Sie sehen doch selbst, wie baufällig das alles ist. Wir sollen ausziehen, weil hier ein Zubringer zur Umgehungsstraße vorbeigeführt wird. Aber sagen Sie mir, wohin unsereins gehen soll?« Er schob seinen Kopf vor und starrte Kuttler ins Gesicht. »Sagen Sie mir, wo das Heim Zuflucht hingehen kann, ohne dass es einen Volksaufstand gibt oder wenigstens eine Bürgerinitiative...«

Er setzte sich wieder hinter seinen Schreibtisch, und auch Kuttler nahm auf dem hölzernen Besucherstuhl Platz.

»Dabei wissen Sie doch selbst«, fuhr Brauchle fort, »dass unsere Männer harmlose alte Teufel sind, wenn es hochkommt, klauen sie mal eine Flasche Schnaps und schaffen es keine zwanzig Meter weit, wenn ihnen die Verkäuferin nachläuft. Aber hören Sie sich nur einmal um, gehen Sie doch in die Siedlung Eschental, dort ist seit zwanzig Jahren ein Neubau für uns ausgewiesen, jeder hat das gewusst, dass wir dort hingehen wollen. Ja, gehen Sie hin und fragen Sie die Leute dort, und die Leute werden Ihnen sagen, dass die Frauen und die Kinder ihres Lebens nicht mehr sicher seien, wenn wir kommen. Irgendwann werde ich meine Männer zusammenrufen, und wir gehen ins Münster und fordern Kirchenasyl. Wenn wir nicht Verfolgte sind, wer ist es dann?« Er schwieg, als warte er auf den Nachhall, den seine Worte doch auslösen müssten.

»Aber deswegen sind Sie nicht gekommen«, fuhr er schließlich fort, »was also kann ich für Sie tun?«

»Rolf Kaminski«, antwortete Kuttler. »Ich hätte ihn gern gesprochen.«

Brauchle blickte hoch. »Kaminski, sagen Sie? Moment. Ein Kaminski wohnt nicht bei uns.« Er legte die Hand an die Nase, als müsse er nachdenken.

»Er ist querschnittgelähmt«, sagte Kuttler, »auf den Rollstuhl angewiesen. Es kann sein, dass man...«

»Ach!«, entfuhr es Brauchle, »Rolf Kaminski, natürlich. Aber wenn Sie ihn sprechen wollen, müssen Sie sich in die Stuttgarter Straße bemühen.«

An der Stuttgarter Straße liegt der Hauptfriedhof. Kuttler mochte solche Scherze nicht. Er beschloss, sich das auch anmerken zu lassen.

»Wann ist er gestorben?«, fragte er. »Und woran?«

»Ho ho! Langsam mit die alten Gäule!«, antwortete Brauchle. »Woran wird er gestorben sein? Das war ein armer kranker Teufel, wie die anderen hier auch, woran stirbt so jemand? An der Krankheit, an Spätfolgen vom Unfall, an der kaputten Leber oder an den kaputten Nieren, das müssten Sie doch alles wissen!« Er drehte sich zu dem geöffneten Rollschrank um, der hinter ihm stand, fuhr mit dem Finger suchend über die Reihe der Aktenordner und holte schließlich einen heraus, den er aufschlug. »Hier!« Er begann zu lesen. »Kaminski, Rolf, geboren 1951 in Sennelager, Lehre als Möbeltischler, verheiratet, 1980 arbeitslos, 1982 Scheidung, seither ohne festen Wohnsitz, 1996 nach Unfall querschnittgelähmt, nach Krankenhaus und Rehabilitation kam er im Januar 1997 zu uns, November 1999 Lungenentzündung und Exitus.«

»Wie hat er sich die Lungenentzündung zugezogen? Ich dachte, hier wäre er auch pflegerisch betreut worden?«

»Wollen Sie mir was anhängen?« Brauchle blickte empört. »Natürlich wurde er eins a betreut, was glauben Sie denn! Aber es war November, ich erinnere mich noch gut, eigentlich ein schöner Tag, er wollte mit dem Rollstuhl draußen sein, natürlich muss man bei Querschnittgelähmten aufpassen, dass sie sich nicht unterkühlen, die spüren die Kälte nicht, wissen Sie! Aber irgendwie hat sich die Wolldecke gelöst, oder sie ist ihm runtergefallen …«

»Er trug keine Thermo-Wäsche?«

»Also, das weiß ich jetzt wirklich nicht mehr, ich weiß auch gar nicht, ob das im Pflegesatz enthalten gewesen wäre, in den Richtlinien ist das ganz sicher nicht vorgesehen.«

Kuttler betrachtete den Mann hinter dem Schreibtisch. Pflegesatz. Richtlinien. Irgendwie ist die Decke heruntergefallen. Ein Beamter eben. Nein, freie Wohlfahrtspflege, also fest angestellt, aber kein Beamter. Und was soll das überhaupt heißen: ein Beamter eben? Was bist denn du?

»Was wissen Sie über den Unfall?«

»Werd ich dabei gewesen sein?« Brauchle blickte empört. »Sie schlagen hier einen Ton an... Der Unfall war auf dem Münsterplatz, nach dem Wochenmarkt, Kaminski wird betrunken gewesen sein, ich kenn doch meine Pappenheimer, und ist unter den Lieferwagen von einem der Händler geraten. Was schauen Sie so?«

»Es gibt manchmal merkwürdige Unfälle«, sagte Kuttler. »Und je mehr einer nachfragt, desto merkwürdiger werden sie. Hat Kaminski ein Schmerzensgeld bekommen?«

Brauchle schwieg. Bedächtig klappte er den Aktenordner wieder zu. »Sollten Sie dieses Gespräch nicht besser mit unserem Justiziar führen?« Der Blick kehrte zu Kuttler zurück, jetzt nicht mehr empört, sondern ausdruckslos und verschlossen. »Er war, wie ich gerade gesehen habe, auch Kaminskis Betreuer und hat ihn juristisch vertreten.«

Ein Rechtsanwalt also, dachte Kuttler, das wird jetzt bitte nicht... »Und wer ist dieser Justiziar?«

»Das ist der Herr Rechtsanwalt Dannecker, im Hafenbad.«

Es war kurz vor Mittag, und im Café »Wichtig« gab es noch freie Plätze am Fenster. Luzie war mit Matthes verabredet, aber sie war noch etwas zu früh. Das Gespräch mit Pfarrer Rübsam hatte nicht allzu viel Zeit in Anspruch genommen, sie hatte sogar den Eindruck, Rübsam sei fast erleichtert gewesen, als sie sich verabschiedete. Vermutlich steckte auch er die Geschichte so leicht nicht weg, vielleicht wäre die alte Frau Gossler eben doch ansprechbar gewesen, vielleicht hätte sich auch in der Kirchengemeinde jemand darum kümmern müssen und hatte keine Lust und keine Zeit dazu gehabt, warum sollte es in der Kirche nicht auch Mitarbeiter geben wie die Sachbearbeiterin Fudel bei den Heimstätten?

Das Tagblatt hatte sie schon beim Frühstück überflogen, so suchte sie sich eine der Zeitschriften aus, die im »Wichtig« auslagen, keine Mode, kein Lifestyle, schließlich fand sie ein Magazin für Sporttaucher, warum sollte sie nicht irgendwann in diesem Winter auf die Malediven fliegen, vielleicht im Februar, wenn der Geschäftsbericht erstellt war?

Plötzlich sah sie auf, am Tisch stand Matthes, sie hatte ihn nicht kommen sehen oder hören, aber das war schon immer so gewesen, weswegen sonst hieß er Schleicher? Sie wies auf den freien Stuhl am Tisch und versuchte erst gar kein Lächeln, bei jemandem, den man schon aus der Grundschule kannte, musste das nicht sein! Damals hatte er noch diese widerspenstigen roten Haare gehabt und die milchweiße Haut mit den Sommersprossen, das Haar war jetzt zurückgekämmt und legte Geheimratsecken frei und war nicht mehr aufrührerisch rot, sondern fast farblos, so dass es sich nicht einmal mit der dezenten roten Krawatte biss, die er zu einer blau-grauen Kombination trug. Irgendwo hatte sie gelesen, Matthes wolle in den Landtag und habe sich dieserhalb mit dem jetzigen Landtagsabgeordneten verbündet, der nämlich ein Bundestagsmandat anstrebe, vorausgesetzt, es gelinge ihm, die derzeitige Mandatsträgerin wegzubeißen. Natürlich hatte sie es nicht irgendwo, sondern im Tagblatt gelesen, wer sonst würde so etwas für wichtig halten.

»Stimmt das, was das ›Tagblatt‹ schreibt?«

»Natürlich nicht«, antwortete Schleicher. »Da hat jemand einen Versuchsballon steigen lassen.«

Sie sah ihn nur an.

»Na ja«, räumte er ein, »es ist ein mögliches Szenario, aber ich halte mich da ganz bedeckt. Aber sag – was ist mit der Beerdigung?«

»Gibt's nicht. Sie wird verbrannt. Die Trauerfeier ist morgen, der Pfarrer von der Pauluskirche hält eine Rede oder predigt oder was auch immer. Ich wäre übrigens dankbar, wenn du kämst. Eigentlich hatte sich die alte Frau Gossler alles Gesums verbeten, und ich habe den Pfarrer erst rumgekriegt, als ich ihm sagte, wir – also die Freunde von Tilman – würden darum bitten …«

Matthes schaute sie zweifelnd an. »Die Freunde von Tilman, hast du gesagt?«

Schleicher!, dachte Luzie, und spürte eine leise Gereiztheit in sich hochsteigen. »Dass er dich nicht leiden konnte und dich für einen Karrieristen hielt, habe ich dem Pfarrer ja nicht unbedingt auf die Nase binden müssen.« Das war jetzt fast eine Spur zu scharf.

»Sicher«, antwortete Matthes. »Aber sag mir – wen von uns hat er denn leiden können?«

Das hättest du wohl gerne so, dachte Luzie: dass da nämlich gar nichts gewesen wäre, aber sie wurde einer Antwort enthoben, denn in diesem Augenblick hatte ein großer stämmiger Kerl das Café betreten und blickte sich suchend um. Er trug einen Overall und einen schwarzen Schlapphut dazu, der auf absurde Weise unpassend gewesen wäre, hätte der Mann nicht eine Art unerschütterliches Selbstvertrauen ausgestrahlt. Er blickte zu ihr herüber und kam auf den Tisch zu. Was will der von mir?, dachte Luzie, aber da war Schleicher auch schon aufgestanden, hatte den Neuankömmling mit Handschlag begrüßt und stellte ihn vor:

»Das ist Alexander Keull, er ist Bildhauer und einer der Stars unserer oberschwäbischen Sezession, die gerade im Kornhaus vorbereitet wird.«

Einer der Stars! Was muss Schleicher einen solchen Unsinn reden, ging es Luzie durch den Kopf, der Kerl scheuert ihm gleich eine, aber das tat er dann nicht, sondern Keull und Luzie tauschten einen Händedruck, sie registrierte, dass er dunkle Augen hatte, die sie sehr direkt ansahen, dann setzte er sich, nahm seinen Hut ab, unter dem dichtes schwarzes, lockiges Haar zum Vorschein kam, das von einzelnen grauen Strähnen durchzogen war.

»Sag einfach Sascha zu mir«, sagte er, und erst später fiel ihr auf, dass er sie ganz ungefragt geduzt hatte.

Im Neuen Bau herrschte an diesem Nachmittag eine merkwürdige, zwischen unterdrückter Heiterkeit und besonderer Vorsicht oszillierende Stimmung. Kuttler war es schon auf dem Hof aufgefallen, als ihm Orrie entgegengekommen war und kurz mit dem Daumen nach unten gezeigt und gefeixt hatte. Oben in ihrem gemeinsamen Büro saß Tamar Wegenast bereits am Schreibtisch, schien allerdings weder heiter noch irgendwie besorgt, sondern ganz einfach schlechter Laune. Er schloss behutsam die Tür und hängte seinen Trenchcoat auf.

»Schöner Tag heute«, sagte Kuttler und drehte seinen Bürostuhl auf die richtige Höhe.

»Deine Schnepfe hat schon wieder angerufen. Wegen eines Kühlschranks.«

»Ich wusste doch, dass diesem Tag noch etwas fehlt«, sagte Kuttler und setzte sich hinter seinen Schreibtisch.

»Kannst du dieses Scheißding nicht endlich wegräumen? Diese Anrufe nerven mich.«

»Es ist Kerstins Scheißding, sie soll sich selbst drum kümmern.«

»Aber es sind meine Nerven«, sagte Tamar, »und deswegen entsorgst du entweder diesen Kühlschrank oder diese Frau.«

»Ist gut«, sagte Kuttler. »Was ist eigentlich los in diesem Laden?«

Tamar sah auf. »Ach so, du hast noch keinen Flurfunk gehört? Wir haben frohe Botschaft aus Stuttgart. Kriminalrat Englin bleibt uns erhalten. Die vakante Polizeidirektion Friedrichshafen wird mit einem Freiherrn von Ratzenried-Mümmelstein besetzt.«

Kuttler legte den Kopf schief. Freiherr von Ratzenried-Mümmelstein? Kein Mensch hieß so, nicht einmal im baden-württembergischen Innenministerium. Also handelte es sich um den Freiherrn von Greiffenrath, Referatsleiter im Innenministerium, Polizeifachhochschule, Jura-Studium, Yale-Stipendium, Mitglied im Landesvorstand der Jungen Staatspartei und unverhofft ein Versorgungsfall geworden, nachdem sein bisheriger Chef in den Vorstand der im Landesbesitz befindlichen Glottertal-Brauerei aufgestiegen war. Klar, dachte Kuttler, keine Chance für Englin. Adieu, die Empfänge bei seiner Königlichen Hoheit im Schloss Hofen. Schade um die Schiffspartien auf dem sommerlichen Bodensee, die brausende Fahrt mit den Schnellbooten der Wasserschutzpolizei. Verweht der gepflegte Smalltalk mit den Polizeichefs aus Vorarlberg und Bayern und der Schweiz auf dem grünen Rasen des Schlosshotels Bad Schachen...

»Und wir behalten Englin bis zu seiner Pensionierung«, fasste Tamar den unausgesprochenen Gedankengang Kuttlers zusammen.

Das Telefon klingelte. Kerstin!, dachte Kuttler, holte tief Atem und meldete sich.

»Herr Kuttler, guten Tag, schön, dass ich Sie direkt am Apparat habe«, sagte eine Stimme, die Kuttler irgendwie bekannt vorkam, »mein Name ist Dannecker, wir haben uns erst gestern kennen gelernt, ganz im Guten, ich hoffe, das wird so bleiben...«

Kuttler atmete kurz durch und gab seiner Stimme so viel verbindlichen Klang, wie es gerade möglich war. Was er für Dannecker tun könne?

»Oh! Sie scherzen«, kam es durchs Telefon, »ich glaube, eher kann ich etwas für Sie tun. Sie waren heute Vormittag im Heim Zuflucht, nicht wahr? Sie sehen, nichts entgeht mir oder nur wenig, ich bin nämlich Justiziar des Heimes oder genauer gesagt: des Trägervereins...«

»Der Herr Brauchle sagte mir das.«

»Ja, und deswegen wollte ich Ihnen sagen, dass Sie sich gerne an mich wenden können, in allen Fragen, die Sie das Heim betreffend haben, obwohl« – die Stimme wurde noch etwas jovialer – »obwohl unsere Klienten, ganz offen gesagt, einfach nicht mehr das Potential haben, für ein Dezernat I interessant zu sein, aber...«

Schluss, dachte Kuttler. »Ich interessiere mich für Tilman Gossler. Er ist im Alter von 23 Jahren in der Neujahrsnacht 1999 ums Leben gekommen. Es haben sich Erkenntnisse ergeben, dass hier...« – er suchte nach einem für den Augenblick ausreichend unpräzisen Ausdruck, und während er suchte, sah er plötzlich, dass ihm Tamar zuhörte, sehr wach, sehr aufmerksam und überhaupt nicht einverstanden –... »dass hier noch Fragen offen sind. Ich habe gehofft, über eine davon mit einem gewissen Rolf Kaminski sprechen zu können, mit dem Gossler befreundet war. Leider ist Kaminski tot, ich bedauere das sehr.«

»Wie – sagten Sie – war der Name des jungen Mannes?«

»Gossler, Tilman. Ein Jurastudent. Vielleicht haben Sie auf die eine oder andere Weise seine Bekanntschaft gemacht.«

Am anderen Ende der Leitung war ein unfrohes Lachen zu hören. »Leider habe ich nicht als Repetitor gearbeitet. Auch sagt mir der Name überhaupt nichts. Kaminski allerdings war mein Mandant, und so wüsste ich gerne, welcher Art der Kontakt zwischen diesem jungen Mann und ihm gewesen ist?«

»Die beiden spielten gelegentlich Schach, und der Jurastudent Gossler scheint sich für das Verfahren um Kaminskis Schmerzensgeld interessiert zu haben. Das Verfahren war wohl damals anhängig.«

»Interessant«, sagte Dannecker. »Wirklich interessant. Da laufen Leute herum und interessieren sich für einen Zivilprozess, aber den damit befassten Anwalt scheint niemand einer Befragung für würdig zu halten. Sie verstehen meine Verwunderung?«

»Ich wäre schon noch zu Ihnen gekommen«, antwortete Kuttler.

»Sie wären schon noch gekommen! Zu gütig. Und was würden Sie von mir wissen wollen, wenn Sie geruhen sollten, zu mir zu kommen?«

Kuttler verzog das Gesicht. Du Affe! »Ganz einfach. Ich würde gerne wissen, welches Ergebnis dieses Verfahren gebracht hat.«

»Bitte sehr«, sagte die Stimme. »Das Verfahren ist mit einem Vergleich abgeschlossen worden, einem – wie ich finde – sehr vorteilhaften Vergleich, Herr Kaminski hat zweihunderttausend Mark Schmerzensgeld erhalten, also rund einhunderttausend Euro, die von mir treuhänderisch für ihn verwaltet wurden.«

»Und nach seinem Tode?«

»Ist das verbliebene Vermögen entsprechend Kaminskis Testament verwendet worden. Was dachten Sie? Sie können die entsprechenden Unterlagen gerne einsehen, allerdings hätte ich von Ihnen dafür gerne einen richterlichen Beschluss vorgelegt bekommen. Wir leben ja nicht mehr im 19. Jahrhundert und müssen unsere Schreibtische aufsperren, wenn der Herr Schutzmann kommt...«

Das war's, dachte Kuttler. »Ja, dann«, sagte er. »Mich hätte ohnehin mehr der persönliche Eindruck interessiert, den Sie von diesem Tilman Gossler gewonnen haben. Wie er aufgetreten ist. Was ihn bewegt hat. « Blöde Lüge. »Jedenfalls danke ich sehr für Ihre Auskunft.«

»Nichts zu danken«, sagte die Stimme. Vielleicht kam es Kuttler nur so vor, aber es klang, als sei sie von Hohn durchtränkt. Er legte auf.

»Kuttler!«, sagte eine andere Stimme. Es war Tamar. »Was treibst du da, und was ist das für eine Geschichte?«

Er stand auf, ging zu seinem Trenchcoat und holte das Tagebuch heraus. Dann legte er es Tamar auf den Schreibtisch. »Lies es.«

»Du hättest das schon längst zurückbringen sollen.«

»Lies!«

Am Nachmittag waren neue Regenwolken aufgezogen, aber mit dem Rad waren es vom Eschental zur unteren Siedlung keine zwei Minuten. Von der Kreuzung am Hochhaus staute sich der Verkehr zurück, natürlich war die Radspur trotz der

Markierung blockiert, so fuhr Harald Treutlein links an der Schlange vorbei. Vor der Ampel stieg er ab und schob das Rad über den Fußgängerstreifen und auf dem kleinen Platz an der Bankfiliale vorbei, in der noch Licht brannte. Der Bilch noch fleißig beim Spekulieren, wie? Marion – Rebeccas Mutter – wohnte in einer der kleinen Reihenhauszeilen aus den sechziger Jahren, es musste die zweite oder dritte auf der anderen Seite des Hochhauses sein.

Treutlein hatte Marion über den Freien Kindergarten kennen gelernt, und näher gekommen waren sie sich bei der Arbeit für die Bürgerinitiative Eschental. Aber er war noch nie bei ihr gewesen. Er blieb stehen und sah sich um. Die Reihenhauszeilen hatten keine einzelnen Straßennamen, so dass er sich nach den Hausnummern richten musste, Bischof-Moser-Weg 21 musste die dritte Zeile sein. Er schob sein Rad weiter, am Wartehäuschen der Buslinie 4 vorbei, in dem ein einzelner Mann stand, er war groß und breitschultrig. Der Bus würde erst in einer Viertelstunde kommen, dachte Treutlein, hier in die untere Siedlung kamen immer mehr Leute, von denen man nicht wusste, was sie so den lieben langen Tag über taten oder zu arbeiten hatten.

Bei der Nummer 21 sah er auf den ersten Blick, dass er richtig war: Heckenrosen im winzigen Vorgarten, das Namensschild getöpfert, Kinderzeichnungen und Scherenschnitte in den Fenstern. Marion öffnete ihm, kaum dass er geklingelt hatte. Sie trug einen schwarzen Hausanzug, der sehr leicht aussah und sehr knapp saß. Im Hintergrund lief ein Videorekorder, am Ton erkannte Treutlein das Märchen vom Kasperl, der ein Buch findet, das er nicht lesen kann.

»Ach, leg doch bitte ab«, sagte Marion, »bei uns ist immer kräftig geheizt, ich mag es einfach warm und kuschelig.« Treutlein schälte sich aus seinem Regenzeug, sie stand neben ihm und wartete, um ihm den Anorak abzunehmen, und während sie so stand, sah er, dass der Ausschnitt des schwarzen Hausanzugs sehr weit geöffnet war und dass sie darunter keinen BH trug. Eigentlich musste sie sehen, dass er es sah, aber sie lächelte ihn nur an.

»Thomas ist nicht da?«

Nein, Thomas war in Köln, aber er hatte ihr alles gesagt, so dass sie am nächsten Tag alleine mit der Druckerei klarkommen würde. »Ich hab auch schon einen ersten Entwurf«, meinte sie und ging Treutlein voran in ein kleines Arbeitszimmer zu einem bereits eingeschalteten Computer, dessen Bildschirmschoner eine Blondine im Bikini zeigte. Unwillkürlich wischte sich Harald Treutlein mit der Hand über die Stirn, es war wirklich sehr warm in der Wohnung. Dann zog er sich den Hocker heran, der vor einem Regal voller Aktenordner stand, und setzte sich neben Marion.

Sie rief ein Programm auf, und auf dem Bildschirm erschien das Foto eines in einem Sandkasten spielenden Kindes, es trug ein rosafarbenes Kleid und hatte eine Schleife im Haar und war nicht Rebecca und auch sonst kein Kind, das er kannte.

»Ich hab ein Foto aus dem Internet genommen«, erklärte Marion, »irgendwie kann ich da kein Bild von unseren Kindern brauchen.«

Treutlein verstand. In den Hintergrund des Bildes war eine schwarze Gestalt montiert, ein Mann mit Hut, nur in den Umrissen erkennbar, eine krallenartige Hand ausgestreckt. Daneben die Schlagzeile: »*Rettet unser friedliches Eschental!*«

»Irgendwie muss ich das noch anders machen«, meinte Marion. »Dass die Hand wirklich aus dem Hintergrund kommt und nach dem Kind greift.«

Wieder fuhr sich Treutlein über die Stirn. Diese schwarze Gestalt im Hintergrund hatte er schon einmal gesehen. Auf einem Plakat? Nein, in irgendeinem Bildband über die frühe Bundesrepublik, vermutlich war es ein Wahlplakat der Staatspartei gewesen, mit dem für den Schutz der Familie vor den Sowjets und anderen Vergewaltigern geworben werden sollte. Das geht so nicht, dachte er. Wenn wir die Leute vom Heim Zuflucht so darstellen, bekommen wir die Überkorrekten an den Hals, und die

Zeitungen zetern womöglich von Volksverhetzung, er sah schon die Schlagzeile vor sich:

Bürgerinitiative verunglimpft Sozialhilfeempfänger als Untermenschen.

»Du«, sagte er, »das ist ein sehr wirkungsvoller Entwurf, gar kein Zweifel, nur könnten wir ein Problem damit bekommen.« Und er begann, ihr dieses Problem zu erklären. Marion wandte sich ihm zu, und da er neben ihr saß und der Hocker etwas niedriger war als Marions Schreibtischstuhl und er ihr nicht ständig in den Ausschnitt starren konnte, musste er ihr ins Gesicht sehen, und das war sehr nah dem seinen. Soweit er sich später erinnern konnte, sagte er oder versuchte er zu sagen, dass die Bürgerinitiative ja keine Feindschaft gegen die Bewohner des Heimes Zuflucht säen wolle, sondern ganz im Gegenteil mitarbeite, eine angemessene Unterkunft für sie zu finden, eine angemessene und geeignete, und das Eschental sei der vorhersehbaren Konflikte wegen eben nicht geeignet.

Eine Kinderstimme, die ein wenig quengelnd und ein wenig neugierig und irgendwie seltsam klang, kam von der Tür her:

»Mami, der Film is aus«, sagte Rebecca und wiegte sich am Türpfosten, »oder soll ich dich jetzt nicht stören?«

Eine Viertelstunde später rief Treutlein zu Hause an.

»Ja, Isolde«, sagte er, »ich bin noch bei Thomas und Marion, wir arbeiten noch an dem Flugblatt, bringst du die Kinder zu Bett? Es kann später werden.«

Der Regen schlug gegen das Fenster an der Südwand des Neuen Baus. Tamar hatte die Schreibtischlampe eingeschaltet, sonst war es dunkel. Kuttler, zurückgelehnt in seinem Drehstuhl, sah ihr beim Lesen zu. Er dachte: nichts.

Zeit verging. Kuttler hörte den Regen und das leise Rascheln, wenn Tamar eine Seite umblätterte.

Schließlich klappte Tamar das Buch vorsichtig zusammen und legte es vor sich auf den Schreibtisch. Sie schaute zu Kuttler in das Dunkel hinüber, aber ihrem Gesicht war nichts anzumerken.

»Du hast einen Fehler gemacht, Kuttler.«

»Sag ihn mir.«

»Du bist zu früh zu diesem Brauchle.«

»Ich wollte zu Kaminski. Hätte ich gewusst, dass der tot ist...«

»Dafür gibt es das Melderegister, dass man das weiß.«

Kuttler sagte nichts, und eine Weile hörte man wieder nur den Regen.

»Und was jetzt?«, fragte Tamar.

»Weiß ich selbst nicht«, antwortete Kuttler.

»Es gibt immer zwei Möglichkeiten«, sagte Tamar. »Du legst dieses Tagebuch zu dem Nachlass der Frau Gossler, und wir vergessen das Ganze, und alles ist gut. Oder wir vergessen es nicht, dann haben wir wieder zwei Möglichkeiten. Die eine ist – wir schicken das Tagebuch nach Berlin, weil Tilman doch Berndorf sprechen wollte, dann ist auch alles gut, weil Berndorf aufkreuzt und seinen Hund mitbringt und Englin im Viereck springt und alles ein Durcheinander wird, wie es schon immer war und niemals aufhört...«

»Und wenn wir das Buch nicht vergessen und nicht nach Berlin schicken?«

»Dann können wir eigentlich nur eines tun«, antwortete Tamar. »Wir müssen diese Solveig finden.«

Das Telefon klingelte. Tamar meldete sich und kniff gleich darauf ein Auge zusammen. »Ja«, sagte sie dann, »wir kommen.«

Kuttler hatte begriffen und stand auf. »Nehmen wir das mit?«, fragte er und deutete auf das Tagebuch.

»Ja.«

Die Straße war eng und gewunden und führte durch einen Wald, über Kuppen und dann wieder zur Iller hinab. »In den Holzstöcken« sagen die Leute zu dieser Gegend, und so sah sie auch aus. Der Regen fiel so dicht, dass die Wischerblätter Mühe hatten, das Wasser von der Frontscheibe zu schaffen, obwohl sie auf die höchste Geschwindigkeit eingestellt waren. Was tu ich mir da an, dachte Luzie, hatte sie nicht genug Stress und Ärger im Büro? Morgen würde sie die Aktennotiz über den Fall Fudel/Gossler zu schreiben haben, es war das erste, was der Geschäftsführer – eben von der Katholischen Akademie zurückgekehrt – angeordnet hatte. Ganz offenkundig sollte nun sie das Karnickel sein, denn hätte nicht sie in der Wohnung der Frau Gossler nachsehen lassen, und hätte wiederum nicht sie den Schreibtisch der Sachbearbeiterin Fudel überprüft...

»Woraus haben Sie eigentlich Ihre Befugnis abgeleitet für diese... diese Aktion, Frau Haltermann?«

...hätte sie also dies alles nicht getan, so wäre der Personalrat nicht aufgestört und die Frau Gossler läge noch in ihrer Wohnung und niemand hätte einen Ärger und alles ginge seinen geordneten Gang. Morgen würde sie aufschreiben, was sie dazu zu sagen hatte, aber dieses Morgen war jetzt eigentümlich fern und unwichtig und hatte überhaupt nichts zu tun mit dem, was sie jetzt tat oder tun wollte.

Die Straße führte über eine Brücke, irgendwann müsste jetzt links oben eine Kirche zu sehen sein, wenn irgendetwas zu sehen wäre. Rechts nach der Kurve sollte ein Gasthof sein, aber es kamen jede Menge Kurven. Irgendwann dann doch ein Licht, parkende Autos, sie fuhr auf den gekiesten Hof, dann sah sie, dass das nicht der «Adler« war, und wenn es der nicht war, dann konnte sie auch mit der Skizze nichts mehr anfangen, die sie heute Mittag bekommen hatte.

Es blieb ihr also keine Wahl, und so stieg sie aus und ging in die Kneipe, die »Zum deutschen Kaiser« hieß. Zigarettenqualm und Lärm und die Ausdünstungen rotgesichtiger schwitzender Männer schlugen ihr entgegen, der Wirt ließ sie erst einmal vor dem Tresen stehen und machte sich am Zapfhahn zu schaffen, und während sie so stand und wartete, spürte sie, wie ihr die Rotgesichtigen auf den Hintern starrten. Schließlich bequemte sich der Wirt zu einer Auskunft, Luzie bemühte sich, höflich danke zu sagen, ging und stellte sich die Kommentare und Mutmaßungen lieber nicht vor, die jetzt in der Kneipe ausgetauscht wurden. Dritte Querstraße links, hatte der Wirt gesagt, den Berg hoch, bis es nicht mehr weitergeht. Die Scheinwerfer erfassten ein altes Bauernhaus mit weit heruntergezogenem Dach, zwei Fenster waren erleuchtet, alles andere dunkel. Sie stellte den Wagen ab, stieg aus und hängte sich ihr Cape über die Schultern.

Was mach ich, dachte sie, wenn der jetzt nicht allein ist, sondern irgendeine Bauernschnepfe sitzt ihm Modell? Dann verscheuchte sie den Gedanken und ging durch den Regen zur Haustür. Es war zu dunkel, als dass sie eine Klingel hätte erkennen können. Sie klopfte, dann griff sie nach der Klinke und drückte sie hinunter, es war noch eine alte Klinke, schmiedeeisern, und sie saß ausgeleiert in der Tür. Der Flur roch modrig, durch Türritzen drang das Licht aus dem Zimmer, dessen Fenster sie erleuchtet gesehen hatte. Sie ging zur Tür, klopfte leicht und öffnete sie.

Sascha saß auf einer Eckbank an einem Holztisch und las. Vor ihm stand eine geöffnete Flasche Bier. In einem eisernen Ofen brannte ein Feuer.

»Du hast dir Zeit gelassen«, sagte Sascha und klappte das Buch zu.

Luzie trat noch einen Schritt ins Zimmer. Das Cape war zu Boden geglitten. Sascha stand auf und nahm die Bierflasche und stellte sie auf das Fenstersims.

Auch im Büro des Leiters der Kriminalpolizei war nur die Schreibtischlampe eingeschaltet, und die schweren, dunkel gebeizten Stilmöbel ließen den Raum nicht einfach bloß altmodisch, sondern merkwürdig düster erscheinen.

»Setzt euch«, sagte Kriminalrat Englin. »Ein Rechtsanwalt ...« Er blickte auf den Schreibblock, der vor ihm lag – »ein Rechtsanwalt Dannecker hat mich angerufen, ich glaube, Kuttler, er wollte sich über Sie beschweren.« Sein Augenlid zuckte einmal, aber Kuttler hatte den Eindruck, an diesem Tag sei alles anders als sonst, selbst die Stimme Englins und womöglich anders auch das Zucken des Englinschen Augenlids. Er warf einen Blick zu Tamar und sah, dass sie ihm ein Zeichen gab, es war eine auffordernde Handbewegung, als wolle sie ihm sagen: Jetzt mach mal!

»In der Wohnung, in der diese Frau Gossler mehrere Monate tot gelegen hat, habe ich das Tagebuch ihres Sohnes gefunden. Dieser Sohn ist vor sieben Jahren bei einem Unfall ums Leben gekommen, kurz bevor er einen Polizeibeamten aufsuchen konnte.« Er berichtete, was er bisher unternommen hatte, und reichte Englin schließlich das Tagebuch über den Tisch. Der schüttelte nur den Kopf.

»Das muss ich nicht nachlesen«, sagte er. »Sie haben das ja präzise dargelegt, und ich denke... ach, das interessiert eigentlich nicht. Ärgerlich ist nur, dass dieser Dannecker nun bereits vorgewarnt ist, oder was denken Sie?« Das galt Tamar.

»Immerhin ist es aufschlussreich«, antwortete Tamar, »dass dieser Heimleiter sich sofort an Dannecker gewandt hat. Es kommt mir so vor, als seien die Herrschaften ein wenig nervös. Sicherlich ist Dannecker jetzt vorgewarnt. Aber auf der anderen Seite wird er seine Buchführung sowieso längst frisiert haben.«

»Da haben Sie Recht«, sagte Englin, »das können unsere Kunden. Die Fassade herausputzen. Die Konten frisieren. So tun, als ob alles mit rechten Dingen zugeht. Sonntagsreden über den Rechtsstaat halten und darüber, dass Leistung sich wieder lohnen muss.«

Kuttler hätte gerne einen Blick zu Tamar geworfen, aber er wagte es nicht.

»Der Beamte, den dieser junge Mann sprechen wollte, war Berndorf?«

»Ja«, antwortete Kuttler kleinlaut.

»Ich dachte es mir«, sagte Englin. »Und – wollen Sie jetzt Berndorf zuziehen?«

Sein Blick ging von Kuttler zu Tamar.

»Durchaus nicht«, sagte sie. »Ich denke, wir sollten diese Solveig finden. Von ihr kommt schließlich die Information, dass etwas mit Danneckers Mandantengeldern nicht stimmt.«

»Richtig«, sagte Englin. »Aber ich möchte auch, dass Sie sich näher ansehen, wie dieser Rollstuhlfahrer zu Tode gekommen ist. Reden Sie mit dem Arzt, der den Totenschein ausgestellt hat. Und lassen Sie sich das Testament zeigen und die Abrechnungen Danneckers.« Er legte die Hände auf den Schreibtisch und blickte auf seinen Schreibblock. »Dannecker hat mir gedroht, er wolle sich notfalls bei höherer Stelle beschweren. Ich habe ihn reden lassen, und er darf sich auch gerne beschweren.« Plötzlich schaute er auf, von Tamar zu Kuttler und wieder zurück. »Aber dann soll er auch wenigstens einen verdammten Grund dafür haben.«

Doch antwortest du nicht

Der Tag würde schön werden, hatte der Wetterbericht im Radio versprochen, und jetzt, kurz nach zehn Uhr, begann sich der Hochnebel aufzulösen, die Sonne kam durch, und das Glasfenster mit der Darstellung eines segnenden Christus begann aufzuleuchten.

Das hätten sie sich sparen können, dachte Luzie, aufrecht auf dem kleinen Stuhl mit dem Korbgeflecht sitzend, sehr aufrecht sogar, nicht nur, weil es sich in einer Aussegnungshalle so gehörte, sondern weil das schwarze Direktions-Assistentinnen-Kostüm in den Hüften ein wenig eng geworden war. Außerdem schmerzte die Stelle, wo sie an der Tischkante aufgelegen hatte.

Wer waren diese »sie«, die sich die Mühe mit der Herbstsonne nicht hätten zu machen brauchen? Luzie dachte nicht weiter darüber nach. Jedenfalls war ihr klar, dass sie an Stelle der unglücklichen Charlotte Gossler die Beleuchtung nur als Hohn empfunden hätte. Aber Charlotte Gossler empfand nichts mehr, und das war noch das Beste, was ihr an diesem Morgen passieren konnte.

Die Blumen rund um den Sarg – Mooreiche dunkel, also gehobene Qualität, die Gemeinnützigen Heimstätten hatten noch einiges dazugelegt – waren angemessen, nicht zu üppig. Auf einen Kranz hatte Luzie verzichtet. Soweit schien alles in Ordnung. Vorsichtig sah sie sich um. Der graubärtige Mann in dem altmodischen dunklen Anzug, von einem jungen Mädchen mit Kopftuch begleitet, musste wohl der türkische Schneider aus dem Erdgeschoss sein. Würde sie es über sich bringen, überlegte Luzie, zu einer muslimischen Trauerfeier zu gehen?

Auf dem Stuhl neben ihr saß Juffy, er hatte heute Morgen auf Radlerhosen verzichtet und war in einem Anzug gekommen, in dem er merkwürdig verkleidet aussah. Isolde hatte ausrichten lassen, wegen der Trauerfeier könne kein Unterricht ausfallen. Eine Ausrede, dachte Luzie. Juffy hatte dafür Puck abgeholt, die jetzt zwei Reihen hinter ihr saß, in Jeans und einem schwarzen Rollkragenpullover, etwas figurbetont, nun ja.

Mit großem Vergnügen hätte Luzie heute Morgen die Sachbearbeiterin Fudel per Dienstanweisung gezwungen, sie zu der Trauerfeier zu begleiten, und lustvoll malte sie sich den Protest der Dienstleistungsgewerkschaft aus, den eine solche Anweisung unweigerlich zur Folge haben würde. Abscheu und Empörung! Menschenverachtende soziale Kälte! Leider war die Dame nervlicher Erschöpfung wegen krankgeschrieben, ganz davon abgesehen, dass Luzie jetzt keine Dienstanweisungen mehr zu schreiben hatte, sondern erst einmal eine Aktennotiz zu ihrer eigenen Rechtfertigung.

Nichts davon war wirklich lustig. Auch der Pfarrer, der jetzt hereinkam und einen prüfenden Blick über Sarg, Blumen und die fünf Trauernden schweifen ließ, war schon vergnügter gewesen. Sie waren sozusagen Leidensgefährten, dachte sie merkwürdig gerührt, der unbemerkte Tod der Charlotte Gossler schmückte die Heimstätten nicht und auch nicht die Kirchengemeinde von Pfarrer Johannes Rübsam.

Übrigens hätten es ruhig etwas mehr als fünf Trauernde sein können. Schleicher zumindest hätte kommen müssen, erst sein absurder Vorschlag, eine Art Staatsbegräbnis zu inszenieren, und jetzt… Hinter ihrem Rücken hörte sie eine Tür aufgehen, sie hörte Schritte auf leisen Sohlen, sie drehte sich um und sah Czybilla, dunkler Anzug, dunkle Weste, schwarze Krawatte, das ging ja noch, aber eine Krawattennadel mit Perle, Bilch! Hinter ihm kam Schleicher, Czybilla ließ ihn zuerst Platz nehmen, dann setzte er sich selbst auf den äußersten Stuhl in die Reihe hinter Luzie, als brauche sein in die Weste eingepackter Bauch mehr Freiheit. Auch Schleicher steckte in einem dunklen Anzug und sah darin so aus, als übe er bereits für die Vereidigung im Landtag. Was hätte Tilman wohl gesagt, dachte Luzie, wenn er sie so gesehen hätte: Anzugträger, kostümiert mit der eigenen Wichtigkeit.

Pfarrer Rübsam ging zu einem Pult und hielt kurz inne. Luzie hörte, wie sich noch einmal die Türe öffnete, ein knapp mittelgroßer Mann setzte sich ganz außen in die hinterste Reihe: Jeans, Tweedjacke, schwarzer Trauerflor am Ärmel, aber kariertes Hemd. Luzie registrierte, dass sich auch Juffy umgedreht hatte und dem Neuankömmling zunickte. Fragend sah sie zu ihrem Nebenmann, der beugte sich zu ihr und flüsterte, die Hand vor den Mund haltend: »Kripo.«

Die Orgel setzte ein, Luzie atmete noch einmal scharf durch, fest entschlossen, sich nicht zu Tränen rühren zu lassen. Aber, was zum Teufel, hatte die Polizei hier in der Aussegnungshalle zu suchen? Wenn mit dem Tod der alten Frau Gossler etwas nicht in Ordnung war, wieso durfte sie dann verbrannt werden? Eben das würde jetzt geschehen, und die Urne mit der Asche würde zu Tilman ins Grab gegeben werden, so hatte es Charlotte Gossler bestimmt, überhaupt muss sie eine sehr bestimmende alte Frau gewesen sein, früher war ihr das gar nicht so klar gewesen, oder doch? Das eine oder andere Mal war sie ja in der Gosslerschen Wohnung gewesen, die Frage, ob sie dort eine Nacht würde verbringen können oder wollen, hatte sich damals so wenig, ja überhaupt nicht gestellt, dass es ihr eben erst aufgefallen war, gibt es in einer Aussegnungshalle keine anderen Themen, an die sie denken konnte?

... Mein Gott, des Tages rufe ich, doch antwortest du nicht, und des Nachts, doch finde ich keine Ruhe ...

Was las der Pfarrer da? Einen Psalm? Hat die alte Frau Gossler wirklich gerufen? Und wenn ja: wen? Wenn es wahr ist, was ihr Rübsam gesagt hatte, dann hatte sie das eben nicht getan. Besuche habe sie sich freundlich, aber auf das Nachdrücklichste verbeten, hatte er ihr erzählt, und eigentlich konnte sie sich das auch ganz gut vorstellen. Da wird einem der Sohn totgefahren, was kann man da fremde Leute in der Wohnung brauchen, die auch noch glauben, sie könnten einen trösten! Bei Tilmans Beerdigung war das schon zu sehen gewesen, die Frau Gossler hatte durch sie hindurch gesehen – ja, als ob sie, Luzie, aus Glas gewesen wäre, vermutlich hatte die alte Frau zuvor eine halbe Schachtel Beruhigungsmittel geschluckt, wäre ja kein Wunder gewesen…

… Ich bin ausgeschüttet wie Wasser,
alle meine Knochen haben sich voneinander gelöst;
mein Herz ist in meinem Leibe wie zerschmolzenes Wachs…

Pfarrerchen, dachte Luzie, nicht so konkret, nicht die zerschmolzenen Innereien der Frau Gossler! Allein der Gedanke, dass die Urne mit der Asche seiner Mutter in Tilmans Grab gelegt werden würde, war für sie hart an der Grenze gewesen, es kam ihr tatsächlich vor wie ein fortgeschrittenes und anhaltendes Klammern, oder wie sonst hätte man das nennen sollen? Vermutlich waren es diese unsichtbar ausgefahrenen Krallen gewesen, die sie schon immer abgeschreckt hatten. Wäre es nur um Til gegangen, so wäre manches so undenkbar nicht gewesen, nicht undenkbarer als mit dem oder jenem anderen, wenn es auch ganz sicher kein Vergleich gewesen wäre zu dem, was gestern Abend passiert war, weiß Gott nicht: Aber nicht in dieser Wohnung, nicht mit der Frau Gossler im Zimmer nebenan, die so leise war, so unhörbar, dass jeder wusste, keinesfalls würde sie den Besuch stören wollen, und gerade darum war sie jeden Augenblick so gegenwärtig, als blickte sie durch einen verborgen angebrachten Spion.

»Charlotte Gossler ist einsam gestorben, ohne Trost«, predigte der Pfarrer, das heißt, er predigte es nicht, er sagte es einfach, »und so gibt es auch nichts, was uns Trost sein könnte oder das Gefühl geben dürfte, es sei getan worden, was zu tun war…«

Pfarrerchen, erzähl jetzt bitte nichts von der sozialen Kälte und der Vereinzelung des Menschen, ging es Luzie durch den Kopf, wir haben einen guten Tausender draufgelegt, dass die alte Frau einen ordentlichen Sarg bekommt, der dann doch bloß gleich verbrannt wird, und dass die Fudel ihre Arbeit nicht gemacht hat, das hat nichts mit der sozialen Kälte zu tun, sondern mit der Fudel, und hätte sie ihre Arbeit getan, dann wäre die Frau Gossler auch tot und längst verbrannt, und ich müsste nicht hier sitzen in diesem verdammten Kostüm und auf diesem unbequemen Stuhl und überhaupt! Hätte Tilmans Mutter nicht so geklammert, wäre vielleicht alles ganz anders gekommen…

Ich verstehe das alles nicht«, sagte der Heimleiter Brauchle und wies, mehr widerwillig als einladend, auf den hölzernen Besucherstuhl vor seinem Schreibtisch, »wirklich, ich habe gestern Ihrem Kollegen Auskunft gegeben, und wenn es noch eine Frage gibt, warum hat er sie dann nicht gleich gestellt, wir haben doch unsere Zeit nicht gestohlen!«

»Ich auch nicht«, antwortete Tamar sanft, packte den Besucherstuhl an der Lehne und stellte ihn an den kleinen Besprechungstisch, der etwas abseits im Zimmer stand. Sie setzte sich, holte ein Notizbuch aus ihrem Jackett und wies auf den Platz ihr gegenüber. »Bitte!«

Brauchle, der sich schon wieder in seinen Sessel hatte fallen lassen, starrte zornig über den Schreibtisch. »Bitte«, wiederholte Tamar. »Und bringen Sie die Unterlagen über Kaminski gleich mit.«

Langsam, als könne er seinen Unwillen nur mühsam beherrschen, stand Brauchle auf, suchte den Ordner, den er schon gestern für Kuttler herausgeholt hatte, und kam damit an den Besprechungstisch.

»Alles, was da drin steht, habe ich gestern dem Herrn Dingsbums gesagt.«

»Sie werden es mir noch einmal sagen«, antwortete Tamar mit unveränderter Freundlichkeit. »Aber setzen Sie sich doch.«

Brauchle rührte sich nicht und starrte durch seine Brille auf Tamar herab. Schließlich schien er sich zu besinnen und ließ sich auf den zweiten Stuhl am Besuchertisch nieder, den Ordner noch in beiden Händen haltend.

»Ich habe das heute Morgen als erstes nachgeprüft«, sagte Tamar und blickte auf ihren Notizblock, »Rolf Kaminski wurde am 14. November 1999 in das Universitätsklinikum gebracht. Sein Zustand war lebensbedrohlich, er kam sofort auf die Intensivstation, starb dort aber am 17. November.« Sie sah von ihrem Notizblock hoch. »Wann haben Sie den Hausarzt verständigt, und wann ist was von diesem veranlasst worden?«

Brauchles Gesicht war blass, aber auf den Wangenknochen zeichneten sich zwei kreisrunde rote Flecken ab. »Was fragen Sie mich das! Das ist über sechs Jahre her!«

»Sie haben Ihre Unterlagen«, erinnerte ihn Tamar.

Erst jetzt schlug Brauchle den Ordner auf, aber seine Finger schienen zu zittern, vor Zorn oder Empörung, und er blätterte wie ziellos durch die Seiten.

»Geben Sie es mir«, sagte Tamar, griff über den Tisch und zog den Ordner zu sich heran.

»Das können Sie nicht tun«, protestierte Brauchle, »das sind vertrauliche Unterlagen.«

Tamar lächelte kurz und schlug die Seiten unter »K« auf. »Wahrscheinlich werde ich diesen Ordner sowieso mitnehmen. Sie bekommen dann eine Quittung. Einstweilen könnten Sie heraussuchen, wer von Ihren Leuten damals schon im Haus gewohnt hat, und ebenso brauche ich die Liste aller Mitarbeiter, die damals hier beschäftigt waren... Hier haben wir es ja.« Sie begann zu lesen und sich Notizen zu machen. »Hausarzt war ein Dr. Handloser... gibt es den noch?«

»Hören Sie«, sagte Brauchle, »dies ist ein Heim für Obdachlose, für alte kranke Menschen, die sonst kein Zuhause haben. Vielleicht glauben Sie, Sie könnten auf uns herumtrampeln, uns behandeln wie den letzten Dreck, aber da irren Sie! Wir haben auch unsere Menschenwürde.«

»Unsere Ermittlungen, lieber Herr Brauchle«, unterbrach ihn Tamar, »richten sich nicht gegen die Bewohner hier, sondern sie beschäftigen sich mit den Umständen, unter denen einer von ihnen gestorben ist. Haben Sie das verstanden, oder sollen wir die Vernehmung im Neuen Bau fortsetzen?«

Brauchle schwieg.

»Und was ist mit dem Hausarzt?«

»Er hat seine Praxis in der Oststadt«, sagte Brauchle.

Die Orgel spielte fromm und feierlich und irgendwie auch so, dass jeder hören konnte, gleich haben wir es überstanden. Der Sarg verschwand auf seinem Förderband, zurück blieben Blumen und Trauergäste, die noch einen Augenblick verharrten, als warteten sie auf etwas.

Dann wandte sich Pfarrer Rübsam zur Tür, blieb dort stehen, Luzie folgte als Erste, so als ob – absurd genug – sie die Hauptleidtragende sei, und tauschte einen Händedruck mit Rübsam, »Ich danke Ihnen...« murmelnd, wofür auch immer.

Draußen, auf dem gekiesten, von Thujahecken eingerahmten Vorplatz, blieb sie einen Augenblick in der Sonne stehen und atmete durch. Vorsichtig tastete sie nach der schmerzenden Stelle in ihrem Rücken. Schleicher kam heraus und gesellte sich zu ihr.

»Ich glaube, das haben wir ganz gut hinter uns gebracht.«

»Du vielleicht«, antwortete Luzie.

»Du nicht?«

»Der Personalrat will, dass ich die Schuldige bin. Hätte ich nichts unternommen, hätte es keinen Ärger gegeben, so einfach ist das.«

Schleicher zog eine Grimasse und sagte nichts. Das hätte ich mir denken können, dass dir dazu nichts einfällt, dachte Luzie. Wer mit einer roten Krawatte in den Landtag will, darf sich nicht mit der Dienstleistungsgewerkschaft anlegen. Niemals.

»Noch ein Gedächtnisschluck?« Bilch trat auf sie zu. Hinter ihm kamen Puck und Juffy aus der Aussegnungshalle. »Vielleicht im Eastside?«

»Da bringen mich keine zehn Pferde mehr hin«, sagte Puck.

»Oben an der Straße ist ein Café«, meinte Juffy. »Wir waren mal mit dem Elternbeirat dort. Es ist auch nicht trauriger als der Friedhof.«

Der graubärtige Mann und das Kopftuch-Mädchen gingen an der Gruppe vorbei. »Geht schon mal vor«, sagte Luzie und folgte dem Graubärtigen, bis sie ihn eingeholt hatte, und stellte sich vor.

»Ich danke Ihnen, dass Sie gekommen sind. Und dass Sie uns geschrieben haben.«

Der Graubärtige nickte und murmelte etwas, auf seine Tochter deutend. Luzie verstand: »Sie hat geschrieben, aber lesen sehr schwierig sein.«

Ja, antwortete Luzie, es habe leider zu lange gedauert, bis etwas geschehen sei. »Eine Mitarbeiterin ist krank gewesen, verstehen Sie?«

Ja, sagte der Graubärtige, »Leute viel krank.«

Dann verbeugte er sich und seine Tochter auch, und Luzie nickte ihnen zu und wandte sich ab und ging zum Parkplatz. Auf halbem Weg stieß sie auf den Mann, von dem Juffy behauptet hatte, er sei von der Polizei.

»Entschuldigen Sie«, sagte der Mann, »mein Name ist Kuttler, Markus Kuttler, ich bin Polizeibeamter, man hat mich zugezogen, als Frau Gossler gefunden wurde…«

Luzie nickte und nannte ihren Namen. »Haben Sie Fragen?« Das kam etwas schroff, wie sie selbst fand.

»Nein«, antwortete der Mann fast bedächtig, »keine Fragen, nicht hier. Ich bin auch nur gekommen, weil ich…« Er warf einen Blick auf den Trauerflor an seinem Ärmel.

»Ja?«, hakte Luzie nach. »Warum sind Sie hier?«

Sein Blick kehrte zu ihr zurück. Er hatte braune Augen, fast wie ein Hund.

»Sagen Sie«, fragte er plötzlich, »Solveig ist nicht gekommen?«

Der Mann, den Brauchle hatte rufen lassen und der nun der Kommissarin Tamar Wegenast gegenübersaß, war groß, nach vorne gebeugt und hatte die wässrigen Augen eines Achtzigjährigen. Tatsächlich war er noch keine sechzig.

»Wie soll der heißen?«

»Kaminski«, wiederholte Tamar. »Rolf Kaminski.«

»Kenn ich nich.«

»Man hat ihn auch Rolli-Rolf genannt.«

»Rolli-Rolf, ja«, sagte der Mann. »War ein feiner Kumpel. Immer lustig. Saß im Rollstuhl. Aber immer gut drauf.«

»Was ist mit ihm?«

»Is nich mehr da.«

»Er ist krank geworden und gestorben, erinnern Sie sich?«

»Ja«, sagte der Mann, »der hat einen Unfall gehabt. Dann saß er im Rollstuhl. So war das. Wir haben ihn nur Rolli-Rolf genannt, wissen Sie! Aber immer gut drauf.«

»Wissen Sie noch, wie das war, als er krank geworden ist?«

»Ja, der hatte doch den Unfall, und dann kam er in den Rollstuhl…«

Die Gastwirtschaft oberhalb des Friedhofs hatte ein Kasseler mit Kartoffelpüree zu 5.95 im Mittagsangebot. Außerdem musste der Wirt Jäger sein, denn an den Wänden hingen Geweihe und der ausgestopfte Kopf eines Kaffernbüffels.

»Ein guter Tipp, Juffy«, sagte der Bilch, als er einen Schluck getrunken hatte. »Das ist nun mal wirklich ein Kaffee zum Weinen. Warum sitzen wir hier eigentlich noch zusammen?«

»Das war deine Idee gewesen«, antwortete Puck.

»Vielleicht ist es gar nicht so dumm«, meinte Juffy. »Ich meine, dass wir noch einmal darüber reden, wie das damals war.«

»Wann damals?«, fragte der Bilch.

Juffy rührte mit dem Löffel in seiner Kaffeetasse. »Bei dieser Trauerfeier«, sagte er bedächtig, »da waren doch noch dieser türkische Schneider und seine Tochter dabei? Aber außer denen kam noch jemand. Jacke, kariertes Hemd.« Er trank einen Schluck und verzog das Gesicht. »Und der war von der Polizei.«

Schleicher runzelte die Stirn. »Woher willst du das wissen?«

Juffy sah hoch. Durch den Vorhang, der die Tür verdeckte, kam Luzie herein. Sie sah nachdenklich aus oder jedenfalls nicht vergnügt, aber nach einer Trauerfeier hätte sich das wohl auch nicht gehört, dachte Juffy. Sie setzte sich.

»Juffy sagt gerade, da sei ein Polizist gewesen«, sagte Schleicher.

»Ich weiß«, antwortete Luzie. »Ich hab mit ihm gesprochen.«

»Und was will er?«

»Das weiß ich nicht. Er sagte, er habe keine Fragen, nicht hier oder nicht jetzt, es klang so, als wolle er später noch einmal mit mir reden, jedenfalls hab ich ihm meine Karte gegeben...«

»Bei mir war er auch schon«, sagte Puck. »Und natürlich hat er Fragen. Wie das damals war, in der Neujahrsnacht, ob Til betrunken gewesen sei, solche Sachen halt. Und dann noch etwas ganz Merkwürdiges.«

Luzie sah auf.

»Er wollte wissen, ob damals eine Solveig aufgetaucht sei.«

»Wer soll das sein?«, fragte Juffy

»Ich hab ihm nur gesagt, dass ich keine Solveig kenne«, antwortete Puck.

Die Bedienung kam vorbei, und der Bilch bestellte einen Kognak. »Auf so einen starken Kaffee... Natürlich wissen wir, wer Solveig ist«, fuhr er fort, wieder zu den anderen gewandt. »Eine Schwarzhaarige, die so etwas hatte, so etwas Gewisses...« Er sah Luzie an und grinste leicht. »Du hast sie an den Tisch geholt, weißt du das nicht mehr? Es ist doch komisch, von uns allen hatte nur einer ordentlich getankt, nämlich ich, und wer ist es, der sich erinnert?« Er klopfte sich an den Kopf. »Ich mag vielleicht knülle gewesen sein, aber auf meiner Festplatte ist alles da.«

»Halt mal den Rand«, sagte Schleicher. »Wer ist diese Solveig, und was hat sie mit der Frau Gossler und mit Tilman zu tun, dass es die Polizei interessiert?«

»Woher soll ich das wissen?«, fragte Puck. »Ihr habt doch mit der geredet damals.« Juffy sah sie an.

»Ich erklär es euch«, fuhr der Bilch fort. »Es muss mit Tilman zu tun haben. Er hat nämlich damals den ganzen Abend praktisch kein Wort mehr gesagt. Seinen Stuhl hat er zurückgeschoben, ungefähr so« – Czybilla rückte vom Tisch ab, lehnte sich in seinem Stuhl zurück und hob das Gesicht, als ob er das Deckenmuster studieren müsse – »und den restlichen Abend damit verbracht, ein Gesicht zu machen, das er für ein interessantes hielt. Er ist auf die Solveig abgefahren wie nicht gescheit, war aber zu blöd, sie richtig anzumachen. Erinnert ihr euch wirklich nicht?«

»Ich glaube doch«, sagte Schleicher zögernd. »Aber ich verstehe nicht, was das heute noch irgendeinen Menschen interessieren könnte, geschweige denn die Polizei.«

»Doch«, meinte Juffy, »das kann die Polizei durchaus interessieren. Wenn sie nämlich annimmt, dass mit dem Unfall in der Neujahrsnacht nicht alles koscher gewesen ist.«

Tamar verstaute die beiden Aktenordner, deren Empfang sie Brauchle quittiert hatte, auf dem Rücksitz ihres Opels, und ohne sich umzusehen spürte sie die neugierigen und lauernden Augen, die aus den Fenstern mit den verrauchten graugelben Stores jede ihrer Bewegungen beobachteten. Für heute Abend hatten die Bewohner des Heimes Zuflucht genug Gesprächsstoff, aber keinen, der dem Heimleiter gefallen würde.

Ein zweiter alter Mann, der schon im Heim gewesen war, als Kaminski starb, hatte gleich gar nicht mit ihr reden wollen, er kenne keinen Kaminski, habe nie einen gekannt, und getan habe er ihm auch nichts! Alle anderen Bewohner, die sie gefragt hatte, waren später gekommen, offenbar blieb man nicht lange im Heim Zuflucht oder hatte nicht mehr allzu viele Jahre vor sich, wenn man hierher kam. Ebenso wechselten die Mitarbeiter häufig, außer Brauchle war nur der kroatische Koch schon 1999 im Heim beschäftigt gewesen, er war schwerhörig, und Deutsch verstand er vorsichtshalber gleich gar nicht. Wie sollten so die Umstände, unter denen Kaminski sich seine Lungenentzündung geholt hatte, noch aufzuklären sein?

Sie fuhr die kleine gewundene Straße hinab, die trügerisch von Bäumen bestanden war, als verlasse sie jetzt ein verträumtes Idyll. Nach einer Kurve trat unter einem der Bäume ein in einen Mantel gehülltes Männchen mit einer Sportmütze an den Wegrand und hielt den Daumen hoch, Richtung Stadt.

Tamar hielt und öffnete die Beifahrertür. Das Männchen nahm höflich die Mütze ab und stieg ein, unter der Mütze war es kahlköpfig, und Tamar erkannte den alten Jakubeit.

»Ich hoffe, Sie haben auch wirklich Ausgang da oben«, sagte sie und fuhr wieder los.

»Das wird der Herr Brauchle heute nicht so eng sehen, Frau Kriminalrätin«, meinte Jakubeit. »Er hat ein wenig andere Sorgen heute, glaube ich mal. Sie sollen ihm seine schönen Ordner ausgeräumt haben, erzählt man.«

»So«, machte Tamar, »was erzählt ihr euch denn sonst so, wenn ihr erzählen wollt?«

»Ja, das will man nicht immer«, meinte Jakubeit. »Aber so sind nun einmal die Menschen. Wenn man was von ihnen will, dann wollen sie nicht. Da muss man dann schon... sagen wir einmal, einen Fünfziger hinlegen, darunter tun sie es nicht.«

»Ein Fünfziger, lieber Jakubeit, das sind hundert Mark, so leichthin legt man die nicht hin. Da möchte man schon vorher wissen, was die Erzählung taugt.«

»Aber verehrte Frau Kriminaloberrätin«, sagte Jakubeit, »im Kino wissen Sie das vorher doch auch nicht.«

»Da zahl ich auch keinen Fünfziger.«

»Wenn das so ist«, meinte Jakubeit und lehnte sich in seinem Sitz zurück, »und es ist überhaupt kein Vertrauen da ...«

Vor ihnen sprang eine Ampel auf Rot. Tamar bremste ab und holte, als der Wagen stand, aus ihrer Jackentasche einen Geldbeutel heraus, in dem sich gerade noch zwei Zehn-Euro-Scheine befanden. Sie legte den einen Zehner in die Handschuhablage vor dem Beifahrersitz.

»Ich will hören.«

Die Ampel wechselte auf Gelb, und der Zehner war verschwunden.

»Sie sind wegen Rolli-Rolf im Haus gewesen«, sagte Jakubeit. »Den hab ich gut gekannt. Der war auf dem Markt angefahren worden und saß seither im Rollstuhl. Da hat er den Namen her. Aber ich hab ihn danach kaum mehr gesehen. Wenn es nicht sein muss, geht einer freiwillig nicht ins Heim. Aber ich hab gewusst, dass er ein schönes Stück Geld bekommen sollte und was er damit hat tun wollen.« Er schwieg.

»Zu dürftig für einen Zehner«, sagte Tamar.

»Das interessiert Sie nicht, dass er jemand gesucht hat, der sich das Geld verdienen wollte?«

»Womit?«

Jakubeit schüttelte nur den Kopf, und Tamar legte den zweiten Zehner dazu.

»Das war ein Gemüsehändler, der ihn zusammengefahren hat. Nicht irgendein Händler. Der Rotter Simon war das. Jeder von uns kennt den. Und Rolli-Rolf wollte, dass einer einen Traktor nimmt und den Rotter, wenn er allein auf seinem Acker ist, damit zusammenfährt. Das heißt, der sollte den so richtig überrollen, mit den großen Reifen drüber weg, einmal hin und einmal her.«

Tamar ordnete sich nach links ein. Sie schüttelte den Kopf. »Und das soll der Kaminski so in Umlauf gebracht haben?«

»Natürlich nicht. Wenn man ihn gefragt hat, dann hat er bloß gejammert, dass er kein Geld kriegt, von keinem. Aber jeder hat gewusst, dass er es irgendwo hatte. Nicht im Heim, natürlich nicht. Er hatte es irgendwo, aber so versteckt, dass nicht einmal der Brauchle drankam, und das will etwas heißen, aber der Rolli-Rolf war ein schlaues Kerlchen, das kann ich Ihnen sagen.«

Die nächste Ampel gab Grün, aber sie mussten den Gegenverkehr abwarten. Schließlich bog Tamar nach links ab und fuhr in Richtung Innenstadt.

»Was soll das heißen: dass nicht einmal der Brauchle drankam?«

»Ach Gnädigste!«, antwortete Jakubeit. »Wissen Sie wirklich nicht, wie es in einem Heim für Leute wie unsereins zugeht?«

Tamar schwieg. Natürlich wusste sie es. »Und? Hat Rolli-Rolf einen gefunden, der es macht?«

Von Jakubeit kam ein merkwürdig kratzendes Geräusch. Es war ein Kichern. »Gehen Sie nie auf den Wochenmarkt? Ich schon. Seinen Stand hat der Rotter Simon ganz vorne an der Platzgasse. Und wenn Sie ihn anschauen – der ist ganz munter und kregel. Jedenfalls für einen, dem man von Rechts wegen mit dem Traktor über den Ranzen hätt fahren sollen.«

»Und wo ist das Geld geblieben?«

Jakubeit beugte sich nach vorne, über die Handschuhablage. Aber sie war leer.

»So geht das nicht«, sagte Tamar und fuhr auf einen freien Parkplatz. In ihrem Geldbeutel waren noch ein paar Münzen, sie zählte fünf Euro ab und legte sie in das Handschuhfach. »Ende der Fahnenstange.«

»Da drüben«, meinte Jakubeit und deutete über den Platz, »wäre die Volksbank, da könnten Sie sich was aus dem Automaten ziehn.«

»Nein.«

»Nur noch ein Zwanziger, ich nehm auch Briefmarken …«

»Sie nehmen den Fünfer und reden oder steigen aus. Was glauben Sie, wie es auf meinem Bankkonto aussieht?«

Jakubeit schwieg. Tamar wartete.

»Ich war ja damals nicht im Heim«, sagte Jakubeit, »das hab ich Ihnen ja schon gesagt. Aber ich hab gehört, der Rolli-Rolf hat da so ein Kerlchen aufgetan, einen ganz jungen, aber auch so schlau, sie haben oft Schach zusammen gespielt. Und das Kerlchen wollte sich drum kümmern, das haben die anderen erzählt. Und wissen Sie, was passiert ist?« Wieder beugte er sich nach vorne und schob die Münzen missmutig in der Ablage hin und her.

»Mehr gibt es nicht«, sagte Tamar, legte den Gang ein und fuhr wieder los.

»Dem Kerlchen ist das Gleiche passiert wie dem Rolli-Rolf. Irgendeiner hat es kaputtgefahren. Bloß war es gleich tot.«

»Und das Geld?«

»Weiß nicht«, antwortete Jakubeit. »Es war keine Rede mehr davon. Und der Rolli-Rolf hat schon gar nichts mehr gesagt. Der hat nur noch in seinem Rollstuhl gesessen und gewartet.«

»Worauf?«

»Dass er die Lungenentzündung kriegt. Oder dass ihn einer den Abhang runterrollen lässt. Irgend so etwas.« Jakubeit zeigte nach vorne zur Straßenseite. »Lassen Sie mich da raus. Beim Postamt.«

Harald Treutlein schäumte die Milch für den Kaffee auf. In einem italienischen Fachgeschäft hatte er dafür einen kleinen, von einer Batterie betriebenen Quirl bekommen, man musste sich nur ein wenig umsehen, dann konnte man wirklich hübsche Dinge finden. Und zu einem richtigen Café crème gehörte aufgeschäumte Milch, da durfte ihm niemand etwas erzählen.

Er richtete das Tablett mit den beiden Kaffeeschalen her und fand auch noch ein paar von den Diätkeksen, Isolde bestand darauf, dass sie beide etwas mehr auf ihr Gewicht achten müssten. Das Tablett brachte er in den Wintergarten, den er im letzten Frühjahr an die Südseite des Hauses angebaut hatte, also die Fundamente hatte er nicht selbst gelegt, und auch die Dichtungen waren vom Fachmann gemacht worden, aber sonst war es sein Wintergarten. Und diese stille halbe Stunde – genau 30 Minuten Mittagsschlaf waren mit den Kindern ausgehandelt, und daran hielten sich auch alle – gehörte zu den schönsten Augenblicken des Tages.

Er stellte das Tablett auf dem Glastisch ab, setzte sich in den Korbstuhl und legte die Füße auf den Schemel davor. Isolde lag auf der kleinen Chaiselongue und hatte sich in eine Wolldecke gehüllt. Schlief sie? Treutlein wusste, dass er seine Frau nach der Schule in Ruhe lassen musste, sie hatte eine von den Grundschulklassen mit diesem schrecklich hohen Anteil an Ausländerkindern, manchmal hatten sie schon überlegt, ob sich Isolde an eine Privatschule bewerben sollte, aber die waren alle entweder kirchlich oder strikt anthroposophisch, und das eine wie das andere waren nicht Isoldes Ding.

»Also, wie war die Beerdigung?«, fragte sie und griff nach der Kaffeeschale.

»Keine Beerdigung«, antwortete Treutlein. »Man hat sie eingeäschert, und die Asche kommt zu Tilman ins Grab.«

»Das kommt aufs Gleiche raus«, meinte Isolde. »Hat Luzie alles fest im Griff gehabt?«

»Du kennst sie ja.« Treutlein lachte kurz auf. »Ich glaube, sie hat sogar den Pfarrer eingeschüchtert. Irgendwie kam er mir ganz depressiv vor. Es waren dann doch ein paar Leute gekommen, der türkische Schneider und seine Tochter, und bis auf dich die ganze Clique von damals, sogar Puck war da und der Bilch…«

»Schon deswegen bin ich froh, dass ich nicht dort war.«

»Versteh ich nicht«, meinte Treutlein.

»Du musst nicht alles verstehen.«

Treutlein nahm einen Schluck vom Milchkaffee, der heiß war und kräftig. »Und der Polizist war auch da, mit Trauerflor zu einem karierten Hemd. Wenn sie die Leiche zum Verbrennen freigeben, dann hat der doch eigentlich nichts mehr damit zu tun, findest du nicht? Aber offenbar interessiert er sich jetzt für den Unfall, bei dem Tilman ums Leben kam.«

Isolde setzte die Kaffeeschale ab, etwas ungeschickt, und die Schale klirrte auf dem Glastisch. Als sei sie vom Klirren der Tasse ausgelöst worden, schlug in diesem Augenblick die Klingel an, und die Mittagsruhe war vorbei, denn im Kinderzimmer war nun kein Halten mehr.

Wütend stellte Treutlein seine Schale ab und stand auf. »Sehen diese Hirngesteuerten nicht, dass das ein Haus mit Kindern ist? Heute noch mach ich ein Schild: ›Zwischen 13.30 und 14 Uhr Besuche unerwünscht‹ und häng es raus.«

Draußen war Johannes zur Tür gelaufen und hatte geöffnet, Mona stand im Flur und sah zu. »Da ist ein Mann«, sagte Johannes zu seinem Vater, es klang ein wenig enttäuscht, der Besucher gab nicht viel her.

»Entschuldigen Sie«, sagte Kuttler, »wenn ich stören sollte.«

»Das tun Sie allerdings«, antwortete Treutlein ärgerlich. »Sie haben vermutlich keine Kinder, wie? Sonst wüssten Sie, wie wichtig eine ungestörte Mittagsruhe ist.«

Kuttler fuhr fort, sich zu entschuldigen. Treutleins Haus sei zufällig an seinem Weg gelegen, und er habe auch nur eine unbedeutende Frage, mit der er ungern am Abend würde stören wollen.

»Wenn Sie schon da sind«, sagte Treutlein und wies zum Wintergarten, »dann kommen Sie halt rein. Und ihr geht noch mal ins Kinderzimmer, die halbe Stunde war noch nicht um!«

»Aber wo es doch geklingelt hat, da können Kinder nicht mehr schlafen«, widersprach Johannes. »Hast du selbst gesagt.«

»Ins Kinderzimmer!«, befahl Treutlein, und Johannes und Mona verschwanden. Im Wintergarten hatte sich Isolde aufgerichtet und das Plaid zur Seite gelegt.

»Das ist der Beamte von der Polizei, von dem ich dir erzählt habe.«

Kuttler stellte sich vor und begann, sich erneut zu entschuldigen.

»Ist schon gut«, sagte Isolde, »wollen Sie einen Kaffee? Mein Mann macht einen ziemlich guten.«

»Danke«, lehnte Kuttler ab, er habe auch nur ein oder zwei Fragen und wolle nicht lange stören. Treutlein wies ihm einen der Korbstühle zu, und die beiden Männer setzten sich. Neben Kuttlers Platz ragte eine buschige Euphorbie hoch, mit kleinen grünen Blättern an den Spitzen der aufstrebenden stacheligen Triebe.

»Wir wollen nur ein paar Dinge abklären im Zusammenhang mit dem Unfalltod von Tilman Gossler«, fuhr Kuttler fort und sah von Treutlein zu dessen Frau, wobei er sich etwas vorbeugen musste, weil die Euphorbie das Blickfeld einengte, »das hat sich im Zusammenhang mit dem Ableben seiner Mutter so ergeben. Vor allem sollten wir wissen, ob es in der Neujahrsnacht 1999 irgendwelche besonderen Vorkommnisse gegeben hat, so viel ich weiß, waren Sie beide mit ihm zusammen in diesem Lokal, in diesem …«

»Im GlucksKasten«, sagte Isolde und sah ihn scharf an. »Es ist ja sicher wichtig, dass sich die Polizei um Tilmans Unfall kümmert, aber finden Sie nicht, dass Ihnen das ein wenig spät einfällt?«

Kuttler nickte, höflich oder zustimmend, es war nicht genau zu erkennen. «Sie waren beide dort, nicht wahr?«

»Wir haben uns öfters dort getroffen«, antwortete Treutlein, »man kann fast sagen, wir waren eine Clique, und dass wir uns an Silvester treffen, war ein Ritual, ein absolutes Muss.«

»Und Sie gehörten beide zu dieser Clique, ebenso Tilman und auch Luzie Haltermann?«

»Sie haben uns alle gesehen«, sagte Treutlein, »bis auf Isolde waren wir sämtlich bei der Trauerfeier, Manfred Czybilla, das ist der mit dem dunklen Anzug und der schlanken Taille« – Treutlein breitete beide Arme aus, als müsse er ein besonders großes Fass ausmessen – »und Andreas Matthes, das ist übrigens der Referent des Oberbürgermeisters, und die Puck …«

»Er meint Angelika Falter«, warf seine Frau ein.

»Sie müssen entschuldigen«, fuhr Treutlein fort, »mir kommen diese nick-names immer wieder in die Quere, bei mir ist das ja auch so, neulich habe ich einen getroffen, den ich von früher gekannt hab, vom Zivildienst, und zum Schluss geb ich ihm meine Karte, falls er mal anrufen will, und er sagt, ach! Treutlein heißt du, Harald Treutlein, ich hab dich nämlich immer bloß als Juffy gekannt. Einen Augenblick.«

Vom Kinderzimmer drang Gekreische herüber und steigerte sich zu einer Art Gellen, Johannes erschien im Türrahmen und zeigte anklagend hinter sich, zur Quelle des anhaltenden Gellens: »Die schmeißt immer alles um!«

»Und dann hast du ihr eine gescheuert, das kennen wir doch«, antwortete Treutlein und stand auf. »Komm mit.« Vater und widerstrebender Sohn verschwanden, energisch die Tür zum Wintergarten hinter sich zuziehend. Trotzdem war das Kreischen im Kinderzimmer noch eine gute Weile zu hören, bis der Lärmpegel allmählich abebbte und im Gemurmel eines anhaltenden erzieherischen Gesprächs unterging.

»Wie gut haben Sie Tilman Gossler gekannt?«, fragte Kuttler.

»Was wollen Sie hören?«, fragte Isolde zurück. »Wir kannten uns seit der Grundschule. Wie gut kennt man sich da? Irgendwann ist man einander sehr vertraut, aber plötzlich ist alles anders, und der andere ist wie ein Fremder, und eigentlich weiß man gar nichts voneinander.«

»Diese Clique, von der Ihr Mann sprach – könnte man sagen, dass Sie untereinander befreundet waren, oder wie darf man sich das vorstellen?«

»Was Sie sich vorstellen, weiß ich doch nicht«, antwortete Isolde schroff. »Eine Clique ist eine Clique. Man trifft sich, weil man sich trifft. Ich glaube, es hat damit angefangen, dass wir nach einem grauenvollen nachmittäglichen Philosophiekurs alle noch eine Cola trinken gehen mussten oder ein Bier, und es war ausdrücklich verboten, dass irgendeiner existenziell oder tiefsinnig daherredet. Irgendwann gingen wir dazu über, uns freitagabends zu treffen, einfach so, um die Woche auszuschwitzen, um nicht zu Hause sein zu müssen – oder um uns zu vergewissern, dass wir nicht allein sinnlos in die Welt entlassen waren.«

»Hat es innerhalb der Clique einzelne, engere Beziehungen gegeben?«

»Ach Gottchen!« Isolde griff nach ihrer Handtasche und ließ sie wieder sinken. »Sie haben nicht zufällig eine Zigarette?«

Kuttler schüttelte bedauernd den Kopf.

»Ist auch besser so. Eigentlich bin ich weg davon. Aber manchmal... Was hatten Sie gefragt? Ach ja. Einzelne engere Beziehungen. Sicher. Luzie hatte mal was mit Schleicher, entschuldigen Sie, jetzt verwende ich auch schon diese albernen Namen, mit Matthes also, das war sehr geheimnisvoll, aber alle haben es gewusst, das heißt, mein Mann hat's sicher nicht mitbekommen.«

»Und zwischen Ihnen und Tilman?«

Sie blickte auf. »Sie stellen ziemlich alberne Fragen, wissen Sie das?«

Vom Flur her waren Schritte zu hören und halblaute Diskussionen über das Anziehen von Schuhen und Anoraks. Treutlein erschien in der Tür. »Ich würde gerne mit den Kindern noch auf den Spielplatz gehen, solange es noch einigermaßen schön ist.« Er blickte zu Kuttler. »Meine Frau kann Ihnen sicher alle Fragen beantworten.«

Kuttler nickte höflich, und Treutlein schloss die Tür.

Isolde saß da, schweigend, und wartete, bis die Haustür zufiel. »Zwischen Tilman und mir hat es eine solche Beziehung nicht gegeben.«

»Haben Sie es bedauert?«

Auf Isoldes Stirn bildete sich eine scharfe Falte. »Was hätte das geändert?«

Kuttler hatte das Gefühl, sie redeten miteinander nicht durch die Blume, sondern durch die stachelige Euphorbie hindurch, und rutschte mit dem Korbstuhl ein wenig zur Seite. »Im vergangenen Sommer haben Sie versucht, die Frau Gossler anzurufen, aber gesprochen haben Sie nur mit dem Anrufbeantworter. Sie war zu diesem Zeitpunkt schon tot. Was wollten Sie von ihr?«

»Was denken Sie sich eigentlich?« Sie sah ihn zornig an. »Was kann ich von einer alten Frau wollen, die ihren Sohn verloren hat? Mich mit ihr unterhalten, aus Jux und Tollerei? Späßchen machen?«

»Sie beantworten meine Frage nicht.«

»Es war Tilmans Geburtstag«, sagte sie. »Und ich dachte, ich muss sie anrufen. Damit sie sieht, dass ich ihn nicht vergessen habe.«

Für eine Weile machte sich Schweigen breit. Isolde Treutlein war nicht sehr groß, eine kompakte Person mit kräftigen Hüften, das braune Haar kurz geschnitten. Ihre Augen waren dunkel und ausdrucksstark, aber jetzt sahen sie müde aus. Ich sollte sie besser in Ruhe lassen, dachte Kuttler und fragte doch weiter.

»Gab es auch Spannungen in Ihrer Clique?«

»Wir gingen uns auf die Nerven. Zuletzt immer mehr.«

»Als Sie in dieser Neujahrsnacht zusammensaßen, war da etwas anders als sonst?«

Isolde hob leicht den Kopf und betrachtete ihn, als verstehe sie die Frage nicht. »Die meisten hatten zu viel getrunken. Das ist, glaube ich, in einer solchen Nacht nichts Besonderes.«

»Erinnern Sie sich noch, was Sie gemacht haben? Hat man getanzt? Hat man ...« – Kuttler schien nachzudenken – »Blei gegossen? Karten gelegt?«

Noch immer sah ihn Isolde Treutlein auf diese Weise an, teils befremdet, teils verständnislos. »Das ist sieben Jahre her ... im Einzelnen weiß ich das nun wirklich nicht mehr so genau.«

»Doch«, sagte Kuttler leise. »Til ist in jener Nacht gestorben. Ich glaube Ihnen nicht, dass Sie sich nicht daran erinnern, was in dieser Nacht passiert ist. Sie haben nicht einmal sein Geburtsdatum vergessen.«

»Ist das ein Verhör?«

Kuttler antwortete nicht.

»Getanzt haben wir sicher nicht. Das haben wir nie. Nicht in der Clique.«

Ihr Ausdruck hatte sich verändert. Kuttler hatte plötzlich das Gefühl, er laufe gegen eine Wand.

»Haben Sie sich gestritten?«

»Nein, warum auch? Gekabbelt, ja. Vermutlich. Wie sonst auch.«

Kuttler holte sein Notizbuch aus der Jackentasche. »Wann ist Tilman gegangen?«

»Gegen drei Uhr morgens.«

»War er allein?«

»Ich wüsste nicht, wer ihn begleitet hätte. Ich glaube, niemand sonst war damals mit dem Fahrrad da.«

Kuttler trug kurze Stichworte ein oder gab vor, es zu tun.

»In welcher Verfassung war Tilman, als er ging? War er angetrunken? Aufgekratzt? Fröhlich?«

»Angetrunken. Weder aufgekratzt noch fröhlich. Wie immer, wenn wir uns getroffen hatten.«

Kuttler ließ das Notizbuch sinken. »Solveig war nicht gekommen?«

Für einen Augenblick schwieg sie. Ihr Mund verzog sich ein wenig, abschätzend, abschätzig, Kuttler konnte es nicht genau einordnen.

»Nein.«

»Sie sind sicher?«

Sie zeigte ein kurzes knappes Lächeln. »Til wäre es nicht verborgen geblieben. Und das wiederum wäre mir nicht verborgen geblieben.«

»Tilman war mit ihr befreundet?«

»Ich weiß überhaupt nichts über die beiden«, antwortete Isolde, und ihre Stimme zog etwas an, als wolle sie ihrer Klasse eine Warnung zukommen lassen, »aber befreundet ist jedenfalls der falsche Ausdruck. Ich habe diese Frau nur ein- oder zweimal gesehen, und ich weiß, dass Til sehr an ihr interessiert gewesen ist. Was daraus geworden ist, weiß ich nicht.«

»Und wo sich diese Solveig aufhält...«

»Weiß ich nun schon gar nicht, wirklich nicht, ich bin die Letzte, die sich für sie interessieren würde... Wollen Sie nicht doch einen Kaffee?«

Noch einmal lehnte Kuttler ab.

»Ja, dann«, meinte Isolde Treutlein. »Ich sollte mich auch allmählich an meinen Schreibtisch setzen...«

»Ich hab Sie schon zu lange aufgehalten«, sagte Kuttler und erhob sich. «Nur eine Frage noch. Wir sprachen vorhin von den nick-names... Manfred Czybilla ist Bilch, nicht wahr?«

Isolde Treutlein sah ungläubig zu ihm hoch. »So etwas brauchen Sie für Ihre Ermittlungen?«

»Aber mit Bilch ist Czybilla gemeint?«

»Können Sie mich nichts anderes fragen?«

»Sie reden nicht gern von ihm, nicht wahr?« Kuttler notierte etwas, oder vielmehr tat er so. »Und er ist der Grund, warum Sie nicht zu der Trauerfeier gegangen sind?«

»Vielleicht ist Ihnen entgangen, dass ich Lehrerin bin. Ich muss Schule halten. Ich kann nicht...«

»Es ist noch immer diese Geschichte im Kleinen Lautertal, nicht wahr?«

Nun stand auch sie auf und stützte sich dabei mit der Hand auf die Lehne der Chaiselongue. Sie betrachtete ihn, wobei ihre Augen schmaler und angespannter schienen als zuvor. »Wovon reden Sie?«

»Von dem Ausflug zur Ruine«, fuhr Kuttler fort. »Als Tilman Sie mit Czybilla allein ließ.«

»Das ist eine Geschichte, die niemand etwas angeht«, sagte Isolde heftig. »Ich habe mit niemand darüber gesprochen. Sie können davon gar nichts wissen... es sei denn... aber wozu erzählt Ihnen Czybilla so etwas? Was für einen kleinen, miesen Trick hat er vor?«

»Also mit Herrn Czybilla«, sagte Kuttler und steckte das Notizbuch ein, »habe ich noch gar nicht gesprochen.« Sein Blick kehrte zu ihr zurück. »Es kann sein, dass ich Sie noch einmal aufsuchen muss. Und rufen Sie mich an, wenn Ihnen noch etwas zu dieser Neujahrsnacht einfällt.« Er zog eine Brieftasche aus seiner Jacke, nahm eine Visitenkarte heraus und reichte sie ihr. »Wir möchten die letzten Stunden von Tilman rekonstruieren, so genau es eben möglich ist.«

Die Praxis lag in einem Altbau mit hohen Fenstern, die zur Straße hin mit doppelten Scheiben abgeschirmt waren. Das Arztzimmer war mit verglasten Regalen aus Mahagoni und einem schweren dunklen Schreibtisch möbliert, außerdem mit einer Liege, die mit rissigem braunem Leder überzogen war. Dr. Franz-Xaver Handloser war ein Mann weit jenseits der fünfzig, mit einem bleichen Mondgesicht, und hatte seine letzten schwarzen Haarsträhnen so über seinen Schädel gelegt, dass er nicht ganz und gar kahlköpfig aussah. Es war Sprechstunde, aber Tamar hatte nur kurz warten müssen, Handloser schob sie, wie er sich ausdrückte, zwischen zwei Patienten ein.

»Ja, doch«, sagte er, »Rolli-Rolf, ich erinnere mich gut, er hatte es faustdick hinter den Ohren.« Er hatte sich in seinem Drehstuhl zurückgelehnt und betrachtete Tamar mit einem prüfenden Blick. »Darf ich fragen, welches kriminalpolizeiliche Interesse an dem Fall besteht?«

»Wir ermitteln im Zusammenhang mit einem anderen Fall«, antwortete Tamar ausweichend. »Kaminski wäre möglicherweise ein wichtiger Zeuge gewesen. Sein Tod wirft für uns die Frage auf, ob er…« – sie suchte nach einer Formulierung, die nicht zu viel verriet – »ob er zu diesem Zeitpunkt vermeidbar gewesen wäre.«

Dr. Handloser lachte meckernd. »Dass der Tod unvermeidbar ist, Werteste, ist die einzige Gewissheit, die wir auf dieser Welt haben. Kaminski starb an einer Lungenentzündung, die insofern unvermeidbar war, als er sich eine Unterkühlung zugezogen hatte. Die hatte er sich zugezogen, weil er zu lange mit seinem Rollstuhl draußen geblieben war, Querschnittgelähmte sind in dieser Hinsicht besonders gefährdet, weil bei ihnen die Wahrnehmung von Kälte und Wärme beeinträchtigt ist. Hätte er sich nicht unterkühlt, hätte er keine Lungenentzündung bekommen, und wäre seine gesundheitliche Verfassung insgesamt besser gewesen, hätte er die Lungenentzündung überstanden. Sie sehen, der Tod ist immer auch vermeidbar, wenigstens für eine kurze Weile. Wenn Sie freilich exaktere Auskünfte haben wollen, muss ich Sie bitten, sich mit dem Universitätsklinikum in Verbindung zu setzen. Dort ist er gestorben, und dort ist auch der Totenschein ausgestellt worden.«

»Wussten die Mitarbeiter im Heim Zuflucht von dieser besonderen Gefährdung, der Kaminski ausgesetzt war?«

Das Mondgesicht verdüsterte sich. »Da Sie mich das fragen, wollen Sie offenbar wissen, ob ich meine ärztlichen Pflichten verletzt habe. Selbstverständlich habe ich die Heimleitung darauf aufmerksam gemacht.«

»Und als Kaminski erkrankte – haben Sie da nachgefragt, wie es dazu gekommen ist?«

»Sind Sie sicher, dass das meine Aufgabe gewesen wäre?« Handloser richtete sich in seinem Drehstuhl auf, die Stirn in Falten gelegt. »Aber bitte. Natürlich habe ich fürchterlichen Krach geschlagen. Nur – der eine Pfleger war ein Ukrainer und der andere ein Tamile, und nun stellen Sie sich einmal vor, was herauskommt, wenn der Morgenschicht auf Deutsch mitgeteilt wird, was sie ukrainisch verstehen und was sie der Mittagschicht ins Tamilische übersetzen soll. Vielleicht übertreibe ich. Aber so ungefähr sind die Probleme, wenn Sie mit Leuten umgehen müssen, die eine Arbeit machen, die sonst niemand machen will.«

»Wie war Ihr Verhältnis zu Kaminski? Haben Sie mit ihm über seine Situation reden können? Über das, was ihn bewegt hat?«

»Werteste!« Die Falten in dem Mondgesicht glätteten sich und machten einem leidenden, fast schmerzlichen Ausdruck Platz. »Über die Situation der Bewohner des Heimes Zuflucht braucht man mit ihnen nicht zu reden, denn dass sie dort sind, sagt über ihre Situation alles, was zu sagen ist, sie sind aufgehoben, und das ist das Beste, was ihnen das Leben noch zu bieten hat. Und nun fragen Sie, was Rolli-Rolf bewegt hat! Ja, nun, er wollte zu seinem Geld kommen, wahrscheinlich hatte er ganz abenteuerliche Vorstellungen davon. Aber dass unsere Gerichte nicht unbedingt bereit sind, Obdachlose zu Millionären zu machen, nur weil diese von einem Auto angefahren worden sind – also, das liegt eigentlich auf der Hand, vermutlich fürchten die Juristen, man würde sich sonst vor querschnittgelähmten Stadtstreichern gar nicht mehr retten können. Zum Glück bin ich kein Jurist.«

»Aber Sie haben mit Kaminski über seinen Prozess gesprochen?«

»Das ist zu viel gesagt. Er hat mich wohl einmal darauf angesprochen, ganz am Anfang, als der Hergang seines Unfalls noch gar nicht so richtig geklärt war, und ich habe ihm gesagt, dass er das jetzt einfach seinem Anwalt überlassen soll, soviel ich mich erinnere, war das der Herr Dannecker, der ja überhaupt das Heim und seine Bewohner juristisch betreut.«

Plötzlich überkam Tamar das heftige Verlangen, dieses Gespräch sofort abzubrechen. Ihr, die ihr im Heim Zuflucht eintretet, lasst alle Hoffnung fahren, ging es ihr durch den Kopf. Ihr seid aufgehoben, und was aufgehoben ist, macht keine Unordnung mehr, keinen Ärger, der Aufgehobene ist seiner Sorgen enthoben, um nichts mehr muss er sich kümmern, sein Leben ist jetzt in den fürsorglichen Händen des Heimleiters Brauchle und des Doktors Handloser und des Justiziars Dannecker...

Das führt zu weit, dachte Tamar. »Kaminski hatte im Jahr vor seinem Tod Kontakt mit einem jungen Studenten. Die beiden haben Schach gespielt, vielleicht auch über Kaminskis Prozess gesprochen. Tilman Gossler hieß der junge Mann. Sagt Ihnen der Name etwas?«

Handlosers Gesicht war wieder rund und bleich und faltenlos. »Ich glaube mich dunkel zu erinnern, dass es da einmal Ärger mit einem Studenten gegeben hat. Der junge Mann hat den Heimbewohnern allerhand Flausen in den Kopf gesetzt, Brauchle hat den Studenten schließlich rausgeschmissen. Ob dieser junge Mann auch mit Kaminski in Kontakt war, weiß ich natürlich nicht mehr, ich hab das ja nur am Rande mitgekriegt.« Er zuckte mit den Schultern. »Brauchle ist ein wenig ein Choleriker. Aber er hat's ja wirklich nicht leicht. Er muss diesen Laden schmeißen, muss diese Leute nicht bloß verköstigen und dafür sorgen, dass sie sich nicht die vom Alkohol dementen Köpfe einschlagen, sondern er muss sie irgendwie auch beschäftigen, aber glauben Sie bloß nicht, dass damit nennenswert Geld zu verdienen wäre. Heutzutage schon gleich gar nicht. Und dem Landeswohlfahrtsverband ist jeder Cent zu viel, den er für diese Klientel ausgeben muss.«

Tamar sah sich um. Nennenswert Geld? Das wurde auch in dieser Praxis nicht verdient. Vermutlich erwartete Dr. Handloser, dass sie in ihm den Menschenfreund erkannte, den man seiner Physiognomie vielleicht nicht unbedingt ansah. Aber Tamar hatte es sich abgewöhnt, das Auftreten oder Vorhandensein von Menschenfreundlichkeit überhaupt in Betracht zu ziehen, und sie wäre es zufrieden gewesen, in dem Arzt jemanden zu sehen, der ganz einfach seine Arbeit tat. Was sprach dagegen? Er hätte nicht davon reden sollen, dachte sie, dass die Leute in diesem Heim *aufgehoben* seien.

»Sie irren übrigens«, sagte sie unvermittelt. »Selbstverständlich hat Kaminski Anspruch auf ein angemessenes Schmerzensgeld gehabt. Wir finden es ein wenig irritierend, dass er das vor seinem Tod offenbar nicht erhalten hat. Irgendwer muss dieses Geld doch – wie soll ich sagen? – aufgehoben haben.«

Dr. Handlosers Gesicht blieb unbewegt. »Wenn Sie keine konkreten Fragen mehr haben – draußen warten meine Patienten …«

Tamar stand auf und bedankte sich für die Auskünfte, die sie nicht erhalten hatte.

Die Fensterläden waren geöffnet, und das Licht des Herbstnachmittags ließ die blaue Sitzgarnitur unter ihrer Staubschicht verblasst und ärmlich aussehen. Erst jetzt bemerkte Kuttler die Spinnweben, die sich von der Seitenkante des Sekretärs zur Wand zogen. Er zog die Schublade auf, von der er wusste, dass sich darin die Fotoalben befanden, und nahm den Stapel heraus.

Was tat er da? Kuttler wusste es selbst nicht so genau. Er hatte aus Tilmans Zimmer einige Briefe und Arbeitshefte eingesteckt, die für eine graphologische Expertise ausreichen müssten, sollte später irgendjemand bezweifeln, dass Tilmans Tagebuch auch wirklich von diesem geschrieben worden war. Keine weiteren Hinweise hatte er auf das Heim Zuflucht gefunden und auch keine Hinweise auf Solveig – keinen Brief, keine Karte, kein Foto.

Er zögerte einen Augenblick, bevor er sich auf eines der blauen Sesselchen setzte und sich noch einmal – und diesmal genauer – die Fotografien ansah, die in den Jahren vor Tilmans Tod aufgenommen worden waren.

Der Polizeibeamte Markus Kuttler hätte sich selbst – wäre er danach gefragt worden – als eher nüchternen Menschen bezeichnet und als jemand, der sehr wenig oder gar nicht abergläubisch sei. Der Gedanke, dass man im Gesicht eines Menschen etwas von dessen Schicksal ablesen könne, wäre ihm entweder banal erschienen – als mache sich jemand damit wichtig, dass er die weiteren Aussichten eines Alkoholikers an dessen Nase ablesen werde – oder als esoterischer Unfug.

Trotzdem fiel ihn beim Betrachten der Fotos, die so alt gar nicht waren, zehn Jahre vielleicht, eine Erinnerung an. Plötzlich hatte er den Geruch von Bohnerwachs und Möbelpolitur und frisch gewaschenen Vorhängen in der Nase, den unverwechselbaren Geruch des altmodischen Wohnzimmers seiner Großeltern, das nur für die Festtage oder bei besonderem Besuch genutzt wurde. Auf der Konsole des Büfetts dort stand in schwarzem Rahmen und mit einem Trauerflor das Foto seines Großonkels – des Bruders seines Großvaters –, der 1944 in

Russland umgekommen war. Das Foto zeigte einen jungen Mann in Wehrmachtsuniform, mit dunklen Augen und einem für einen Bauernsohn untypisch schmalen Gesicht. Markus Kuttler erinnerte sich, dass er diese Fotografie nie anders hatte ansehen können als mit dem Gefühl, sie selbst sei bereits die Nachricht gewesen, die Urgroßeltern hätten das Bild beim Fotografen abgeholt und da schon gewusst, ja, so ist das, der kommt nicht zurück.

Verglichen damit verbot sich eigentlich die Frage, ob den Fotos von Tilman Gossler etwas Vergleichbares anzusehen war – eine Vorahnung, eine Art Zeichnung vielleicht. Kuttler nahm an, dass er – hätte er Tilman kennen gelernt – ihn für ziemlich dumm und ziemlich arrogant gehalten hätte. Ein etwas zu glattes, zu verschlossenes Gesicht, ein Mensch, dessen Haltung vermutlich zum Ausdruck bringen sollte, dass er ein paar Bücher mehr gelesen hatte als die anderen (und vermutlich, ganz sicher, mehr als Kuttler selbst). Ja, und? Wäre einer gekommen und hätte nur ein wenig an der glatten Oberfläche gekratzt, es wäre das platte jämmerliche Nichts zum Vorschein gekommen, ein gnadenlos in den Sand gesetztes Studium, eine Nesthocker-Existenz. Manchmal im Sommer konnte man jungen, dicken, wohlgenährten Spatzen zusehen, wie sie Flügel schlagend und mit aufgesperrtem Schnabel ihren staubigen mageren Eltern hinterherbettelten und nicht von ihnen abließen …

Nein, dachte Kuttler, mit den Flügeln hat er ja gerade nicht geschlagen, es war ihm peinlich, wenn ihm die Alte etwas zugesteckt hat, aber auch das war – genau besehen – nur Pose gewesen, genommen hat er das Geld dann doch … Am lächerlichsten schließlich seine erotischen Tast- und Gehversuche, dieses prekäre halbherzige Wollen und Nichts-zuwege-Bringen, eine männliche Jungfrau, schon weit über das Alter hinaus, in dem man das noch sein sollte, und sich vermutlich nicht einmal im Klaren darüber, welches Ufer sie ansteuern soll, um sich vom Makel der Jungfräulichkeit zu befreien.

Kuttler blätterte durch das Album, ein verblasstes Farbfoto zeigte eine Gruppe junger Leute in einem Biergarten, Karten spielend. Im Profil Tilman, langhaarig und spitznasig, mit drei Mädchen, eine von ihnen, Tilman gegenübersitzend, war deutlich größer als er, ein stämmiges Weib, Luzie Haltermann in voller praller Wucht, was wollte diese halbe Portion Tilman damit! Karten spielen, was sonst, Canasta am Sonntagnachmittag, nein, nicht Canasta, es gab keinen Talon, es war Skat, eines der Mädchen hatte keine Karten in der Hand, sie war kurzhaarig und zeigte ein ziemlich großzügiges Dekolleté, vermutlich hatte sie gerade gegeben oder kiebitzte nur. Es war ein ausgesprochen hübsches Mädchen, dachte Kuttler, er kannte sie übrigens, es war Puck, und irgendwie war auch Isolde da, vermutlich war sie das, denn sie war nur von hinten zu sehen, aber ihre Haltung oder genauer: ihre Unauffälligkeit, die so demonstrativ war, dass sogar die Kamera nicht anders konnte, als sie fast zu übersehen... das musste Isolde sein.

Kuttler blätterte weiter. Zwei junge Männer bei einer Partie Schach, ein dicker Kopf mit strähnigem, dunklem Haar – Juffy Treutlein? Ja doch, dachte Kuttler – ratlos über der Stellung brütend, Tilman zurückgelehnt, die Augenbrauen leicht angehoben, als wolle er sagen, was gibt es da zu brüten? Gib auf, Junge, Matt auf g7 in vier Zügen...

Kuttler spürte eine Gereiztheit in sich aufsteigen, die er sich nicht weiter zu erklären brauchte. Er schlug die Seite um und sah vor sich die Farbaufnahme einer grauen, von Rissen und Vorsprüngen durchzogenen Felswand, die sich über einem Quelltopf erhob und in deren Schrunden sich herbstbunte Bäume und Sträucher festgekrallt hatten. Unmittelbar unter dem Felsen, dort, wo der unterirdische Quelltrichter sein musste, schimmerte das Wasser blaugrün, weiter vorne spielte es ins Hellgrün der Wasserpflanzen. An der steinernen Einfassung hockten vier oder fünf junge Leute, grundlos lachte Juffy in die Kamera, Luzie hatte die Beine untergeschlagen und saß sehr aufrecht neben einem zweiten jungen Mann, der ein volles Gesicht hatte und auf eine etwas schläfrige Weise hübsch war, Kuttler musste genauer hinsehen, kannte er ihn? Dann fiel ihm der Mann ein, der – kaum älter als er selbst – am Morgen diesen mächtigen, in einen dunklen Anzug mit Weste eingepackten Bauch in die Trauerfeier geschleppt hatte, Czybilla, der Bilch also.

Natürlich! Der Ausflug ins Kleine Lautertal! Die Quelle war die der Kleinen Lauter, etwas unterhalb gab es ein Gasthaus, Kuttler erinnerte sich, er war einmal mit Tamar und Berndorf und dem Berndorfschen Hund dort gewesen, und in der Wirtschaft hatte der Hund unterm Tisch gelegen und zum Gotterbarmen gestunken.

Noch einmal beugte er sich über das Foto. Etwas zurückgesetzt saßen an der Einfassung noch zwei weitere Teilnehmer des Ausflugs, beide schmächtiger, unauffälliger als die anderen drei, der eine war Tilman, die andere war Isolde, Tilman machte wieder dieses Gesicht, als wolle er sagen, nun knips schon, Junge, dass wir es hinter uns haben! Und ohne einen Blick dafür, dass ihn Isolde von der Seite her ansah, mit einem kleinen fragenden Lächeln.

Ein Vibrieren in seiner Hosentasche störte ihn auf. Kuttler begriff erst nicht, dann fingerte er sein Handy heraus und meldete sich.

»Matthes«, sagte eine Stimme, die entschieden und selbstsicher klang, »ich habe Ihre Handynummer von einer Kollegin von Ihnen bekommen…«

Kuttler machte ein Geräusch, das sich nach zurückhaltender Zustimmung anhörte.

»Wir waren heute Morgen beide bei der Trauerfeier für die verstorbene Frau Gossler«, fuhr Matthes fort, »leider hat sich nicht die Gelegenheit ergeben, dass wir uns hätten bekannt machen können. Ich habe nun gehört, dass Sie noch Ermittlungen führen, und da ich ebenfalls zum Bekanntenkreis von Tilman Gossler gehört habe…«

»Ermittlungen ist zu viel gesagt«, antwortete Kuttler.

»Ja, aber Sie ziehen doch Erkundigungen ein?«

Nenn es, wie du willst, dachte Kuttler. »Ich hätte natürlich auch gerne mit Ihnen gesprochen«, sagte er stattdessen. »Wo finde ich Sie?«

»Ich komme zu Ihnen, in den Neuen Bau«, kam die Antwort. »In einer Stunde, um 18 Uhr? Ich muss dann allerdings um 19 Uhr zur Eröffnung der Ausstellung im Kunsthaus sein.«

Sie würden nur ein paar Minuten brauchen, antwortete Kuttler. Als er das Handy ausschaltete, musste er grinsen. Der Herr Referent des Herrn Oberbürgermeisters wünschte nicht, dass die Polizei zu ihm kam. Er zog es vor, in den Neuen Bau zu kommen.

Ohne groß zu überlegen, steckte er das Album in die Tasche mit den Briefen und Arbeitsheften. Hatte er alles? Als er durch die Garderobe ging, fiel ihm ein Schlüsselbord ins Auge, er blieb kurz stehen, ein Schlüssel war länger und gröber als die anderen und sah aus, als werde er für das Türschloss eines Verschlags oder eines Schuppens benutzt. Ein kleines rundes Nummernschild aus Plastik hing daran, die Nummer war 4/III.

Kuttler schaute auf die Uhr. So viel Zeit hatte er noch. Er verließ die Wohnung und stieg die Treppen bis in den Keller hinunter, der in einzelne Verschläge aufgeteilt war, die sich entlang eines schlecht beleuchteten Ganges hinzogen. Es roch nach eingelagerten Kartoffeln und nach Moder, an den Verschlägen stand meist weder ein Name noch eine Nummer. Kuttler zögerte, einfach den Schlüssel der Reihe nach auszuprobieren. Schließlich blieb er vor einem Verschlag stehen, durch die Latten hindurch sah er ordentlich gestapelte Kartons, einen alten Kleiderschrank und davor ein Fahrrad.

Er probierte den Schlüssel, der Schlüssel passte und ließ sich umdrehen. Der Verschlag hatte eine eigene Beleuchtung, eine Glühbirne in einem Blechschirm, er schaltete sie ein. Das Fahrrad war ein normales Tourenrad mit einer Zwölf-Gang-Schaltung, der Rahmen silberfarben, normaler Lenker, Kuttler hielt es für ein Gerät, wie man es für dreihundert Euro im Kaufhaus bekommt. Das hintere Rad und das Schutzblech waren zusammengeknickt, das Rücklicht zersplittert, und auch das vordere Rad schien verzogen zu sein. Kuttler bückte sich und untersuchte die Beschädigungen, soweit es das trübe Licht der Glühbirne über ihm zuließ. Das Schutzblech war verschrammt und von Rost überzogen, ebenso die Felgen. Unter dem Staub waren noch die Stellen zu erkennen, die der technische Gutachter bei der Untersuchung des Rades markiert hatte.

Er überlegte kurz, dann löschte er das Licht und schloss den Verschlag wieder ab.

Tamar Wegenast ging mit raschen Schritten die Galerie mit den historischen Aufnahmen Ulmer Schutzpolizisten entlang und die Treppe hoch, die zu den Räumen des Dezernats I – Kapitalverbrechen und Brandstiftungen – führte. Noch immer war sie sich nicht ganz sicher, worauf sie sich mit dem Fall Tilman Gossler eingelassen hatte, oder sollte sie besser sagen: mit Kuttlers Fall? Ein junger Mann will Kontakt zu einem Polizisten aufnehmen, einer Information wegen, die er von einer jungen Frau hat. Aber bevor er das tun kann, verunglückt er auf der Fahrt zu eben diesem Mädchen, die einen Monat später bereits die Stadt verlässt, und noch einige Monate später wird der Rollstuhlfahrer, auf dessen Schmerzensgeldansprüche sich jene dubiose Information bezog, in der Herbstkälte vergessen und stirbt an einer Lungenentzündung. Soll sie da wirklich mit den Achseln zucken und sagen, tut uns Leid, aber das alles kann auch Zufall sein?

In ihrem Büro blinkte ihr der Anrufbeantworter entgegen, und auf ihrem Schreibtisch lag ein dickes Kuvert. Schon an der Tür erkannte sie den angehefteten Begleitzettel mit dem in grüner Tinte geschriebenen Vermerk. Sie schnitt eine Grimasse, was war das nun wieder!

Sie drückte auf die Abspieltaste des Anrufbeantworters.

»Ja, Grüß Gott, hier ist PHM Kubiczek von der Polizei-Inspektion Neu-Ulm«, dröhnte eine volltönende Stimme durch Tamars Büro, »Sie hatten um Auskunft über eine Wintergerst Solveig gebeten, wohnhaft vom 1. Oktober 1997 bis 31. Januar 1999 in Thalfingen, Ulmenhag 7. Also hierorts ist nichts bekannt über sie, und die Rückfrage bei der Hausverwaltung, das ist eine Günzburger Firma, hat ebenfalls nichts ergeben. Wohnungseigentümerin war eine... Moment« – offenbar zog Kubiczek seine Notizen zu Rate – »... also vermietet hat die Wohnung eine Frau Konsistorialrat Stocketsrieder aus München, die ist aber verstorben, und jetzt weiß ich nicht, ob ich die jetzigen Wohnungseigentümer befragen soll...«

»Ja doch!«, murmelte Tamar ärgerlich und notierte sich die Nummer der Hausverwaltung, die ihr Kubiczek – wenigstens das! – mit durchgegeben hatte. Sie wählte die Nummer, und während sie wartete, sah sie sich nun doch das Kuvert näher an und den Begleitzettel, auf dem in der sehr kleinen, adretten Handschrift des Kriminalrats stand:

»Da müssen Sie viel Geduld haben und sehr laut und deutlich sprechen. Gruß! E.«

Mit einer Hand zog sie den Packen Papier aus dem Kuvert, dann meldete sich die Hausverwaltung, und Tamar bat um Adresse und Telefonnummer des jetzigen Eigentümers der Wohnung, die zuvor der Münchner Konsistorialrätin gehört hatte. Wie sich herausstellte, war der jetzige Eigentümer eine Erbengemeinschaft, für die eine Gottlinde Elvenspoek aus Augsburg als Ansprechpartnerin auftrat. Tamar ließ sich die Nummer geben, aber bei Frau Elvenspoek war belegt, und so blätterte die Kommissarin den Packen Papier durch, der sich als die Satzung des gemeinnützigen Trägervereins für das Heim Zuflucht herausstellte. Der Trägerverein war Ende der sechziger Jahre gegründet worden, mit der erklärten und edlen Absicht, sich der Gestrauchelten, Gedemütigten und Entrechteten anzunehmen. Einige der Gründungsmitglieder waren selbst Tamar ein Begriff, obwohl sie erst vor nicht einmal zehn Jahren nach Ulm gekommen war. Ein pensionierter Landgerichtsdirektor war darunter, ein früherer Leitender Oberstaatsanwalt, ein heute steinalter Rechtsanwalt, der ab und an noch immer vor Gericht auftrat. Übrigens hatte sich die Zusammensetzung von Vorstand und Aufsichtsrat seit der Gründung nur unwesentlich geändert, neu war eigentlich nur der derzeit geschäftsführende Vorsitzende des Trägervereins, zugleich dessen Justiziar.

Tamar überlegte, wie alt jemand sein musste, um Landgerichtsdirektor oder Leitender Oberstaatsanwalt zu werden, und wie alt der Betreffende dann wohl heute sein würde, gut vierzig Jahre später. Dann schlug das Telefon an, und es meldete sich die Freiburger Kollegin, die sie am Vormittag um Informationen über Solveig Wintergerst gebeten hatte.

»Das ist eine merkwürdige junge Frau, weißt du das?«, sagte die Kollegin.

Tamar bleckte kurz die Zähne, weil sie es hasste, wenn es jemand spannend machen wollte.

»Das hab ich mir fast gedacht«, antwortete sie.

»Solveig ist hier geboren, in sehr gehobenem bürgerlichem Milieu aufgewachsen und hier auch zur Schule gegangen, bis zur elften Gymnasialklasse...«

»'tschuldige«, sagte Tamar. »Was ist ein sehr gehobenes bürgerliches Milieu?«

»Die Leute waren stinkreich«, kam die Antwort. »Oder taten so. Der Vater war Anwalt und hatte ein ganzes Imperium von Finanzierungsgesellschaften aufgezogen.«

»Und dann?«

»Dann war plötzlich alles futsch, und der Dr. Wintergerst hat sich unter Hinterlassung eines Schuldenbergs in Höhe von einigen Millionen nach Südafrika abgesetzt. Die Frau ließ sich schleunigst scheiden, und Solveig ging von der Schule oder wurde von der Schule genommen und war seither, wie ihre Mutter behauptet, nie wieder in Freiburg.«

Tamar runzelte die Stirn. In Tilmans Tagebuch... ach, Unsinn! Tilman hatte man vermutlich viel erzählen können.

»Weiß die Mutter, wie Solveig sich durchgeschlagen hat?«

»Angeblich weiß sie nicht einmal, dass sie eine Zeitlang in Ulm gelebt hat oder in diesem Dorf bei Ulm«, sagte die Kollegin. »Die Mutter hat sich in eine zweite Ehe mit einem Zahnarzt gerettet und will am liebsten von allem, was vorher war, nichts mehr wissen. Erst nach längerem Nachfragen ist ihr eingefallen, dass ihre Tochter vor ein paar Jahren eine Geburtsurkunde zugeschickt haben wollte, postlagernd, nach Paris, XVIII. Arrondissement.«

»Und die Mutter hat nie versucht, Kontakt aufzunehmen?«

»Sie sagt, ihre Tochter hätte es nicht gewollt. Das sei ihr schon daraus deutlich geworden, dass Solveig die Urkunde postlagernd zugestellt haben wollte.«

»Weiß die Mutter noch, wann genau das war?«

»Sie sagte, das sei vor ein paar Jahren gewesen«, antwortete die Kollegin. »Und den Einlieferungsschein hat sie angeblich nicht aufgehoben. Das Einzige, was ich von ihr bekommen habe, sind ein paar Fotos, die Solveig als junges Mädchen zeigen. Du solltest sie morgen haben, und du wirst dich wundern. Sie ist oder war ein ungewöhnlich hübsches Mädchen.«

»Was ist mit dem Vater?«

»Der ist vor ein paar Jahren an die Bundesrepublik ausgeliefert worden und wurde hier vor dem Landgericht zu knackigen zwölf Jahren verurteilt. Er sitzt in Bruchsal ein und hat noch mindestens zwei Jahre, bis er wieder draußen ist.«

Tamar bedankte sich und legte auf. Es war dunkel geworden, und sie schaltete die Schreibtischlampe ein. Ein ungewöhnlich hübsches Mädchen, sagte die Kollegin, und die Kollegin war eine Hetero. Was war Tilman? Das konnte wohl niemand so genau sagen. Aber auch er war hin und weg gewesen. Langsam, widerstrebend begann Tamar sich ein Bild von der jungen Frau zu machen, die aus dem Schneetreiben in Tilmans Tagebuch getreten war.

Dann schüttelte sie den Kopf, griff zum Hörer und wählte noch einmal die Augsburger Nummer. Diesmal wurde fast sofort abgenommen, es meldete sich eine Gottlinde Elvenspoek, und ihre Stimme klang angenehm bayerisch gefärbt, ganz anders, als der norddeutsch anmutende Nachname es hätte erwarten lassen.

Tamar erklärte, wer sie war und was ihr Anliegen sei. Dass sie sich für eine Mieterin der verstorbenen Konsistorialrätin Stocketsrieder interessiere, eine junge Frau, Solveig Wintergerst, und besonders für die Umstände, unter denen die Wohnung seinerzeit gekündigt worden sei.

»Die Wohnung hat meiner Mutter gehört«, antwortete Gottlinde Elvenspoek. »Aber ich fürchte, wir haben da überhaupt keine Unterlagen mehr, auch der Name, den Sie genannt haben, sagt mir nichts. Einen Augenblick hatte ich gedacht oder fast gehofft, Sie würden sich nach jemand anderem erkundigen wollen.«

Tamar hob die Augenbrauen. »Und wer wäre das?«

»Es gehört sich eigentlich nicht«, sagte die Frau am anderen Ende der Leitung, »ich will auch niemanden bloßstellen, aber in ihren letzten Jahren hatte meine Mutter die Verwaltung ihrer Vermögenswerte in Hände gelegt, über die meine beiden Brüder und ich im Nachhinein nicht sehr glücklich sind. Auch die Wohnung, von der Sie sprechen, ist dieser Seite anvertraut gewesen.«

»Sie haben Strafanzeige erstattet?«

»Nein, das hätte wohl nicht viel gebracht«, kam die Antwort. »Es war dann ja noch einiges da, und vermutlich ist auch nichts im eigentlichen Sinn veruntreut worden. Einige Dispositionen sind wohl nicht sehr glücklich gewesen, auch die Vermietung dieser Wohnung hat angeblich fast gar nichts eingebracht, aber einen Anwalt braucht das nicht zu stören, er darf trotzdem seine Kosten geltend machen.«

»Ein Anwalt?«, fragte Tamar nach.

»Ja, der Rechtsanwalt Dannecker«, sagte die Stimme, »kennen Sie ihn? Sie rufen doch aus Ulm an... Er war der Sohn eines Studienfreundes unseres Vaters, und wohl deshalb hat ihn meine Mutter mit ihrer Vermögensverwaltung betraut, aber ich sagte Ihnen ja schon, dass das keine besonders glückliche Entscheidung war…«

Tamar lehnte sich zurück und schloss für einen Augenblick die Augen. Was für ein Spiel spielen wir hier, und wer zieht welche Drähte? In Tilmans Tagebuch ist von einer Freundin Solveigs die Rede, die angeblich in Danneckers Kanzlei arbeitet und angeblich weiß, dass das Geld für Kaminski bereits geflossen ist. Höchst unwahrscheinlich, dachte Tamar. Solveig lebt gerade ein Jahr in Ulm, lernt Tilman kennen und hat gleichzeitig ausgerechnet eine Busenfreundin bei dem Anwalt im Büro, für den sich Tilman interessiert. Ausgeschlossen.

Also? Aber Tamar kam nicht dazu, weiter nachzudenken. Die Tür öffnete sich, Kuttler kam herein und mit ihm ein hoch gewachsener, schlanker Mann in seinem Alter, meliertes Jackett, graue Hosen, sorgfältig gebügelt, graues Hemd, dezent rote Krawatte, fuchsrotes Haar, ins Graue spielend und an den Ecken der Stirn schon etwas gelichtet.

»Das ist der Herr Matthes«, stellte Kuttler vor, »er hat unten auf mich gewartet.«

Schleicher also, dachte Tamar und tauschte mit dem Besucher einen kurzen Händedruck. »Sie entschuldigen mich«, sagte sie dann. »Ich habe noch ein paar Dinge zu klären.« Kuttler blickte sie fragend an, aber statt einer Antwort kniff sie ein Auge zu und verließ, ihren Notizblock in der Hand, das Büro.

Matthes setzte sich auf den Besucherstuhl, den ihm Kuttler anbot. »Sie müssen entschuldigen, dass ich darauf bestanden habe, Sie hier aufzusuchen. Aber ich habe jetzt einfach einmal angenommen, dass Ihre Ermittlungen nichts mit meiner Tätigkeit im Rathaus zu tun haben. Ich wollte deshalb jedem falschen Eindruck vorbeugen.«

Kuttler, der inzwischen hinter seinem Schreibtisch Platz genommen hatte, sah ihn ausdruckslos an. Er fühlte sich unbehaglich. Der Besucher schien über eine Selbstsicherheit zu verfügen, die selbst dann nicht in Gefahr geriet, wenn er offenkundigen Unsinn redete. Warum hätten sie sich nicht genauso gut im Rathaus treffen können? Nun, es war seine Sache. Und Kuttlers Sache war es, seine Fragen zu stellen.

»Sie waren mit Tilman Gossler befreundet?«

Matthes blickte auf, als sei er überrascht. »Befreundet? Wir sind zusammen in die Schule gegangen, gehörten beide zur gleichen Clique. Natürlich könnte ich behaupten, dass wir befreundet gewesen seien. Aber ich weiß nicht, ob Tilman das so gesehen hätte.«

»Warum nicht?«

»Er war sehr eigenwillig. Ein Individualist. Er kam aus kleinbürgerlichen Verhältnissen und hat das mit einer großbürgerlichen Attitüde kompensiert, wenn Sie verstehen, was ich meine.«

»Nein.«

»Wie bitte?« Eine kaum merkliche Röte überzog Matthes' Gesicht.

»Ich verstehe nicht, was Sie meinen«, sagte Kuttler. »Ich weiß nicht, was eine großbürgerliche Attitüde ist.«

»Entschuldigen Sie.« Matthes schien zu überlegen. Die Röte verschwand wieder, aber der Blick, mit dem er Kuttler beobachtete, war wachsamer geworden. »Um keinen Preis der Welt hätte sich Tilman Gossler irgendjemandem anpassen wollen oder sich in ein Schema einfügen lassen. Sie hätten ihm fünf Stühle anbieten können, und er hätte sich doch nur irgendwo dazwischen auf den Boden gesetzt.«

»Sie waren schon damals politisch engagiert?«

»Ja ... warum fragen Sie?«

»Haben Sie versucht, ihn für Ihre Seite zu gewinnen?«

»Sicher«, kam die Antwort. »Immer wieder mal hab ich das versucht. Aber es war aussichtslos. Ab und zu hat er sich bei der Neuen Linken blicken lassen, bei der Gruppe Stächele, wissen Sie ...«

»Also war er doch ansprechbar«, meinte Kuttler und fügte

hinzu: »Jedenfalls dann, wenn es um politische Überzeugungen ging.«

Matthes bekam wieder diesen Blick, der Unheil zu wittern schien. »Ich glaube, es war keine Frage der Überzeugung. Bei der Neuen Linken hat ihn fasziniert, dass es eine ganz und gar aussichtslose Sache war.«

Kuttler fühlte sich plötzlich etwas wohler. Er hatte gerade einen Punkt gemacht. Überzeugungen waren für den angehenden Politiker Matthes kein Thema. Dann wollen wir mal hören, was ihm sonst eines sein könnte...

»Haben Sie mit ihm geschlafen?«

Der nächste Punkt? Nein. Matthes' Gesicht zeigte keine Reaktion. Er betrachtete Kuttler, aufmerksam, vorsichtig, nicht einmal feindselig, oder genauer: nicht erkennbar feindselig.

»Nein«, sagte Matthes. «Definitiv nein.«

»Es hat nie eine Situation gegeben, in der...« Kuttler wusste nicht, wie er fortfahren sollte. Eine Situation, in der das möglich gewesen wäre? In der es womöglich nahe daran war?

»Es hat eine solche Situation gegeben«, antwortete Matthes. »Ein einziges Mal. Und es ist nichts daraus geworden. Wir hatten beide zu viel getrunken. Falls Sie mich jetzt fragen wollen, ob ich mir einen anderen Fortgang dieser Geschichte gewünscht hätte...«

»Ja?«

»Auch hier: definitiv nein. Es war eine Schnapsidee. Mehr nicht.«

Tilman hat das ähnlich geschildert, dachte Kuttler und korrigierte sich sogleich. Tilman hatte eine Szene geschildert, die man auf die eine oder die andere Weise deuten konnte. Und was überhaupt heißt Schnapsidee? Der Schnaps gibt einem keine Ideen, nichts, was nicht auf irgendeine Weise schon vorhanden wäre, wie verquer oder unterdrückt oder versteckt auch immer.

Kuttler überlegte. »Von wem«, fragte er schließlich, »war damals eigentlich die Initiative ausgegangen?«

»Von Tilman.«

»War es bekannt, dass Sie möglicherweise ansprechbar sein würden?«

»Nein«, antwortete Matthes ruhig. Er sah auf seine Uhr. »Wie kommt es eigentlich ... ach, das hat ja doch keine Bedeutung.«

Kuttler beschloss, das Thema zu wechseln. »Kannten Sie Solveig Wintergerst?«

»Ja. Nein.« Das klang nicht verwirrt. Matthes' Stimme war noch immer kühl und geschäftsmäßig. »Ich weiß, dass Sie sich für diese Frau interessieren. Wir haben in der Clique darüber gesprochen. Sie muss einmal an unseren Tisch gekommen sein. Aber ich habe keine Erinnerung an sie. Nicht meine emotionale Wellenlänge. Dass es so ist, muss Ihnen offenbar bekannt sein. Ich frage Sie nicht, woher.«

»Ist diese Solveig Wintergerst in der Neujahrsnacht 1999 in den GlucksKasten gekommen?«

»Offenbar nicht.«

»Warum hat es damals Streit gegeben?«

»Hat es das?«

Kuttler betrachtete den Notizblock, der aufgeschlagen vor ihm lag und in dem nichts stand. So kam er nicht weiter.

»Wie war die Stimmung in Ihrer Clique? Harmonisch? Freundschaftlich? Oder eher zerstritten und gereizt?«

»Genervt. Gelangweilt.« Matthes antwortete, ohne zu zögern. »Allerdings habe ich versucht, mich aus diesen Spannungen herauszuhalten. Ich hatte eine Beziehung zu einem der Mädchen gehabt, und diese Beziehung war gescheitert, aus Gründen, die in meiner eigenen Natur liegen. Ich hatte große Probleme, das zu verarbeiten und mich von der jungen Frau in einer Weise zu trennen, die für uns beide noch annehmbar war. Was sonst in der Clique ablief, war mir deshalb völlig ...« – er suchte nach Worten – »es ging mir einfach am Arsch vorbei, vielleicht verstehen Sie das!«

»Nicht ganz«, antwortete Kuttler. »Sie alle haben sich in dieser Neujahrsnacht nicht zufällig getroffen, sondern deshalb, weil irgendetwas Sie verbindet. Und wenn dann einer von

Ihnen plötzlich aufsteht und geht und in der Nacht verschwindet, dann muss Sie das doch berühren.«

»Es war nicht so, dass Tilman allein gegangen ist«, widersprach Matthes. »Die Clique war schon vorher am Ende, und in dieser Neujahrsnacht lief sie förmlich auseinander. Plötzlich war Schluss, wer irgendwo in der Kneipe einen Bekannten sah, setzte sich zu dem. Und Tilman war nicht der Einzige, der einfach ging, ich glaube, auch Isolde hat sich damals plötzlich verabschiedet, mehr oder weniger grußlos – Isolde Treutlein, vielleicht haben Sie auch schon mit ihr gesprochen.«

»Was hat den Anlass gegeben für dieses Auseinanderlaufen?«

»Wir waren einander überdrüssig«, kam die Antwort. »Sagte ich Ihnen das nicht? Ein Funke hat da genügt.«

»Ein Funke«, wiederholte Kuttler. »Der entsteht aber nicht aus dem Nichts. Den muss jemand schlagen.«

Matthes antwortete nicht. Er sah noch einmal auf die Uhr und runzelte die Stirn. »Ich glaube, ich habe da ein falsches Bild verwendet. Es war eher so, dass uns die Einsicht überfiel, wir hätten uns überhaupt nichts mehr zu sagen. Gut möglich, dass Tilman dazu den Anstoß gegeben hat, vielleicht mit einer seiner Bemerkungen oder mit einer Replik, die er sich darauf eingehandelt hat, zu allem Überfluss war er nämlich schnell beleidigt. Alles gut möglich, aber ich weiß es nicht. Irgendwann sah ich an einem anderen Tisch einen Bekannten, einen Parteifreund, der damals dem Kreisvorstand angehörte, ich setzte mich zu ihm, es war lange nach Mitternacht, aber ich glaube mich zu erinnern, dass ich an Tilman vorbeikam, der an der Theke stand. Er hatte also vor mir unseren Stammtisch verlassen, aber ich kann Ihnen nicht sagen, wann das gewesen war und warum. Ich weiß nur noch, dass ich an ihm vorbeikam und dass er mir den Rücken zugekehrt hatte.«

»Und davor war nichts?«, fragte Kuttler. »Kein Streit? Auch kein Spiel, über das man sich hätte in die Haare geraten können? Kein Bleigießen oder Kartenlegen?«

Matthes schüttelte den Kopf.

»Hat man sich nicht darüber unterhalten, was das neue Jahr bringt, ob die Clique sich auch nächstes Silvester noch treffen wird?« Kuttler versuchte ein zaghaftes Lächeln. »Und ob dann noch alle dabei sein werden?«

Matthes hob beide Hände. »Kann sein. Möglich. Aber wenn ich mich recht erinnere, hat mich vor allem der Gedanke beschäftigt, dass jedenfalls ich mir ein solches Silvester nicht wieder antun werde. Und jetzt wollen Sie mich bitte entschuldigen. Ich denke, dass ich Ihre Fragen ohne Umschweife beantwortet habe, und das habe ich schon allein deshalb getan, weil mein nächster Termin wartet. Im Kunstverein eröffnet mein oberster Dienstherr eine Ausstellung zeitgenössischer oberschwäbischer Kunst, wirklich interessante Sachen, und ich sollte dabei sein.«

Kuttler antwortete höflich, er habe keine weiteren Fragen und bedanke sich für Matthes' Auskünfte, die er selbstverständlich als vertraulich ansehe. Doch Matthes schüttelte nur den Kopf, als wolle er sagen, dass es nichts gebe, was er vertraulich zu behandeln bitte.

»Diese Ausstellung«, fragte Kuttler, als er den Besucher zur Tür brachte, »geht es da um so eine Art Heimatkunst, mundgeschnitzte Madonnen und Rehe im Abendlicht?«

»Durchaus nicht«, antwortete Matthes, »da sind ganz kühne Sachen dabei, von Minimal Art bis zu Art brut oder Plastiken aus Autoschrott, wie es dieser Alexander Keull macht, schauen Sie es sich ruhig mal an.«

Damit verabschiedete er sich. Kuttler ging noch einmal zum Schreibtisch und sah die wenigen Notizen durch, die er sich von dem Gespräch gemacht hatte. Irgendetwas fehlte noch. Er nahm den Kugelschreiber und trug den Namen nach, der ihm zwischen Tür und Angel zugelaufen war.

Das Licht der Schreibtischlampe fiel auf eine schlichte Ledermappe und auf die von Luzie Haltermann am Nachmittag verfasste Aktennotiz. Der Mann hinter dem Schreibtisch hatte ergrautes, onduliertes Haar und zog mit dem dicken Zeigefinger einer dicken manikürten Hand die Zeilen nach, die er gerade las.

»Das wirft leider, liebe Frau Haltermann, mehr Fragen auf, als es beantwortet«, sagte der Mann, der derzeit der einzige amtierende Geschäftsführer der Gemeinnützigen Heimstätten war und inzwischen von einer Tagung der Katholischen Akademie zurückgekehrt.

»Das verstehe ich zwar nicht«, antwortete Luzie Haltermann, »aber ich will gerne alles beantworten.«

»Ich habe noch immer nicht verstanden«, sagte der Geschäftsführer, »auf Grund welcher Befugnis Sie den Schreibtisch der Kollegin Fudel durchsucht haben? Selbst wenn Sie eine Polizistin wären, könnten Sie das nicht tun ohne Anordnung von oben. Dabei sind wir hier gar nicht bei der Polizei.«

»Ich musste wissen, was mit dieser Frau Gossler war«, antwortete Luzie. Warum nur klingt das so dünn, dachte sie, als sie es gesagt hatte. »Das ist diese Frau, die tot …«

»Das ist jetzt eine völlig andere Geschichte«, unterbrach sie der Geschäftsführer. »Da gibt es auch noch einiges zu fragen.« Er hob die Aktennotiz hoch und holte eine Abrechnung. »Einiges. Aber das später. Ich möchte wissen, warum der Schreibtisch …«

»Weil mir gesagt worden war, dass schon vor Wochen ein Brief eingegangen war, in dem auf Frau Gossler hingewiesen worden sei.«

»Ein Brief, ja?«, fragte der Geschäftsführer zurück. »Was Sie als solchen bezeichnen, liegt ja dankenswerterweise Ihrer Notiz bei. Aber nennen Sie das wirklich einen Brief? Eine Notiz auf einem karierten Zettel, in Kinderschrift – und das soll Grundlage für verwaltungsgerechtes Handeln sein? Liebe Frau Haltermann, das konnte genauso gut ein übler Streich sein, wissen

Sie denn nicht, was sich die Leute nicht alles ausdenken, um es ihren Nachbarn heimzuzahlen? Wir kämen in Teufels Küche, wenn wir bei jedem Schrieb gesprungen kämen. Ich sehe schon, Sie müssen noch viel lernen.«

Luzie fühlte sich, als beginne sie in einem Meer der Hilflosigkeit zu versinken. Dabei wäre es längst an der Zeit, auf den Tisch zu schlagen. »Wie sich gezeigt hat«, sagte sie, und wieder klang ihr die eigene Stimme dünn und schwach, als wäre sie ein kleines Mädchen und zum Direktor zitiert worden, »wie sich gezeigt hat, ist das Schreiben durchaus kein Streich gewesen.«

Gebieterisch hoben sich die manikürten Hände. Luzie schwieg. »Das konnten Sie nicht wissen«, sagte der Geschäftsführer, »und wir, die Gemeinnützigen Heimstätten, auch nicht. Was wir – in unserer Eigenschaft als Vermieter – wissen konnten, war, dass die Miete regelmäßig einging, ebenso die Verwaltungskostenpauschale. Ferner konnten wir wissen, dass es über diese Frau Gossler keine Beschwerden gab. Mehr an objektiver, nachprüfbarer Information lag nicht vor, so dass es nachvollziehbar erscheint, dass die Kollegin Fudel der Eingabe nicht sofort nachgegangen ist.«

Er machte eine Pause. »Nun haben Sie nicht nur den Schreibtisch der Kollegin Fudel durchsucht, ohne dazu befugt zu sein. Sie haben überdies Ausgaben getätigt, zu denen Sie gleichfalls nicht befugt waren und die überdies den merkwürdigen und völlig unangebrachten Eindruck erwecken, wir seien der verstorbenen Frau Gossler gegenüber in irgendwelcher Weise verpflichtet oder hätten uns irgendein Versäumnis zu Schulden kommen lassen.«

Es ist genug, dachte Luzie. »Frau Fudel ist dem Brief nicht nur ›nicht sofort‹ nachgegangen«, sagte sie, und plötzlich klang ihre Stimme fest und entschieden, »sondern sie hat ihn über Wochen liegen gelassen, und weil ich befürchtet habe, dass dies bekannt wird und in der Öffentlichkeit sehr wohl als Versäumnis verstanden würde, als massives Versäumnis sogar, habe ich das Büro des Oberbürgermeisters informiert. Von dort habe ich auch die Anweisung bekommen, für eine angemessene Beisetzung der Frau Gossler Sorge zu tragen.«

Noch einmal hoben sich die beiden Hände. Dann sanken sie langsam auf die Schreibunterlage aus fleckenlosem, hellem Leder. Schweigen machte sich breit. »Sie haben...«, sagte der Geschäftsführer.

»Ja«, antwortete Luzie.

Heiter und gelassen, wie er das fast immer tat, sprach der Oberbürgermeister, diesmal von der Kunst, die in jeder ihrer Erscheinungen unverwechselbar und einzigartig sei und sich zugleich der wohlgesetzten Erklärung entziehe, weil sie das sage und bezeichne, was sich anders nicht sagen oder bezeichnen lasse.

Das heißt, dachte Andreas Matthes, so sicher ist das gar nicht, dass der Oberbürgermeister auch wirklich gesagt hatte, was er glaubte, gehört zu haben. Wenn er es genau betrachtete, war es Schaumgebäck, frisch aus dem Backofen, mit ziemlich wenig Kalorien, wie das in diesen Zeiten gefragt war, jeder konnte und durfte sich selbst zusammenreimen, wie es eigentlich gemeint war, Hauptsache, die Zuhörer hatten ein angenehmes Gefühl, wie man es eben hat, wenn heitere und gelassene Worte am Ohr vorbeischweben und das eine oder andere sich sogar einfangen lässt.

Auch das muss einer können, dachte Matthes. Du musst es können. Hör ihm zu, wie er es macht. Vergiss, was vorher war.

Aber das war nicht so leicht. Noch immer war ihm übel. Er wusste nicht genau, ob ihm vor Zorn übel war oder von der Anstrengung, kühl und gelassen zu bleiben. Egal. Er war kühl und gelassen geblieben. Trotzdem.

Das Parfüm der Rothaarigen vor ihm war unerträglich. Sie trug ein Abendkleid mit spaghetti-dünnen Trägern und war gepudert bis zu den Brüsten. Er schob sich langsam zur Seite, hinter einem Menschen in weißer Smokingjacke vorbei, nun waren schon die Immobilienmakler kunstbeflissen in dieser Stadt. Erkannte man daran die Provinz, dass die Leute zu einer Vernissage eine weiße Smokingjacke anzogen? Ein Mann mit einem Knubbel auf der Nase notierte wie besessen in einem Notizbuch, was der Oberbürgermeister weiter an Schaumgebäck in der Menge verteilte, Matthes nickte dem Besessenen zu, morgen würde er im »Tagblatt« nachlesen können, was der OB so vermutlich doch nicht gemeint haben würde.

»Sagen Sie...« Der Professor – kugelrund, die schwarze Perücke wie immer leicht verrutscht – stellte sich Matthes in den Weg und flüsterte ihm ins Ohr: »Sagen Sie, kann ich da nicht auch noch eine Stellwand dazutun?« Der Professor war eigentlich ein Augenarzt und hatte seinen Titel von einer kalifornischen Universität verliehen bekommen, von der sonst noch niemals jemand etwas gehört hatte. Aber dafür war er doch wenigstens in den Gemeinderat gewählt worden. »Wissen Sie, da könnte ich die Zeichnungen von meinem Enkelkind ausstellen.«

Matthes zwang sich zu einem höflichen Lächeln. »Sie sollten diese Anregung dem Kustos unterbreiten«, antwortete er vorsichtig, denn der Professor war dafür bekannt, dass er seine Einfälle postwendend ans »Tagblatt« schickte, in der Erwartung, dort damit in der Personality-Rubrik zu erscheinen. Matthes ging weiter, eine Blondine mit gekräuselter Mähne ließ ihren Blick über ihn hinweggleiten, können Frauen das riechen, überlegte er, dass einer nicht paarungsbereit ist?

Er unterbrach seinen Gedanken. Vorne, wenige Schritte vom Oberbürgermeister entfernt, sah er Alexander Keull, heute kein Overall, sondern Jeans und eine schwarze Lederweste, warum auch nicht? Aber neben Keull stand Luzie, fast so groß wie dieser selbst und doch irgendwie an ihn angelehnt, das ist aber schnell gegangen, dachte Matthes, eigentlich hätte ihn das nicht überraschen dürfen, er war doch dabeigewesen, als der Funke übersprang, und wenn das passiert, dann ist es bei allen Geschlechtern gleich.

Der Oberbürgermeister hatte ein Ende gefunden, Kunststudenten boten Tabletts an mit Württemberger Wein und Brezeln, Matthes erwischte ein Glas Mineralwasser und hielt sich in der Nähe seines Chefs auf, falls er noch gebraucht würde.

»Gut, dich zu treffen«, sagte eine Stimme neben ihm. Er sah hoch, unwillig, die Stimme gehörte Luzie, oder sollte er sagen: dem Indisgretchen? Offenbar hatte sie sich von Keull gelöst oder dieser von ihr, störte sie beim Smalltalk mit potentiellen Kundinnen?

»Das wäre hier nur schwer zu vermeiden gewesen«, antwortete er und blickte in Richtung Oberbürgermeister.

»Ich hätte gerne etwas mit dir abgesprochen«, fuhr Luzie fort, »es ist mit zwei Worten erledigt.«

»Du kommst selten mit nur zwei Worten aus«, antwortete Matthes, ging ihr aber in eine Nische zwischen zwei Stellwänden voran, wo sonst niemand stand. Auf der einen Wand waren Grashalme abgebildet, offenbar in einer hundert- oder tausendfachen Vergrößerung, Matthes war sich da nicht so sicher. An der anderen Wand hingen Farbkompositionen, aus waagerechten Balken bestehend, die entweder braun, orange und grün waren oder aber orange, lila und schwarz. Vielleicht waren sie auch nicht schwarz, sondern dunkelblau. Zwischen den beiden Stellwänden hindurch fiel der Blick auf den »Traumtänzer«, die Keullsche Plastik aus Blech und zerbeulter Stoßstange.

Luzie war ihm gefolgt. »Es war doch dein Chef, der uns angewiesen hat, dass wir uns um eine angemessene Trauerfeier für Tilmans Mutter kümmern?«, sagte sie ohne weitere Einleitung. »Es wäre wichtig, dass er sich gegebenenfalls auch daran erinnert.«

»Was ist das für ein Fall, der da gegeben ist?«, fragte Matthes.

»Ich habe Zoff mit dem Geschäftsführer«, antwortete Luzie. »Er will, dass ich das Karnickel sein soll. Er behauptet, dass die ganze Sache die Heimstätten gar nichts angeht.«

»Woran mein Chef sich erinnert«, sagte Matthes langsam, als

müsste er nachdenken, »und woran nicht, das lässt er sich äußerst ungern vorschreiben. Warum sagst du dem deinen nicht einfach, dass man die Geschichte auch der Zeitung erzählen könnte?«

Luzie blickte hoch. »Das meinst du nicht im Ernst … du willst wirklich, dass ich mich im gesamten Öffentlichen Dienst unmöglich mache? Von hier bis Flensburg?«

»War nur ein Vorschlag.« Matthes zuckte mit den Schultern. »Wenn wir schon dabei sind, beim Unmöglich-Machen, meine ich … vorhin war ich bei diesem Polizisten, ich glaube, er hat nicht viel Ahnung, aber von mir muss ihm irgendwer erzählt haben. Ich nehme an, das bist du, der ihn freundlicherweise ins Bild gesetzt hat?«

»Hast du sie nicht mehr alle?«, fragte Luzie zurück. »Ich hab nur ein paar Worte mit ihm gewechselt.«

»Um jemanden zu outen, genügen ein paar Worte«, sagte Matthes. »Nach Lage der Dinge kannst nur du das gewesen sein.« Plötzlich wurde seine Stimme heftig. »Niemand sonst könnte das in dieser Stadt.«

»Warum sollte ich so etwas tun?«

»Das weiß ich auch nicht, wozu das gut sein soll«, antwortete Matthes, wieder mit gedämpfter Stimme. »Außerdem muss er etwas über die Abstimmung wissen, damals in der Neujahrsnacht. Er hat gefragt, ob wir uns darüber unterhalten hätten, wer im nächsten Jahr noch dabei sein wird.«

»Das hat er so wissen wollen?«

»Ob er exakt so gefragt hat, weiß ich jetzt nicht mehr. Aber es lief darauf hinaus. Und jetzt frage ich mich, wer ihn geimpft hat.« Matthes blickte hoch. Vor dem »Traumtänzer« stand ein Mann in Jeans und kariertem Hemd und sah sich um, mehr ratlos als inspiriert. Als er Matthes' Blick auffing, nickte er zurück.

»Warum soll …«, hob Luzie an, aber Matthes lächelte abwehrend, und Luzie hielt inne und folgte seinem Blick.

»Ach, da ist ja dieser Mensch. Warum fragen wir ihn nicht einfach, was genau er wissen will und warum, und sagen es ihm dann?« Sie wandte den Blick wieder zu Matthes. »Diese bescheuerte Abstimmung war ja nun wirklich peinlich. Aber wenn jemand diese Geschichte herausfinden will, dann findet er sie auch heraus.«

»Wir haben damals ausgemacht, dass wir nichts davon erzählen«, gab Matthes zurück. »Und ich hab mich daran gehalten und hab abgeblockt, als dieser Mensch mich danach gefragt hat. Also halt du dich bitte auch daran.«

»Das willst du so?«, fragte Luzie zurück.

»Ich denke, dass ich das erwarten darf.«

»Okay«, sagte Luzie leichthin. »Ich werde daran denken. Und du wirst nicht vergessen, was dein Chef uns angewiesen hat.« Sie lächelte kurz.

Das Luzie-Lächeln, dachte Matthes. Eines, das keine Widerrede duldet.

Kuttler hatte eine halbe Brezel in der Hand und betrachtete die Traumtänzer-Statue. Irgendwo hatte er sie schon einmal gesehen. Oder nein, es war nicht die Statue gewesen, sondern ein Plakat mit einem Bild von ihr, das Plakat war im Hauptbahnhof aufgestellt, auf Gleis 1, als er und Tamar den Alten Mann und seinen Hund verabschiedet hatten. Er trat ein wenig zur Seite und biss ein Stück von der Brezel ab, sie schmeckte ihm nicht und verursachte ihm ein würgendes Gefühl im Hals, der Bäcker hatte die Lauge zu stark konzentriert, oder vielleicht war es überhaupt ein Unding, Brezeln am Abend anzubieten, das kam davon, wenn man aus lauter Geiz die schwäbische Folklore zu weit trieb.

Von der anderen Seite her näherte sich eine Gruppe dem Traumtänzer und blieb davor stehen und ließ sich von einem Mann in einer Lederweste und mit einer mächtigen kraushaarigen schwarzen Mähne erklären, was die Statue offenbar an Fragen offen ließ. Vorne, dicht bei dem Mann in der Lederweste, standen zwei Frauen, die knappen Cocktailkleidchen ein wenig zu knapp, und eine Dame, das weiße Haar ganz kurz geschnitten, dahinter die männlichen Begleitpersonen mit den ergebenen Gesichtern, die Kuttler vermutlich aus der Zeitung hätte kennen müssen, wenn er sich für die bessere Gesellschaft der Stadt jemals interessiert hätte. Er trat ein oder zwei Schritte näher, um zuhören zu können.

»Die Arbeit ist vor dem Jahr 2000 entstanden, vor meiner Pariser Zeit jedenfalls, dort hatte ich keine Werkstatt dafür«, sagte der Mann, der wohl wirklich der Künstler Alexander Keull war, »und die hauptsächliche Schwierigkeit dabei bestand darin, dass sich das Material keineswegs so leicht bearbeiten lässt, wie Sie das vielleicht auf den ersten Blick meinen. Es bricht nämlich ziemlich schnell. Wenn etwas so aussehen soll, als sei es ganz absichtslos gemacht, wie zufällig, dann müssen Sie das vorher sehr genau kalkulieren …«

Die weißhaarige Dame nickte und sagte etwas von Kleist und den Marionetten, Keulls Gesicht verzog sich, und Kuttler trat zur Seite, weil eine Frau direkt auf ihn zukam. Sie trug ein schwarzes Kostüm und hochhackige Pumps. Unvermittelt blieb sie vor ihm stehen und bedachte ihn mit einem knappen Lächeln.

»Sind Sie jetzt dienstlich hier?«, fragte Luzie Haltermann. »Oder irgendwie auch wieder nicht, so wie heute Morgen?«

»Mir ist diese Statue aufgefallen«, antwortete Kuttler unbeholfen und deutete auf den Traumtänzer. »Ich hab sie schon einmal auf einem Plakat gesehen.« Noch während er es sagte, schoss ihm durch den Kopf, dass die Plakate vermutlich in der ganzen Stadt herumhingen. »Das ist eine Arbeit von Alexander Keull, nicht wahr?«

»Es steht auf dem Sockel. Sie können es ganz einfach nachlesen«, antwortete Luzie. »Hat das auch mit Ihren Ermittlungen zu tun?«

»Das lässt sich so eindeutig nicht sagen«, antwortete Kuttler ausweichend.

»Aber?«

»Es gibt da ein unbedeutendes Detail. Ich wollte Herrn Keull danach fragen. Wenn sich eine Gelegenheit ergibt…«

Luzie Haltermann blickte zu der Gruppe, die sich gerade vom Künstler verabschiedete. Es seien sehr aufschlussreiche Auskünfte gewesen, die sie bekommen hätten, sagte die weißhaarige Dame artig.

»Kommen Sie«, sagte Luzie und ging auf Keull zu. »Sascha – das ist der Herr Kuttler, der hat auch eine Frage, aber Vorsicht, er ist von der Polizei.«

Keull betrachtete Kuttler missvergnügt. »Nett, was du für Leute kennst«, sagte er zu Luzie. »Aber seit wann bin ich die Auskunft?«

»Entschuldigen Sie«, sagte Kuttler, »ich wollte nur wissen, ob Sie sich an eine Arbeit erinnern, die Sie einmal einem jungen Mann verkauft haben – es war eine Schreibtischlampe aus einem einzelnen Autoscheinwerfer. Vielleicht haben Sie sie auch gar nicht verkauft, sondern eher halb verschenkt.«

»Was Sie in dieser Stadt verkaufen können«, antwortete Keull, »das müssen Sie immer halb verschenken. Wann soll das gewesen sein?«

»Im Herbst 1998«, antwortete Kuttler. Aus den Augenwinkeln sah er, dass mit Luzie Haltermann eine Veränderung vorging, so als sei eine unhörbare Alarmsirene losgegangen.

»1998? Das ist eine Weile her«, sagte Keull. »Ich hab ein paar solche Dinger gemacht, da erinnere ich mich nicht mehr an jedes Einzelne. An wen soll ich es verkauft haben?« Plötzlich schien er zornig zu werden. »Was fragen Sie mich das überhaupt?«

»Der Käufer war ein Tilman Gossler«, antwortete Kuttler. »Er soll in Begleitung einer jungen Frau bei Ihnen gewesen sein. Diese junge Frau war dunkelhaarig und…« – Kuttler lächelte, fast verlegen – »wurde uns als sehr attraktiv beschrieben. Es würde mich interessieren, ob dieser Besuch wirklich so stattgefunden hat. Mit Ihnen hat das eigentlich gar nichts zu tun, es geht nur darum, dass wir jemanden finden, der uns bestätigen kann, dass Gossler damals in Begleitung dieser jungen Frau gewesen ist.«

»Na«, sagte Keull, »wie soll sie denn heißen, diese dunkelhaarige Attraktion?« Seine Stimme klang nicht mehr zornig, fast schon jovial, aber seine Augen wirkten angespannt und wachsam.

»Solveig«, antwortete Kuttler. »Solveig Wintergerst.«

Keull schien zu überlegen. »Tut mir Leid«, sagte er schließlich. »Der Name sagt mir nichts. Aber 1998 hatte ich mein Atelier in Söflingen draußen, das heißt, Atelier ist zu viel gesagt, es war ein Schuppen, der zu einer Autowerkstatt gehört hat.« Er blickte von Kuttler zu Luzie. »So ungeschickt war das ja nicht. Damals bin ich darauf gekommen, Schrott als Werkstoff zu nehmen. Schon deshalb, weil ich für etwas anderes gar kein Geld hatte.« Er wandte sich wieder Kuttler zu. »Ich erinnere mich, dass da mal so ein junger Klugscheißer bei mir war, die jungen sind noch schlimmer als die alten, weil sie keine Ahnung haben, wann es besser wäre, das Maul zu halten, damit sie keine gewischt bekommen. Aber ich habe ihm keine gescheuert, sondern ihm eine Lampe verkauft, die gerade übrig war, für ein paar Mark, nur damit er geht.«

»Und diese Solveig?«

»Kann ich mich nicht erinnern«, sagte Keull und blickte wieder zu Luzie. »Wirklich nicht. Der war allein bei mir. Wenn es der ist, nach dem Sie fragen.«

Ein rundlicher Herr mit einer schief sitzenden schwarzen Perücke näherte sich der Statue und blickte neugierig auf Keull.

»Das war's schon«, sagte Kuttler.

»Nichts zu danken«, meinte Keull und ging zu dem Mann mit der Perücke.

Kuttler nickte Luzie zu und wandte sich zum Gehen.

»Sie haben sonst keine Fragen?«

Er drehte sich noch einmal um und betrachtete Luzie Haltermann. Sie sah ihn herausfordernd an, fast kampfeslustig, als wolle sie jetzt und auf der Stelle und im Namen von allen anderen sämtliche Fragen beantworten, die Kuttler zu stellen hatte, und zwar ein für allemal.

So siehst du aus, dachte Kuttler. »Doch«, sagte er freundlich. »Aber nicht jetzt.«

Draußen war es kühl geworden, und es waren nur noch wenige Passanten unterwegs. Mit raschen Schritten ging Kuttler an der Südseite des Münsters entlang und weiter am Stadthaus vorbei zum Neuen Bau, wo er seinen Wagen geparkt hatte. Sollte er noch einmal ins Büro?

Morgen war auch ein Tag.

Er startete seinen Wagen und fuhr über die Neue Straße und am Hauptbahnhof vorbei in die Neustadt. Vor der Ampel am Theater musste er warten. Alles Weitere morgen also. Morgen würde er das demolierte Fahrrad aus dem Gosslerschen Keller sicherstellen lassen. Vielleicht hatten sie im Landeskriminalamt einen Fachmann, der sich das Rad und den Unfallhergang noch einmal vornehmen würde.

Vor allem aber mussten sie Solveig finden. Hatte Keull sich wirklich nicht an sie erinnert? Oder hatte er sich nicht erinnern wollen?

Die Ampel schaltete auf Grün, Kuttler fuhr weiter, bog nach links ab und weiter in die Gasse, wo er wohnte und wo ab 19 Uhr ein Anwohnerparkplatz für ihn reserviert war.

Der Parkplatz war nicht reserviert.

Auf dem Platz stand ein hässlicher, sperriger, großer Kühlschrank.

Treutlein, nicht zu überhören

Wenn wir hier im Viertel jetzt Sperrmüll hätten«, sagte der Mann in dem grauen Arbeitskittel, »dann wär das heute Nacht schon weg gekommen. Die Rumänen hätten das Ding abgeholt und aufgeladen und ab damit in die Batschka! Aber wenn keine Sperrmüllabfuhr ist, kommen auch keine Rumänen.«

Gemeinsam betrachteten Kuttler und Erwin Heimerdinger – der Mann in dem grauen Kittel – den Kühlschrank. Er stand noch immer mitten auf dem Stellplatz, groß und sinnlos und anklagend. Wieso anklagend?, überlegte Kuttler. Jedenfalls war klar, dass der Kühlschrank dort nicht bleiben konnte. Tagsüber war der Parkplatz für die Kunden des »1. Ulmer Bastel- und Eisenbahnladens« im Erdgeschoss reserviert, wo Heimerdinger Spielzeug aus zweiter Hand und Zubehör für alte Modelleisenbahnen verkaufte.

»Haben Sie von den Stadtwerken schon den Aufkleber für den Mülleimer bekommen?«, fragte Heimerdinger. »Da sind auch Anmeldungen zur Sperrmüllabfuhr dabei. Und wenn sie bei den Stadtwerken genug Anmeldungen haben, kommen die schon, auch wenn es eine Weile dauert, aber vorher sind die Rumänen da.«

»Ich glaub, ich hol mal meinen Opel«, meinte Kuttler. »Wenn Sie mir nachher behilflich sein könnten …«

»Ein alter Mann ist kein Lastkran«, kam die Antwort. »Aber schau'n wir mal.«

Kuttler ging zur Syrlinstraße, wo er gestern Abend seinen

Opel abgestellt hatte. Es war noch früh am Tag, die Luft roch frisch, aber es war neblig, und selbst die Dachfirste der kleinen Häuser in der Neustadt schienen im grauen Dunst zu verschwinden. Er stieß mit dem Opel bis zu dem Stellplatz zurück.

»So kriegen Sie den nicht in den Kofferraum«, sagte Heimerdinger. »Nicht quer.«

Kuttler öffnete die Heckklappe, löste die Verankerung der Banklehne auf dem Rücksitz und klappte sie nach vorne. Dann kippten er und Heimerdinger den Kühlschrank auf die Ladefläche und schoben ihn schließlich vollends hinein.

»Das wäre geschafft«, sagte Kuttler.

»Jetzt geht Ihnen die Heckklappe nicht mehr zu«, meinte Heimerdinger. Kuttler versuchte es, aber es stimmte, die Klappe setzte auf dem Kühlschrank auf.

»Warten Sie mal«, meinte Heimerdinger. Er ging in seinen Laden und war erst einmal verschwunden.

So ist das, dachte Kuttler. Du willst einen Mord aufklären, der fast ein perfekter gewesen wäre. Das Lügengewebe zerreißen, in dem sich alle eingesponnen haben, die etwas wissen müssten. Alles Mögliche willst du.

Und verstehst es nicht einmal, einen alten Kühlschrank loszuwerden.

Heimerdinger erschien, ein Bündel Spannseile in der Hand. »Das verankern wir jetzt so, dass nicht mal Ihre Kollegen was dran aussetzen können.«

Der Wetterbericht hatte es offen gelassen, ob sich der Hochnebel im Lauf des Tages auflösen würde.

»Ein bisschen Sonne wäre schön«, sagte Harald Treutlein, »die ganze Sache soll ja nicht so verbissen werden, sondern eher wie ein fröhliches Bürgerfest, dass alle sehen, das ist eine freundliche, intakte Gemeinschaft.«

Isolde schwieg, aber das hatte nichts zu bedeuten. Treutlein wusste, dass seine Frau ein Morgenmuffel war, vor allem wenn die Schule auf sie wartete.

»Ich bin doch sehr froh«, fuhr er fort, »dass wir das Flugblatt noch überarbeitet haben. Der ursprüngliche Entwurf wäre zu verletzend gewesen, weißt du, der hätte uns angreifbar gemacht.«

Die Ampel vorne sprang schon wieder auf Rot.

»Was ist ein Flugblatt?«, fragte sein Sohn Johannes. Treutlein drehte sich um. »Hinten im Kofferraum ist ein ganzer Stapel. Das sind sozusagen lauter Briefe, und wenn wir heute Nachmittag den Umzug machen, dürft ihr auch welche verteilen.«

»Weiß ich nicht, ob ich das will«, sagte Johannes. »Warum verteilst du deine Briefe nicht selber?«

Die Ampel schaltete auf Grün, Treutlein fuhr wieder an. »Wenn du nicht willst«, sagte er kühl, »dann eben nicht. Dann kriegen bloß Mona und Rebecca und die anderen welche, und du nicht.«

Vor Isoldes Schule hatte sich, wie jeden Morgen, eine Schlange von Autos gebildet, viele Landrover darunter, und von diesen war jeder zweite mit dem Bullenfänger-Rammschutz ausgerüstet, vor dessen Gefährlichkeit jeder Verkehrsclub warnte. Die Autos und also auch die Landrover gehörten ausnahmslos Müttern, die damit ihre Kinder zur Schule brachten.

»Sag mal«, sagte Treutlein rasch, als Isolde aussteigen wollte, »kannst du deinen Schülern nicht etwas von unserer Demonstration erzählen und dass sie natürlich alle eingeladen sind? Und deinen Kollegen?«

»Ja«, sagte Isolde müde, »wenn es sich ergibt. Aber wir sind eine städtische Schule, kein Freier Kindergarten, ist dir das klar? Ich kann die Kinder nicht einfach auf die Straße schicken, damit sie gegen die Stadt demonstrieren. Der Rektor reißt mir den Kopf herunter, wenn ich es tue und er es spitzkriegt.«

Das Auto ist gut«, sagte Wanja.

Brötchen kroch unter dem Chassis hervor und richtete sich langsam auf.

»Du hast Recht«, sagte er. »Es hat vier Räder.«

»Red keinen Scheiß«, widersprach Wanja. »Es ist genau das, was wir brauchen. Unauffällig. Und es hat eine gute Beschleunigung. Nur für den Notfall. Schau her.« Er entfaltete einen Stadtplan und legte ihn auf der Motorhaube aus. »Ich habe es mir genau angesehen. Zwischen zwei und halb vier stehen dort an der Kreuzung nie mehr als vier oder fünf Autos vor der Ampel. Der Rückstau geht also nicht bis zum Hochhaus. Das heißt – wir haben zwei Möglichkeiten. Entweder kommen wir bei Grün auf die Fahrbahn, dann starten wir einfach durch, und es ist gut. Oder es ist Rot, dann haben wir wieder zwei Möglichkeiten: Wir fahren über den Gehweg und durch die Tankstelle rechts vorbei, oder wir nehmen links die Gegenfahrbahn.«

»Und haben wieder zwei Möglichkeiten«, sagte Brötchen und begann, sich den Staub von der Hose zu klopfen. »Es kommt uns Muttchen entgegen oder Väterchen im Daimler, und wir knallen hinein. Und das ist dann auch gut, wie?«

»Eben nicht«, sagte Wanja. »Die Phasen sind so, dass erst Grün hat, wer von rechts kommt, dann die Fußgänger, und dann kommt erst wieder unsere Richtung dran. Das behalt ich im Auge. Also, wenn du fertig bist, und wir haben Rot, dann weiß ich, ob ich links oder rechts an der Ampel vorbeimuss. Und wenn ich rechts fahren muss, dann machen uns die Fußgänger schon Platz, da brauchst du keine Sorgen haben, und wenn wir an der Ampel vorbei sind, sind wir praktisch auf dem Autobahnzubringer und weg von hier und auf der Münchner Autobahn, verstehst du? Und wenn wir auf der Münchner Autobahn sind, gehen wir an der nächsten Ausfahrt wieder runter und fahren ganz brav und mit Tempo fünfzig in die Stadt und ins Parkhaus, wo unser eigenes Auto steht, und dann kannst du schon Kaffee trinken gehen, so einfach ist das.«

»Nett, dass bei dir immer alles so einfach ist«, sagte Brötchen.

»Nur ein einfacher Plan«, antwortete Wanja, »ist ein guter Plan.«

Sie würden um 10 Uhr bei ihm sein, hatte Tamar gestern Abend mit Dannecker vereinbart. Bis dahin war es noch eine gute Viertelstunde, und so gingen Tamar und Kuttler rasch noch einen Espresso bei Tonio trinken.

Dass sie zu zweit bei Dannecker erscheinen sollten, hatte Englin angeordnet. »Der soll wissen, dass wir den ganz großen Hammer rausholen«, hatte er gesagt. Aber erst jetzt begann die Bemerkung Kuttler zu wurmen.

Tamar nahm einen Schluck und betrachtete ihn über die Tasse hinweg.

»Was hast du?«

Kuttler kniff das Auge zusammen. »Ich kann sein Gerede nicht ab. Allmählich find ich ihn fast schlimmer als vorher. Als er immer nur abgewiegelt hat, war er berechenbarer.«

»Dieses Augenzwinkern hat sich ein wenig gelegt«, antwortete Tamar. »Ist dir das nicht aufgefallen?« Sie nickte Tonio zu und legte einen Fünf-Euro-Schein auf den Tresen. »Ist gut so.« Sie wandte sich wieder Kuttler zu. »Und was den großen Hammer angeht – mach dir nichts draus. Männer müssen so reden.«

Kuttler wollte protestieren, aber Tamar hatte ausgetrunken, und so machten sie sich auf den Weg, der sie durch den öden Frauengraben führte, an der Außenstelle der Justizvollzugsanstalt vorbei.

»Diese Gespräche gestern haben dir nicht gut getan«, sagte Tamar beiläufig.

»Stimmt«, antwortete Kuttler einsilbig.

»Und kannst du das an irgendetwas festmachen?«

»Vielleicht an Matthes. Es ist komisch...« Er warf einen prüfenden Blick zu Tamar, die zwei Schritte vor ihm ging. So konnte er ihren Gesichtsausdruck nur ahnen. »Matthes hat anscheinend überhaupt kein Problem, von seiner Homosexualität zu sprechen, das heißt, gesprochen haben wir darüber ja nicht, aber es war klar, dass er kein Geheimnis daraus machen will.«

»Und das findest du komisch?« Tamars Stimme klang eine Spur sanfter als sonst. Vorsicht, dachte Kuttler.

»Nein«, sagte er eilends, »natürlich nicht. Aber warum streitet er hartnäckig ab, dass es in dieser Neujahrsnacht einen Krach innerhalb der Gruppe gegeben haben muss? Er sagt, die Clique sei einfach auseinander gelaufen. Einfach so, aus Langeweile und Überdruss. Und das glaube ich ihm nicht.«

Sie überquerten die Straße und standen auch schon vor dem Gebäude, in dem Dannecker seine Kanzlei hatte. Es war ein Haus fast ohne jede Atmosphäre, in den späten vierziger oder frühen fünfziger Jahren gebaut, kein Fahrstuhl, eine Treppe aus Kunststein.

Die Kanzlei selbst lag im zweiten Stock. Geöffnet wurde ihnen von einer älteren Frau mit einem rötlichen Ausschlag im Gesicht, offenbar die Sekretärin, die sie in einen Warteraum mit engen durchgesessenen Sesselchen bat. Auf einem Tisch lagen Informationsbroschüren aus, mit nützlichen Tipps über das Verfassen eines Testaments und das Verhalten bei einem Verkehrsunfall im Ausland.

Kuttler sah zu der Garderobe, an der kein Mantel hing. Er warf einen Blick zu Tamar, und beiden war klar, dass Dannecker durchaus keinen Mandanten in seinem Büro hatte.

Er musste sie warten lassen, weil es sich so gehörte für ihn. Er musste sein Gesicht wahren.

Schließlich tauchte die Sekretärin wieder auf und bat sie in Danneckers Büro. Als sie das Sekretariat durchquerten, registrierte Kuttler, dass es dort zwar zwei Arbeitsplätze zu geben schien, aber nur einen Computer. Und einer der beiden Schreibtische war völlig leer und aufgeräumt.

»Das ist fast zu viel der Ehre«, sagte Dannecker und stand auf, als die Besucher sein Büro betraten. »Was macht der Herr Englin, wenn in dieser Stadt ausnahmsweise mal wirklich etwas passiert, und seine halbe Belegschaft sitzt hier bei mir?«

Er tauschte erst mit Tamar Wegenast, dann mit Kuttler einen Händedruck, bevor er die Besucher an seinen Besprechungstisch bat. Frühe achtziger Jahre, dachte Kuttler, als er auf einem mit beigem Noppenstoff bezogenen Stuhl Platz genommen hatte. An der Wand über dem Tisch hing eine gerahmte Reproduktion eines Gemäldes von Rouault, es war nicht klar zu erkennen, ob das Bild einen Heiligen oder einen Syphilitiker zeigte.

»Sie haben sicher einen Grund, mich aufzusuchen«, fuhr Dannecker fort. »Sicher haben Sie einen triftigen, einen zwingenden Grund.« Er wandte sich an Tamar. »Da ich mit Ihrem Kollegen bereits das Vergnügen hatte, bitte ich um Ihr Verständnis, dass ich meine Unterhaltungen mit der Polizei allmählich etwas zurückfahren möchte.«

Tamar ging nicht darauf ein. »Wir suchen eine junge Frau«, sagte sie. »Sie heißt Solveig Wintergerst. Wir hätten gerne gewusst, ob Sie uns etwas über ihren derzeitigen Aufenthaltsort sagen können.«

»Wird diese junge Frau vermisst?«

»Nein. Wir hätten nur gerne mit ihr gesprochen.«

»In Zusammenhang mit einem Verbrechen? Ist sie darin verwickelt?«

»Das wissen wir nicht«, antwortete Tamar vorsichtig.

»Das wissen Sie nicht«, echote Dannecker. »Aber irgendwie glauben Sie zu wissen, dass ausgerechnet ich Ihnen etwas über ihren Verbleib sagen kann.«

»Sie haben einmal eine Wohnung an sie vermietet«, sagte Kuttler. »Die Eigentumswohnung der Frau Stocketsrieder in Thalfingen. Solveig Wintergerst lebte dort von 1997 bis Januar 1999.«

Dannecker sah ihn an. »Ach, nach dem Heim Zuflucht haben Sie sich nun auf etwas Neues geworfen? Aber bitte.« Er schien zu überlegen. Dann stand er auf, ging zu seinem Telefon und rief – da er nur auf eine Taste drückte – offenbar seine Sekretärin an.

»Bringen Sie mir den Ordner Stocketsrieder.«

Dann kehrte er an den Tisch zurück. »An den Namen erinnere ich mich leider nicht, aber wir werden sehen.«

Schweigen machte sich breit. Kuttler blickte zu Tamar, und sie gab den Blick ruhig und gleichmütig zurück. Heute haben wir Zeit, sagte dieser Blick. Wenn wir eine Komödie vorgespielt bekommen, lassen wir sie uns vorspielen. Geduld!

Schließlich erschien die Sekretärin und legte einen prall gefüllten Aktenordner auf den Tisch. Dannecker schlug den Ordner auf und begann zu blättern.

»Hier«, sagte er schließlich und blickte auf, zu Tamar. »Jetzt beginne ich mich zu erinnern. Es war vielleicht nicht meine glücklichste Entscheidung. Nun ja, ich bin Rechtsanwalt, kein professioneller Wohnungsvermieter. Diese Solveig Wintergerst – das war doch der Name, nach dem Sie gefragt haben? – ist in der Tat Mieterin gewesen, und zwar insofern, als sie zwar die Wohnung bezogen hat, aber leider nicht in dem Sinn, dass sie dafür Miete bezahlt hätte. Deswegen ist das Mietverhältnis dann im Januar 1999 sehr plötzlich beendet worden. Aber überzeugen Sie sich selbst.«

Er schob den Aktenordner zu Tamar hinüber.

Sie blätterte ihn durch. Der Ordner enthielt einen Mietvertrag, ausgestellt auf Solveig Wintergerst, ferner die Kopien der Abrechnung von Nebenkosten und insgesamt drei Mahnschreiben, schließlich eine erste Kündigung zum Jahresende 1998 und eine zweite, diesmal fristlos, datiert auf den 14. Januar 1999.

Ein weiteres Schreiben vom März 1999, diesmal gerichtet an die Frau Konsistorialrätin Stocketsrieder, enthielt Danneckers Mitteilung, dass aus der Vermietung an Solveig Wintergerst leider keine weiteren Einnahmen zu erwarten seien und er von einer Klageerhebung abrate, da die betreffende Person ins Ausland verzogen und wohl überhaupt vermögenslos sei.

»Woher wussten Sie, dass Frau Wintergerst ins Ausland gegangen ist?«, fragte Tamar.

Dannecker runzelte die Stirn. »Das müssen mir wohl Nachbarn gesagt haben... Moment – das kann auch der Buchhändler gewesen sein, bei dem sie gearbeitet hat, dieser Schoepflin, gut möglich, dass ich den gefragt habe.«

»Aber Sie wissen nicht, wo genau sie hingegangen ist?«

»Also wirklich«, sagte Dannecker, »hätte ich wegen der ausstehenden Miete die Zielfahnder des Bundeskriminalamtes bemühen sollen?« Er blickte um sich, fast triumphierend, denn die beiden Polizisten saßen einfach da und sagten nichts.

Tamar brach schließlich das Schweigen. »Haben Sie die Wohnung an Solveig Wintergerst vermietet, oder wer sonst hat es getan?«

Dannecker sah sie an. Der Anflug von Triumph war aus seinem Gesicht verschwunden, und er beugte sich wieder über den Ordner. »Da ich damals schon mit der Verwaltung betraut war«, sagte er schließlich, »werde wohl ich die Wohnung vergeben haben ... aber ich habe keine Erinnerung mehr daran.«

»Sie haben kein Vorstellungsgespräch mit ihr geführt?«

»Ich habe hier nur den Mietvertrag«, antwortete Dannecker zögernd. »Sicherlich muss es ein solches Gespräch gegeben haben, aber die Notizen dazu habe ich leider nicht mit abgeheftet.«

»Das Vorstellungsgespräch hätte hier in der Kanzlei stattgefunden?«

»Unter Umständen auch draußen, in der Wohnung. Sie musste sie sich ja vorher ansehen.«

»Vielleicht weiß Ihre Sekretärin mehr«, schlug Kuttler vor. »Falls sie schon damals bei Ihnen war.«

»Tut mit Leid«, sagte Dannecker. »Wir hatten zuletzt einigen Wechsel in der Kanzlei.«

Kuttler fragte, ob Dannecker ihm die Namen und die jeweils letzte Anschrift seiner damaligen Mitarbeiter heraussuchen könnte. »Wenn es nicht mit zu viel Mühe verbunden ist.«

Dannecker sah ihn an, mit einem Blick, als müsse er sich zwingen, die Geduld nicht zu verlieren. »Ihr ganzer Besuch heute Morgen ist mit Mühe für mich verbunden. Aber bitte.«

Wieder beugte es sich über den Ordner und betrachtete eines seiner eigenen Schreiben. »Nach dem Kürzel zu schließen, ist das Monika ... ja doch, Monika Landwehr.« Er blickte auf. »Sie ist zum Jahresende 1999 oder 2000 ausgeschieden ... So viel ich weiß, lebt sie aber noch in Ulm. Ihre derzeitige Adresse werden Sie wohl selbst ausfindig machen können.«

»Sie war Ihre einzige Mitarbeiterin?«, fragte Tamar.

»So ist es.«

»Sie sagten mir am Telefon, dass in dem Verfahren Kaminski schließlich ein Schmerzensgeld von zweihunderttausend Mark bezahlt worden sei«, sagte Kuttler. »Ist das in irgendeiner Weise bekannt geworden? Hat es vielleicht einen Zeitungsbericht über den Fall gegeben?«

»Um Gottes willen: nein!«, antwortete Dannecker heftig. »Das musste absolut vertraulich bleiben, in Kaminskis eigenem Interesse, es wäre im Heim sehr schwierig für ihn geworden, wenn das bekannt geworden wäre. Die Bewohner des Heimes sind ja auf ihre Weise durchaus liebenswerte Menschen, aber Engel sind es nicht, das werden Sie doch auch wissen.«

»Sie sind sicher, dass es nicht bekannt war?«, hakte Tamar nach.

»Es durfte nicht bekannt werden.«

Tamar und Kuttler wechselten einen Blick. »Könnten Sie uns freundlicherweise Einblick in das Testament von Herrn Kaminski geben?«, bat Kuttler.

»Wie käme ich dazu?«

Tamar Wegenast beugte sich zu der kleinen Aktenmappe, die sie mitgebracht hatte, und holte die richterliche Anordnung hervor, die sie sich noch gestern Abend hatte geben lassen, nach einem längeren Disput mit dem Ersten Staatsanwalt Desarts.

»Und wenn Sie freundlicherweise schon dabei sind«, fuhr Tamar fort, »hätten wir gerne auch Einblick in die übrigen Unterlagen genommen, soweit sie Kaminski betreffen.«

Noch immer schaffte es die Sonne nicht, durch den Hochnebel zu dringen. Trotzdem war es heller geworden, fast so, als müsste der Nebel fünfzig oder hundert Meter höher sofort aufreißen.

Harald Treutlein hatte seinen Volvo am Rand der Wiese abgestellt, die als Treffpunkt ausgemacht war, und gab die Flugblätter aus, die während der Demonstration verteilt werden sollten. Etwas unterhalb von ihm war ein Stangengerüst aufgerichtet, das die Umrisse des geplanten Obdachlosenheims wiedergab. Jeder konnte sehen, dass der First hoch genug sein würde, um den Blick von den Wohnhäusern auf die Baumreihe des Eschentobels zu verstellen.

Auf der Wiese hatten sich die ersten Gruppen zusammengefunden, in einer von ihnen sah er Marion und Thomas mit Rebecca, Johannes war bei ihnen. Thomas rollte gerade ein Transparent auf, dessen eine Stange Marion halten musste.

»Bei Ihnen gibt's Flugblätter?«, fragte ein grauhaariger Mann, der einen dicklichen mittelgroßen Hund bei sich hatte, auch der Hund war irgendwie grau und hechelte und ließ weißgraue Reißzähne sehen. Harald kannte Herrn und Hund von Spaziergängen, obwohl er ihnen nach Möglichkeit auswich, denn Johannes hatte Angst vor Hunden.

»Geben Sie mir nur einen Packen«, fuhr der Mann fort, »ich will sie gern verteilen helfen. Das ist ja schön, dass man als Nachbarn so zusammenhält.«

Thomas hatte das Transparent aufgerollt. Es musste aus einem alten Bettlaken gefertigt worden sein, »Schüzt unsere Kinder« stand mit roter Farbe darauf, nun ja, dachte Treutlein, im Außendienst ist Orthographie nicht so wichtig, wo war eigentlich Johannes? Eben war er noch bei Rebecca gewesen. Treutlein suchte einen Packen Flugblätter zusammen, warf noch einmal einen Blick über die Wiese und sah, dass Johannes zu einem anderen Jungen hinlief, der ein Plakat umhängen hatte, vermutlich war es Kevin.

Ein Streifenwagen der Polizei näherte sich und hielt, ein uniformierter, nicht sehr groß gewachsener Beamter stieg aus und kam auf Treutlein zu, der gerade dem Grauhaarigen seinen Packen Flugblätter geben wollte. Doch in eben diesem Augenblick hatte der dickliche graue Hund den Polizisten entdeckt und seinen Herrn zur Seite gerissen und zerrte mit wütendem Gekläff an der Leine, dass er sich dabei schier selbst in seinem Halsband erwürgte.

»Entschuldigen Sie«, rief der Mann und holte mit einiger Mühe die Leine ein, »aber er ist sonst wirklich lammfromm, er kann nur keine Uniformen leiden und auch keine Briefträger.«

»Schon gut«, sagte der Polizist, »aber geben Sie Obacht, dass Sie keinem vom Städtischen Ordnungsamt begegnen, falls er die Leute dort auch nicht leiden kann.« Er machte einen Bogen um Mann und Hund und gelangte so zu Treutlein, der noch immer den Packen Flugblätter in der Hand hielt.

»Leissle«, stellte sich der Beamte vor, »Sie sind der Verantwortliche hier?«

»Weiß ich nicht«, antwortete Treutlein. »Das ist eine Aktion von Bürgern, von freien Bürgern, das soll es auch geben.«

»Aber es hat doch irgendwer die Demonstration angemeldet? Ein Herr Treutlein angeblich ...«

Ja, sagte Treutlein, das sei er, und der Polizist erklärte, dass er sich darum kümmern werde, dass der Demonstrationszug abgesichert sei.

»Wann brechen Sie denn auf? Wir sperren vorher die Rosenau, dann kann nichts passieren.«

»Eigentlich jetzt«, antwortete Treutlein und sah sich um. Es sind richtig Leute gekommen, dachte er, auf der Wiese und auch auf der Straße standen sie in dichten Gruppen, viele Kinder dabei, irgendwo sah er auch den hellen Anorak von Isolde, dabei hatte sie keine Lust gehabt, warum eigentlich nicht? Aber jetzt war sie doch da und hatte Mona mitgebracht. Johannes – Treutlein hatte es sich angewöhnt, seinen Sohn nie ganz aus den Augenwinkeln zu verlieren – Johannes rannte gerade vor Kevin davon, was war das nun wieder? Dann stolperte Kevin über das Plakatschild, das er um den Hals trug, und stürzte und schrie gellend, das ist typisch, dachte Treutlein, ganz bestimmt hat er sich die Stirn aufgeschlagen, immer war es Kevin, dem so etwas passierte, in der Hälfte aller Fälle, in denen ein Kind aus dem Freien Kindergarten in die Ambulanz musste, ging es um Kevin.

Monika Landwehr wohnte in einem denkmalgeschützten Häuschen im Söflinger Klosterhof, war nicht mehr berufstätig, sondern pflegte ihre bettlägerige Mutter. Sie war eine säbelbeinige Blonde und empfing Tamar so kurz angebunden, wie es im Stadtteil Söflingen nun einmal Sitte ist.

»So!«, sagte sie, als Tamar erklärt hatte, warum sie gekommen war. Sie überlegte kurz, dann entschied sie sich, die Besucherin doch ins Haus zu bitten. Tamar Wegenast wurde in ein Wohnzimmer mit Stilmöbeln und einem altmodischen Sekretär genötigt. »Sie sind also wegen dem Herrn Dannecker gekommen«, stellte Monika Landwehr fest. »Das wundert mich nicht. Trinken Sie einen Kaffee mit?«

Eigentlich hatte Tamar ihre Frage so nicht formuliert gehabt. Und einen Kaffee hatte sie auch schon getrunken. »Gerne«, sagte sie.

Die Frau verschwand. Tamar sah sich um. Durch ein Sprossenfenster konnte Tamar von dem Wohnzimmer aus auf den Garten und weiter in den Klosterhof blicken und hinüber zur Kirche. Der Sekretär war wohl wirklich eine Antiquität. An der Wand hing eine Galerie gerahmter Fotografien, Portraits von Großeltern und Verwandten, die selbst aus der Entfernung so aussahen, als seien sie schon ziemlich lange tot. Es roch nach Lavendel und Bienenwachs, das offenbar verwendet worden war, um die Möbel zu polieren.

Warum war sie hier? Die Antwort war sehr einfach. Weil Kriminaldirektor Hannskarl Englin nicht auf die vakante Stelle nach Friedrichshafen befördert worden war. Weil ihr Kollege

Markus Kuttler ein privates Tagebuch nicht zurückgegeben, sondern gelesen hatte. Weil eine junge Frau, Solveig Wintergerst, gewusst hatte, was sie – aller Wahrscheinlichkeit nach – nicht hatte wissen können. Und was ihr – angeblich – eben jene Monika Landwehr gesteckt hatte, die jetzt gerade Kaffee kochte.

Tamar holte den Umschlag hervor, den sie am Morgen aus Freiburg bekommen hatte, und sah sich – zum wievielten Mal? – die Fotos von Solveig Wintergerst an. Die Bilder musste ein Atelierfotograf gemacht haben, und sie sahen aus, als hätten sie für eine Bewerbung als Model oder Schauspielerin dienen sollen. Beides wäre möglich gewesen, dachte Tamar. Ein schmales, nahezu ebenmäßiges Gesicht, eine hohe glatte Stirn, ein heller Teint, von dunklem Haar eingerahmt, eine gerade Nase mit ausgeprägten Nasenflügeln – aber das erklärte alles nicht die Wirkung, die von den Fotografien ausging (oder die jedenfalls Tamar wahrzunehmen glaubte). Vielleicht waren es die großen graublauen Augen, die wachsam und fragend in eine Welt schauten, die nicht über sie würde verfügen dürfen.

Monika Landwehr kam mit einem Tablett herein und stellte es ab. Den Kaffee servierte sie in einem blauweißen Service mit Zwiebelmuster, außerdem hatte sie noch rasch ein paar Scheiben von einem Sandkuchen aufgeschnitten.

»Ich hab mir's sogar fast gedacht, dass Sie wegen dem Dannecker gekommen sind«, erklärte sie, als sie Sahne und Zucker anbot, »wie Sie an der Tür gestanden sind, hab ich es schon gedacht.«

»Ja?« Tamar nahm etwas Sahne in den Kaffee, lehnte aber den Zucker ab.

»Dass das nicht hat gut gehen können«, fuhr die Landwehr fort, »das hätte ein Blinder sehen müssen. Wissen Sie, wenn so eine Schuldenwirtschaft eingerissen ist, da kommt keiner mehr heraus. Wenn man schon anfängt, der eigenen Sekretärin das Gehalt schuldig zu bleiben …«

»Es ist so«, sagte Tamar vorsichtig, »dass wir eigentlich jemanden suchen, der mit Herrn Dannecker zu tun hatte, eine

Mieterin.« Sie nahm die Fotos auf und hielt sie der Landwehr hin. »Eine Frau Solveig Wintergerst.«

Monika Landwehr nahm die Fotos und warf einen verächtlichen Blick darauf. »Was sagen Sie? Eine Mieterin?« Sie lachte kurz und unfreundlich auf.

»Wissen Sie, wer das ist? Seine Hur' war das...«

Kuttler fuhr über die Neutorbrücke und weiter am Alten Fritz vorbei, und jedes Mal, wenn der Opel über ein Schlagloch oder eine Bodenschwelle rollte, klang es, als würden die Stoßdämpfer bis zum Anschlag gefordert. Er musste diesen verdammten Kühlschrank loswerden, die ganze Zeit schon dachte er es, und was hatte er erreicht? Dass dieser Kasten ihm immer näher auf den Leib rückte und er jetzt sogar mit einem albern verschnürten Auto in der Stadt herumrumpeln musste, als sei er ein ambulanter Händler für gebrauchte Kühlschränke. Das ist es, dachte er, was von der Liebe bleibt, ach hätte ich doch...

Er fuhr die Rosenau hoch, bis zum Hochhaus, wo es für Kurzparker drei oder vier Stellplätze gab. Aber um dort zu parken, musste er aus der anderen Fahrtrichtung kommen. Er wendete auf einer Einfahrt, hinter einem dunklen Toyota, der halb auf dem Gehsteig geparkt war und in dem zwei Männer saßen.

Inzwischen war der letzte freie Stellplatz vor dem Hochhaus belegt. Aber die Signalanlage der Tiefgarage, die für Besucher der Bank und der im Hochhaus untergebrachten Arztpraxen geöffnet war, zeigte freie Parkplätze an. Er steuerte den Wagen hinunter, ohne dass die Bodenplatte aufsetzte, und fand tatsächlich einen freien Stellplatz. Ein Aufzug brachte ihn in die Schalterhalle der Bankfiliale.

Schalterhalle ist ein wenig übertrieben, dachte er oben. Es gab einen mit Tresen und Glas abgetrennten Kassenraum und daneben die Automaten für die Geldausgabe und den Ausdruck von Kontoauszügen. Im Kassenraum unterhielten sich zwei Frauen, aber an den drei mit Computern bestückten Schreibtischen außerhalb des Kassenraums saß im Augenblick niemand. Kuttler sah sich um, eine der beiden Frauen wurde auf ihn aufmerksam und verließ den Kassenraum und kam auf ihn zu. Sie war brünett und trug einen kurzen Rock und einen knapp sitzenden dünnen Pullover. Ob sie ihm behilflich sein könne?

Er hätte gerne mit Herrn Czybilla gesprochen, sagte Kuttler, er sei mit ihm für heute Nachmittag verabredet. Angerufen hatte er am Vormittag, nach dem Besuch bei Dannecker, und Czybilla schien weder überrascht zu sein noch irgendwie ablehnend. »Kommen Sie nur«, hatte er gesagt.

»Er hat leider gerade eine Besprechung«, sagte die Brünette. »Es dauert sicher nicht mehr lange. Wenn Sie so lange warten wollen?«

Harald Treutlein steuerte den Volvo im Schritttempo die Rosenau hinab. Vor und hinter ihm liefen Eltern mit ihren Kindern oder andere Nachbarn, rechts vorne zum Beispiel der Mann mit dem Hund, der keine Polizisten leiden konnte. Neben Treutlein saß Kevin, und ausnahmsweise schien er nicht weiter beschädigt zu sein, jedenfalls hatte er keine Platzwunde davongetragen, nicht einmal eine Aufschürfung. Aber er sah ein bisschen verheult aus, und so hatte Treutlein ihm erlaubt, mit in den Volvo zu steigen.

»Das ist die mobile Kommandozentrale, weißt du«, hatte er gesagt und lieber nicht darauf geachtet, was Johannes für ein Gesicht machte. »Du und ich, wir sind jetzt dafür verantwortlich, dass alles richtig läuft.«

Von dem Vater der Zwillinge aus dem Maienweg hatte er eine Lautsprecheranlage bekommen, die jetzt auf dem Dach zwischen den Gepäckträgern montiert war. Er nahm das Mikrophon und begann seine Durchsage, die er noch in der Nacht immer wieder geübt hatte:

»Bürgerinnen und Bürger im Eschental und an der Rosenau! Heute gehört die Straße Ihnen, nutzen Sie dieses Recht! Zeigen

Sie den Verantwortlichen und den Planern in dieser Stadt, dass Sie das Volk sind. Dass Sie für den Schutz und Erhalt Ihres Wohngebietes und Ihrer Nachbarschaft kämpfen werden... Wir alle sind Nachbarn, die einander vertrauen dürfen, die sich aufeinander verlassen können, und das ist gut so... Johannes, bitte nicht das blonde Mädchen an den Haaren ziehen!«

Das dauert«, sagte Brötchen.

»Alles noch im grünen Bereich«, antwortete Wanja. »Gleich muss ein Platz frei werden. Oder willst du vielleicht, dass ich in der Tiefgarage warte?«

Brötchen ließ die Seitenscheibe herunter und spuckte auf die Straße. »Scheiße«, sagte er dann.

Wanja holte aus seiner Lederjacke einen Flachmann hervor und reichte ihn zum Beifahrersitz hinüber. »Trink einen Schluck. Aber nur einen.«

Brötchen nahm den Flachmann und trank.

»Nicht alles.«

Brötchen setzte den Flachmann ab und reichte ihn zurück. Vorne kam eine Frau mit ondulierten blonden Haaren und einem Pelzmantel über den kleinen Platz vor dem Hochhaus und ließ die Türverriegelung eines metallic-blauen Benz aufschnappen, der – in Fahrtrichtung gesehen – auf dem hintersten der Stellplätze stand.

»Na also«, meinte Wanja und startete den Toyota. »Genau richtig.«

»Es ist eine Frau«, sagte Brötchen.

Die Frau hatte sich hinters Steuer gesetzt, und man sah, wie der Kopf mit den ondulierten blonden Haaren sich hin und her bewegte, sich über den Beifahrersitz beugte, wie die Sonnenblende heruntergeklappt wurde: ein prüfender Blick aufs Make-up?

»Ich hab dir doch gesagt: eine Frau!«

Die Sonnenblende wurde zurückgestellt, der Kopf wandte

sich zur Seite und beugte sich wieder über etwas, das man von draußen nicht sah.

»Sie sucht den Schlüssel«, sagte Brötchen.

»Unsinn«, antwortete Wanja. »Sie hat ja schon aufgeschlossen.«

Brötchen dachte nach. »Ich hab's«, sagte er schließlich. »Sie sucht ihre Brille... da!« Durch das Rückfenster sah man, wie der Kopf etwas aufgesetzt bekam, die Bremslichter leuchteten auf, der Benz setzte etwas zurück und bog auf die Rosenau ein.

Wanja legte den ersten Gang ein, warf noch einen Blick in den Rückspiegel, sah aber nur ein paar Fußgänger, die die Steigung herunterkamen, und fuhr los.

Einige der Fußgänger trugen Schilder, aber Wanja maß dem keine Bedeutung bei.

Sie müssen entschuldigen«, sagte Czybilla und kam auf Kuttler zu, »aber es gibt Gespräche, bei denen wissen Sie vorher einfach nicht, wie lange es dauert.«

Sie tauschten einen Händedruck. »Sie waren ja auch auf dieser Trauerfeier für die arme Frau Gossler, wir kennen uns also sozusagen bereits, und dass Sie noch Fragen haben, das hat sich auch schon herumgesprochen.«

Kuttler sah ihn ausdruckslos an. Czybilla steckte, wie schon bei der Trauerfeier, in einem dunklen Anzug, ein freundlicher dicker junger Mann mit munteren lebhaften Augen, buschigen Augenbrauen, vollen Lippen und einem Grübchen im Kinn. Kuttler nahm an, dass Czybilla mit der Blonden im Pelzmantel – wegen der er hatte warten müssen – noch allerhand weitere Gespräche würde führen müssen, wenn er es darauf anlegte. Anlagegespräche eben.

»Aber vielleicht unterhalten wir uns besser in unserem Besprechungszimmer«, fuhr Czybilla fort und wandte sich an die Brünette. »Susi, die nächste halbe Stunde bin ich nicht zu sprechen, oder sollten wir mehr Zeit einplanen?« Er blickte fragend zu Kuttler, der aber nur die Hände leicht anhob und sie wieder sinken ließ, zum Zeichen, dass eine halbe Stunde mehr als genug sei.

Hinter ihnen öffnete sich die Tür. Aus den Augenwinkeln sah Kuttler, dass die brünette Susi erstarrte. Er drehte sich um. Ein großer breitschultriger Mann hatte die Schalterhalle betreten, er trug einen dunklen Tuchmantel, und unter dem Mantel hatte er eine Maschinenpistole hervorgeholt, eine Kalaschnikow, dachte Kuttler, eine von denen mit verkürztem Kolben.

»Ganz ruhig«, sagte Brötchen. Seine Stimme klang tief und bestimmt, aber doch verschleiert. Drogen?, überlegte Kuttler.

»Beide Männer auf den Boden, Bauch unten, Hände über den Kopf.« Die Kalaschnikow richtete sich auf Susi. »Du auch. Runter!«

Kuttler, die Hände halb erhoben, kniete nieder und legte sich dann hin, wie befohlen, die Hände über dem Kopf gefaltet. Fast widerstrebend folgte Czybilla seinem Beispiel.

»Schneller«, befahl Brötchen. »Und du dort, im Kassenraum! Kein Alarm. Sonst sie tot und du auch. Alles Geld. Mach schnell!«

Die Kalaschnikow war noch immer auf Susi gerichtet. »Bitte«, sagte sie plötzlich.

»Runter!«, sagte Brötchen.

Susi knickte in den Knien ein, rutschte an der Wand nach unten und blieb schließlich auf dem Boden sitzen, mit hoch geschobenem Rock, so dass man sehen konnte, dass sie keine Strumpfhose trug, sondern einen Strumpfgürtel mit Strapsen.

Mit zwei raschen Schritten trat Brötchen zum Kassenschalter, die Maschinenpistole noch immer auf die Frau am Boden gerichtet.

Draußen fuhr ein Wagen über den Gehsteig auf den Platz vor dem Hochhaus und hielt. Es war ein Volvo.

»Alles Geld!«, befahl Brötchen. »Mach schnell!«

»Bürgerinnen und Bürger«, dröhnte Treutleins Stimme aus dem Lautsprecher und über den Platz. »Heute sind wir das Volk, und wir versammeln uns, um für die Ordnung und eine ungestörte und friedvolle Nachbarschaft in unserem Wohngebiet zu demonstrieren.«

Langsam, wie von einem unsichtbaren Seil gezogen, drehte sich Brötchen zur Tür, die Kalaschnikow im Arm. Die Tür ging auf, und Wanja kam herein, blass, die rechte Hand in der Lederjacke, als ob man so nicht sehen würde, dass er einen Revolver darin hielt.

Der kleine Platz vor dem Hochhaus hatte sich gefüllt, und auch auf der Rosenau und der in sie einmündenden Rommelfinger Landstraße drängten sich die Leute. Kinder verteilten Flugblätter, andere Kinder liefen einfach so herum, Reporter der beiden Zeitungen fotografierten, und sogar ein Kamerateam der Landesschau war eingetroffen und filmte gerade ein Paar, das stolz ein Transparent mit der Aufschrift hochhielt:

»Für ein sauberes Ulm.«

»Du glaubst es nicht«, sagte Heilbronner, »das sind über zweihundert Leute.«

»Schreib dreihundert, sonst sind sie beleidigt«, meinte Orrie. Der Streifenwagen stand halb auf dem Gehsteig der Rommelfinger Landstraße, kurz vor der Ausfahrt der Tiefgarage. Orrie und Heilbronner waren ausgestiegen, im Augenblick war nichts zu tun. In spätestens einer halben Stunde sollte sich die Demonstration wieder auflösen, danach würden sie zuerst die Rommelfinger Landstraße für den Verkehr freigeben und dann die Rosenau, also rechtzeitig, bevor der Berufsverkehr einsetzte.

Vorne am Hochhaus, am Eingang zur Bankfiliale, balgten sich Kinder. Nein, sie balgten sich nicht, dachte Orrie. Sie standen einfach so da, am Gitter. Wieso am Gitter? Hatte die Bank wegen der Demonstration das Gitter heruntergelassen? Das würden ihre Kunden in der Nachbarschaft aber als recht unfreundliches Verhalten ansehen.

Was ging es ihn an? Auch Heilbronner war aufmerksam geworden und ging ein paar Schritte vor, auf das Hochhaus zu, als wollte er besser überblicken, was sich am Eingang tat.

»Vorsicht«, rief Orrie.

Es war zu spät. Der dickliche graue Hund hatte Heilbronner erblickt und stürzte zähnefletschend und keifend auf ihn zu, seinen Besitzer mit sich zerrend. Im Nu hatte sich ein Kreis neugieriger und feixender Beobachter gebildet, die dem zurückweichenden Heilbronner, dem tobenden Hund und seinem nur mühsam Tritt fassenden Herrchen zusahen.

Das hätte noch gefehlt, dachte Orrie, dass wir hier einen Hund totschießen müssen.

Hinter ihm fuhr ein Wagen holpernd die Auffahrt von der Tiefgarage hoch. Orrie warf einen Blick hinein, zwei Männer saßen darin, nein, drei, hinten hockte ein dritter neben einem großen weißen Kasten, der wie ein Kühlschrank aussah, offenbar war die Rückenlehne gekippt worden, damit der Kühlschrank hineinging, Orrie hätte einen Fünfziger gewettet, dass der Wagen überladen war. Aber sollte er das ausgerechnet jetzt beanstanden?

Der dritte Mann hob grüßend die Hand.

Der Besitzer des grauen Köters hatte endlich Tritt gefasst und konnte seinen Hund zu sich her ziehen.

Orrie trat rückwärts zwei oder drei Schritte auf die Straße hinaus, den linken Arm ausgestreckt, als Zeichen, dass man Platz machen solle, und winkte den Opel auf die Rommelfinger Landstraße hinaus, damit er mitsamt seinem Kühlschrank wegfahren konnte und aufgeräumt war.

Inzwischen kam rund um das Hochhaus Bewegung auf. Leute liefen weg, andere drängten sich zu den beiden Polizisten.

Irgendwas ist da komisch, dachte Orrie. Auch das Auto war komisch gewesen. Er war sich fast sicher, dass er das Auto kannte. Und der dritte Mann, der neben dem Kühlschrank, hatte wie Kuttler vom Dezernat Römisch Eins ausgesehen.

Wie man sich doch täuschen kann.

Der Opel war über die Rommelfinger Landstraße gekrochen, an dem Bahnhof Ulm-West vorbei und weiter die Stadt hinaus, bis rechts die ersten Steinbrüche des Blautals in Sicht kamen.

Wanja hatte halten wollen, aber Brötchen hatte es nicht erlaubt. Kuttler hockte hinten neben dem Kühlschrank und sagte nichts. Vielleicht war das Schlimmste überstanden.

Nur war nicht gesagt, dass das auch für ihn galt.

Schließlich waren sie nach rechts abgebogen, von wo aus es durch ein enges Tal wieder zurück zu den nördlichen Stadtteilen ging. Nach fünfhundert Metern kamen sie an einen Waldparkplatz, Wanja bog ab und fuhr, bis sie zu einer Schranke kamen. Die beiden Männer stiegen aus.

»Hilf uns, die Seile da abzumachen«, sagte Wanja zu Kuttler und winkte mit dem Revolver zum Zeichen, dass er ebenfalls aussteigen solle. Es war ein großes Kaliber, aber Kuttler hätte nicht sagen können, was es für ein Fabrikat war.

Die Heckklappe war gut verschnürt worden, und Heimerdingers Seile saßen fest. Vielleicht war es auch so, dass Kuttlers Hände zitterten. Es ist nie gut, Angst zu zeigen, dachte Kuttler. Angst ist überhaupt nie gut. Allenfalls dann, bevor es in den Krieg geht. Er zwang sich, die Knoten aufzuknüpfen, und schließlich löste sich das Geflecht. Die Heckklappe schwang nach oben, und Brötchen zog – als ob es nur eine Plastikverpackung wäre – den Kühlschrank aus dem Wagen und wuchtete ihn auf die grasbewachsene Böschung des Waldweges.

»Du bist also Polizist«, sagte Wanja und sah Kuttler aus grünen Augen an. Wanja trug eine Lederjacke, die vom Alter schon rissig und verfärbt war. »Warum hast du uns geholfen?«

»Hättet ihr eine Schießerei haben wollen«, fragte Kuttler zurück, »mit all den Leuten draußen?«

»Ich seh schon«, sagte Wanja, »du bist ein ganz Schlauer.« Oben auf dem Bruststück seiner abgetragenen und rissigen Lederjacke waren zwei Flecke. »Geh!« Mit der freien linken Hand deutete Wanja in den Wald. Der Revolver war noch immer auf Kuttler gerichtet.

Der Wald war dunkel. Fichten, zu eng gepflanzt, standen struppig links und rechts des Weges. War es das? Hier? Man wird mich bald finden, dachte Kuttler.

»Geh!«

Kuttler wandte sich nach rechts, in die Richtung, die ihm Wanja wies. Er war ganz ruhig. Wenn er an dem zweiten oder dritten Baum vorbeikam, würde er versuchen, sich um den Stamm herum zu drehen und Wanja von der Seite anzuspringen, nein, nicht nach dem dritten Baum, etwas tiefer im Wald, wo Gestrüpp war, so dass der andere nicht so schnell dazukam. Er blieb stehen und wandte sich um...

Der Schlag kam kurz und trocken. Kuttler knickte in den Kniekehlen ein und fiel zur Seite.

Erzählen Sie mir das noch einmal«, sagte Englin, der rittlings auf dem Besucherstuhl vor Czybillas Schreibtisch saß.

»Er hat gesagt, dass er Polizist ist«, antwortete Czybilla. Noch immer sah er totenblass aus. Seine Krawatte hing ihm mit halb gelöstem Knoten um den Hals, und der Hemdkragen war aufgeknöpft. »Das war, nachdem der andere Mann hereingekommen war und irgendetwas gesagt hat, vielleicht war es auf Russisch, ich habe es nicht verstanden, aber ich hab gedacht, gleich drehen sie durch, und draußen blecherte dieser Lautsprecher. Da lag er also noch immer auf dem Bauch und hatte die Hände über dem Kopf, wie ich auch, aber plötzlich hat er gesagt, sie sollten ihm bitte zuhören, vielleicht könnte er ihnen helfen.«

Englin warf einen Blick zu Tamar Wegenast, die an einer Säule lehnte und Czybilla zusah. Sie gab den Blick zurück, ruhig, abwartend.

»Und dann hat er das gesagt«, fuhr Czybilla fort, »dass er Polizist ist, meine ich. Und dass schon genug Geiseln in der Bank seien, sie sollten deswegen das Gitter runterlassen, damit die Situation überschaubar bleibt.«

Wieder blickte Englin zu Tamar. Sie nickte nur, fast unmerklich.

»Die haben natürlich nicht gewusst, wie sie das machen sollen, und dann haben sie mich aufstehen lassen, und ich hab das Gitter geschlossen, und der zweite von den Kerlen hat Ihren Kollegen … jetzt weiß ich es wieder, Kuttler heißt er, also dieser Zweite hat den Kuttler abgetastet, ob er eine Waffe hat, aber er hatte keine, und dann hat er ihn aufstehen lassen, und dann haben sie mich in die Toilette gesperrt und die beiden Frauen in die Teeküche, wo Sie sie ja auch gefunden haben, und mehr weiß ich nicht.«

»Schön«, sagte Englin, »wir brauchen das später noch einmal, als detaillierte Aussage.« Er stand auf und wandte sich zu Tamar.

»Wir haben Glück gehabt«, sagte sie.

Englin runzelte die Stirn. »Ich verstehe Sie nicht so ganz.«

»Stellen Sie sich doch einmal vor, diese Kerle hätten ein halbes Dutzend Kinder als Geiseln genommen.«

Das Bettlaken war verkrumpelt, oder vielleicht war es auch sein Arm, auf dem er lag, manchmal wachte er davon auf, dass er auf dem Arm gelegen hatte und der war eingeschlafen, also musste er sich aufraffen und umdrehen, so etwas geht schon, man muss es sich nur ganz bestimmt sagen, dachte Kuttler, oder war es so, dass er sich zufällig gerade nichts sagen wollte, er hatte einfach keine Lust auf Befehle, auch wenn diese Leute alle an ihm vorbeizogen und ihn anschauten, als hätten sie ihm etwas zu sagen, und er, er hätte das alles zu verstehen, dabei war gar nichts zu hören, sie zogen nur vorbei und schauten ihn spöttisch an, in Wahrheit hatten sie nichts zu sagen, und wenn er genau hinsah, waren sie auch gar nicht mehr da, waren vielleicht überhaupt nie da gewesen, und die grüne Jacke war auch gar nicht grün, sondern einfach grau, und dann war auch sie weg, verschwunden im Nebel, und zu sehen waren bloß noch die beiden Flecken, Puck hatte ihm davon erzählt, er durfte es nicht vergessen, dass er es im Tagebuch vermerkte, einfach, weil es gar zu blöd war, dabei führte er ja gar kein Tagebuch, hatte nie eins geführt, er träumte es bloß, aber jetzt klingelte sein Wecker, vielleicht war es auch das Handy…

Kuttler versuchte, sich umzudrehen, um den eingeschlafenen Arm frei zu bekommen. Erst ging es nicht, dann nahm er alle Willenskraft zusammen und rollte sich auf den Rücken. Ein stechender Schmerz schoss ihm durch den Kopf. Außerdem war ihm übel. Mit der Hand, die er bewegen konnte, tastete er nach seinem Schädel. Irgendetwas war nass. Er versuchte, den eingeschlafenen Arm zu bewegen. Das Handy klingelte noch immer. Oder schon wieder.

Langsam kehrte Gefühl in den Arm zurück. Noch einmal drehte er sich um, so dass er mit dem Bauch auf dem Boden lag. Dann stützte er sich mit beiden Händen auf und zog erst das eine Knie an, dann das andere. Der Wald drehte sich um ihn. Er schloss die Augen und blieb so, auf dem Waldboden kniend, nach vorne gebeugt, mit den Händen aufgestützt.

Wieder klingelte das Handy. Er griff mit der rechten Hand in seine Hosentasche und hätte dabei fast das Gleichgewicht verloren. Die Hosentasche war zu eng, das Handy verfing sich halb im Futter.

Er überlegte, ob er noch einmal einen Versuch machen und die Augen öffnen sollte. Vorsichtig sah er sich um. Die Fichten hatten aufgehört zu schwanken. Ein paar Meter vor ihm war der Waldweg. Ein hässlicher weißer Kasten stand dort.

Endlich hatte er das Handy vor sich. Er drückte auf die Sprechtaste:

»Diese Scheißkerle«, sagte er, »sie haben den Kühlschrank dagelassen.« Eine Welle von Übelkeit schwappte über ihn. Er ließ das Handy fallen und erbrach sich auf den Waldboden.

Kuttler liest Zeitung

Die Phantombilder zeigten zwei stiernackige Männer. Der eine hatte eine niedrige, wulstige Stirn und ein ausladendes Kinn, der andere lange Koteletten und eine gekrümmte Nase. In der Bildunterzeile hieß es, der Mann mit den Koteletten sei 1,85 Meter groß, der andere 1,90. Unter der Überschrift: *Polizei half Kalaschnikow-Bande zur Flucht* waren die beiden Phantombilder in einen Vierspalter eingeblockt, dem Aufmacher der ersten Lokalseite.

Kuttler schob sich in seinem Bett nach oben, so dass er sich mit dem Oberkörper etwas besser aufrichten konnte, und zog die Lampe auf seinem Nachttisch näher zu sich her. Es war später Vormittag, aber durch das Fenster fiel nur das trübe Licht eines regnerischen Spätherbsttages. Außerdem lag er in dem zweiten, vom Fenster entfernten Krankenbett. Er begann zu lesen:

Bankräuber vom Eschental noch immer flüchtig – Rund eine Viertelmillion Euro erbeutet

(fzl) Obwohl inzwischen bundesweit nach ihnen gefahndet wird, gibt es noch immer keinen Hinweis auf den Verbleib der beiden Bankräuber vom Eschental. Wie von der Polizei gestern eingeräumt wurde, sind die beiden Männer aus der Bankfiliale im Eschenhochhaus in Begleitung eines Kriminalbeamten, den sie als Geisel genommen hatten, und unter den Augen der Polizei entkommen.

Wie wir bereits in unserer Samstagsausgabe exklusiv berich-

tet haben, war die im Eschenhochhaus untergebrachte Filiale der Handels- und Gewerbebank am Freitagnachmittag von einem mit einer Maschinenpistole bewaffneten Mann überfallen worden, der die Herausgabe des gesamten Kassenbestandes in Höhe von rund 250 000 Euro erzwang. Während er sich noch in der Bank befand, erreichte ein Demonstrationszug von Bürgern des Eschentals und der Siedlung an der Rommelfinger Landstraße, die sich gegen den Neubau eines Obdachlosenheimes in ihrem Wohngebiet wenden, den Platz vor dem Hochhaus und besetzte ihn.

»Daraufhin verlor der im Fluchtfahrzeug vor dem Hochhaus wartende zweite Täter die Nerven, verließ den Wagen und zog sich in die Bank zurück«, beschreibt Kriminalrat Hannskarl Englin den weiteren Fortgang. »Auf Geheiß der beiden Täter musste der Filialleiter die Gitter der Bank schließen, damit niemand von den Demonstranten in den Schalterraum eindringen konnte.«

Zu diesem Zeitpunkt hatte sich außer dem Filialleiter Manfred Cz. (30) und zwei Mitarbeiterinnen nur ein Polizeibeamter in Zivil in der Bank aufgehalten. Die Frage, ob der Beamte die Bank in dienstlichem Auftrag oder rein privat aufgesucht hatte, ließ Englin offen.

Wie die weiteren Recherchen des »Tagblatts« ergeben haben, hat sich dieser Beamte dann angeboten, den beiden Bankräubern in seinem eigenen Wagen, der in der Tiefgarage des Hochhauses abgestellt war, zur Flucht zu verhelfen. Tatsächlich gingen die beiden Täter darauf ein, und bei der Ausfahrt aus der Tiefgarage wurde den Tätern von einem weiteren Polizeibeamten, der zur Sicherung der Demonstration abgestellt war, der Weg freigemacht, um über die Rommelfinger Landstraße zu entkommen.

Die Täter fuhren zuerst in Richtung Rommelfingen, bogen dann aber Richtung Autobahn A8 ab. An einem Waldparkplatz im Mähringer Tal hielten sie und zwangen den Polizisten, der sie aus dem Hochhaus geleitet hatte, auszusteigen und mit ihnen in den Wald zu gehen. Dort schlugen sie ihn nieder und lie-

ßen ihn liegen. Da das Handy des Beamten eingeschaltet war, konnte er jedoch geortet und gefunden werden. Er befindet sich im Krankenhaus und konnte bisher nicht vernommen werden. Nach Angaben Englins schwebt er aber nicht in Lebensgefahr.

Zur Frage, ob das Verhalten einzelner Polizeibeamter in dieser Sache dienstrechtlich überprüft werde, erklärte Englin, dass nach jedem vergleichbar schwerwiegenden Geschehen eine detaillierte Nachbearbeitung des polizeilichen Vorgehens erfolge.

Leck mich, dachte Kuttler und ließ die Zeitung sinken. Was schreiben die da und warum? Keiner der beiden Männer hatte Koteletten getragen. Der eine war knapp 1,80 groß gewesen, der andere fast zwei Meter. Keiner von ihnen hatte ausgesehen, als sei er aus Dr. Frankensteins Raritätenkabinett entlaufen.

Erst jetzt bemerkte Kuttler, dass sein Bettnachbar ihm zusah. Es war ein Mann mit einem hageren, fast eingefallenen Gesicht und dünnen langen Haaren.

»Hat die Zolpei selber tatatat«, sagte er und brachte ein Geräusch hervor, das an ein Kichern erinnerte. »Verstehst du, hakakuk…«

Dann fiel es Kuttler wieder ein. Sie waren hier in der Neurologie, und der Mann nebenan hatte irgendwas in seinem Kopf, und das Irgendwas drückte ihm auf das Sprachzentrum.

»So wird es sein«, antwortete er.

Wieder saß Tamar am Besprechungstisch der Kanzlei Dannecker, und wieder hing in ihrem Blickfeld die Reproduktion von Rouaults syphilitischem Märtyrer. Sie hatte ihren Stuhl ein wenig vom Tisch zurückgezogen und betrachtete Dannecker, der seinerseits zuhörte, was ihm Tamars Kollege Armbruster vom Dezernat Wirtschaftskriminalität zu erklären versuchte.

»Mein Problem ist«, sagte Armbruster, »dass das Geld aus der Erbschaft Kaminski zwar verbucht wurde, ich ihm aber keine realen Geldbewegungen zuordnen kann.«

Das verstehe er nicht, antwortete Dannecker. Er starrte auf Armbruster, den Kopf leicht angehoben, so dass Tamar die behaarten Nasenlöcher seiner vorspringenden gebogenen Nase sah. Auch Danneckers Hände waren behaart, es waren große Hände, und ihre Bewegungen wirkten beherrscht, fast sparsam. »Das Erbe ist an den Trägerverein gefallen und muss dort auch verbucht sein.«

»Es ist verbucht worden, das sage ich doch gerade«, gab Armbruster zurück. »Das heißt, verbucht worden ist eine Einnahme von knapp einhundertsechzigtausend Mark.«

»Aus den an Kaminski gefallenen Vermögenswerten hat natürlich zuerst ein Beitrag zu den Heimkosten entrichtet werden müssen.« Danneckers Bariton klang plötzlich etwas brüchig. »Und dann sind noch andere Verbindlichkeiten zu begleichen gewesen.«

»Ihre Anwaltskosten, meinen Sie?«

»Das auch«, sagte Dannecker. »Selbstverständlich war auch das zu begleichen.«

Armbruster nickte. Er war ein breitschultriger bedächtiger Mann, noch keine 40, sah aber mit seiner ausgeprägten Stirnglatze älter aus. »Das ist auch nicht das Problem. Nur – auf den Konten des Trägervereins sind die einhundertsechzigtausend nie eingegangen, es gibt keine Überweisung, auch nicht in Tranchen.«

»Das ist intern verrechnet worden.« Dannecker saß noch immer sehr aufrecht, aber da er ein groß gewachsener Mann war, hielt er seinen Kopf ein wenig geneigt – das sah höflich aus und aufmerksam zugleich.

»Sie meinen, mit dem Darlehen?«, fragte Armbruster. »Das Geld ist also direkt, unmittelbar und ohne Umweg über die Konten des Trägervereins in das zinslose Darlehen über einhundertachtzigtausend Mark eingegangen, das Ihnen der Trägerverein damals gewährt hat?« Er beugte sich über die Unterlagen. »Ja, ich sehe, das ist ziemlich zeitgleich geschehen.«

»Wir hatten damals im Hinblick auf uns in Aussicht gestellte

Vermächtnisse, vielleicht sollte ich besser sagen, auf Stiftungen, erhebliche Ausgaben«, antwortete Dannecker. »Erhebliche Ausgaben im Bereich der juristischen Abklärung, verstehen Sie? Dies ist auf diese Weise finanziert worden, also über mich, da dies sonst Probleme für den Gemeinnützigkeitscharakter des Trägervereins aufgeworfen hätte.«

»Aber diese Vermächtnisse oder Stiftungen – die sind nicht zustande gekommen?«

»Nein, sind sie nicht«, antwortete Dannecker. »Überwiegend nicht. Es war nicht mehr die Zeit. Da war der Anschlag auf das World Trade Center, danach die Kursstürze an der Börse – plötzlich mussten viele Vermögen neu bewertet werden, und das hat massiv auf die Bereitschaft durchgeschlagen, sich im karitativen Bereich zu engagieren.«

»Das Geld aus der Erbschaft Kaminski ist also in vollem Umfang bei Ihnen geblieben«, fasste Armbruster zusammen. »Man kann sogar sagen, der Trägerverein als Erbe Kaminskis hat von dessen Geld niemals auch nur einen Cent oder Pfennig gesehen. Ist es richtig, dass dieses Geld zu dem Zeitpunkt, an dem es für den Trägerverein verbucht wurde, bereits verbraucht war?«

»Was sagen Sie da?« Dannecker saß noch immer sehr aufrecht, die beiden Hände auf den Tisch vor sich gelegt. Er muss seine Hände ruhig stellen, dachte Tamar, sie zittern sonst.

Armbruster lehnte sich zurück und sah Dannecker ins Gesicht, als wolle er den Ausdruck von dessen Augen studieren. »War es nicht sogar so«, fragte er, und seine Stimme klang weich, freundlich, verständnisvoll, »dass das Geld bereits verbraucht war, als Rolf Kaminski noch lebte?«

Die Tür des Krankenzimmers öffnete sich, es schob sich herein ein dicker Mensch in Jeans, die so wenig zu seinem Bauch passen wollten wie zu dem blauen Blazer, dem gestreiften Hemd und der rotgoldenen Krawatte. Außerdem hatte er eine in Geschenkpapier eingewickelte Flasche in der Hand.

»Das sind ja doch Sie!«, sagte Manfred Czybilla fröhlich, ging zu Kuttlers Bett und nickte dem Patienten nebenan zu. »Unter Ihrem Turban hätte ich Sie fast nicht erkannt.« Kuttler verzog missmutig das Gesicht. So viel er wusste, hatte er eine Platzwunde oberhalb der Schläfe. Das hätte man nähen können und fertig! Aber nein...

Er brachte ein »nett!« heraus und reichte Czybilla die Hand. Als er einen kräftigen Händedruck versuchte, tat es absurder Weise nicht in der Hand, sondern rechts oben unter seiner Schädeldecke weh. Czybilla hielt ihm die Flasche hin, sie war unter dem Geschenkpapier dickbauchig und sah nach einem Kognak aus.

»Sehr freundlich«, sagte Kuttler, »aber es geht nicht. Darf ich nicht annehmen, kann ich nicht annehmen.«

»Hattattat«, sagte der Patient nebenan, protestierend. Czybilla sah auf und begriff sofort. »Auch recht.« Er ging ans andere Bett und war die Flasche sofort los. »Vielleicht können Sie's ja gemeinsam leer machen, vielleicht nicht auf einmal, das wäre für den Kopf nicht so gut.«

Er kehrte zu Kuttler zurück und grinste. »Sie müssen entschuldigen, dass ich Sie hier einfach so überfalle. Aber Sie hatten mich ja sprechen wollen und waren auch zu mir gekommen, wie der Prophet zum Berg, aber weil dann ja was dazwischengekommen ist, so kommt jetzt eben der Berg zum Propheten.«

Du hast mir gerade noch gefehlt, dachte Kuttler. Aber es ist in Ordnung. Es ist sogar gut so. Er schwang vorsichtig die Beine aus dem Bett und stellte sie auf den Boden und setzte sich noch vorsichtiger auf, denn noch immer wurde es ihm schnell schwindlig. Dann stand er behutsam auf, lehnte aber nachdrücklich die Hand ab, die ihm Czybilla reichen wollte.

»Sie müssen wegen mir nicht aufstehen!«

»Das ist mir sogar ein sehr willkommener Anlass«, erwiderte Kuttler und zog den Bademantel an, den ihm Tamar gestern gebracht hatte. Es war ein graublauer Bademantel des Kampfsportclubs Penthesilea Ulm, eines Clubs, der – wie Kuttler durchaus klar war – ausschließlich von Frauen besucht wurde. Er musste darin und in seinem Turban schon sehr merkwürdig aussehen. Aber es störte ihn nicht. »Gehen wir einen Kaffee trinken?«

Der Weg zum Fahrstuhl war kein Problem, aber als sie im Lift standen und dieser sich plötzlich in die Tiefe senkte, war Kuttler doch froh, sich an der Kabinenwand anlehnen zu können.

Czybilla sah ihn an. »So ganz fit sind Sie noch nicht?«

»Das kommt von selbst.«

Der Fahrstuhl setzte auf, und sie gingen durch die Eingangshalle zu der Cafeteria. Kuttler holte sich an der Theke eine Portion Kaffee, Czybilla ein Mineralwasser. Zwischen Pflanzkübeln mit Gummibäumen und Philodendren fanden sie einen freien Tisch vor der Fensterfront, durch die man den Blick auf eine weite, von Pavillons und anderen Klinikbauten begrenzte Grünfläche hatte.

»Ich habe das ›Tagblatt‹ bei Ihnen liegen sehen«, sagte Czybilla. »Da ist heute ein ziemlich bescheuerter Artikel drin ... heißt das, dass Sie zu allem Überfluss auch noch Ärger kriegen werden?« Fast bekümmert sah er auf sein Gegenüber, und diese Bekümmertheit schien aufrichtig zu sein. Manche von diesen dicken Leuten sehen aus, dachte Kuttler, als seien sie deshalb so dick, weil sie die Welt in vollen Zügen wahrnehmen, mit umfassender Anteilnahme, die guten Dinge wie das Essen und Trinken ebenso wie das Schlimme, das für sie freilich vor allem deshalb so schlimm ist, weil es den Menschen daran hindert, zuzulangen und sich einzuschenken.

»Möglich«, antwortete er. »Das heißt: nein. Es gibt Wichtigeres.« Er versuchte einen Schluck. Der Kaffee schmeckte abscheulich.

»Sie können auf uns zählen«, sagte Czybilla. »Sie haben ja eine ganz schreckliche und dramatische Situation entschärft, das wäre furchtbar geworden, wenn Sie diese beiden Leute nicht überredet und weggebracht hätten. Wenn Sie wollen, schreibt unsere Geschäftsführung auch gerne einen Brief an die Polizeidirektion oder an das Innenministerium.«

Das hätte noch gefehlt, dachte Kuttler und rang sich ein »Danke« ab. »Sehr freundlich«, fügte er hinzu. »Aber meine Vorgesetzten haben alle Informationen, die sie brauchen. Es ist mir sogar wichtig, dass ohne jede Einflussnahme von außen entschieden wird.«

»Kann ich verstehen«, meinte Czybilla. »Aber ich finde, man kann sich nie auf das verlassen, woran sich die Leute erinnern. Entschuldigen Sie, aber wie ist das eigentlich bei Ihnen? In der Zeitung steht, man hat Sie niedergeschlagen. Haben Sie denn den ganzen Film noch parat?«

»Gute Frage.« Das war sie wirklich, dachte Kuttler. »Sicher nicht. Das Letzte, woran ich mich erinnere, waren die Flecken auf der Lederjacke des einen. Vermutlich war es der, der mir das verpasst hat.« Er deutete auf den Turban, vermied es aber, ihn zu berühren. »Zwei Flecken auf einer Lederjacke, und das bleibt dann in der Erinnerung wie ein Standfoto, komisch, nicht wahr?«

»Ja, komisch«, antwortete Czybilla. »Aber sagen Sie – was war das eigentlich, das Sie von mir hatten wissen wollen?« Sein Blick war noch immer wohlwollend und ungetrübt, und wie er da saß, erinnerte er an einen Vollmond bei klarem Himmel, der menschenfreundlich auf die Erde herabsah.

»Eigentlich ist es eine lächerlich einfache Frage«, antwortete Kuttler, riss noch ein Tütchen mit Zucker auf und schüttete es in seinen Kaffee. »Sie erinnern sich doch an diese Neujahrsnacht. Wie ist eigentlich damals die Abstimmung ausgegangen?« Dann blickte er hoch. Czybillas Gesicht schien noch immer freundlich und wohlwollend. Aber vor den Vollmond hatte sich eine Wolke geschoben.

»Das ist mir jetzt nicht ganz klar«, antwortete er zögernd, »wonach genau…«

»Ich frage nach der Abstimmung«, wiederholte Kuttler. »Dieser Abstimmung, nach der Sie alle auseinander gelaufen sind. Und Tilman in die Nacht hinaus ist.«

»Ich weiß nicht«, antwortete Czybilla zögernd und brach ab.

Hatte er sagen wollen: *Ich weiß nicht, ob Tilman danach gegangen ist?* Fast klang es so, dachte Kuttler.

»Was wissen Sie nicht?«

»Ich verstehe Ihre Frage nicht«, sagte Czybilla. »Außerdem war ich damals ganz sicher schon knülle, früher als die anderen. Sie sollten Matthes fragen oder...« Plötzlich veränderte sich das Gesicht, die Augen wurden schmal. »Sie sollten Isolde fragen, Isolde Treutlein... ich glaube, sie weiß am meisten von uns über Tilman.«

Kuttler nahm einen Schluck Kaffee. Er war nicht nur abscheulich, sondern auch zu stark gesüßt. »Aber jetzt gerade interessiert es mich, wie Sie zu ihm standen.«

»Ach Gott!«, sagte Czybilla und legte seinen Kopf ein wenig schief, als wolle er etwas abwägen oder unter einem anderen Blickwinkel betrachten. »Er konnte mich nicht leiden. Tilman war ein bisschen ein Snob. Eingebildet eben, auch wenn ich nicht so genau sagen kann, worauf eigentlich... Und ich – ich habe nicht studiert, ich habe eine Banklehre gemacht, mich haben keine Bücher interessiert, mich hat das Geld interessiert. Was ist das? Wie funktioniert es? Geld muss in Bewegung sein. Wie kann man es da besitzen?« Er trank einen Schluck Mineralwasser. »Für solche Fragen hatte Tilman keine Antenne.«

»Sind Sie ein Spieler?«

Czybilla sah hoch, und diesmal war sein Gesichtsausdruck eher verwundert als besorgt oder verärgert. »Warum fragen Sie mich das? Ich denke, Sie wollen etwas über Tilman wissen.«

»Aber an die Konstanzer Spielbank können Sie sich erinnern?«

Czybilla schüttelte den Kopf. »Das wird jetzt ein merkwürdiges Gespräch. Sind Sie sicher, dass Sie okay sind?«

»Warum beantworten Sie meine Fragen nicht?«

Czybilla betrachtete das leere Glas Mineralwasser. »Aber bitte! Natürlich war ich schon ein paar Mal im Casino Konstanz, nettes Ambiente, sicher doch. Wenn ich – was selten genug der Fall ist – ein paar Euro übrig habe und auch die Zeit, dann kann es schon sein, dass ich Lust auf ein kleines Spiel bekomme. In Stuttgart oder in Lindau. Das heißt, in Stuttgart eher nicht. Zocker können unangenehm sein und Stuttgarter auch. Und wenn beides zusammenkommt... Manchmal auch in Konstanz oder Baden-Baden. Wenn einer mit Sinn und Verstand spielt, kommt er mit einem kleinen Gewinn aus dem Casino heraus oder hat zumindest seinen Spaß gehabt. Wie überall in der Welt kommt es darauf an, dass Sie die Sache unter Kontrolle halten. Aber...«

»Nach Konstanz haben Sie Tilman einmal mitgenommen?«

Czybilla runzelte die Stirn. »Möglich.«

»Und Sie haben ihm Chips gegeben. Warum?«

»Das weiß ich doch heute nicht mehr. Woher wollen Sie das überhaupt wissen?«

Kuttler ging auf die Frage nicht ein. »Warum?«, wiederholte er.

»Warum wohl?« Czybilla schien ärgerlich zu werden. »Weil er selber kein Geld dafür hatte. Weil es blöd gewesen wäre, ihn mitzunehmen und ihm keine Chips zum Spielen zu geben. Reicht das?«

Kuttler sah ihn an.

»Schön«, fuhr Czybilla fort. »Vielleicht war es ein Versuch. Ich wollte wissen, wie das ist, wenn dieser arrogante Kerl den Geruch des Geldes wahrnimmt. Was das Geld mit ihm macht, wenn er gewinnt. Wenn es zu locken beginnt und ihm sagt: Mach weiter. Da ist noch mehr zu holen...« Er schüttelte den Kopf, als wolle er Erinnerungen vertreiben. »So war es. Ich wollte, dass er zu zocken beginnt. Und dass er plötzlich an der Kugel hängt und sie die Welt für ihn wird.«

»Und? Wurde sie es?«

Czybilla hob seine Schultern an und ließ sie wieder fallen. »Wer weiß schon, was aus ihm geworden wäre?«

Kuttlers Kopf begann zu schmerzen. »Sie haben vorhin gesagt, Isolde Treutlein habe Tilman Gossler am besten gekannt. Weiß man das eigentlich in der Clique, dass einmal etwas zwischen Ihnen und Isolde war?«

»Was soll da gewesen sein?«

»Die Geschichte im Lautertal«, antwortete Kuttler. »Als Tilman dazukam. Wissen das die anderen?«

Czybilla schüttelte den Kopf. »Nein«, sagte er dann. »So nicht. Zu diesen Dingen sage ich jetzt gar nichts mehr. Nicht, bevor Sie mir erklären, warum Sie mich das fragen. Das ist doch lächerlich! Okay, da war mal eine Knutscherei, haben Sie nie mit einem Mädchen geknutscht? Und wie viele Jahre ist das jetzt her?«

»Eine Knutscherei, sagen Sie. Gibt es da nicht noch einen anderen Namen dafür?«

»Ich sag gar nichts mehr«, Czybilla stand auf. »Ich muss jetzt leider gehen. Ich wollte mich bei Ihnen bedanken. Aber irgendwie wollen Sie das nicht.«

»Schon gut«, antwortete Kuttler und stand ebenfalls auf. »Vielleicht habe ich später noch eine Frage. Oder zwei. Wenn ich wieder im Dienst bin.« Er nickte ihm zu, Czybilla erwiderte den Gruß und wandte sich zum Gehen. Kuttler blieb stehen und wartete, bis Czybilla fast außer Hörweite war.

»Ach«, sagte Kuttler plötzlich, »eins habe ich nicht verstanden.«

Czybilla blieb stehen. Kuttler betrachtete seinen Rücken. Es war der Rücken eines massigen, schweren, fluchtbereiten Tieres.

»Warum war eigentlich so viel Geld in der Kasse? Im ›Tagblatt‹ steht, es sei fast eine Viertelmillion Euro erbeutet worden.«

Langsam drehte sich Czybilla um. »Da waren Kundengelder dabei. Gelder aus Erbschaften, die angelegt werden sollten… leider.«

»Ah ja«, machte Kuttler. Dann nickten sie sich noch einmal zu, und Kuttler ging zu dem Kiosk, in dem es neben Zeitschriften und Taschenbüchern auch Kugelschreiber und Schreibblocks gab. Er kaufte ein Schreibheft, wie man es für Schulaufgaben oder Aufsätze verwendet.

Seit der Jahreswende 97/98 waren Sie also praktisch zahlungsunfähig«, fasste Armbruster zusammen.

»Das dürfen Sie so nicht sagen«, antwortete Dannecker. »Wie kommen Sie dazu? Natürlich gab es immer wieder Engpässe, ich mache da auch gar keinen Hehl daraus...« Er hob seinen Kopf und sah erst zu Armbruster und dann zu Tamar. »Vielen Anwälten geht es nicht gut, das wissen Sie doch. Die müssen nach jeder Pflichtverteidigung schnappen, die ihnen ein Richter zuwirft, wie der Hund nach einem Rädchen Wurst.«

»Und so waren auch Sie froh«, griff Tamar den Satz auf, »als Sie die Vollmachten über die Konten des Trägervereins Zuflucht bekamen?«

»Das müssen Sie so nicht in Zusammenhang bringen«, widersprach Dannecker. »Ich habe mich für diese Leute eingesetzt. Mit Professionalität und Leidenschaft habe ich das getan. Das ist nicht selbstverständlich. Das sind Mandanten, für die sonst niemand einen Finger krumm macht. Und als die Verantwortlichen des Trägervereins mich mit diesen Aufgaben als Justiziar und Geschäftsführer betraut haben, war das vor allem eine Ehre für mich. In diesem Trägerverein saßen damals und sitzen heute noch Persönlichkeiten, die der Justiz in dieser Stadt Ansehen und moralisches Gewicht gegeben haben. Das sind Persönlichkeiten, die nehmen nicht irgendeinen... Was ich damals nicht bedacht habe – ich war damit festgelegt. Festgelegt und abgestempelt als der Anwalt, zu dem man nur geht, wenn man obdachlos ist und ganz unten.«

»Sie sind also ein Opfer Ihres eigenen guten Herzens geworden«, sagte Tamar und sah, wie sich eine leichte Röte über Danneckers Gesicht zog. Jetzt!, dachte sie. »Warum haben Sie uns eigentlich gestern nicht gesagt, dass Solveig Wintergerst Ihre Geliebte gewesen ist?«

Dannecker saß da, scheinbar völlig ungerührt. Nur die Finger seiner rechten Hand schlossen sich zu einer Faust, dann öffneten sie sich wieder. Die Röte war aus seinem Gesicht verschwunden. Er schwieg.

»Warum?«

»Ich weiß nicht, ob ich mich dazu äußern soll.« Seine Stimme klang ruhig und bedächtig.

Tamar machte einen neuen Anlauf. »Wissen Sie denn noch, wann Sie Solveig nach Ulm geholt haben?«

»Ich habe sie nicht hierher geholt.« Die Stimme war unverändert. »Ich habe mit ihrem Vater zusammen studiert, wir waren Bundesbrüder und auch später noch in freundschaftlichem Kontakt. Vielleicht können Sie das nicht verstehen, aber ich habe diesen Kontakt auch dann nicht abreißen lassen, als die bedauerlichen Verstrickungen bekannt wurden, in die er geraten war. Sie wissen darüber Bescheid?«

»Sie wollten die Verteidigung übernehmen?«, fragte Tamar zurück.

»Nein, sicher nicht«, wehrte Dannecker ab. »Für diese besondere Art von Transaktionen, um die es in seinem Verfahren ging, fehlt mir das Spezialwissen, und ich bin auch kein Anwalt, der gerne im Rampenlicht agiert... nein, ich wollte nur wissen, ob ich sonst in irgendeiner Weise behilflich sein könnte, und da hat sich eben ergeben, dass Solveig um jeden Preis von Freiburg weg wollte.«

»Und da nahmen Sie Solveig zu sich?«

Abweisend schüttelte Dannecker den Kopf. »Ich bin ein verheirateter Mann.«

Ach ja, dachte Tamar. Es gibt am Sozialgericht eine Richterin Dannecker, blass, brünett, bebrillt. Elisabeth? Dorothea? Jedenfalls wäre sie nicht entzückt gewesen, ganz sicher nicht.

»Und deswegen haben Sie Solveig die Wohnung in Thalfingen gegeben?«

Kurzes Zögern, Dannecker hob die rechte Hand und ließ sie wieder fallen. »Das hatte sich damals so angeboten.«

»Und wann wurde sie Ihre Geliebte?«

Dannecker sah sie mit einem Blick an, der weder zornig noch empört war, sondern eher resigniert und müde. »Warum müssen Sie das so fragen? In diesem Ton?«

»Wann?«

Dannecker starrte auf den Tisch. »Solveig war ganz neu hier«, sagte er schließlich, »sie kannte niemand in Ulm, und in Thalfingen in einer fast leeren Wohnung zu hocken, das ist ja auch nicht so lustig. Und weil ich sie ja hergeholt hatte, dachte ich, ich muss mich auch ein bisschen um sie kümmern… ach Unsinn.« Er blickte auf und sah Tamar ins Gesicht. »Vielleicht können Sie das nicht verstehen. Es ist einfach passiert.«

»Schon gut«, sagte Armbruster. »Den Rest können wir uns denken, Sie sind nicht der Erste, dem so etwas passiert, und nicht der Letzte. Aber irgendwann muss man die Sachen dann auch wieder aufräumen. Finden Sie nicht, dass wir jetzt ein wenig Ordnung in Ihre Zahlen bringen sollten?«

Dannecker sah ihn an. »Ja«, antwortete er. »Sicher.«

Der Baudezernent war ein auffällig großer schlanker Mann und hatte silbergraues gelocktes Haar, das zumindest einer der jüngeren Gemeinderätinnen schon einmal zum Verhängnis geworden war, wie Matthes und mit ihm jeder andere wusste, der ein paar Dinge mehr weiß, als in der Zeitung steht. Im Augenblick saß der Dezernent am Besprechungstisch des Oberbürgermeisters und spielte – eher ärgerlich als nervös – mit einer metallisch glänzenden Klammer, wie er sie sonst dazu benutzte, um seine Hosenbeine festzustecken, wenn er mit dem Fahrrad unterwegs war, und das war eigentlich bei nahezu jedem Wetter der Fall.

»Natürlich können diese Leute nicht entscheiden, wer bei ihnen in der Nachbarschaft einziehen darf und wer nicht«, sagte er und sah lieber nicht zum Oberbürgermeister hin, dessen Augen schon wieder halb geschlossen waren wie die eines alten schläfrigen wohlgenährten Katers. »Aber es ist leider auch so, dass die Leute in einem Punkt Recht haben. Leider. Wenn der soziale Problemdruck in einem Wohngebiet zu groß wird, dann kippt das ganze Gefüge… *A broken window*, sagen die

Amerikaner, eine einzige eingeworfene Fensterscheibe, die nicht erneuert wird, kann schon genügen, Verwahrlosung ist ein hoch ansteckender Bazillus.«

»Irre ich mich«, sagte der alte schläfrige Kater, »oder war im Bebauungsplan für das Eschental nicht von Anfang an der Standort für das Heim Zuflucht vorgesehen? Und hatten wir nicht eben deshalb die Bauplätze günstiger abgegeben, als es das Liegenschaftsamt eigentlich tun wollte? Ich erinnere mich da an einen recht nachdrücklich geführten Meinungsaustausch, und zwar in Ihrem Beisein.«

»Sicher«, sagte der Baudezernent und entschloss sich, die Hosenklammer wieder in der Tiefe seiner Jackentasche zu versenken. »Aber seither haben wir leider lernen müssen, wie empfindlich das soziale Gefüge gerade in neuen Wohngebieten ist. Denken Sie doch nur an den Buchenbronn! Was haben wir uns da nicht alles erhofft, und was ist daraus geworden, als die ersten Sozialhilfeempfänger eingewiesen wurden.«

Der Oberbürgermeister blickte zu Matthes. »Hören Sie das? Die Architekten machen nie einen Fehler. Die Stadtplaner auch nicht. Auf dem Papier stimmt alles. Ist ja auch alles mit dem Zirkel und dem Lineal gemacht. Bloß die Menschen, die machen Sie nicht mit Zirkel und Lineal … das heißt …« Er sah Matthes mit einem Gesichtsausdruck an, den dieser selbst nicht so recht deuten konnte.

In diesem Augenblick schlug das Telefon an. Matthes stand auf und ging zum Schreibtisch und meldete sich.

»Es ist der alte Amtsgerichtsdirektor Gnadenhauff«, sagte die Sekretärin, »er besteht darauf, den Chef zu sprechen.«

Matthes brachte das Telefon an den Besprechungstisch. Noch immer war er fasziniert davon, wie rasch sich Stimme und Ausstrahlung des Oberbürgermeisters verändern konnten. Gerade noch schien er im Begriff gewesen zu sein, den Baudezernenten in aller Freundlichkeit in seine Bestandteile zu zerlegen, jetzt meldete sich am Telefon der aufmerksame, höfliche Rechtsanwalt, den der Oberbürgermeister in einem früheren Leben gegeben hatte und dem damals nichts ferner gelegen hatte als eine knallhart geführte Auseinandersetzung mit Gericht oder Staatsanwaltschaft.

Allerdings musste er nicht viel sagen, denn dies wurde am anderen Ende der Leitung ausgiebig besorgt. Ohne dass er den Wortlaut im Einzelnen verstanden hätte, drang die klagende Stimme des pensionierten Amtsgerichtsdirektors bis zu Matthes.

»Ja, lieber Herr Gnadenhauff«, sagte der Oberbürgermeister nach einer Weile, »das tut mir aufrichtig Leid, und ich darf Ihnen versichern, dass die Stadt den Trägerverein nicht im Regen stehen lässt. Aber es müssen jetzt natürlich die Karten neu gemischt werden.« Dann dankte er für den Anruf und bat, ihn der verehrten Gemahlin des Anrufers zu empfehlen, und hatte bei all dem den aufrichtig besorgten, Anteil nehmenden Gesichtsausdruck, von dem Matthes nun überhaupt nicht wusste, was er in Wirklichkeit bedeutete.

»So«, sagte der Oberbürgermeister, als er schließlich auflegen konnte, »wo waren wir stehen geblieben? Ach ja, das Heim Zuflucht... Also es kommt überhaupt nicht in Frage, dass wir unsere Entscheidungen in irgendeiner Weise von dieser Demonstration beeinflussen lassen. Das muss ganz klar sein.« Er warf einen nachdrücklichen Blick auf den Baudezernenten und dann, wie zur Bekräftigung, auch auf Matthes. »Überhaupt dieser Herr Krautlein oder Kreutlein oder wie er heißt, erst ist er hinter einem billigen Bauplatz her wie die Gans hinterm Apfelbutzen, und jetzt jammert er, dass am Apfelbutzen ein Stiel dran ist... aber unbeschadet davon werden wir die Planung und insbesondere auch den Standort des Heimes noch einmal überprüfen, und zwar im Einvernehmen mit dem Trägerverein.«

Er könne dem Oberbürgermeister leider nicht ganz folgen, sagte der Baudezernent. »Überprüfen in welcher Richtung?«

»Der Trägerverein ist pleite«, sagte der Oberbürgermeister fröhlich. »Ruiniert. Futsch. Mein alter Berufskollege Dannecker hat die ganze Kohle verwirtschaftet oder wahrscheinlich sogar unterschlagen. Wenn ich es richtig sehe, gibt es jetzt nur noch einen Ausweg.« Wieder sah er zum Baudezernenten. »Wir müssen den Bebauungsplan Eschental so ändern, dass der Trägerverein sein Grundstück als ganz normales Bauland verkaufen kann. Sonst kommen die überhaupt nicht mehr auf die Beine. Und dann schauen wir, ob wir irgendwo in einem Gewerbegebiet eine Ecke übrig haben, oder wir schreiben dem Landeswohlfahrtsverband, ob die nicht im Alb-Donau-Kreis einen Standort wüssten.« Er schüttelte den Kopf. »Man kennt die Leute eben nicht wirklich. Ich hätte geschworen, der Dannecker, dieses Tränentier, sei für so etwas viel zu dusslig.«

Der Vormittag war anstrengend gewesen, noch anstrengender als sonst, denn es war Montag, und montags brach sich in der Schule die geballte, am Wochenende angesammelte Aggressivität Bahn, chaotisch, schreiend, kreischend. Anstrengend ist gar kein Wort dafür, dachte Isolde, aber für diesen Tag ist es vorbei. Sie hatte ein Aspirin genommen und lag jetzt auf der Couch im Wintergarten, ein rot-blaues Plaid über ihre Beine gezogen.

Harald brachte ihr den Kaffee. »Hast du die Zeitung gelesen?« Sie lag neben der Couch auf dem Boden.

»Verschon mich damit.«

»Da ist ein interessanter Bericht drin über den Banküberfall im Hochhaus«, redete Harald ungerührt weiter. »Diese beiden Typen sind nur aus der Bank rausgekommen, weil ein Polizist ihnen seinen Wagen gegeben hat. Toll, was? Die wären sonst eingekeilt gewesen von uns.«

»Und dann«, sagte Isolde, »dann hätte es eine Schießerei gegeben, und wir und die Kinder mittendrin. Wirklich toll.«

»So hab ich das nicht gemeint«, sagte Harald. »Ich will auf was anderes raus. Das war ein Polizist in Zivil, steht in der Zeitung, und ich denke... hörst du mir eigentlich zu?«

»Ein Polizist in Zivil«, echote Isolde. »Und weil er in der Bank war, in der der Bilch die Leute abkassiert, wollte er vermutlich zu ihm und war also dieser Mensch, der auch bei uns war.«

Draußen im Flur klingelte das Telefon, und Harald beeilte sich, vor seinen Kindern am Apparat zu sein. Isolde nahm einen Schluck Kaffee. Dann ließ sie sich auf das Kissen sinken und schloss die Augen. Bitte, lieber Gott, jetzt nichts von der Schule. Keinen weiteren kranken Kollegen, der vertreten werden muss. Und, vor allem, keine Erziehungsberechtigten von Kevin, Tania, Dennis oder wem auch immer.

Harald kehrte in den Wintergarten zurück.

Nein, dachte Isolde.

»Da ist der Bilch«, sagte er mit ratloser, ein wenig ärgerlicher Stimme. »Er will partout dich sprechen.«

Es hat keinen Sinn, sich etwas auszudenken, dachte Isolde. Immer kommt es noch schlimmer. Sie richtete sich auf und ließ sich das tragbare Telefon geben.

»Ja?«

»Können wir reden?«, fragte Czybilla.

»Bitte.«

»Ich meine, ohne dass dein Mann zuhört?«

»Warum soll der das nicht können?« Sie nickte Harald zu, der neben ihr stand. Wie bestellt und nicht abgeholt, dachte sie.

»Dann soll es mir auch egal sein«, sagte Czybilla. »Ich habe vorhin diesen Polizisten Kuttler im Krankenhaus besucht – du weißt schon, der auch im Krematorium dabei war. Als der Überfall passiert ist, war der gerade bei mir.«

»Das wissen wir.«

»Na schön«, kam es aus dem Hörer. »Aber was du vielleicht nicht weißt – er hat mich nach Sachen gefragt, von denen er eigentlich gar nichts wissen kann. Es sei denn, jemand hat ihm diese ollen Kamellen gesteckt, als ob sie irgendetwas zu bedeuten hätten. Ich frage mich …«

Im Kinderzimmer schrillte Geschrei auf und drang durchs ganze Haus. Isolde blickte zu Harald, und der wandte sich zögernd ab, fast widerstrebend, und ging zum Kinderzimmer.

»Was hast du gerade gesagt?«

»Ich frage mich«, wiederholte Czybilla, »ob vielleicht du ihm diesen Dreck erzählt hast?«

»Welchen Dreck, mein Lieber?«

»Von dem, was im Lautertal war«, sagte Czybilla. »Als plötzlich der Tilman daneben stand.«

»Ach das!«, sagte Isolde. »Von dem, was im Lautertal war... wie vornehm du dich plötzlich ausdrücken kannst! Aber es tut mir Leid. Von mir hat das dieser Kuttler nicht. Als er bei uns war, wusste er schon davon. Ich dachte erst, er hätte es von dir... aber das war natürlich ziemlich dumm gedacht. Das ist ja eine Geschichte, die du niemandem gern erzählen wirst, nicht wahr? So viel Schamgefühl müsstest sogar du noch haben...«

Sie drückte auf die Aus-Taste und legte das Telefon auf den Boden, neben die Zeitung. Im Kinderzimmer war das Geschrei abgeklungen. Sie streckte sich auf der Couch aus und zog das Plaid hoch bis zum Kinn und drehte sich zur Seite, der Rückenlehne zu.

Wieder erschien Harald in der Tür. »Was hat der denn gewollt?«

Er bekam keine Antwort.

Eine Weile noch betrachtete Harald Treutlein seine Frau oder vielmehr das Plaid, in dem sie eingewickelt war, dann zuckte er mit den Schultern und wandte sich ab und zog vorsichtig die Tür des Wintergartens hinter sich zu.

Nehmen Sie doch Platz«, sagte Englin und wies auf den Besucherstuhl vor seinem Schreibtisch. In seinem Zimmer war es schon fast wieder dunkel, die Schreibtischlampe war eingeschaltet, und ihr Licht fiel auf das »Tagblatt«, bei dem die erste Lokalseite aufgeschlagen war. Tamar setzte sich.

Englins Hand deutete auf die Zeitung, mit einer Bewegung, von der nicht recht klar war, ob er dieses Papier da nicht eigentlich viel lieber zusammenknüllen würde. »Dieser... dieser

Dreck«, sagte er, und plötzlich sah Tamar, dass sein Augenlid wieder zuckte.

Es gibt doch Dinge, die bleiben. Fast war es ein tröstlicher Gedanke.

»Wir können jetzt nicht anders«, sagte Englin, »wir müssen den Vorgang disziplinarrechtlich untersuchen. Schon um sicherzugehen, dass nichts, absolut nichts am Kollegen Kuttler hängen bleibt.«

Tamar schwieg vorsichtshalber. Wenn es etwas zu klären gibt, soll man es klären. Aber in Kuttlers Fall gab es nichts zu klären. Und vor allem hatte Kuttler nichts zu rechtfertigen. Es wäre fast eine Frechheit, von ihm eine Erklärung oder eine Rechtfertigung zu verlangen.

»Diese andere Sache«, fuhr Englin fort, »die ist ja sehr... wie soll ich sagen? Ja doch, sehr zufriedenstellend verlaufen, nicht dass der Sachverhalt nicht äußerst bedauerlich wäre, aber er ist von uns aufgedeckt worden, bevor noch größerer Schaden entstanden ist, das darf einen doch auch mit Genugtuung erfüllen, und wenn der Herr Rechtsanwalt Dannecker sich jetzt noch beim Innenminister beschweren will, dann wünsche ich ihm gutes Gelingen... da fällt mir ein: Sollten wir nicht auf einen Haftbefehl gegen ihn drängen?«

»Ich weiß nicht, ob wir jetzt bereits viel Erfolg damit haben werden«, antwortete Tamar. »Was die Unterschlagungen betrifft, so ist er weitgehend geständig. Also keine Verdunkelungsgefahr. Zwar ist der Schaden so groß, dass Dannecker wohl nicht mehr mit Bewährung davonkommen wird. Aber ob das ausreicht, um eine Fluchtgefahr anzunehmen...«

»Ich weiß schon«, antwortete Englin, »diese neue Generation von Haftrichtern ist noch immer recht skrupulös. Nun gibt es da noch diese andere Sache, die Geschichte mit dem jungen Mann, durch die unsere ganzen Ermittlungen ja erst ausgelöst worden sind. Und da ist es doch mit Händen zu greifen, dass Dannecker in Panik gerät, als dieser Student aufkreuzt und nach dem Geld fragt, das unser sauberer Rechtsanwalt längst veruntreut hat. Dannecker weiß sich nicht mehr anders zu helfen und schickt dem Studenten das Mädchen auf den Hals, das ihn in die Falle lockt.« Englins Hände klatschten zusammen, als wollte er eine Motte fangen. »So! Aber jetzt ist er es, der in der Falle sitzt… Haben Sie schon mit Staatsanwalt Desarts gesprochen?«

»Ja«, sagte Tamar, »aber die Staatsanwaltschaft gibt sich noch sehr bedeckt. Bevor nicht ein neues verkehrstechnisches Gutachten zum Hergang des Unfalls vorliegt, will sie in dieser Richtung gar nichts unternehmen. Außerdem sollten wir erst diese Solveig Wintergerst vernehmen.«

Englin runzelte die Stirn. »Die hat sich doch nach Frankreich abgesetzt? Aber dort kennen sie keine polizeiliche Meldepflicht.«

»Jein«, antwortete Tamar. »Wenn man in Frankreich arbeiten will, braucht man sehr wohl eine Genehmigung. In Paris gibt es dafür eine zentrale Stelle, 93 Avenue Parmentier, 11. Arrondissement.« Sie klappte ihre Schreibmappe auf und legte Englin den Ausdruck einer E-Mail auf den Tisch. »Ich habe mich gestern mit einem Ersuchen um Amtshilfe an die französische Polizei gewandt. Heute Nachmittag kam die Antwort.«

Englin nahm das Schreiben und setzte seine Lesebrille auf. Murmelnd las er vor, was er von dem Text verstand: »Magasin d'alimentation… Rue Lamarck… 18. Arrondissement… Sagen Sie«, Englin hatte aufgehört zu murmeln und nahm auch seine Lesebrille wieder ab, »kann das wirklich sein, dass diese männermordende Nymphe in einem Lebensmittelladen arbeitet?«

Tamar gab zu, dass auch sie etwas verwundert gewesen war.

Was, um Gottes willen, ist hier passiert?«

Durch das Zimmer zog Alkoholdunst, zum Schneiden dick. Hattakuk, wie ihn Kuttler getauft hatte, lag friedlich auf seinem Kissen und schnarchte mit halb offenem Mund. Auf dem Nachttisch stand ein Zahnputzglas mit dem Rest einer bräunlichen

Flüssigkeit. Die Krankenschwester nahm das Glas und schnüffelte daran. Dann stellte sie es angewidert wieder zurück. »Wer hat ihm das gegeben?«, fuhr sie Kuttler an. »Das muss doch jeder wissen, dass der keinen Alkohol bekommen darf, nicht einen Tropfen.«

Kuttler, der das Kopfende seines Bettes hochgestellt hatte, um besser schreiben zu können, schüttelte nur den Kopf. Er hatte keine Lust, sich in diesem Ton befragen zu lassen. Außerdem ging es ihn nichts an, was Hattakuk mitgebracht bekam. Der Dunst freilich war wirklich schlimm, aber das Zimmer war klimatisiert, so dass man das Fenster vermutlich gar nicht aufmachen konnte.

Die Krankenschwester machte sich daran, den Nachttisch Hattakuks zu durchsuchen, und zog fast triumphierend eine Flasche französischen Cognac heraus. Sie war nur noch zu knapp zwei Dritteln voll.

»Seit wann hat er das getrunken?«

Kuttler zuckte mit den Achseln. Berücksichtigt man, dachte er, dass Hattakuk in den letzten Wochen ziemlich auf dem Trockenen gelegen hatte, musste das gute Drittel für einen ordentlichen Rausch reichen.

Von der Tür her war ein Klopfen zu hören, eine Frau schaute vorsichtig herein, zögerte und trat ins Zimmer.

»Ich glaube, ich komme ungelegen«, sagte sie. Es war Isolde Treutlein.

»Eigentlich schon«, sagte die Krankenschwester.

Vorsichtig schwang Kuttler die Füße aus dem Bett, setzte sich auf, wartete einen Augenblick und stand auf. »Falls Sie zu mir wollten, können Sie mich ein paar Schritte begleiten.«

»Sie sollen nicht so viel aufstehen«, widersprach die Krankenschwester.

»Vor allem soll ich nicht diesen Dunst einatmen«, antwortete Kuttler, schlüpfte in seine Pantoffeln und verließ das Zimmer. Isolde Treutlein war draußen stehen geblieben und wartete auf ihn.

»Vermutlich sollte ich mich bei Ihnen bedanken«, sagte sie. »Ich will das gerne tun, auch wenn ich nicht genau weiß, was Sie warum gemacht haben.«

»Lassen Sie's«, antwortete Kuttler. »Besuche, mit denen man sich bedanken will, gehen schief. Immer. Da vorne ist eine Sitzecke für Besucher, und meistens ist sie leer.« Während des Gehens merkte er, dass sein Kopf allmählich wieder klarer wurde. »Ich weiß nicht, was Sie von uns denken müssen«, sagte er. »Hat diese Schnapsbrennerfahne Sie nicht umgehauen?«

»Nun ja...«

»Der Bilch ist schuld«, erklärte er. »Er wollte mir einen Cognac mitbringen, und als ich ablehnte, hat ihn sich Hattakuk gekrallt.« Wieso nannte er Czybilla den Bilch?

»Sie sind schon sehr vertraut mit unserer Clique.«

Eine Spur zu spöttisch, dachte Kuttler. »Entschuldigung. Ihre Clique gibt es ja nicht mehr.«

»Eben.«

Sie hatten die Sitzgruppe erreicht – drei Stahlrohrsesselchen mit fleckigen Plastiksitzflächen – und nahmen einander gegenüber Platz.

»Warum sind Sie also wirklich gekommen?«

Isolde betrachtete ihn. Dann zeichnete sie mit dem Finger den Umriss des Turbans nach. »Man hat Ihnen ziemlich übel mitgespielt, nicht wahr?«

»Es geht. Warum?«

»Warum fragen Sie mich und warum fragen Sie Czybilla nach Dingen, von denen Sie gar nichts wissen können?«

Kuttler versuchte ein Lächeln. Mit dem Turban um den Kopf war das gar nicht so einfach. »Warum soll ich nur nach Sachen fragen, von denen ich wissen darf? Es gibt genug, die ich wirklich nicht weiß.«

Isolde schüttelte den Kopf. »Sie wollen meine Frage nicht beantworten. Finden Sie nicht, dass das eine ziemlich alberne Geheimnistuerei ist? Von dieser Sache im Lautertal habe ich niemandem erzählt, und der Bilch vermutlich auch nicht. Til ist tot. Von wem also haben Sie es? Es gibt nur eine Erklärung. Til hat es aufgeschrieben, und Sie haben seine Notizen gefunden.«

»Sie werfen mir Geheimniskrämerei vor«, antwortete Kuttler bedächtig. »Aber wie nennen Sie es denn, dass mir niemand erzählen will, wie diese Abstimmung verlief, und warum die Clique danach auseinander gelaufen ist und Tilman sein Fahrrad genommen hat?«

»Und wenn Sie es wüssten – wozu wäre es gut? Ich meine, was könnten Sie damit beweisen oder erklären?«

»Das habe ich Ihnen doch das letzte Mal schon gesagt«, antwortete Kuttler. »Vielleicht wüssten wir dann, wer zuletzt mit ihm gesprochen hat. Ob er einen Anruf bekommen oder sich noch mit jemand gestritten hat. Ob ihm jemand gefolgt ist. Oder nachgefahren. Es würde uns schon genügen, wenn wir herausfinden, wer das wissen könnte oder wissen müsste.«

Isolde Treutlein nickte. »Ich glaube, ich verstehe allmählich. Sie stochern im Nebel herum, auf Verdacht. Ich wusste gar nicht, dass die Polizei so etwas tun darf – einfach so herumfragen.«

»Sie können sich ja beschweren«, sagte Kuttler. »Es kommt vermutlich nicht mehr darauf an. Aber sagen Sie mir doch wenigstens eines...« Er sah sie an. Ihr Gesicht war aufmerksam, fast angespannt, und sie erwiderte seinen Blick direkt und entschlossen. »Wann genau haben Sie zuletzt miteinander gesprochen? Was haben Sie zu ihm gesagt und was er zu Ihnen?«

Sie antwortete nicht. Ihre Augen blieben unbewegt. Kuttler wartete.

»Das weiß ich nicht mehr«, sagte sie schließlich.

Kuttler hob seine Hände und ließ sie wieder fallen. Dann eben nicht, sollte das heißen. Er stand auf, vielleicht etwas zu hastig, und musste sich an der Lehne des Stahlrohrsessels festhalten.

Auch Isolde Treutlein war aufgestanden. Sie kam auf ihn zu und griff nach seinem Arm. Kuttler schüttelte unwillig den Kopf, und für einen kurzen Augenblick sahen sie sich an, fragend, abweisend.

Sascha hatte ein neues Scheit Buchenholz aufgelegt, das Feuer knisterte, und durch die nicht ganz geschlossene Ofentür drang heller rötlicher Lichtschein und warf ein rechteckiges Muster auf den Holzboden. Luzie lag auf der Seite, die Knie angezogen, die eine Hand zwischen die Beine geklemmt. Sie betrachtete Sascha, der ruhig atmete und dessen kräftiger behaarter Brustkasten sich hob und senkte. Sein Glied war noch immer halb aufgerichtet.

»Hol uns ein Bier«, sagte Sascha.

»Hol du es.«

»Du hast den kürzeren Weg.«

»Fauler Sack.« Luzie warf ihre Beine herum und setzte sich auf. Als sie sich hochstemmte, zitterten ihr noch immer die Knie. Im Zimmer war es fast zu warm, aber draußen im Flur und in der Küche würde es kalt sein, und so zog sie Saschas kratzigen Wollpullover über, der ihr freilich nur knapp bis zum Hintern reichte.

Er sah ihr zu. »Nicht schlecht«, sagte er. »Ich werd dich so zeichnen. Die Bierholerin, nein, kein guter Titel, vielleicht so: Luzie, 1 Flasche Bier holend…«

»Fuck yourself«, sagte sie und zeigte ihm den Mittelfinger. Im Flur war es nicht nur kalt, es zog auch noch, und sie beeilte sich, in dem Kasten, den sie gestern Abend in der Wirtschaft geholt hatten, noch eine volle Flasche zu finden.

»Du hast ein hübsches Dreieck, weißt du das?«, fragte er, als sie zurückkam und die Flasche aufmachte.

»Das wird bei anderen auch nicht groß anders sein«, sagte sie und hielt ihm die Flasche hin. »Es sei denn, sie rasieren es.«

»Eben«, antwortete er und nahm einen kräftigen Schluck. Dann stellte er die Flasche wieder auf die Holzkiste, die ihm als Nachttisch diente. »Komm wieder zu mir.«

Luzie stieg ins Bett und legte sich neben ihn, aber so, dass sie ihm den Rücken zukehrte. »Was sind denn die neuesten Trends?«

»Trends wobei?«

»Bei der Rasur von Dreiecken.«

»So auf dem Laufenden bin ich da auch wieder nicht«, meinte Sascha.

»Nein?«, fragte Luzie skeptisch und drehte sich auf den Rücken. »Wie viele hast du eigentlich schon – wie soll ich sagen – in Augenschein genommen, nein, nicht bloß angeguckt, sondern gebumst?«

»Nicht viele.« Sascha überlegte. Dann hob er die eine Hand hoch und zeigte alle fünf Finger, schloss sie wieder, machte sie wieder auf und wiederholte das ein paar Mal. »Wirklich nicht viele. Und du?«

»Ich hab's noch nie mit einer Frau...«

»Du weißt genau, was ich meine.«

Statt einer Antwort drehte sich Luzie wieder zur Seite. Dann hielt sie die Hand mit den fünf ausgestreckten Fingern hoch und ließ sie wieder sinken.

»Glaub ich nicht«, sagte Sascha.

Luzie hob noch einmal die Hand, dann ein drittes Mal, aber da nur noch mit drei Fingern.

»Da bist du aber nicht groß außer Atem gekommen dabei.« Keulls Hand schob sich auf ihre Hüfte. »Sag mal – was will dieser Polizist eigentlich von dir?«

»Welcher Polizist?«

»Diese halbe Portion, die bei der Vernissage dumm gefragt hat.« Die Hand glitt langsam über ihren Oberschenkel, dann wieder, ein wenig mehr auf der Innenseite, nach oben.

»Der Polizist hat nach Tilman gefragt«, antwortete Luzie, »das ist – das war einer von denen, die ich von der Schule kannte, wir haben uns danach noch eine Weile getroffen...« Keulls Finger spielten mit einer Locke widerspenstigen rötlichen Haares. »Im GlucksKasten war das, das ist jetzt das Eastside, und irgendwann war Schluss, lass das! Und wir sind auseinander gelaufen, einfach auseinander gelaufen.«

»War Tilman einer von den Dreizehn? Oder dieser andere, dieser Anzugträger aus dem Rathaus?«

»Von welchen Dreizehn? Ach so, nein«, antwortete Luzie. »Mit Matthes war ich mal verlobt, aber mit dem war trotzdem nichts, es war nämlich...« Sie drehte sich um, so dass sie Keull ins Gesicht sah. »Matthes ist – was sich dummerweise erst nach der Verlobung herausgestellt hat – von der anderen Fakultät, hast du das eigentlich nicht gemerkt?«

»Hab ich nicht.« Keull stützte sich auf, und seine Finger begannen, tiefer zu dringen. »Aber was war mit dem anderen?«

»Ich sagte doch – ich kannte Tilman von der Schule, eine Zeitlang dachte ich – ach, ich weiß nicht mehr, was ich dachte, wir hatten beide keine Väter...« Luzie schloss die Augen, ihre Beine waren gespreizt. »Irgendwie verband uns das. Jedenfalls habe ich mir das so eingebildet.«

»Wieso hattet ihr keine Väter?«

»Was weiß ich«, antwortete Luzie. »Da musst du schon die Herren selber fragen, warum sie davongelaufen sind. Oder warum sie sich nie haben blicken lassen.«

»Und du und dieser Tilman, ihr habt euch also getröstet?«

»Haben wir nicht. Ich hab sehr früh begriffen, dass es keinen Trost gibt. Von niemandem. Du musst schon selbst dafür sorgen. Und Tilman – hinter dem war eine andere her. Das war mir zu blöd.«

»Und?«

»Was und?«

»Hat die andere ihn gekriegt?«

»Wahrscheinlich nicht.« Ihre Hand tastete nach seinem Schwanz. »Er hat bloß dumm gelabert. Vielleicht hatte er auch keinen solchen Apparat, der immer gleich spitz ist und will... by the way – ich finde, wir sollten uns jetzt ein wenig über die 135 000 unterhalten, die du vorher angedeutet hast.«

»Übertreibst du immer so maßlos?«

»Kannst du dich da überhaupt noch an eine Einzelne erinnern? Ich weiß, dass das fast zu viel verlangt ist.«

Keull schob seine Hand weiter nach unten. »Wenn ich mir Mühe gebe, vielleicht.«

»Die Erste?«, schlug Luzie vor. Plötzlich atmete sie kurz und heftig. »Du bist ein Saukerl, weißt du das?«

»Das erste Mal? Furchtbar«, sagte Keull. »Aber an eine erinnere ich mich. Das war die, mit der ich in Paris war. Die hatte was.« Er zog seine Hand aus Luzie. »Aber nichts ist für ewig. Sie hat zu viel getrunken und ist gefallen und hat sich die hübsche Fresse aufgeschlagen, das war schade.« Er drehte Luzie auf den Bauch, schob ihre Beine auseinander und kniete sich hinter sie. »Aber weil sie nicht ganz bei Trost war, hat sie gesagt, ich sei's gewesen, und hat mir die Flics auf den Hals gehetzt, fast wäre ich in den Knast gekommen, aber ich schwör dir's, nie wieder geh ich in einen Knast, in einen französischen schon gar nicht …«

Dann sagte er nichts mehr, Luzie kauerte auf dem Bett, die Hände an der Bettkante aufgestützt, den Kopf auf dem Kissen, und so nahm das Gespräch eine andere Wendung.

Die Frau, die auf der Bank vor der Tür zu Tamars Büro gewartet hatte, war mittelgroß, nicht zu dick und nicht zu dünn, sie war auch nicht bebrillt, sondern trug vermutlich Kontaktlinsen, und soweit es Tamar in der trostlosen Flurbeleuchtung sehen konnte, waren ihre Haare weder braun noch rot, sondern wie die ganze Frau: irgendwie gar nicht. Vor allem aber war sie blass, fast kalkig weiß im Gesicht.

»Ich glaube, wir kennen uns«, sagte sie. »Dorothea Dannecker, ich bin …«

»Ich weiß«, sagte Tamar und bat die Besucherin in ihr Büro. Die Polizei ermittelt ohne Ansehen der Person, dachte sie. Vor dem Gesetz sind … Schon gut. Vorsicht ist immer geboten. Aber manchmal ist es das ganz besonders. Zum Beispiel bei Angehörigen der Justiz. Tamar schaltete die Schreibtischlampe ein und löschte die Deckenlampe. Dem Gesicht der Richterin Dannecker konnte sie auch so ansehen, wie mühsam es für sie war, die Fassung zu bewahren.

»Ich hatte noch keine Gelegenheit, meinen Mann zu sehen«, begann die Besucherin. »Er hat noch mit Ihrem Kollegen Armbruster zu sprechen…«

Dannecker wird verhört, dachte Tamar. Das ist das richtige Wort. Aber das brachte seine Frau, die Richterin, nicht über die Lippen.

»Ich bin im Groben über die Vorwürfe unterrichtet«, fuhr die Besucherin fort. »Ich bin sicher, vieles davon wird in sich zusammenfallen. Und wenn es dann noch den oder jenen strittigen Punkt geben sollte, werden wir auch dafür eine Lösung finden.«

Freilich, dachte Tamar. Ein Richter, der sich nicht für befangen erklärt, wird die Lösung finden. Wahrscheinlich kommt der Fall sowieso vors Landgericht. Drei Jahre richtigen Knast, so wird die Lösung heißen, und fünf Jahre Berufsverbot.

Wenn nicht…

»Was ich jetzt gerne wissen möchte«, sagte Dorothea Dannecker und beugte sich vor, um Tamar in die Augen sehen zu können, »die Ermittlungen sind ja von Ihnen ausgegangen, also von dem Dezernat, das für Kapitalverbrechen zuständig ist. Darf ich fragen, mit welchem Vorwurf oder welchem Anfangsverdacht Sie zu meinem Mann gekommen sind?«

Tamar schüttelte den Kopf. »Kein Vorwurf. Kein Anfangsverdacht. Wir ermitteln wegen des Todes eines jungen Mannes, von dem wir wissen, dass er einmal Kontakt zu Ihrem Mann aufgenommen hatte.«

»Und?«

»Die Antworten, die Ihr Mann uns dazu gegeben hat, haben leider weitere Fragen aufgeworfen.«

»Wann ist dieser junge Mann ums Leben gekommen?«

»In der Neujahrsnacht 1999.«

»Ach!« Dorothea Dannecker hob den Kopf. »Hat Ihnen denn mein Mann nicht gesagt, dass er damit gar nichts zu tun haben kann? Den Jahreswechsel 1998/99 haben wir gemeinsam verbracht, im Kloster Neresheim, es waren Tage der Besinnung zum Jahreswechsel, und wir haben auch beide an der Mitternachtsmesse teilgenommen.«

»Sie erlauben?« Tamar klappte ihren Schreibblock auf und notierte ein paar Stichworte. Neresheim liegt etwa zehn Kilometer hinter Heidenheim, also sind es von Ulm rund sechzig Kilometer, und den größten Teil davon fährt man über die Autobahn. Vierzig Minuten? Es kam auf die Witterungsbedingungen an.

»Das ist für uns natürlich ein wichtiger Hinweis«, sagte sie höflich. »Auch wenn unsere Ermittlungen noch nicht so weit sind, dass wir danach hätten fragen wollen. Dieser Aufenthalt im Kloster ist Ihnen noch sehr gegenwärtig? Ich frage, weil das schließlich fast sieben Jahre her ist.« Sie lächelte. »Mich dürften Sie zum Beispiel nicht danach fragen, wo ich 1999 Urlaub gemacht habe, ich müsste das erst sortieren und nachrechnen.«

»Das waren Tage der Besinnung in einem Kloster«, antwortete Dorothea Dannecker. »Eine Zeit der spirituellen Einkehr, der Begegnung mit Gott. Das sollten Sie vielleicht nicht mit einem Urlaub im Club Méditerranée vergleichen, oder wo Sie sonst gewesen sein mögen.«

Tamar antwortete nicht. Das Lächeln war verschwunden, und sie wartete.

»Ich will sagen – das gräbt sich eben anders in die Erinnerung ein«, fuhr die Richterin schließlich fort, und ihr Tonfall war um eine Winzigkeit verbindlicher geworden, »übrigens auch deswegen, weil das ein Jahr vor dem Millennium gewesen ist, erst neulich habe ich mit meinem Mann darüber gesprochen.«

Tamar nickte höflich. »Ich nehme an, Sie sind mit dem Auto nach Neresheim gefahren. Wissen Sie noch, was das für ein Wagen war?«

»Ich bitte Sie!«, antwortete Dorothea Dannecker entrüstet, »das ist bald sieben Jahre her. Wie soll ich da noch…?«

»Vielleicht können Sie sich erinnern, ob Sie mit Ihrem Wagen gefahren sind oder dem Ihres Mannes?«

»Sicher«, setzte Dorothea Dannecker an, sprach dann aber nicht weiter. Sie betrachtete Tamar, als müsse sie jetzt ganz besonders auf der Hut sein.

»Was ist sicher?«, fragte Tamar.

»Nichts.« Dorothea Dannecker schüttelte den Kopf. »Nichts ist sicher. Kann sein, dass wir den Wagen meines Mannes genommen haben, möglich auch, dass wir mit zwei Wagen gefahren sind, weil mein Mann zwischendurch nach seiner Kanzlei sehen musste.«

So ist es recht, dachte Tamar. Alle Optionen offen halten. Aber das Alibi, das für alles und jedes gelten soll, zählt am Ende gar nichts.

Sie hatte keine Fragen mehr und dankte für den Besuch, und Dorothea Dannecker ging, fast widerstrebend.

Zwanzig Minuten später rief Tamar bei der Polizei in Heidenheim an und bat, bei den Benediktinern im Kloster Neresheim wegen der Besinnungstage am Jahresende 1998 nachzufragen und um eine Teilnehmerliste zu bitten.

Noch immer hatte Kuttler das Kopfteil des Bettes hochgestellt. Das Abendessen war abserviert, im zweiten Bett lag Hattakuk, nicht mehr schlafend, nicht mehr schnarchend, aber benommen und ruhig gestellt.

Kuttler schrieb.

... Sie haben Hattakuk den Magen ausgepumpt, das hätte auch nicht sein müssen. Hätte ich protestieren sollen? Was wissen denn Sie, hätte es geheißen, hätten Sie lieber aufgepasst! Dass der nichts trinken darf, das muss doch jedem klar sein.

Vermutlich fehlt es mir an Zivilcourage. Kerstin würde sofort erklären, dass ich deshalb zur Polizei gegangen bin. Nur wird mir Kerstin nichts mehr erklären, niemals mehr. So einfach kann Glück sein. – Dafür hat vorhin Tamar angerufen: Es gibt also doch ein Disziplinarverfahren. Fein. Kein Wort mehr dazu, und in ihre Fahndungsaufrufe sollen sie hineinschreiben, was ihnen gerade passt. Außerdem will Tamar nach Paris. Ich kann mir nicht helfen, aber ich will das nicht. Solveig gehört mir…

Kuttler ließ den Kugelschreiber sinken. Was schreibe ich da? dachte er. Das ist doch Unsinn. Ich bin krankgeschrieben. Nicht im Dienst. Und was heißt: die und die gehört mir? Bin ich vielleicht ein Jäger? Und will ich das: jemanden jagen?

Straßenfluchten

Ein kalter Nordwestwind ließ die rotweißen Plastikbänder flattern, die die Straßenböschung absperrten. Weiter hinten stand ein Streifenwagen mit eingeschaltetem Blaulicht. Durch das fast schon entlaubte Ufergehölz sah man die Donau und einen Schwan, der sich mit gesträubtem Gefieder über das graue und gekräuselte Wasser treiben ließ.

»Eine lange, gerade Straße, Bäume links, Bäume rechts«, murmelte der Unfallexperte Hans Herbert Ziffringer, als ob man Unfallexperte sein müsse, um eine gerade Straße als gerade zu erkennen. Er war ein großer, windschnittiger Mann mit einer schwarzen Hornbrille und einem Schnurrbart, der zu einem schmalen Streifen rasiert war wie bei Clark Gable, als er den Rhett Butler spielte. Ziffringer war am Morgen vom Landeskriminalamt gekommen und hatte bei seinem ersten Gespräch mit Tamar jedenfalls nicht alle ihre Hypothesen als Hirngespinste abgetan. Bei den Leuten, die sonst von Stuttgart kommen, ist das nicht selbstverständlich.

»Ich weiß nicht, ob Sie das interessiert«, sagte Heilbronner, »im Unfallbericht steht es nicht eigens drin, aber wir haben keine Bruchstücke von einer Windschutzscheibe gefunden, dabei hab ich extra danach gesucht.«

»Und warum haben Sie das?«

Heilbronner wurde verlegen. »Ich hab mich gewundert, verstehen Sie? Warum ist der Radfahrer eigentlich nicht nach hinten geflogen, auf die Motorhaube und in die Frontscheibe.«

»Das hätte natürlich auch passieren können«, sagte der LKA-Mann, »da spielen aber viele Faktoren eine Rolle. Wie ist der junge Mann gefahren – sportlich, mit richtigem Antritt, oder hat er getrödelt? In welcher Position ist er auf dem Rad gesessen? All das müsste man erst einmal rekonstruieren … Er hatte getrunken?«

»Nicht so viel«, antwortete Tamar. »0,7 Promille.«

Ziffringer sagte nichts, sondern ging zu dem von den Bibern angenagten Baum. »Hier habt ihr ihn gefunden?«

Heilbronner nickte. Langsam ging Ziffringer zurück auf die Straße, die Unfallskizze von der Neujahrsnacht 1999 in der Hand. »Wenn der junge Mann in Schlangenlinien gefahren sein sollte«, sagte er schließlich, »und sich zum Zeitpunkt der Kollision in einer Bewegung nach rechts befunden hat, dann mag der Autofahrer sozusagen ganz normal von hinten aufgefahren sein. Wenn nicht, hat der Autofahrer den Wagen unmittelbar vor dem Auffahren nicht abgebremst, sondern ihn ganz von rechts, also fast vom Bankett, nach links gezogen. Sehr einleuchtend.«

»Warum ist das einleuchtend?«, fragte Tamar.

»Weil es eine lange, gerade Straße ist mit Bäumen links und Bäumen rechts«, antwortete Ziffringer. »Haben Sie schon einmal einen Blick auf die deutsche Unfallbilanz geworfen, nach Bundesländern aufgegliedert?«

»Eigentlich nicht«, gestand Tamar.

»Wenn Sie es getan hätten, wüssten Sie, dass es im Vergleich zum Bundesdurchschnitt eine signifikant höhere Zahl von tödlichen Unfällen in Brandenburg und Mecklenburg-Vorpommern gibt. Das hat nicht nur mit Frust, Aggression und Bier zu tun, sondern auch mit den schnurgeraden Alleen, wie sie vor allem in diesen beiden Bundesländern so schön erhalten sind.« Tamar sah ihn fragend an.

»Es ist das Tunnelsyndrom«, fuhr Ziffringer fort. »Weil die Strecke so gerade ist, erweckt sie die Illusion, das ginge immer so weiter. Die Leute drücken aufs Gas, die Strecke ist noch immer gerade, sie strebt sozusagen ins Unendliche, kein Ende ist in Sicht, plötzlich taucht ein Hindernis auf und zieht magisch den Blick an…«

»Und dann?«

»Wenn etwas ihren Blick anzieht, dann ist es ihre erste instinktive Reaktion, darauf zuzufahren«, antwortete Ziffringer. »Machen Sie mal einen Slalom-Test auf einem Trainingsplatz. Sie schaffen den nur, wenn Sie sich nicht auf die Markierungskegel konzentrieren, sondern auf den Zwischenraum zwischen ihnen.«

Eine Windbö wirbelte Laub auf. Das war es, dachte Tamar. Aus. Alle Hinweise, selbst Danneckers halbes Geständnis: wertlos. Es war das Tunnelsyndrom.

»Und wenn wir berücksichtigen, dass es die Neujahrsnacht war«, fuhr Ziffringer fort, »und der unbekannte Autofahrer vermutlich getrunken hatte, dann erscheint der Fall fast schon klar. Wenn da nicht ein Haken wäre…«

Es reicht, dachte Tamar. Keine Häschen aus dem Zylinder mehr!

»Es kann nämlich kein Betrunkener gewesen sein.« Ziffringer deutete auf das Gebüsch an der anderen Straßenseite. »Ein Betrunkener hätte seinen Wagen nicht mehr abgefangen. Er wäre in den Hecken dort gelandet.« Er sah Tamar an. »Ein nüchterner Fahrer also. Beträchtliche Geschwindigkeit. Etwas angemüdet. Den Radfahrer gesehen und plötzlich nach rechts geraten. Dann den Wagen nach links gezogen… aber nicht panisch das Steuer herumgerissen, sondern ganz kontrolliert. Beherrscht. Sie werden lachen, ein guter Fahrer…«

»Ich lache nicht«, sagte Tamar. »Auch wenn ein guter Fahrer das Tunnelsyndrom eigentlich im Griff haben müsste.«

»Da haben Sie auch wieder Recht«, meinte Ziffringer, nahm die Hornbrille ab und rieb sich die Augen. Die Augen waren klein und engstehend, und der ganze Mann sah plötzlich überhaupt nicht mehr windschnittig aus. »Ich schau mir mal das Fahrrad an, das ist ja dankenswerter Weise sichergestellt worden. Aber beweisen – also beweisen werden wir wahrscheinlich nichts mehr können. Wenn wir damals den Unfallwagen gefunden hätten, dann, ja dann vielleicht wäre eine exakte Rekonstruktion der Kollision möglich gewesen, verstehen Sie? Vielleicht – aber nur sehr vielleicht! – hätten wir aus den Verformungen der Stoßstange und den Anhaftungen daran mittels einer Computersimulation ableiten können, ob der Fahrer den Wagen abrupt nach links gezogen hat oder ob es sich um eine im ganzen Ablauf gesteuerte und beherrschte Fahrbewegung gehandelt hat.«

Tamar blickte zu Heilbronner. Der hob ganz leicht die Augenbrauen.

»Das heißt«, fragte Tamar, »es ist das eine möglich und das andere auch?«

»So ist das im Leben«, antwortete Ziffringer. »Was glauben Sie, wie ich das satt habe? Da erstellen Sie mit viel Liebe und Mühe ein Gutachten, nur damit man sich dann von den Leuten sagen lassen muss, sie seien so klug als wie zuvor.«

»So geht es mir jetzt allerdings auch«, bemerkte Tamar.

»Ja, aber jetzt wissen Sie wenigstens, warum.«

Am Abteilfenster vorbei zog eine flache, fast eintönige Landschaft, unterbrochen manchmal von Dörfern mit unscheinbaren grauen Häusern oder einer kleinen Stadt mit einer Kirche, deren Turm wie ein Stumpf aussah. Auf dem leeren Abteilsitz neben ihm lagen sein Schreibheft und ein schwarz gebundener Quartband, der Text des Theaterstücks »Kommen. Gehen. Schweigen«, Kuttler hatte es noch am Vormittag in der Buchhandlung Schoepflin abgeholt, eine halbe Stunde vor Abfahrt des Eurocity »Maurice Ravel«. Aber zum Schreiben war er zu müde, und das Stück war zum Lesen zu trostlos, die Personen darin redeten und redeten und verstanden einander nicht, das hatte er auch in der Wirklichkeit.

Müde war er, weil man im Krankenhaus sinnlos früh geweckt

wird und weil er sich erst mit dem Stationsarzt hatte herumstreiten müssen, bis dieser ihm endlich den Turban abgenommen und auf eigene Verantwortung hatte gehen lassen. Nicht einmal von Hattakuk hatte er sich richtig verabschieden können, der war nur dagelegen und hatte in die Luft gestarrt, vermutlich nahm er an, der Cognac sei ihm abhanden gekommen, weil Kuttler gepetzt hatte.

Außerdem hätte er nachzudenken gehabt. Was genau hatte er eigentlich vor? Auch das Nachdenken ging nicht so gut. Die Welt rauschte an ihm vorbei, mit dem unendlich gleichförmigen Fahrgeräusch des Eurocity, Kuttler geriet in das labile Gleichgewicht zwischen Wachen und Schlafen, das keine Träume hervorbringt, sondern nur Bruchstücke von Bildern und Satzfetzen, deren Sinn nicht zu erkennen ist.

Er würde Solveig finden, Tamar hatte etwas von einem Lebensmittelladen in der Rue Lamarck gesagt, in der Schule hatte er von Lamarck gehört, Biologie, zehnte Klasse, wie und warum verändern sich die Arten? Komische Frage, viel interessanter ist doch, wie und warum verändern sich die Individuen, würde beispielsweise er, Markus Kuttler, sich noch verändern können und dahin gelangen, sich nicht mehr zum Deppen machen zu lassen, zum Hanswurst, dem man alte Kühlschränke vor die Haustüre stellt, oder würde er sich wenigstens so weit verändern können, dass ihm das alles gleichgültig sein wird?

Der Zug wurde langsamer und langsamer, Kuttler schrak hoch und sah ein großes graues und ungewöhnlich scheußliches Betonhochhaus vor sich, der Zug hielt: Nancy. Er stand etwas schwankend auf und machte den Fehler, in den Spiegel über dem Sitz gegenüber zu schauen. Ein bleiches Gespenst mit ungewaschenen Haaren und einem noch immer viel zu großen Pflaster über Schläfe und Stirn blickte ihm aus trüben Augen entgegen.

Rasch wandte er sich ab und holte aus seiner Reisetasche den Pariser Stadtplan, den er sich bei Schoepflin gleich noch hatte mitgeben lassen.

Tamar warf das Notizbuch auf den Schreibtisch und hängte ihren Mantel an den Garderobenhaken neben der Tür. Der Anrufbeantworter blinkte. Jetzt bitte nicht der Kriminalrat! Sie drückte auf die Abspieltaste, es war nur ein Anruf eingegangen: Armbruster bat um einen Rückruf. Sie nahm das Telefon und wählte, Armbruster meldete sich.

»Es hat sich eigentlich schon erledigt«, sagte er. »Mit dem Herrn Dannecker sind wir fürs Erste so weit klar, aber weil er weitgehend geständig ist, hält die Staatsanwaltschaft U-Haft nicht für angezeigt, es sei denn, du hast noch Einwendungen oder Fragen an ihn. Aber da ich dich nicht erreicht habe...«

»Du hast ihn also laufen lassen?«

»Ja, vor einer halben Stunde.«

»Das ist in Ordnung so«, sagte Tamar. »Im Augenblick haben sich weitere Fragen erledigt. Wie es aussieht, ist dieser Student bei einem stinknormalen Unfall umgekommen.« Jedenfalls werden wir kaum etwas anderes beweisen können.

»Ach ja?«, kam es durch den Hörer und klang merkwürdig enttäuscht. »Ich war mir fast sicher...«

Tamar zog die Augenbrauen zusammen. »Wessen warst du dir sicher?«

»Dass da noch irgendeine krumme Sache sein muss«, erklärte Armbruster. »Danneckers finanzielle Verhältnisse sind noch einen Dreh jammervoller, als es sein müsste. Verstehst du – eigentlich müsste er sein Auskommen haben. Seine Frau, diese Richterin, verdient ja ordentlich. Die kamen also die ganzen Jahre gut über die Runden und haben sogar einen kleinen außerehelichen Verkehrsunfall verkraftet.«

»Bitte was?«

»Dannecker hat eine Tochter, und er hat zwanzig Jahre lang Alimente für sie bezahlt, das ist doch eine feine Sache, wenn man eine Frau mit festem Einkommen und einem verzeihenden Herzen hat. Erst in den letzten Jahren hat er angefangen, über seine und ihre Verhältnisse zu leben. Er sagt nichts dazu, aber es muss mit diesem Mädchen in Thalfingen zusammenhängen. Die hat ihn ordentlich gemolken. Und irgendwann hat er seiner Frau wohl nicht mehr erklären können, warum er schon wieder blank ist, und so ist er dann an das Geld von diesem Rollstuhlfahrer gegangen. Nur… das hat immer noch nicht gereicht.«

Tamar wartete. Warum konnten die Leute einem nicht einfach sagen, was sie wussten? Vermutlich würde Armbruster jetzt am liebsten eine PowerPoint-Präsentation machen. Und hier sehen Sie…

»Anfang 1999 hat er ein Darlehen aufgenommen«, fuhr Armbruster fort, »einen von diesen Halsabschneider- und Haifisch-Krediten, den jemand nur aufnimmt, wenn es überall sonst absolut zappenduster ist. Und hier, siehst du, frage ich mich: Wozu hat er den gebraucht? Er kann es mir nicht sagen.«

»Wie hoch war dieser Kredit?«

»Vierzigtausend Mark. Ein halbes Jahr später hat er dann eine Umschuldung geschafft, mit Hilfe seiner Frau, so dass die Zinsbelastung ihn nicht gleich damals umgebracht hat. Und seither hat er immer so viel Luft gehabt, dass er gerade noch auf dem letzten Loch pfeifen konnte, die ganzen Jahre.«

»Kein schönes Bild«, sagte Tamar.

»Eigentlich ein armer Teufel«, meinte Armbruster. »Aber irgendwie wollen mir keine Tränen kommen.«

»Und es gibt keinen Beleg und keinen Hinweis und nichts, wofür er die Vierzigtausend verwendet hat?«

»Absolut nichts.«

Tamar verabschiedete sich und legte den Hörer auf. Sie lehnte sich zurück und schloss die Augen.

Der Fall Tilman Gossler war gestorben, jedenfalls für den Augenblick. In der Neujahrsnacht 1999 war Dannecker im Kloster Neresheim, behauptet seine Frau, oder hatte dort zumindest an der Mitternachtsmesse teilgenommen. Vielleicht hatte er das auch wirklich getan, und wenn nicht, würde das ebenso schwer zu beweisen sein wie die Behauptung, der Unfall sei absichtlich herbeigeführt worden.

Und die Vierzigtausend? Honorar für einen Auftragsmord?

Vielleicht. Wenn es ein Mord war. Wenn es überhaupt einen Mörder gibt.

Sie öffnete wieder die Augen und griff zum Hörer. Das Telefon an Kuttlers Krankenbett war abgemeldet. Wieso? Sie wählte erneut, erreichte die Zentrale des Klinikums und ließ sich mit der Neurologischen Abteilung verbinden.

»Tut mir Leid – der Herr Kuttler ist nicht mehr bei uns.«

Wieso? Warum? Seit wann nicht mehr?

»Er ist heute Morgen auf eigenen Wunsch und Verantwortung entlassen worden.«

Kuttler, du hast sie nicht mehr alle. Sie holte ihr Handy heraus und rief eine der gespeicherten Kurzwahlen auf. Nach dem ersten Klingelton meldete sich eine Stimme mit leicht schwäbischem Anklang:

»Sie sind mit dem Anrufbeantworter von Markus Kuttler verbunden. Ich freue mich auf eine Nachricht von Ihnen.«

Du kannst mich mal, dachte Tamar.

Der Lift erreichte die Ausgangsebene, zwanzig oder dreißig Menschen strebten hinaus und gelangten durch die beiden Stoßtüren und den gekachelten, mit weggeworfenen Metro-Billets übersäten Gang ins Freie. Es war schon dunkel geworden, die Straßenbeleuchtung war eingeschaltet und vermischte sich mit dem Nebel und dem Licht aus den Schaufenstern der kleinen Geschäfte. Es roch nach Autos mit veralteten Katalysatoren, nach Feuchtigkeit und einer Vorahnung von Regen.

Kuttler stellte seine Reisetasche ab und sah sich um. Er war in der Rue Lamarck, und es war überhaupt kein Problem gewesen, hierher zu finden, am Bahnhof hatte er die Metro 4 genommen und war an der Station Marcadet-Poissonniers in die 12 umgestiegen, nach einem Marsch durch endlose Gänge, und danach bis Lamarck-Caulaincourt gefahren. Das alles war sehr schnell gegangen, aber bisher hatte er von Paris nichts weiter gesehen als Metro-Stationen und Fußgängertunnels. Doch jetzt... links von ihm war ein Café oder besser: eine Kneipe, Leute standen an der Theke und sahen nicht so aus, als ob es sinnvoll wäre, sie nach einem Hotel zu fragen. Rechts war ein Blumenladen, und ihm gegenüber, von der anderen Straßenseite aus, führte eine Staffeltreppe weiter nach unten, zu dem Häusermeer hinab, dessen Lichter durch die Dunkelheit zu sehen waren, vermutlich war dort der Norden der Stadt oder deren nördliche Vororte.

Vielleicht versuchte er es doch besser in der anderen Richtung, um ein Hotel zu finden. Er drehte sich um, links und rechts des Eingangsportals zur Metro-Station führten Treppen nach oben, also weiter zum Montmartre oder jedenfalls zur nächsten Straße. Hoch über ihm schimmerte die Neonreklame eines Hotels, das Hotel hatte zwei Sterne, im Reiseführer hatte er gelesen, dass dies maßvollen Komfort und noch bezahlbare Preise bedeute.

Er stieg hoch, das Hotel war ein schmaler hoher Eckpfeiler einer Häuserzeile in einer Straße, in der es Bäume gab und eine kleine Anlage. Die Rezeption war ein enges kleines Kabuff, ein dunkelhäutiger Mann ließ einen kurzen, unauffälligen Blick über Kuttler streifen, das Pflaster musste doch erheblich irritieren, schien dann aber den Portier oder Empfangschef – oder wie immer man ihn hätte nennen mögen – nicht weiter zu stören. Nach kurzem Überlegen fand er ein freies Zimmer, Kuttler füllte den Meldezettel aus und trug als Beruf »fonctionnaire« ein, weil sein Taschenlexikon behauptet hatte, dass das in Frankreich ein Beamter sei.

Ein winziger altersschwacher Aufzug führte ihn in den sechsten Stock, in ein kleines Zimmer mit Duschklo, einem Anderthalb-Personen-Bett, einem Schrank und einem Fenster, das bis auf den Boden ging. Kuttler hängte seinen hellen Popeline-Mantel in den Schrank und öffnete die Fenstertür. Ein Schwung frischer Luft kam herein, die kaum mehr nach Autoabgasen roch. Auf der anderen Straßenseite konnte er in die Wohnungen und Appartements eines Hauses mit einer Jugendstilfassade sehen, die Wohnungen sahen großzügig aus und elegant, ohne dass sich Kuttler genau hätte erklären können, was an ihnen elegant war. Vor allem aber sahen sie teuer aus. Weiter oberhalb davon war die kleine Anlage, die er schon beim Heraufkommen gesehen hatte, und von ihr führten wieder andere Treppen noch weiter nach oben.

Er duschte und überwand sich dazu, sich nicht die Haare zu waschen, denn danach hätte das Pflaster noch fragwürdiger ausgesehen. Als er sich abgetrocknet hatte, wollte er sich zunächst hinlegen, er sah nicht nur müde aus, er war es auch. Aber dann fiel ihm ein, dass er auch morgen noch würde ausschlafen können. Er zog sich wieder an, räumte sein Gepäck aus und verstaute es im Schrank. Dabei fand er, ganz unten in seiner Reisetasche, sein Handy. Einen Augenblick lang überlegte er, ob er es einschalten solle.

Nein, entschied er dann. Er wollte nichts hören, von niemandem.

Es war bereits dunkel, und zwischen den Bäumen rechts und dem Gebüsch links war der Straßenraum vom Licht der Autoscheinwerfer ausgefüllt. So ganz gerade ist diese Straße nun auch wieder nicht, dachte Tamar, in leichten Krümmungen folgt sie dem Lauf der kanalisierten Donau. Was geschieht da wirklich, wenn man diesen Tunnelblick bekommt? Ist das eine Art Sog, der einen magisch zu jenem Punkt zieht, an dem die Straßenbegrenzungen zusammenzulaufen scheinen und die Parallelen sich schneiden? Wäre es also möglich, dass ein Autofahrer ein Hindernis deshalb nicht wahrnimmt, weil er ausschließlich diesen imaginären Schnittpunkt im Auge hat und auf ihn zufährt?

Übrigens ist das eine Definition, dachte sie, die auch auf den polizeilichen Tunnelblick zutreffen könnte. Weil ich auf ein vorgefasstes Ziel festgelegt bin, sehe ich den Radfahrer nicht. Also?

Statt einer Antwort blinkte Tamar links und ordnete sich auf die Abbiegespur ein, die nach Thalfingen führte. Sie hatte beschlossen, sich ab sofort nicht nach mehr oder weniger imaginären Verdachtsmomenten zu richten, sondern nach dem Radfahrer. Nach Tilman also, und so würde sie dorthin fahren, wohin auch Tilman – vermutlich – gewollt hatte.

Das Apartementhaus lag auf halber Höhe, in einem Wohngebiet, dessen bereits zugewachsene Gärten darauf hindeuteten, dass es in den siebziger oder frühen achtziger Jahren bebaut worden war. Alle Stellplätze waren belegt, und so musste Tamar ihren Wagen halb auf dem Gehsteig parken.

Die Namen auf dem Klingelbrett waren nicht einheitlich gestaltet. Manche Namensschilder waren ausgedruckt, andere nur handschriftlich eingetragen. Bei etlichen Wohnungen waren zwei Namen angegeben, mit Schrägstrich verbunden, also waren es Wohngemeinschaften oder Partnerschaften auf Zeit, was nicht dafür sprach – Tamar hatte hier einschlägige Erfahrungen –, dass sie vor sieben Jahren bereits bestanden hatten. Schließlich entschied sie sich für einen Namen, der sich so las, als sei er ein deutscher, und klingelte.

In der Sprechanlage meldete sich, etwas undeutlich, eine Männerstimme. Tamar nannte ihren Namen und sagte, dass sie um eine Auskunft bitte.

»Müssense Elf-Acht-Dreiundreißig anrufen«, antwortete die Stimme. Trotzdem summte der Türöffner, Tamar stieg zum zweiten Stock, wo in einer der Türen ein mittelgroßer unrasierter Mann stand, dem ein Biertrinkerbauch über den Jeans herunterhing.

»Oh!«, sagte er und bekam große Augen, als Tamar vor ihm stand. »Unverhofft kommt oft, bitte hier herein…« Einladend trat er zur Seite und wies in seine Wohnung.

Über Gassen mit Kopfsteinpflaster und an Kneipen vorbei, in denen er auch dann nicht hätte einkehren wollen, wenn sie nicht mit Touristen überfüllt gewesen wären, kam Kuttler zu einer breiten, in die Tiefe führenden Freitreppe. Unter ihm lag die Stadt, für einen langen Augenblick blieb er stehen und schaute. Es war wirklich: *die Stadt*, anders konnte er es nicht ausdrücken, irgendwo hatte er etwas Ähnliches gelesen, nein, nicht irgendwo, es war in Tilmans Tagebuch gewesen.

Dabei war Tilman Gossler vermutlich gar nie hier gewesen, Luzie zumindest hatte so etwas behauptet. Für einen kurzen Moment war Kuttler versucht, sich vorzustellen, was Tilman jetzt und hier empfinden würde, aber dann verwarf er den Versuch gleich wieder, denn es stand außer jedem Zweifel, dass Tilman keinesfalls hierher gekommen wäre. Ausgeschlossen, dachte Kuttler und drehte sich um und betrachtete die Kuppel und die Türme von Sacré-Cœur, die im Licht der Strahler hoch über ihm bigott und alabastern in den Nachthimmel leuchteten.

Was tat er hier, zwischen eher wenigen Liebespaaren und entsetzlich vielen Touristen? Selber Tourist!, wies er sich zurecht. Das Einzige, was dich von diesen anderen Leuten allenfalls unterscheidet, ist dein nächstes Disziplinarverfahren, und das bekommst du unweigerlich deshalb, weil du im Krankenstand hierher gefahren bist.

Er warf einen letzten Blick auf die Kirche und wandte sich nach rechts, eine Straße führte in einem großen Bogen von der Anhöhe des Montmartre wieder hinab. Vor der Kirche war noch ein ständiges Kommen und Gehen gewesen, jetzt war er fast allein, ein Straßenschild zeigte an, dass er sich bereits wieder in der Rue Lamarck befand. Er kam an einem Restaurant vorbei, warf einen Blick auf die ausgehängte Karte und die Preise darauf, schluckte und ging weiter und entdeckte einen Obst- und Gemüseladen, der noch geöffnet hatte. Arbeitete Solveig in einem solchen Geschäft? Er blieb stehen und tat, als ob er sich die Auslage ansähe und warf einen Blick in den Verkaufsraum, wo hinter der Theke ein grauhaariger Mann stand oder auf einem Hocker saß, eines langen Tages letzte Kunden erwartend.

Kuttler ging weiter. In diesem oder einem anderen Laden. Jetzt gleich oder ein paar hundert Meter weiter. Wie lang sind diese Straßen? Kommt darauf an. Außerdem war es nicht wahrscheinlich, dass Solveig – so, wie Tilman sie beschrieben hatte – tatsächlich in solch einem Laden arbeiten würde. Vielleicht hatte sie es einmal getan, vorübergehend, und war nun seither in den Archiven der französischen Ausländerbehörde für alle Zeit und Ewigkeit als Verkäuferin in der Rue Lamarck registriert. Und selbst wenn sie tatsächlich irgendwo hier beschäftigt war, warum sollte sie ausgerechnet heute Abend dort sein? Und wenn sie es wäre und er träfe sie an und würde sie auch erkennen – was wollte er sie eigentlich fragen? Und vor allem: Was würde er sie fragen dürfen? Er war nicht im Dienst, er war eine Art von Tourist, ein komischer Mensch mit einem Pflaster auf der Stirn, entschuldigen Sie bitte, haben Sie damals in Ulm, das ist eine kleine Stadt in Deutschland, einen jungen Mann, Tilman Gossler, in den Tod gelockt?

Die Lamarck wurde – etwas unterhalb seines Hotels – in spitzem Winkel von einer Rue Coulaincourt gekreuzt, der Autoverkehr wurde dichter, Kuttler musste einen Bus der Linie 86 vorbeilassen, Vespas furzten ihre Abgaswolken in die Straße, dann kam er an der Metro-Station vorbei und überwand sich dazu, in dem Café links vom Portal ein Glas Rotwein und ein Schinkensandwich zu bestellen. Erst als das Sandwich vor ihm stand, merkte er, wie hungrig er war.

Die Frau war über siebzig und bewohnte ein Appartement im Erdgeschoss, in das sie mit ihrem Mann Anfang der neunziger Jahre eingezogen war.

»Damals war es gerade bezugsfertig geworden«, sagte sie, »wir hatten davor ein Haus, aber die Arbeit im Garten war meinem Mann zu viel geworden.« Die Frau war weißhaarig, mager und wirkte fahrig und aufgeregt, als habe sie schon lange keinen Besuch mehr gehabt. Es war die vierte Wohnung, an deren

Tür Tamar geklingelt hatte. Der Mann mit dem Bierbauch war erst vor vier Jahren eingezogen, und auch bei zwei anderen Wohnungen hatte sie vergeblich nachgefragt, ehe sie schließlich hierher verwiesen worden war.

»Aber wir haben uns doch oft gefragt, ob es nicht ein Fehler war«, fuhr die Frau fort. »Es zogen hier immer mehr Leute ein, die... nicht, dass Sie denken, ich will mich über jemanden beklagen... und dann ist ja auch mein Mann krank geworden, da wurde vieles doch recht schwierig... aber darf ich Ihnen nicht doch etwas anbieten?«

Sie saßen in einem Wohnzimmer, das mit Polstermöbeln voll gestellt war. Der Fernseher lief ohne Ton, die Vorhänge vor dem Panoramafenster waren zugezogen, und Tamar war sicher, dass auch der Rollladen heruntergelassen war. Die Wohnung schien sorgfältig gepflegt, und doch konnte sie den Geruch nach Alter und Zerfall wahrnehmen.

»Solveig Wintergerst?«, sagte die Frau, »also ich weiß jetzt nicht mehr, ob das der Name war, wissen Sie, wir haben doch sehr für uns gelebt, und mein Mann war auch schon krank, aber einiges ist uns schon aufgefallen, ich meine, dass hier Leute eingezogen sind, wenn wir das früher gewusst hätten...«

Tamar nahm einen neuen Anlauf. »Diese junge Frau hat öfter Besuch bekommen, Besuch von einem Rechtsanwalt Dannecker, groß, blond, er hat die Wohnung Stocketsrieder verwaltet, dort hat die junge Frau gewohnt. Vielleicht sind Sie dem Herrn Dannecker bei einer Eigentümerversammlung einmal begegnet?«

»An die Frau Stocketsrieder erinnere ich mich«, antwortete die Weißhaarige, »das war eine sehr liebe kultivierte Dame, deswegen habe ich mich dann auch so gewundert... aber hätte ich ihr schreiben sollen? Ich meine, sie war dann ja im Altersheim, und das hätte sie doch nur beunruhigt. Und dann, wie Sie ganz richtig sagen, dieser Mensch war ja Rechtsanwalt, da will man ja auch keinen Ärger haben, wo mein Mann doch schon krank war... das verstehen Sie doch?«

Sie verstehe das sehr gut, antwortete Tamar sanft.

»Man hat ja gemeint, dass das eine nette junge Frau ist«, fuhr die Weißhaarige fort, »mit so einem hübschen Gesichtchen, aber das sind oft die Schlimmsten, die alte Frau Eychmüller vom ersten Stock, die jetzt auch schon tot ist, die hat die Wohnung daneben gehabt und hat mir oft im Vertrauen gesagt, dass man das gar nicht erzählen kann, wie es da zugeht, schon gar nicht, wenn man daran denkt, dass der Herr Dannecker ein verheirateter Mann ist...«

Tamar hatte die Beine übereinander geschlagen und hörte zu, mit einem artigen und aufmerksamen Gesicht.

»Aber das war längst nicht alles.« Die Frau beugte sich vor und senkte die Stimme. »Der Herr Dannecker hat dieser Person nicht gereicht. Irgendwann erschien nämlich noch ein anderer auf der Bildfläche, die alte Eychmüller hat sich gar nicht beruhigen können, ein junger Kerl war das, der kam immer dann, wenn der Rechtsanwalt nicht da war, das kann man sich ja denken, dass so eine Person auch was Junges haben will, und die Eychmüller hat sich extra Ohropax besorgen müssen, denn das glauben Sie nicht, wie hellhörig dieses Haus gebaut ist, mit so vielen Leuten...«

»Haben Sie diesen anderen Mann einmal gesehen?«

»Das weiß ich jetzt nicht mehr so genau, aber die Eychmüller hat mir später gesagt, das wäre so ein Kerl mit lockigen schwarzen Haaren gewesen, ganz ungehobelt, meistens hat er einen Blauen Anton angehabt, und wie ich ihn zum ersten Mal gesehen habe, da hab ich noch gedacht, es ist der Installateur, der den kaputten Abfluss in der Waschküche reparieren soll, aber er hat mich nur angeschaut, also ich kann Ihnen gar nicht sagen, wie der mich angeschaut hat und was er mir wegen dem Abfluss gesagt hat, also da müsste ich mich schämen, wenn ich das wiederholen soll...«

Kuttler bat noch um einen Espresso und warf einen Blick auf den Fernseher, der oben an der Wand über der Theke hing. Grell und schrill lief Werbung, er trank aus und bezahlte. Draußen war es noch frischer geworden, er machte sich auf den Weg, dabei wusste er gar nicht, was sein Ziel war und was er dort tun würde. Die Straße führte weiter bergab, sie war eng, auf beiden Seiten zugeparkt, der Gehsteig von Rissen und getrockneten Rinnsalen von Hunde- oder anderer Pisse überzogen. An einer kleinen Buchhandlung blieb er stehen, gebrauchte Kriminalromane und Comics, die hier irgendwie anders hießen. Kuttler ging weiter, ein Friseur, ein Spielzeugladen, ein katalanisches Restaurant, an einer Kreuzung wartete er auf die Grünphase, was außer ihm niemand tat. Von dem Haus auf der anderen Straßenseite standen nur die beiden unteren Stockwerke, in denen ein chinesischer Möbelladen Buddhas und Drachenköpfe feilzubieten schien, dahinter erhob sich hoch in den Abend die Brandmauer des Nachbarhauses, bemalt mit einer verblassten Botschaft, Reklame für einen Wermut von 1928.

Kuttler wich einer Auslage mit Äpfeln und Mandarinen aus und war wieder an einer Kreuzung angelangt, die vier Eckgebäude hatten zur Kreuzung hin abgeschrägte Hausecken. Fast wäre er weitergegangen. Links auf der anderen Straßenseite sah er die Neonreklame eines Cafés, rechts von ihm wartete eine Galerie auf eine Kundschaft, die sich in diese Straße wohl eher nicht verlieren würde, das Erdgeschoss schräg gegenüber stand leer. Schließlich drehte er sich um und warf einen Blick in das Lebensmittelgeschäft, zu dem die Auslage gehörte. Der Laden war hell erleuchtet, hinter der Theke erhob sich eine Regalwand, mit Weinflaschen voll gestellt. Vor der Theke stand eine Kundin, die Verkäuferin schnitt ihr etwas auf, Schinken oder eine Salami, die beiden Frauen schienen sich dabei zu unterhalten. Kuttler hatte plötzlich das Gefühl, es sei ungehörig, sie zu beobachten, und in eben diesem Moment sah die Verkäuferin auf, als hätte sie seinen Blick gespürt. Sie deutete ein Lächeln an, als lade sie ihn ein, hereinzukommen und sich umzusehen, und wandte sich wieder dem Aufschnitt zu.

Kuttler fiel ein, dass er sich eigentlich ruhig etwas Obst ins

Hotel mitnehmen könne, vielleicht auch ein Mineralwasser und ein paar Kekse. Er trat in den Laden. Der Verkaufsraum war kleiner, als er es von außen gedacht hatte, gegenüber der Theke waren Kisten mit Obst und Gemüse aufgestellt, weiter hinten schloss sich eine Regalwand mit Konserven an, auf dem Boden davor waren neben einer Regalleiter Sechserpackungen mit Wasser und anderem Getränk gestapelt. Aus einer angebrochenen Packung nahm er sich zwei Flaschen Mineralwasser.

Die Kundin hatte bezahlt, und die Verkäuferin wandte sich Kuttler zu, der die beiden Flaschen auf der Theke abstellte und – als er die Hände wieder frei hatte – aus seinem Mantel das Taschenwörterbuch holte, das er vorsichtshalber mitgenommen hatte. Die Verkäuferin sah ihm dabei zu, freundlich lächelnd, sie war – so kam es Kuttler vor – nicht mehr ganz jung, das dunkle Haar war strähnig, und eine der Strähnen war schon weiß.

»Sie können ruhig deutsch sprechen«, sagte sie, ohne jeden Anklang eines Akzentes, aber in einem Tonfall, der jedenfalls nicht hochdeutsch war. Eine Schweizerin?

»Ach ja«, antwortete Kuttler, »woran… ?«

»An Ihrem Wörterbuch habe ich es gesehen«, kam die Antwort. Sie hatte ein schmales Gesicht, mit großen dunklen Augen und einer weißen Haut, in die sich – das Neonlicht tat nichts, um es zu verbergen – um die Augen erste, sehr feine Falten eingegraben hatten. Und irgendwann muss sie, dachte Kuttler, gestürzt sein oder einen harten Schlag auf die Oberlippe erhalten haben, und die Wunde war nicht besonders gut genäht worden oder schlecht verheilt.

Sie kam hinter der Theke hervor, um ihm Äpfel und Mandarinen herauszusuchen, und als sie an ihm vorbeikam, lächelte sie ihn noch einmal an.

Das Lächeln war höflich oder vielleicht auch nur geschäftsmäßig, aber da es ihm galt oder weil es von ihr kam oder aus einem anderen, ungreifbaren Grund fühlte sich Kuttler fast fröhlich, fast wieder wach und lebendig. Sie steckte in einem Kleid, das farblos an ihr herunterhing und nichts von sich oder ihr hermachte, doch sie bewegte sich darin in einer Weise, die ganz unmittelbar und selbstverständlich jene Frage beantwortete, die er sich in den Augenblicken zuvor noch nicht einmal zu stellen gewagt hatte. Er hatte Solveig gefunden, die wahre und wahrhaftige Solveig aus Tilman Gosslers Tagebuch, so wenig ihre Erscheinung die war, die er erwartet hatte, und so wenig die Umgebung zu dem Bild zu passen schien, das er sich von ihr gemacht hatte.

Sie hatte sich einen Plastikhandschuh angezogen und suchte ihm vier Äpfel heraus und einige Mandarinen.

»Sie besuchen jemanden hier in Paris?«, fragte sie, als sie die beiden Tüten abwog. »Oder sind Sie beruflich hier? Irgendwie sehen Sie nicht wie ein Tourist aus – als ob Sie Ferien hätten, meine ich.«

Kuttler tastete nach dem Pflaster auf seiner Stirn. Freilich können Touristen so aussehen. In aller Welt können sie eins über ihre dumme Rübe gezogen bekommen.

»Sie haben Recht«, antwortete er, »eigentlich will ich jemanden besuchen.«

»Eigentlich?«, fragte sie zurück. »Das hört sich an, als ob es noch nicht so recht gelungen ist...«

»Vielleicht doch.« Dann fiel ihm ein, dass er noch einen Wein mit aufs Zimmer nehmen könnte, für den Fall, dass er nicht würde einschlafen können. Oder ein Bier? Nein, nicht in Frankreich.

Sie empfahl ihm einen trockenen Bordeaux, er nahm ihn, und sie packte alles in eine Tüte. »Woher in Deutschland kommen Sie?«

»Aus einem Dorf im oberen Neckartal«, antwortete er, »von der anderen Seite des Schwarzwalds also, denn Sie müssen aus Freiburg sein.«

Sie antwortete nicht, und ihr Gesicht schien sich nicht zu verändern. Aber etwas war anders, mit einem Schlag anders, und plötzlich merkte er, dass es kühl war im Laden. Die Verkäuferin tippte die Rechnung in die Ladenkasse ein, und er griff nach seinem Portemonnaie, aber er hatte nur noch zwei oder drei Euro in Münzen darin, und so griff er nach seiner Brieftasche und zog mit ihr – fast zufällig – die kleinformatige broschierte Textausgabe von »Kommen. Gehen. Schweigen« heraus und legte sie auf die Theke. In seiner Brieftasche fand er einen Zwanzig-Euro-Schein und hielt ihn ihr hin.

Sie reagierte nicht. Ihr Blick war auf die Broschüre gefallen, und sie hatte den Titel gelesen. Das sah er sofort. Hatte er das Heft mit Absicht so hingelegt? Er wusste es schon nicht mehr.

Ihre Augen begegneten sich. Kuttler hatte das Gefühl, dass sie ihn ansah wie – ja, wie eben eine erwachsene Frau einen dummen Jungen ansieht, der sich einen peinlichen, albernen Scherz herausgenommen hat. Schließlich bemerkte sie, dass er ihr noch immer den Schein hinhielt, nahm ihn und gab das Wechselgeld heraus.

Er steckte das Geld ein und auch die Brieftasche und die Broschüre, und während er das tat, zermarterte er sich den Kopf. Irgendeine Fortsetzung musste er finden, die eine und einzige, zielsicher ausgewählte Frage, die das Eis aufbrach, das sich nun plötzlich zwischen ihnen aufgetürmt hatte... Aber nichts.

Er hatte einen Kopf, um Pflaster daran zu kleben. Sonst war er zu nichts gut.

Kuttler nahm die Tüte und blickte noch einmal zu ihr hin. Sie stand an der Kasse, ihr Blick war geradeaus gerichtet, an ihm vorbei.

»Dann darf ich mich bedanken und Ihnen eine gute Nacht wünschen.«

»Das wünsche ich Ihnen auch.« Unverändert ging ihr Blick geradeaus über die Kasse, zu den Kisten mit Obst und Gemüse oder weit darüber hinaus, auch wenn dahinter die Wand war.

Traum, Erwachen

Tamar ging durch die Flure des Neuen Baues, und nicht zum ersten Mal wunderte sie sich, dass sie fast so etwas wie Sympathie für dieses Gebäude empfand, zumindest sich mit ihm vertraut fühlte. Würde sie später einmal Heimweh empfinden? Das sicher nicht. Was hieß das überhaupt: später? Sie schüttelte den Kopf und schaute im Fernschreibraum vorbei. Nein, sagte Schaufler, wegen der Einvernahme der Wintergerst Solveig sei noch keine Antwort aus Frankreich da, aber dafür hätten die Heidenheimer Kollegen ein Fax geschickt, zwei schlecht, aber gerade noch leserlich kopierte Seiten, und wegen dem Bein müsse er noch einmal unter das Messer, da helfe alles nichts.

»Lass es bald machen«, meinte Tamar, »ich halt dir beide Daumen, dass es wieder richtig gut wird.«

Schaufler war vom Wagen eines Betrunkenen erfasst worden, als er eine Unfallstelle sicherte. Der Fahrer hatte vier Monate auf Bewährung bekommen, aber Schaufler war ein halbes Jahr im Krankenhaus gelegen und würde bis zu seiner Pensionierung im Fernschreibraum arbeiten müssen.

Im Büro der Pressestelle saß der Polizeisprecher vor seinem PC und verfertigte den Pressebericht für den heutigen Tag. »Hast du noch ein Tagblatt vom Samstag?«, fragte Tamar, und der Polizeisprecher deutete mit dem Daumen auf einen Stapel Zeitungen, der im Regal an der Türseite seines Büros lag, beugte sich wieder über die Tastatur, fand den gesuchten Buchstaben und schlug zu. Tamar brauchte etwas länger, bis sie den

Lokalteil vom Samstag und darin den Bericht über die Vernissage des Kunstvereins entdecke. Dem Artikel, den sie bereits am Samstag im Café Wichtig gesehen, aber damals nur überflogen hatte, waren mehrere Fotos beigefügt, eines davon zeigte unvermeidlicherweise den Oberbürgermeister bei seiner Ansprache, ein anderes einen kräftig aussehenden, schwarzlockigen Mann in Jeans und Lederweste, der vor einer Metallskulptur posierte, die auch schon auf den Werbeplakaten des Kunstvereins zu sehen gewesen war.

»Kann ich das mitnehmen?«

»Nimm nur«, sagte der Polizeisprecher und visierte den nächsten Treffer an.

In ihrem Büro machte sie erst einmal das Fenster auf, um den Geruch nach Putzmitteln zu vertreiben, denn es war der Mittwochmorgen, und mittwochs suchte die Putzkolonne das Dezernat I heim.

Die beiden Seiten des Faxes enthielten die Teilnehmerliste der Besinnungstage, die vom 27. Dezember 1998 bis 3. Januar 1999 in der Benediktinerabtei Neresheim stattgefunden hatten. Auf dem zweiten Blatt fand sie an dritter und vierter Stelle die Namen Dorothea und Wolfram Dannecker und deren Adresse im Ulmer Westen.

Na schön, dachte Tamar, das eilt jetzt nicht. Dann las sie noch einmal den Artikel durch. Der Mann mit dem schwarzlockigen, etwas grau durchsetzten Haar war Alexander Keull, der – wie das Tagblatt mitteilte –

... nach einem Studienaufenthalt in Paris und in Südfrankreich nun wieder in die schwäbische Heimat zurückgekehrt ist und jetzt auf einem alten Bauernhof in den Holzstöcken seine sensibel schwingenden und in eine sonst unerreichbare Höhe vorstoßenden Plastiken aus Schrott und Metall schmiedet.

Paris, dachte Tamar, legte die Zeitung zur Seite und holte aus ihrem Schreibtisch die Kopien, die sie sich von Tilman Gosslers

Tagebuch gemacht hatte. Wieder dauerte es eine Weile, bis sie gefunden hatte, was sie suchte. Halblaut und murmelnd las sie es sich selbst vor:

Zu der Werkstatt gehört eine Art Wohnung, vielleicht könnte man es auch ein Wohnklo nennen, das nicht der Kroate selbst bewohnt, sondern der Künstler Sascha Keull als Gegenleistung dafür, dass er am Wochenende auf den Schrott aufpasst. Er ist ein großer, stämmiger Kerl mit einer lockigen schwarzen Mähne und dieser Ausstrahlung von Selbstbewusstsein, über die ich nichts weiter schreiben will und die vermutlich auch von gar nichts zu erschüttern sein würde, was immer mir dazu einfiele. Solveig ist die Kundin, aber er behandelt sie eher gleichgültig, als liege ihm gar nichts daran, etwas zu verkaufen, schaut aber immer wieder zu mir her, als sei ihm nicht ganz klar, was ich hier soll oder in welcher Beziehung ich zu Solveig stehe.

Plötzlich überkam Tamar die Lust, mit irgendjemandem zu wetten: dass es nämlich der Januar oder Februar 1999 gewesen war, als Keull sich nach Paris verabschiedet hatte. Wo war Kuttler? Sie holte ihr Handy, aber wieder erreichte sie nur seinen Anrufbeantworter. Sie wartete auf das Startsignal und sprach dann:

»Hier ist Tamar, wir müssen wegen Solveig und diesem Keull reden. Vor allem muss ich wissen, ob du auf dieser Vernissage mit ihm gesprochen hast.«

Sie schaltete das Handy ab. Für einen kurzen Moment legte sie den Kopf in ihre beiden Hände, die Ellbogen auf dem Schreibtisch aufgestützt. In dieser Haltung, mit geschlossenen Augen, überlegte sie.

Was war zu tun?

Erstens war mit Solveig zu reden. Das ging aber nicht, weil aus Frankreich noch keine Antwort da war.

Zweitens war mit Alexander Keull zu reden. Auch das ging nicht, weil sie vorher wissen musste, was Kuttler mit ihm gesprochen hatte.

Drittens musste sie die Kraftfahrzeugzulassung anrufen: Wann waren welche Fahrzeuge auf die Eheleute Dannecker zugelassen? Und welche auf Keull, Alexander?

Viertens: Bei welcher Werkstatt war Dannecker Kunde? Und welche Rechnungen fanden sich in seinen Akten?

Fünftens: War Keull vorbestraft, wenn ja, warum? Wann war er wo gemeldet?

Sechstens musste sie mit den Benediktinern reden und – siebtens – womöglich auch noch mit den anderen Teilnehmern der Besinnungstage.

Ach du liebe Göttin!

Sie öffnete die Augen wieder, stand auf, holte die Aluminiumkanne aus dem Schrank, füllte sie am Handwaschbecken der Toilette mit Wasser für einen Tee, steckte den Tauchsieder ein und bereitete sich ruhig und systematisch auf einen Arbeitstag vor, den sie am Telefon verbringen würde.

Kuttler hatte unruhig geschlafen. Dabei war das Bett nicht schlecht, wenn man erst einmal das Oberlaken und die Wolldecke, die unter der Matratze festgezurrt waren wie in einer preußischen Kaserne, soweit gelockert hatte, dass man darunter schlüpfen konnte. Irgendwann verirrte er sich in die Halle des Kunstvereins, plötzlich traf er den Kerl mit der Lederjacke, der Kerl kam auf ihn zu und deutete auf ihn, und nun sollte Kuttler mit ihm tanzen, denn im Kunstverein fand gerade ein Ball statt.

Als er aufgewacht war, duschte er und rasierte sich. Das Pflaster an der Stirn sah noch schmuddeliger aus als gestern und begann, sich an einer Ecke abzulösen. Er traute sich nicht, es abzureißen, und überlegte, ob er zu einem Arzt gehen sollte. Aber um sich die Fäden ziehen zu lassen, war es wohl noch zu früh.

Das Frühstück bekam er in einem engen, mit Holzstühlchen und Tischchen voll gestellten Raum, an dessen Wänden gerahmte Schwarzweißfotografien vom Montmartre und seinen

Treppen hingen. Kuttler trank seinen Milchkaffee, eingeklemmt zwischen zwei entsetzlich munteren holländischen Ehepaaren, die offenbar einen sehr lustigen Abend erlebt hatten und sich nun gegenseitig aufzogen, dass die Vokale und Konsonanten nur so über den Frühstückstisch klabasterten. Zum Weißbrot und den Croissants gab es in Folie eingeschweißte Kleinportionen Konfitüre. Kuttler riss eine davon auf und bekam von der Aprikosenmarmelade klebrige Finger. Schließlich entfloh er den Holländern und der Marmelade, wusch sich in seinem Zimmer die Hände, sah sich noch einmal mit Widerwillen im Spiegel an und wagte erst jetzt einen Gedanken daran, was er eigentlich heute in Paris tun würde.

Gestern Abend hatte er Solveig gefunden. Gut. Aber er, Kuttler, hatte es vergeigt. Vermutlich hatte er alles falsch gemacht, was man nur irgendwie falsch machen konnte, so dass es nahezu unmöglich war, noch einmal zu ihr zu gehen und sie ganz einfach um ein Gespräch und eine Auskunft zu bitten: Ganz einfach ging jetzt gar nichts mehr.

Der Regen hatte aufgehört. Trotzdem zog er seinen Mantel an. Er würde jetzt erst einmal in die Stadt gehen, nicht schon wieder zum Montmartre hoch, sondern die Rue Lamarck hinunter, irgendwann müsste er dann zur Metrostation Guy Môquet kommen und könnte von dort zur Seine fahren oder was er sonst so anzuschauen Lust bekäme.

Als er das Hotel verließ, spürte er, wie frisch der Morgen war. Im Café neben der Station Lamarck-Caulaincourt saß ein einzelner Zeitungleser, auf der Straße begegneten ihm Hausfrauen mit Einkaufskörben und Rentner, deren kleine misswüchsige Hunde unermüdlich dabei waren, die Rinnsale auf dem Gehsteig zu erneuern. Im chinesischen Möbelgeschäft hätte er einen Buddha auf Raten kaufen können, und zwar ohne Aufpreis, das war der Witz dabei, falls er die Aufschrift auf dem Schaufenster richtig übersetzt hatte. Vor einem Büro, das noch geschlossen hatte, wartete eine Gruppe junger Leute, die meisten dunkelhäutig. Sie warten auf Arbeit, dachte Kuttler, denn sie zeigten die zugleich ergebene und entmutigte, aber auch angespannte Haltung, die jedem auffällt, der schon einmal ein Arbeitsamt betreten hat.

Eine zweite Gruppe von Menschen stand weiter unten. Auch sie schienen zu warten, aber auf andere Weise. Kuttler näherte sich ihnen, die Leute standen vor dem Laden, in dem er gestern gewesen war – dem Laden, in dem Solveig arbeitete. Die Auslagen waren weggeräumt, natürlich waren sie das, die bleiben nicht über Nacht draußen, dachte Kuttler, und wenn man so spät erst schließt, dann öffnet man auch später.

Er trat zu der Gruppe. Die Menschen starrten auf die Ladentür, sie war geschlossen, und sie hielten Abstand von ihr, soweit das auf dem engen Gehsteig möglich war. Kuttler schob sich hinter ihnen vorbei, dann sah er, dass in der Querstraße Blaulichter blinkten. Das vordere gehörte zu einem Polizeiwagen, der in einer Einfahrt geparkt war, dahinter stand ein zweites Einsatzfahrzeug, das nach Feuerwehr oder Rettungsdienst aussah.

Kuttler atmete tief durch. Er dachte nichts. Blind, automatisch wich er einem Auto aus, das von der Lamarck einbiegen wollte, und ging auf die andere Straßenseite. Auch dort standen schon Menschen und sahen zu dem Laden herüber. Der Autofahrer, der eingebogen war, versuchte zurückzustoßen, weil er nicht an dem Rettungswagen vorbeikam.

Die Ladentür war noch immer geschlossen. Aber innen brannte Licht. Ein- oder zweimal glaubte Kuttler ein kurzes Aufleuchten zu bemerken, also fotografierte jemand, und er benutzte dazu ein Blitzlichtgerät.

Neben ihm schob sich ein dicklicher Mann durch und blieb am Straßenrand stehen. Kuttler hörte, wie er seinen Nebenmann etwas fragte.

Der fuhr mit dem Finger um seinen Hals und hob die Hand hoch, in einer fast anmutigen Geste, als hielte er zwischen Daumen und Zeigefinger ein Seil.

Tamar schenkte sich eine zweite Tasse Tee ein. Alexander »Sascha« Keull, 1972 in Reutlingen geboren, war tatsächlich vorbestraft: Einmal wegen Körperverletzung, offenbar weil er einen Zeitungsjournalisten verprügelt hatte. Damals war er mit einer Geldstrafe davongekommen, hatte sie aber nicht bezahlt und deshalb zwei Monate richtig einsitzen müssen. Ein zweites Mal stand er wegen Beleidigung und Widerstands gegen Vollstreckungsbeamte vor Gericht, vier Monate auf Bewährung, er hatte sich also mit Polizisten angelegt. So etwas, dachte Tamar, kann einem ja sehr schnell eine Vorstrafe einbringen. Die Bewährungszeit hatte er straffrei überstanden. In Ulm war er nie gemeldet gewesen, seit Mitte 2003 aber in Greuthweiler im südlichen Alb-Donau-Kreis. Als Halter eines Kraftfahrzeugs war er erstmals im September 2003 eingetragen worden, als er einen Opel Caravan Baujahr 1988 angemeldet hatte. Im Juni 2004 wurde der Opel durch einen Toyota ersetzt.

Was bedeutete das? Dass an der Jahreswende 1998/99 Keull nicht als Fahrzeughalter verzeichnet war. Konkreter: Das Auto, mit dem man Tilman Gossler getötet hatte, konnte also nicht auf Keull zugelassen gewesen sein.

Kein Ergebnis hatte der Anruf in Neresheim gebracht. Nach einigem Warten war sie mit dem Prior des Klosters verbunden worden, der ihr in freundlichen, aber durchaus entschiedenen Worten erklärt hatte, er denke nicht daran, der Polizei über Menschen Auskunft zu geben, die sich im Kloster aufgehalten hatten.

»Das verstehe ich, Hochwürden«, hatte sie geantwortet, »dennoch wäre es für den Herrn Dannecker sehr hilfreich, wenn Sie an Hand Ihrer Unterlagen bestätigen könnten, dass er wirklich die ganze Zeit bei Ihnen gewesen ist.«

»Aber wenn wir das aus irgendeinem Grund nicht bestätigen könnten«, hatte der Prior zurückgefragt, »dann wäre das für diesen Herrn durchaus nicht hilfreich – oder irre ich mich da?«

Seufzend hatte sich Tamar danach der Teilnehmerliste zugewandt und begonnen, eine Adresse nach der anderen anzurufen, die dort vermerkt war. Waren Sie am Jahreswechsel 1998/99 in Neresheim gewesen? Erinnern Sie sich an ein Ehepaar Dannecker aus Ulm? Wissen Sie, ob die Eheleute die ganze Zeit…

Der erste Teilnehmer, den Tamar erreichte, war schwerhörig, beim zweiten meldete sich die trauernde Witwe. Danach sprach sie mit einem Ehepaar, das sich aber an Dorothea und Wolfram Dannecker durchaus nicht erinnern konnte – wie kämen wir dazu, und was denken Sie denn, nach bald sieben Jahren! Eine ältere Dame mit brüchiger Stimme meinte, Tamar wolle ganz sicher ihre Tochter sprechen, die käme aber erst nach 12 Uhr aus der Schule, denn sie sei Studiendirektorin, aber die Anruferin solle es bitte nicht vor 14 Uhr noch einmal versuchen, »meine Tochter muss erst ein bisschen abschalten«.

Gegen 11 Uhr rief Armbruster zurück. »Dannecker hat 1996 einen Daimler-Jahreswagen gekauft, und den hat er noch immer.«

»Und die Ehefrau?«

»Fährt einen kleinen Fiat. Sehr preisbewusst. Bei diesem Ehemann ist ihr auch nichts anderes übrig geblieben. Den Fiat hat sie seit 1998.«

»Wo werden die Fahrzeuge gewartet?«

»Der Fiat in einer Vertragswerkstatt im Donautal. Bei seinem Mercedes Daimler wirst du dich wundern…«

Tamar sagte nichts und wartete.

»…also der Mercedes wird von ihm selbst gewartet. Sagt Dannecker. Angeblich hat er als Student einmal in einer Daimler-Werkstatt gearbeitet. Praktisch, was?«

Tamar dankte und legte auf. Praktisch, ja. Und doch. Fast zu verlockend. Sie überlegte, holte schließlich das Einwohnermeldebuch heraus und schlug Danneckers private Adresse nach. Und plötzlich musste sie lächeln. Das Ehepaar Dannecker wohnte im Fünf-Bäume-Weg. Das war ein lang gestreckter Straßenzug im Ulmer Westen, eine der besseren Wohngegenden und – das vor allem – in Hanglage oberhalb von Söflingen und des Söflinger Gewerbegebietes. Zur Sicherheit warf sie noch einmal einen Blick in die Kopie von Tilmans Tagebuch.

Aber es war schon so, wie sie sich erinnert hatte, und so rief sie das Revier an und bat, bei den Eheleuten Dannecker vorzusprechen und sich deren Autos zeigen zu lassen.

»Wenn es Hinweise auf frühere Beschädigungen oder Ausbesserungen im Frontbereich gibt, also an der Stoßstange, an den Kotflügeln oder an der Motorhaube, muss der Wagen für eine kriminaltechnische Untersuchung sichergestellt werden. Vor allem für den Daimler-Benz gilt das.«

Sie schaute auf die Uhr. Zeit für die Konferenz.

Entlang der Rückwand und der einen Seitenwand der Doppelgarage zogen sich Regalbretter hin, mit Werkzeug, Spraydosen, Winterreifen und anderem Zubehör voll gestellt.

»Sie sind ja ganz gut bestückt«, sagte Orrie. »Ein richtiger Heimwerkermarkt.«

Wolfram Dannecker, der einen Trainingsanzug trug und unrasiert war, zuckte mit den Schultern.

»Wären Sie so freundlich«, fragte Heilbronner, »und fahren den Daimler ein Stück auf die Einfahrt hinaus, dass wir ihn uns ansehen können? Hier drinnen ist es zu eng.«

Er müsse zuerst den Schlüssel holen, antwortete Dannecker. Orrie und Heilbronner wechselten einen Blick, und wie zufällig begleitete Orrie den Rechtsanwalt in den Flur des Wohnhauses.

»Hören Sie«, sagte Orrie, während er zusah, wie Dannecker in einer Ablage an der Garderobe unter Handschuhen und Schals nach dem Schlüsselbund suchte, »Sie müssen nicht beunruhigt sein, wir wollen nur sichergehen, dass wir eine bestimmte Sache ausschließen können.«

»Sie brauchen nicht so mit mir zu reden«, sagte Dannecker schroff. Er hatte den Schlüssel gefunden und wollte ihn Orrie geben.

»Es wäre uns recht, wenn Sie ihn herausfahren«, antwortete der Polizist. »Oder ist Ihnen nicht gut?« Er näherte sich ihm. »Ach so. Sie haben getrunken.« Dann nahm er den Schlüssel. Dannecker folgte ihm in die Garage, Orrie stieg in den Wagen und fuhr ihn ein Stück nach draußen. Dort öffnete er die Motorhaube.

Leider haben die Phantombilder bisher nichts gebracht«, berichtete Markert bekümmert, der Leiter der Sonderkommission Eschental, »kein einziger Hinweis war brauchbar.«

»Und wie soll es nun weitergehen?«, fragte Englin müde.

»Wir haben jetzt ja eine Vorstellung von der Herkunft dieser beiden Männer«, antwortete Markert, »und wissen also, dass sie vermutlich aus der früheren Sowjetunion stammen. Deshalb sind wir jetzt gerade dabei, die Tatorte und Fluchtwege bei dem jetzigen und den früheren Überfällen unter diesem Gesichtspunkt abzugleichen.«

»Das verstehe ich nicht«, sagte Englin.

»Wir wollen herausfinden, ob es ein gemeinsames logistisches Muster bei diesen Überfällen gibt und ob sich dabei ein Hinweis auf einen Siedlungsschwerpunkt für diesen Personenkreis ergibt«, versuchte Markert zu erklären. Er war sonst ein gelassener Mann, aber jetzt hatte er begonnen, seine Worte mit den Händen zu unterstreichen, und sein Gesicht hatte sich gerötet.

»Da müssen wir doch nicht lange suchen«, meinte Armbruster vom Dezernat Wirtschaftskriminalität. »Einen solchen Schwerpunkt haben wir doch auch, im Buchenbronn, oder irre ich mich da?«

»Nein«, gab Markert zögernd zu, »aber wir können schlecht auf einen allgemeinen Verdacht hin von Haus zu Haus gehen.«

»Das werden wir um Gottes willen nicht tun!«, entfuhr es Englin, und sein Augenlid zuckte schwach. »Im Übrigen würde es mich wundern, wenn die Täter hier aus Ulm wären, das Risiko, erkannt zu werden, hätte ihnen doch viel zu hoch erscheinen müssen.«

»Sicher«, meinte Markert, »aber vielleicht sind sie auch besonders kaltblütig und haben gerade deshalb hier zugeschlagen. Weil sie nämlich denken, dass wir dann denken, sie könnten nicht von hier sein.«

Tamar unterdrückte ein Gähnen. Was treiben wir hier? Ein Indianerspiel unter Fünfzehnjährigen, die in die Jahre gekommen sind. Plötzlich schrak sie hoch. Englin hatte sie angesprochen.

Sie war dran.

Möglichst knapp und ohne Umschweife schilderte sie, was sie im Fall Gossler erreicht und herausgefunden hatte. Das war gar nicht so einfach. Wenn eine etwas erreicht und etwas herausgefunden hat, dann ist es keine Kunst, das mit knappen Worten mitzuteilen. Aber wenn eine nichts erreicht und so gut wie gar nichts herausgefunden hat?

»Wir haben also nichts in der Hand«, fasste Englin ihren Bericht zusammen. »Wir wissen nicht einmal, ob es überhaupt ein Fall ist.«

»Es ist ja nicht mein Beritt«, warf Armbruster ein, »aber solange mir der Herr Dannecker nicht sagen kann, wofür er damals die Vierzigtausend gebraucht hat, solange gibt es für mich auch einen Fall Gossler.«

Zwanzig Minuten später verließ Tamar den Neuen Bau und ging am Stadthaus vorbei über den Wochenmarkt auf dem Münsterplatz. Es war kühl und windig, aber wenigstens regnete es nicht. Sie wollte einen Teller Pasta essen, danach würde sie sehen, wie es am Nachmittag weiterging.

Englin hatte sich mit Armbrusters Einwand zufrieden gegeben, das heißt, nicht eigentlich zufrieden, es gab überhaupt nichts, womit er hätte zufrieden sein können, aber diese stille leise Resignation, die seit einiger Zeit von dem Kriminalrat Besitz ergriffen hatte, begann allmählich jedes Lidzucken und alle Konvulsionen zu ersticken.

Wie immer an den Markttagen kam Tamar beim Übergang

zum Nördlichen Münsterplatz am Stand des Obst- und Gemüsebauern Rotter vorbei, den man sonst oft schon von weitem hörte. Diesmal warteten nur zwei Frauen vor dem Stand, und bedient wurden sie auch nicht von Rotter, sondern von einem jungen, derben, rotgesichtigen Mann.

Der Sohn? Tamar glaubte sich zu erinnern, dass Tilman einmal einen Zusammenstoß mit einem jungen Landwirt aus Rotters Umgebung gehabt hatte, nicht auch das noch nachprüfen! Sie blieb stehen, in einer der Auslagen lockten Walnüsse, eigentlich könnte sie ein Kilo mitnehmen oder ein Pfund, je nachdem, wie viel es kostete.

»Nein«, hörte sie den Rotgesichtigen reden, während er zwei Salatköpfe in Papier einschlug, »der Vater kann nicht mehr kommen, er hat einen Schlag gehabt und sitzt jetzt im Rollstuhl, da kommt er nicht mehr raus, hat der Doktor gesagt, es ist der Hass, wissen Sie, der hat ihn dahin gebracht, immer diese Briefe, diese Verleumdungen, die Andeutungen, es hat kein Ende genommen, was glauben Sie, wie das einen trifft, in einem Betrieb, in dem man jeden braucht, der zwei Hände hat.«

Tamar hatte keine Lust mehr zu warten und ging weiter.

Schau dir das mal an«, sagte Orrie und richtete sich wieder auf. Gehorsam bückte sich Heilbronner und betrachtete den kleinen Spalt, der zwischen dem seitlichen Abschluss der Stoßstange und dem Karosserieblech freilich nur dann sichtbar war, wenn man genau hinsah.

Heilbronner fuhr prüfend mit dem Zeigefinger den Spalt entlang. »Sie haben die Stoßstange mal auswechseln müssen?«, hörte er Orrie fragen.

»Das kann ich Ihnen jetzt gar nicht so genau sagen«, kam Danneckers Antwort. »Ich hab den Wagen ja schon bald zehn Jahre, das ist praktisch schon ein Oldtimer, auch wenn Sie es ihm nicht ansehen.«

Heilbronner hatte sich wieder aufgerichtet. »Wo haben Sie

das denn richten lassen? Doch nicht in einer Vertragswerkstatt?«

»Ich sagte doch, dass ich das nicht mehr weiß.«

»Die haben Ihnen nämlich ein falsches Teil montiert«, erklärte Orrie. »Es ist die Stoßstange für einen anderen Typ. Die hier sitzt nicht richtig.«

In einer Geste der Hilflosigkeit hob Dannecker beide Hände und ließ sie wieder fallen.

»Wir müssen Ihren Wagen sicherstellen«, sagte Heilbronner, »da weitere Untersuchungen notwendig sind. Außerdem würden wir gerne Ihre Aussage aufnehmen, falls Sie sich zu einer in der Lage sehen. Oder sollen wir einen Arzt zuziehen, der klären soll, ob Sie vernehmungsfähig sind?«

In der Abteilung für Gemüse und Obst hatte sich Puck ein knappes Kilo Mandarinen abgewogen und einen Broccoli, den Janina deswegen gerne aß, weil sie statt Broccoli Krokodil dazu sagen und dann selber darüber lachen konnte. Puck schob den Einkaufswagen weiter zu dem Stand mit Textilien, wo es einen Sonderposten Kinderstrumpfhosen gab, aber auf dem Weg dahin wäre sie beinahe mit einem anderen Einkaufswagen zusammengestoßen. Dieser andere Wagen war voll geladen mit zwei Kästen Bier, die auf die untere Transportfläche gestapelt waren, und mit Konserven, abgepacktem Speck und vier oder fünf Flaschen Schnaps und Wodka im oberen Einkaufskorb.

Warum können Sie nicht aufpassen, wollte Puck ärgerlich fragen und ließ es dann bleiben, weil der fremde Einkaufswagen von einer gebückten, grauhaarigen und schwarz gekleideten Frau geschoben wurde, der Mamutschka Neumeister, wie sie in der Siedlung genannt wurde. Seit sie sich kannten, war die Mamutschka immer ganz närrisch mit Janina gewesen, hatte ihr Spielzeug angeschleppt und Schokolade.

»Ihr Sohn ist wieder da?«, fragte Puck, ohne groß auf die Wodkaflaschen zu schauen.

»Oh nein! Wo denkst du hin«, schrie die Mamutschka, »immer nur auf Arbeit, immer nur Montage! Heute hier und morgen dort, aber er ist ein lieber Sohn und ruft immer an, das glaubst du nicht, wie er sich kümmert und sorgt... die, wo ihn einmal kriegt, die hat ihr Glück gemacht, das sag ich dir, nur wie soll er eine Frau finden, wenn er immer nur auf Montage ist... aber wart doch draußen auf mich, ich muss dem Schätzchen noch was mitgeben, das darfst du mir nicht abschlagen.«

Und sie wuselte weiter, eine kleine krumme Alte, den voll bepackten Einkaufswagen vor sich her stoßend.

Puck fand einen Dreierpack Kinderstrumpfhosen zu 3.95, nahm noch zwei Tüten Milch mit und eine Packung tiefgefrorener Hühnchenschlegel und hatte, als sie an der Kasse zahlte, doch mehr ausgegeben, als sie es sich vorgenommen hatte. Sie war gerade dabei, Milch und Tüten und Strumpfhosen in ihrer Einkaufstasche zu verstauen, als plötzlich die alte Neumeister neben ihr auftauchte und ihr zwei Tafeln Schokolade in die Tasche stopfte.

»Nicht schimpfen«, sagte die Alte, »denk doch, wie traurig das Schätzchen ist, wenn du heimkommst und sie fragt, hat die Mamutschka nichts für mich mitgegeben, und du hast rein gar nichts... und das willst du doch nicht, dass das Schätzchen traurig ist, nicht wahr? Das kannst du gar nicht wollen...«

Und ehe Puck auch nur etwas sagen konnte, war die Alte schon wieder verschwunden, irgendwo hinter den Autos, die auf den Parkplätzen des Einkaufszentrums herumstanden.

Ein komischer Gedanke schoss Puck durch den Kopf, eigentlich war es kein Gedanke, sondern eine Frage, eine komische, aber dann packte sie doch lieber ihre Einkaufstasche voll und machte sich auf den Weg. Es wehte ein kühler Wind, und fröstelnd dachte sie daran, dass sie eigentlich irgendwann im November mit Janina nach Gran Canaria hatte fliegen wollen, aber der Halsabschneider in dem Café, in dem sie um die dreißig Stunden in der Woche arbeitete, hatte bereits angekündigt, dass es dieses Jahr kein Weihnachtsgeld geben werde. Sie ging die Fußgängerstraße zur Siedlung hoch, ein Wagen fuhr hinter ihr her, sie trat zur Seite, um ihn vorbei zu lassen, aber der Wagen hielt auf ihrer Höhe, und der Fahrer ließ die Seitenscheibe herunter.

Irgendeine Anmache. Zu blöd.

»Hey«, rief der Fahrer, »willst du nicht einsteigen?« Dabei war es gar kein Fahrer, sondern es war Luzie. Die Assistentin der Geschäftsführung. Leck mich, dachte Puck, dann aber zog sie doch die Wagentür auf und ließ sich auf den Beifahrersitz fallen und nahm ihre Einkaufstasche auf den Schoß.

»Wo wohnst du noch mal?«

Puck sagte es ihr, und der Wagen rollte an.

»Was tust du hier? Sag jetzt bitte nicht, dass man schon wieder eine vertrocknete Leiche gefunden hat.«

Luzie antwortete, dass sie sich das Sozialzentrum anschauen wolle, und fragte, was eigentlich mit dem Frauentreff passiert sei, der dort eingerichtet worden sei.

»Das kann ich dir sagen«, antwortete Puck. »Gar nichts. Die Frauen von den Russlanddeutschen gehen nicht hin, weil da auch die Türkinnen hin dürfen, und die Türkinnen gehen nicht hin, weil es ihnen ihre Macker nicht erlauben, und deswegen ist rein gar nichts, und der Hausmeister hat es den Glatzen angeboten, aber die wollten es nicht, weil es sonst in der Szene heißt, da kommen die Glatzen ausm Frauentreff.«

»Lustig«, sagte Luzie.

»Was soll's«, meinte Puck. »Mich ärgert viel mehr, dass eure Heizkostenabrechnungen zu hoch sind, und eigentlich ist das auch kein Wunder, weil die Armaturen nichts taugen. Du kannst die Heizung nur aufdrehen oder zudrehen, etwas anderes gibt es nicht. Und wenn du sie aufdrehst, hast du sofort volle Power, aber wenn es dir zu warm wird, kannst du nur das Fenster aufmachen, was glaubst du, wie schnell da eure nächste Leiche ausgetrocknet ist.«

»Das hör ich jetzt zum ersten Mal«, meinte Luzie, »darf ich dir einen Installateur vorbeischicken?«

»Das ist überall in den Häusern hier so, weil irgendwer an der

Installation hat sparen wollen, als das alles gebaut wurde. Da sind wir schon, willst du mit reinkommen, auf eine Tasse Kaffee?«

Aber Luzie meinte, sie müsse weiter. Puck stieg aus, Luzie wendete und fuhr zurück, die Straße hinunter. Eine alte Frau kam ihr entgegen, die nach vorne gebeugt eine Handkarre zog. Die Handkarre war mit zwei Kästen Bier und zwei prall gefüllten Einkaufstaschen beladen.

Trinken Sie eine Tasse Tee mit?« Tamar betrachtete den Mann, der ihr auf der anderen Seite des Schreibtisches gegenübersaß. Trainingsanzug, weißliche Altmännerstoppeln im unrasierten Gesicht. Eine Alkoholfahne, versetzt mit dem Geruch von Mentholpastillen, dem unverwechselbaren Kennzeichen der Klemmsäufer. Warum, so hatte sie Orrie gefragt, habt ihr ihn sich nicht umziehen lassen? Er hat nicht gewollt, kam die Antwort.

»Ich kann Ihnen auch einen Becher Kaffee holen lassen, allerdings nur aus dem Automaten.«

Dannecker schüttelte den Kopf. »Haben Sie eigentlich noch immer nicht genug?«, fragte er unvermittelt. »Sie haben mich ruiniert, meine Existenz, meine Reputation zerstört, was wollen Sie denn noch? Glauben Sie denn, ich komme jemals wieder auf die Beine, nach dem, was Sie mir angetan haben?«

»Ist es nicht so«, fragte Tamar mit leiser Stimme, »dass Sie sich das alles selbst angetan haben? Sich und Ihrer Frau, das vor allem.«

»Ach ja.« Plötzlich zog ein Lächeln über sein Gesicht. »Meine Frau, natürlich. Das rührt Sie. Entschuldigen Sie, ich vergaß, wer Sie sind. Und was Sie sind.«

Er schien nachzudenken, als suche er nach einer angemessenen Beleidigung, aber offenbar wollte ihm keine einfallen.

»Schön«, antwortete Tamar, »dass Sie wieder wissen, was Sie zu wissen glauben. Wissen Sie inzwischen auch, wann Sie die Stoßstange an Ihrem Wagen auswechseln lassen mussten?«

»Stoßstange, jawohl«, echote Dannecker. »Damit haben Sie ja wohl auch Probleme?«

»Sie und ich«, erwiderte Tamar, »wir beide wären sehr schnell sehr viel weiter, wenn Sie mir sagen würden, wann Sie…«

Das Telefon schlug an, Tamar meldete sich. Am anderen Ende der Leitung war eine energische Frauenstimme zu hören:

»Sie wollten mich wegen dieses Klosters Neresheim sprechen? Meine Mutter hat es mir ausgerichtet. Und da ich gleich wieder zu einer Konferenz muss…«

Die Studiendirektorin. Tamar bedankte sich eilig und bat, das Gespräch auf einen anderen Apparat legen zu dürfen.

Sie sagte Dannecker, dass er auf sie warten solle, und ging ins Nebenzimmer, wo Wilma Rohm, eine junge Kriminalbeamtin mit einem langen blonden Mädchenzopf, das Gespräch für sie angenommen hatte.

»Durchaus erinnere ich mich an die Eheleute Dannecker aus Ulm«, sagte die Studiendirektorin. »Das heißt, ich erinnere mich vor allem an Dorothea Dannecker, sie ist ja Richterin, wie Sie sicher wissen. Kennen gelernt habe ich sie in Neresheim, auf den Besinnungstagen, die dort vor ein paar Jahren stattgefunden haben.«

»Am Jahreswechsel 1998/99?«

»Kann sein«, kam die Antwort. »Wenn Sie es genau wissen wollen, müssen Sie im Kloster nachfragen, ich war nur einmal dort. Jedenfalls war es zwischen den Jahren. Ich erinnere mich deshalb, weil ich Dorothea Dannecker an einem Neujahrsmorgen näher kennen gelernt habe. Wenn Sie so wollen, hat sie Anschluss gesucht, weil ihrem Mann plötzlich eingefallen ist, er müsse Silvester bei seiner alten Mutter verbringen, irgend so etwas muss er ihr vorgelogen haben. Sie hat es ihm auch gar nicht erst geglaubt, aber was sollte sie tun? Sie hat versucht, ganz kühl und gelassen zu bleiben, aber leider gehört sie zu den Frauen, die das Alleinsein nicht gelernt haben. Wir haben uns dann noch eine Zeitlang geschrieben, aber dann ist auch das wieder eingeschlafen.«

Auf der Rückfahrt hatte Luzie kurz angehalten, um Sascha anzurufen und zu sagen, dass sie vermutlich später käme, weil sie noch einen Bericht fertig stellen wolle. Allerdings hatte sie das nur seinem Anrufbeantworter sagen können. Dann war sie weitergefahren, den Kopf voller Gedanken, denn mit ihrer Bestandsaufnahme dessen, was sie in der Siedlung an Beschwerden notiert hatte, würde sie dem Geschäftsführer keine große Freude bereiten können.

Es war Nachmittag, der Personalparkplatz schien voll belegt, das konnte aber kein Problem sein, denn sie hatte – wie die anderen Angehörigen der Geschäftsführung auch – einen eigenen Stellplatz. Sie bog in die Gasse ein, die zu diesen Plätzen führte, und musste plötzlich anhalten. Ihr Stellplatz war mit einem Sperrgitter zur Fahrgasse hin blockiert, dahinter standen Farbeimer und eine Trittleiter. Ein Maler war nirgends zu sehen.

Ärgerlich fuhr sie weiter. Schließlich parkte sie ihren Wagen halb auf dem Gehweg, der zum Verwaltungsgebäude führte. Mit dem Lift fuhr sie nach oben, noch immer ärgerlich und doch schon wieder in Gedanken an ihrem Bericht. Sie öffnete die Tür zu ihrem Büro und prallte zurück. Sie musste sich vertan haben. Dies war ein Zimmer, das offenbar renoviert werden sollte, der Schreibtisch mit einer Plane zugedeckt, Sitzmöbel und Zimmerpflanzen ausgeräumt.

Wessen Büro war das? Sie warf einen Blick auf das Namensschild neben der Tür, es war das Zimmer 5a27, aber es stand kein Name daran, das war merkwürdig, denn das Zimmer 5a27 war das ihre.

Sie machte auf dem Absatz kehrt und marschierte, ohne anzuklopfen, in das Zimmer der Direktionssekretärin Köhl-Kunzmann, die gerade – die Kopfhörer übergestülpt – einen Brief oder eine Aktennotiz schrieb.

»Was ist mit meinem Zimmer passiert? Und was mit meinem Stellplatz, und wer hat das angeordnet?«

Keine Reaktion. Die Köhl-Kunzmann schrieb weiter. Luzie beugte sich über ihren Schreibtisch und sah ihr ins Gesicht. Die

Köhl-Kunzmann hatte Tränensäcke und war zu stark geschminkt.

»Was ist mit meinem Zimmer passiert?«

Die Köhl-Kunzmann hörte auf zu schreiben und sah sie an. »Der Herr Geschäftsführer will Sie schon den ganzen Tag sprechen.«

»Sie wissen ganz genau, wo ich war. Ich habe es Ihnen gesagt.« Luzie richtete sich auf und wandte sich zur Tür des Geschäftsführers.

»Jetzt nicht«, sagte die Sekretärin. »Er hat eine Besprechung.«

Luzie blieb stehen. Schließlich sah sie sich um, ging zu dem zweiten, im Augenblick leeren Arbeitsplatz des Sekretariats, setzte sich, zog dem Computer die Schutzhaube herunter und schaltete ihn ein.

»Was tun Sie da?«, fragte die Köhl-Kunzmann, und ihre Stimme wurde schrill.

Luzie antwortete nicht. Auf dem Computer baute sich das Bildschirmportal auf, und sie gab ihr persönliches Kennwort ein. Der Computer akzeptierte. Wenigstens das, dachte Luzie.

»Sie dürfen das nicht«, sagte die Köhl-Kunzmann. Luzie drehte sich um und lächelte sie an. Dann wandte sie sich wieder dem Bildschirm zu, rief die Vorlage für ihre Aktennotizen auf und begann zu schreiben:

Bei einer Überprüfung der Sozialräume in der Siedlung Buchenbronn haben sich Hinweise auf gravierende technische Mängel und eine beginnende Verwahrlosung ergeben, die sofortige…

Die Kommissarin Tamar Wegenast kehrte in ihr Büro zurück. Als sie die Tür öffnete, sah sie, wie Dannecker sich im Besucherstuhl hastig aufrichtete, als versuche er, Haltung zurückzugewinnen.

»Sie hatten mir vorhin etwas zu trinken angeboten«, sagte er.

Tamar holte eine Tasse, schenkte ihm Tee ein und schob ihm die Zuckerdose zu.

Er nahm drei Stück Zucker und rührte lange in seiner Tasse. Tamar wartete.

Schließlich blickte er auf.

»Hatten Sie ein hilfreiches Gespräch?«

»Ja.«

Er nahm einen Schluck und verzog das Gesicht.

»Freut mich für Sie.«

»Wo haben Sie den Jahreswechsel 1998/99 verbracht?«

»Das weiß ich doch heute nicht mehr.«

»Ihre Frau behauptet, Sie beide seien im Kloster Neresheim gewesen.«

»Dann stimmt das auch so.«

»Wirklich?«

Er schüttelte den Kopf. »Nächste Frage.«

Tamar lächelte. »Keine nächste Frage.« Es war ein sehr knappes Lächeln. »Ich werde einen Haftbefehl gegen Sie beantragen. Sie waren in der Neujahrsnacht unterwegs.«

»Unsinn.«

»Am Neujahrsmorgen waren Sie nicht mehr in Neresheim. Wir haben eine Zeugin. Eine sehr entschiedene und kompetente Zeugin.«

»Frauen!«

Die Tür des Geschäftsführers öffnete sich, Luzie sah auf, die Sachbearbeiterin Fudel trat heraus und auf die Köhl-Kunzmann zu und würdigte Luzie keines Blickes.

»Vielen Dank noch«, sagte die Fudel, »und einen schönen Feierabend möchte ich Ihnen auch wünschen!«

»Danke«, antwortete die Köhl-Kunzmann, »aber das dauert noch eine Weile.«

Wahrscheinlich wirft sie jetzt einen Blick auf mich, dachte Luzie, und schrieb entschlossen weiter:

... da die technischen Mängel der Heizkörper offenbar in vielen, wenn nicht den meisten Wohnungen offenkundig sind, empfehle ich eine umfassende Nachrüstung und gleichzeitig eine auch juristische Überprüfung der Frage, ob die Geräte seinerzeit entsprechend der Ausschreibung installiert worden sind...

Wieder öffnete sich die Tür, Luzie hörte die leutselige Stimme des Personalrates: »Wieder alle an der Arbeit, die fleißigen Lieschen... Ach, das sind ja Sie!« Die Stimme wünschte einen angenehmen Abend, die Tür öffnete und schloss sich, es herrschte wieder Stille.

Luzie schrieb weiter. Unvermittelt tauchte auf dem Bildschirm eine Nachricht auf:

Auf Grund einer fehlerhaften Anmeldung wird diese Anwendung geschlossen. Bitte wenden Sie sich an die hausinterne Administration. Danke!

Die Nachricht verschwand wieder, und der Text, den Luzie geschrieben hatte, kippte weg. Luzie sah zu, schweigend. Sie atmete ruhig, und zu ihrer eigenen Verwunderung stellte sie fest, dass sie nicht einmal überrascht war.

Hinter ihrem Rücken klingelte das Telefon, die Köhl-Kunzmann nahm den Hörer ab.

»Ja«, sagte sie, »jetzt ist sie da.«

Dannecker betrachtete die Teetasse. »Sie können mir nicht ein Bier bringen lassen? Ich bezahl es auch...«

»Nein.«

»Auch recht.« Er stellte die Teetasse zurück. »Es mag alles so sein, wie Sie es sagen. Aber für das, was meine Frau behauptet hat, bin ich nicht verantwortlich.« Er blickte zu ihr hoch. »Ich war betrunken damals. Hackedicht zu und knülle. Als ich glücklich aus diesem Kloster draußen war, hab ich erst einmal vor lauter Begeisterung ein paar Schluck aus meiner Reiseapotheke genommen.« Er klopfte auf eine imaginäre Jackentasche, als hätte er einen Flachmann darin. »Und dann bin ich nach

Thalfingen, Solveig hatte ja angerufen, dass ich kommen soll. Dass sie es allein nicht aushält. Dass sie in die Donau geht. Diese Tour, wissen Sie?«

»Und weiter?«

»Das war es«, plötzlich hob sich seine Stimme, »denn irgendwann ist bei mir der Film gerissen, und so bin ich ins neue Jahr gekommen, ich weiß nicht, wie.«

»Und wann haben Sie festgestellt, dass Ihr Auto beschädigt ist?«

»Ich glaube, erst zwei Tage später. Das heißt, ich hab's ja gar nicht festgestellt. Irgendein Kerl war es. Er hat nicht einmal seinen Namen genannt, aber er hat mich in meiner Wohnung angerufen und gefragt, ob ich mir meinen Daimler schon einmal angeschaut hätte ... hat gefragt und gleich wieder aufgelegt. Ich weiß noch, dass ich erst nur den Kopf geschüttelt habe.«

»Aber der Wagen war wirklich beschädigt?«

»Ja, vorne an der Stoßstange, ein wenig eingedrückt, und eine Delle im Blech, ärgerlich ja, aber kein Beinbruch, es sah aus, als hätte ich ein Verkehrszeichen ein bisschen umgefahren. Das konnte überhaupt nicht sein, aber ich hatte ja einen Filmriss.«

»Und wann haben Sie erfahren, dass es kein Verkehrszeichen gewesen war?«

»Als der Kerl wieder angerufen hat. Es war die reine Räuberpistole. Ich hätte einen Radfahrer umgefahren.«

»Nicht irgendeinen Radfahrer«, insistierte Tamar.

»Jetzt fangen Sie auch schon so an! Ja, der Kerl hat gesagt, dass das ein Student gewesen sei, und der Student hätte mir schon einmal Ärger gemacht, und deswegen ...« Er betrachtete Tamar, mit einem fast flehentlichen Blick. »Verstehen Sie, ich wusste nicht einmal von einem Unfall, und da behauptete dieser Kerl am Telefon, ich hätte es absichtlich gemacht. Das ist doch absurd, aber was machen Sie, wenn Sie sich überhaupt nicht verteidigen können, weil nichts in Ihrem Kopf ist?«

»Wie viel haben Sie dem Mann gegeben?«

Dannecker schwieg.

»Wie viel?«

Noch immer keine Antwort. Tamar überlegte. Schließlich drehte sie sich um und nahm von der Ablage auf dem Regal das »Tagblatt«, das sie sich am Morgen in der Pressestelle besorgt hatte, und schlug die Seite mit dem Bericht von der Vernissage im Kunstverein auf. Eine Weile betrachtete sie das Foto von Alexander Keull, dem Bildhauer, der früher einmal – wenn das stimmte, was Tilman Gossler in seinem Tagebuch notiert hatte – sein Atelier im Söflinger Gewerbegebiet hatte, in der Ecke einer Autowerkstatt...

»Fünfzigtausend«, sagte Dannecker unvermittelt. »Mark natürlich, noch keine Euro.«

»Und wem haben Sie es gegeben?«

»Das weiß ich nicht. Dem Kerl vermutlich. Ich sollte das Geld in einer Schulmappe verstauen und die Mappe in einem Schließfach des Hauptbahnhofs deponieren. Den Schlüssel sollte ich bei einer Verkäuferin am Obststand abgeben, da gab es einen im Bahnhof oder gibt ihn immer noch, ich sollte ihr meinen Namen nennen und ihr einen Zwanziger geben... mehr weiß ich nicht.«

In diesen Verkaufsständen im Bahnhof, dachte Tamar, arbeiten junge Leute für dreihundert Euro, und wenn sie es drei Monate am Stück tun, ist es eine lange Zeit. Trotzdem stand sie auf und ging ins Nebenzimmer. Konnte Wilma etwas übernehmen? Sie konnte.

»Da gibt es einen Obststand im Hauptbahnhof. Frag doch mal die Bahnhofspolizei, wer Anfang des Jahres 1999 dort beschäftigt gewesen ist oder wer darüber Auskunft geben könnte. Es muss eine Frau gewesen sein.« Sie legte Wilma das »Tagblatt« mit dem Bericht über die Vernissage hin. »Falls du rauskriegst, wer es war, frag sie, ob sie einmal für jemanden einen Schließfachschlüssel aufbewahrt hat. Für diesen Typ hier...«

Tamar ging zu Dannecker zurück. »Sie wollten mir noch sagen, wo Sie die Stoßstange auswechseln ließen.«

Argwöhnisch blickte der Anwalt hoch, antwortete aber nicht.

»Sie haben behauptet, Sie hätten den Daimler selbst gewartet«, fuhr Tamar im Plauderton fort. »Aber mein Kollege Leissle hat sich Ihre Garage angeschaut. Dort soll es ja wirklich aussehen wie in Heimwerkers Werbeprospekt. Nur habe ich mir Ihre Hände angesehen. Die schauen ziemlich gepflegt aus. Sie arbeiten damit nicht als Freizeitmechaniker.«

Dannecker betrachtete seine Hände. Dann zuckte er die Achseln.

»Im Söflinger Gewerbegebiet hat es vor Jahren eine freie Autowerkstatt gegeben«, sagte Tamar, »also eine, die nicht an eine Automarke gebunden war, der Inhaber war ein Kroate.« Sie stand auf und ging zu dem Ulmer Stadtplan, der gegenüber der Fensterseite ihres Büros aufgehängt war. »Hier«, sagte sie und deutete auf einen eng umrissenen Bereich. »Ich nehme an, man hat dort bar bezahlt und die Preise verstanden sich ohne Buchführung, Steuer und Sozialabgaben. Und weiter nehme ich an, dass Sie die Werkstatt kannten und dass Sie dort Kunde waren. Das war ja auch praktisch, Sie konnten den Wagen abgeben und hatten dann zu Fuß nur ein paar Minuten zu Ihrer Wohnung.« Ihr Zeigefinger glitt über den lang gestreckten Straßenzug des Fünf-Bäume-Weges, knapp oberhalb des Gewerbegebiets.

Sie unterbrach sich. Wozu erzählte sie das alles? Der Mann vor dem Schreibtisch sah ihr gleichgültig, fast gelangweilt zu, als warte er auf eine Frage und wisse nicht, was diese mit der Werkstatt zu tun haben könnte und damit, ob er dort Kunde gewesen sei.

»Sind Sie eigentlich einmal mit Solveig in dieser Werkstatt gewesen?«

Dannecker hob seine Hände und ließ sie wieder fallen. »Ich muss sehr um Ihre Nachsicht bitten, aber das weiß ich wirklich nicht mehr. Es kann sein, aber ich erinnere mich nicht und weiß auch nicht, welche Bedeutung das haben soll. Übrigens werde ich müde, und vor weiteren Erklärungen würde ich mich gerne erst mit einem Kollegen beraten.«

Tamar schob ihm ihr Telefon zu, ging ins Nebenzimmer und rief Staatsanwalt Desarts an.

Luzie Haltermann verließ den Lift, eine voll gepackte Plastiktüte in der Hand, und wandte sich nach rechts, zu den Personalparkplätzen, und ging einige Schritte, bis ihr wieder einfiel, dass ihr Wagen dort nicht stand. Damit hat es doch begonnen, da war schon alles gesagt, nur du hast es nicht begriffen, du dumme Kuh... Sie drehte sich um und verließ das Gebäude durch den Haupteingang, mit einem kurzen Kopfnicken als Gruß zum Pförtner, ohne wahrzunehmen, wer dort saß oder ob der Gruß erwidert wurde. Draußen sah sie einen Abschleppwagen, zwei Männer waren gerade dabei, ein Auto hoch zu ziehen.

Sie ging weiter, dann begriff sie, dass es ihr Auto war, und begann zu laufen, die Plastiktüte schlug ihr dabei gegen die Beine, »lassen Sie das! Das ist mein Wagen.«

»Nu mal langsam«, sagte einer der Männer und betrachtete sie schmierig, »der Wagen ist verbotswidrig geparkt und muss abgeschleppt werden, das ist unser Auftrag, da beißt die Maus keinen Faden ab.«

Luzie erklärte, dass das ein besonderer Fall sei und sie den Wagen ja jetzt sowieso selbst wegfahre, und holte ihre Brieftasche und kam schließlich mit fünfzig Euro davon, wobei sie selbst wusste, dass das noch immer viel zu viel war, aber sie hätte auch hundert bezahlt, nur um sich in ihr Auto setzen und wegfahren zu können.

Ohne große Überlegung nahm sie die Straße entlang der Iller, und das bedeutete, dass sie nicht zuerst nach Hause fuhr, sich nicht unter die Dusche stellte und sich nicht ins Bett verkroch, was alles sie nach einer vergleichbaren Demütigung zu einer anderen Zeit unweigerlich getan hätte.

Weshalb Demütigung? Warum ging ihr ein solches Wort durch den Kopf? Sie war in das Büro des Geschäftsführers gebeten worden oder besser: Sie war angewiesen worden, es zu betreten, außer dem Geschäftsführer waren dort der Personalchef und der Hausjurist gesessen, man hatte sie aufgefordert, Platz zu nehmen, und ehe sie auch nur danach hätte fragen können, was mit ihrem Büro geschehen sei, hatte man ihr bedeutet, dass dies bereits jetzt keine Frage mehr sei und später auch nicht.

»Unsere Entscheidung hat zunächst mit Ihnen persönlich nichts zu tun, sondern beruht auf einer längerfristig geplanten Restrukturierung unserer Führungsebene.«

Dann hatte der Hausjurist ihr einen Auflösungsvertrag vorgelegt, wonach sie zwei Jahresgehälter Abfindung erhalten sollte.

»Das ist, wie Sie bitte beachten wollen, deutlich mehr, als Sie vor dem Arbeitsgericht würden erreichen können.«

Und warum, bitte, deutlich mehr?

Schweigend hatte der Hausjurist den Vertrag aufgeblättert und auf einen Passus verwiesen, wonach die Vertragspartnerin Luzie Haltermann sich zu strikter Verschwiegenheit über sämtliche Vorgänge verpflichtete, von denen sie während ihrer Tätigkeit bei den Gemeinnützigen Heimstätten Kenntnis erlangt habe, und zwar zur Verschwiegenheit gegenüber jedermann.

»Außerdem sollten Sie künftig stets daran denken, dass ein Verstoß gegen diese an sich selbstverständliche Pflicht sich naturgemäß in der gesamten Wohnungswirtschaft herumsprechen wird.«

War das klar genug?

Luzie Haltermann hatte getan, was man von ihr verlangte. Sie hatte unterschrieben. Sie war in Begleitung des Hausjuristen und des Personalchefs in die Baustelle gegangen, die ihr Büro gewesen war, und hatte unter Aufsicht ihre persönlichen Dinge aus dem Schreibtisch ausgeräumt und in die Plastiktüte gepackt, die die Köhl-Kunzmann – wie bestellt aus dem Flur auftauchend – plötzlich zur Hand hatte.

Glück ist bei Meyer einkaufen, stand auf der Tüte. Meyer war ein Drogerie-Großmarkt.

Glück ist. Damit beginnt schon das Lügen. Glück ist nicht. Und wenn es doch einmal sein sollte, dann ist es gleich nicht mehr.

Die Straße verließ das Illertal und führte über eine Hochfläche. Von hinten näherte sich ein grüner Wagen und schloss auf, im Rückspiegel sah sie, dass es ein Streifenwagen war, ganz sicher finden sie irgendetwas, um dich abzukassieren, heute ist der Tag für so etwas, wieso fahre ich eigentlich zu Sascha? Um ihm etwas vorzuheulen? Das wird ihm gerade noch fehlen.

Der Streifenwagen setzte den Blinker und zog an Luzie vorbei.

Habt ihr auch nichts vergessen? Soll ich euch vielleicht nachfahren, Verzeihung, die Herren, wollten Sie mich nicht gebührenpflichtig verwarnen?

Luzie schüttelte den Kopf. Vorne war ein Waldparkplatz angezeigt. Mach einen Augenblick Pause. Nase pudern. Kopf lüften.

Irgendwas wird doch helfen.

Wieso hast du es so eilig?«

»Hab's nicht eilig.«

»Du fährst 130. Was soll der gesetzestreue Bürger von uns denken?«

»Das siehst du falsch«, stellte Heilbronner klar. »Das sind allenfalls gesetzestreue Hundert mit Mehrwertsteuer.«

»Wie du meinst.« Orrie gähnte. »Was will die Tamar eigentlich von diesem Menschen?«

»Eine Gegenüberstellung.«

»Nett. Ich zum Beispiel hätte gerne eine Gegenüberstellung mit dem Feierabend.«

Zwischen den Bäumen kam das Dorf Greuthweiler in Sicht, der Streifenwagen fuhr an einer Wirtschaft vorbei und an einer zweiten, dann bog Heilbronner in eine kleine Straße ein, die bergauf führte.

Vor dem allein stehenden Bauernhof war ein Toyota geparkt. Das Scheunentor stand weit offen, Neonlicht fiel auf einen Mann mit Schutzbrille, der mit einem Schweißbrenner arbeitete. Funken flogen blau.

Heilbronner stellte den Streifenwagen neben dem Toyota ab. Orrie stieg aus und ging zur Scheune. In sicherem Abstand von dem Mann mit dem Schweißbrenner blieb er stehen. Die Scheune war voll gestellt mit Blechen und ausgebauten Motoren und anderem Schrott. Tamar Wegenast hatte etwas von einem Bildhauer gesagt. Orrie hatte sich Bildhauer anders vorgestellt. Aber er hatte nichts dagegen. Jedermann musste mit der Zeit gehen.

Der Mann mit dem Schweißbrenner hatte für den Augenblick genug. Er schaltete das Gerät aus und nahm die Schutzbrille ab.

»Guten Abend«, sagte Orrie.

»Was wollen Sie?«, fragte der Mann und tat, als ob er den Polizisten erst jetzt gesehen hätte. Er war gut zwei Köpfe größer als Orrie.

»Sie sind Herr Keull? Alexander Keull?«

»Schon möglich. Warum?«

»Sie haben doch früher einmal, vor 1999, in einer Autowerkstatt in Söflingen gearbeitet?« Das war gerade ein Fehler, dachte Orrie und verbesserte sich rasch: »Ich meine, dass Sie ein Atelier dort hatten... hatten Sie doch?«

»Und?«

»Wir wüssten gerne, ob Sie einen Kunden dieser Werkstatt wieder erkennen würden?«

»Was für einen Kunden?«

»Darauf kommt es jetzt nicht an«, sagte Orrie ausweichend. »Nur darauf, ob Sie ihn dort schon einmal gesehen haben.«

Keull sah Orrie an, mit einem Blick, den dieser nicht deuten konnte.

»Wenn's dem Rechtsstaat dient«, antwortete der Bildhauer schließlich. »Aber ich muss den Laden hier erst einmal dicht machen und was anderes anziehen. Ich brauche zehn Minuten, ist das okay?«

Orrie nickte und half Keull, das Scheunentor zu schließen. Dann schlenderte er über den Hof, gab Heilbronner Bescheid und sah sich ein wenig um. An das Haus grenzte ein Bauerngarten, umgeben von einem rostigen Eisenzaun, der Garten war verwildert und von Brombeerranken und abgeblühtem Gesträuch überwuchert. Hinter dem Garten erstreckte sich eine Weide, von den Kühen ausgetreten und mit Kuhfladen übersät. Kühe hatte Orrie noch nie leiden können.

Zeit verging.

Heilbronner stieg aus dem Wagen. »Wie lange wollte der brauchen?«

»Zehn Minuten.«

Ein Wagen kam vom Dorf hoch und bog auf die Einfahrt ein.

»Das ist doch die Frau, die wir vorhin überholt haben«, sagte Orrie. Heilbronner antwortete nicht.

Die Frau, die aus dem Wagen ausstieg, war jung, groß, etwas ausladend gebaut und steckte in einem dunklen Kostüm.

Die passt nicht hierher, dachte Orrie. Wirklich nicht.

»Wir sollten mal nach diesem Keull schauen«, sagte Heilbronner. »Nicht, dass wir schon wieder die Deppen sind.«

»Guten Tag«, sagte die Frau und kam auf die beiden Polizisten zu. »Suchen Sie jemanden?«

Mit ihrer Stimme ist irgendetwas nicht in Ordnung, dachte Orrie. Genauer: mit der ganzen Person nicht.

»Wir warten auf Herrn Keull«, antwortete er. »Nichts Dramatisches.« Offenbar war das noch nicht behutsam, noch nicht beruhigend genug. Die Frau sah ihn an, als ob sie nahe am Kreischen sei.

Plötzlich schüttelte sie den Kopf und ging auf die Haustür zu. Die Tür war nicht abgeschlossen. Sie trat in den Flur und rief: »Sascha!«

Orrie folgte ihr in einigem Abstand. Wieder rief die Frau. Und noch einmal.

Gleich geht es los, dachte Orrie.

Die Frau stieß eine Tür auf, die in die Wohnstube führte, setzte sich an den Ecktisch und lehnte sich mit dem Rücken und dem Kopf an die Wand, die Augen geschlossen.

»Kann ich Ihnen helfen?«, fragte Orrie.

Die Frau hob die Arme und hielt sich die Ohren mit ihren Händen zu.

Und wer war das nun?« Es war Abend geworden, die Kommissarin Tamar Wegenast hatte die Schreibtischlampe eingeschaltet und die Füße auf eine herausgezogene Schublade gelegt.

»Eine Haltermann, Luzie, geboren 1976 in Ulm«, antwortete Orrie durch das Telefon. »Sie lügt.«

»Warum?«

»Angeblich ist sie nur eine Bekannte von Keull. Aber wie sie geschnallt hat, dass er abgehauen ist, war sie völlig durch den Wind.«

»Will sie da draußen bleiben, in diesem Bauernhof oder was auch immer das ist?«

»Sie sagt, sie weiß es noch nicht. Ich sagte dir doch, die lügt.«

Vermutlich tut sie das, dachte Tamar und blickte auf ihre Notizen. Der Name Luzie Haltermann kam ihr bekannt vor. Nein, es war nur der Vorname. Eine Luzie gab es auch in Gosslers Tagebuch.

»Ich denke, wir fahren jetzt erst einmal los«, fuhr Orrie fort, »und warten auf halber Strecke. Vielleicht kommt diese Luzie Haltermann in einer halben Stunde nach und hat unseren Vogel dabei, wie zufällig aufgelesen. Den Kollegen in Dietenheim und im Bayerischen drüben sagen wir auch Bescheid, und vielleicht kannst du noch jemand von euren Leuten hinschicken, der ein Auge auf die Wohnung der Haltermann hat.«

Orrie gab die Adresse durch und außerdem noch die Kennzeichen der beiden Autos, die auf dem Hof standen. »Und fröhliche Überstunden auch!«

Tamar legte auf und nahm sich noch einmal die Kopien des Gossler-Tagebuchs vor. Tilman hatte eine Luzie gekannt, sie war mit Matthes liiert gewesen, aber Tilmans Verbindung zu Keull war über Solveig hergestellt worden.

Das ergab alles keinen Sinn. Kuttler müsste mehr wissen. Aber Kuttler war weiß der Teufel wo.

Und überhaupt, warum war Keull davongelaufen? Erpressung verjährt nach fünf Jahren. Falls er es überhaupt gewesen war, der dem Rechtsanwalt Dannecker die Daumenschrauben angesetzt hatte.

Also? Tamar schüttelte den Kopf und griff nach der Teekanne, aber die war leer. Also stand sie auf, holte frisches Wasser und steckte den Tauchsieder ein. Wieder ging ihr Dannecker durch den Kopf. Der Anwalt war inzwischen zu Hause dabei, sich in seiner ganzen Jämmerlichkeit von der Ehefrau trösten zu lassen, einen Haftbefehl hatte Staatsanwalt Desarts noch immer nicht beantragen wollen.

»Es reicht, wenn er seinen Reisepass abgibt«, hatte Desarts erklärt. »Schließlich räumt er die Unterschlagungen ein, und dass er den jungen Mann absichtlich totgefahren hat, das dürfen Sie gerne glauben, nur beweisen können Sie es nicht.«

Natürlich hatte Desarts Recht. Es war noch viel zu früh, etwas über den Tod des Tilman Gossler zu sagen. Ohne die Aussagen von Keull und – vor allem – dieser Solveig war überhaupt nichts aufzuklären. Aber aus Paris war noch immer keine Nachricht da.

Das Wasser kochte. Weil sie müde war und weil es ein langer Abend werden würde, warf sie vier Teebeutel in die Kanne und goss das Wasser auf. Etwas besorgt dachte sie daran, dass sie Keull – wenn er denn überhaupt in den nächsten Stunden gefunden würde – nicht sehr lange würde festhalten können. Es sei denn …

In den Gedanken hinein, der ihr gerade kommen wollte, öffnete sich die Tür. Grau im Gesicht, ein fleckiges Pflaster auf der Stirn, schlich sich ein schemenhaft-unscheinbares Gespenst in einem unpassend hellen Mantel und mit einer Reisetasche in der Hand zu Kuttlers verwaistem Schreibtisch.

»Guten Abend auch«, sagte Kuttler.

»Was willst du hier?«, fragte Tamar, statt den Gruß zu erwidern. »Du bist krankgeschrieben. Hast du sie noch alle? In diesem Zustand? Und wo hast du überhaupt die ganze Zeit gesteckt? Hast du eine Ahnung, wie oft ich versucht habe, dich zu erreichen?«

»Nein«, sagte Kuttler.

»Was nein?«

»Ich weiß nicht, wie oft du angerufen hast. Ich hab das Handy ausgeschaltet.« Tamar zuckte die Achseln. Sie schenkte ihre Tasse halb voll, um zu sehen, ob der Tee gezogen hatte. Die Farbe war kräftig genug, und sie warf die Teebeutel in den Papierkorb.

»Hast du was erreicht?«

Hab ich das?, überlegte Tamar. »Ein bisschen was. Dannecker hat die Unterschlagungen gestanden, er hat damit sein Liebesleben finanziert, das war offenbar recht aufwendig, erst eine uneheliche Tochter, später diese Solveig, und deshalb ist es auch durchaus nicht aus der Welt, dass er den Tilman totgefahren hat. Außerdem ist dieser Bildhauer abgehauen, als wir mit ihm über Dannecker und Tilman reden wollten.«

»Nett.«

»Ja«, antwortete Tamar mechanisch. »Aber was, bitte, geht dich das an?«

Kuttler, noch immer im Mantel, stellte seine Reisetasche auf dem Schreibtisch ab und drehte sich langsam um.

»Es ist mein Fall«, sagte er leise. »Hast du das vergessen?«

Tamar schrak hoch. Nein, dachte sie. Das ist nicht dein Fall. So etwas gibt es nicht. Schon gar nicht, wenn einer krankgeschrieben ist. Und ein Disziplinarverfahren am Hals hat

»Nein, ich hab es nicht vergessen«, antwortete sie. »Aber wir konnten schlecht warten, bis du wieder fit bist.«

»Schon gut. Was willst du als Nächstes tun?«

»Warten, dass wir Keull einkassieren. Und dass die französischen Kollegen uns diese Solveig Wintergerst vernehmen lassen.«

»In Paris?«

»Ja, in Paris.«

Kuttler schüttelte den Kopf. »Ihr werdet sie nicht vernehmen.«

»Kuttler, was ist los?« Aus schmalen Augen fixierte die Kommissarin Tamar Wegenast ihren Kollegen. Sie hatte ihn noch nie so elend gesehen.

Kuttler beschrieb mit der Hand einen Kreis um seinen Hals, dann hob er sie, als hielte er ein Seil damit.

Weiße Raufaser. Schwarzweißbilder vom Kassenraum 1910. Kassierer mit Kaiser-Wilhelm-Bart. Kunden im Gehrock und mit Embonpoints, von Westen pfleglich umhüllt.

»Ich verstehe das nicht«, sagte Revisor I.

Stahlrohrsessel, mit schwarzem Leder bezogen.

»Das zu verstehen, ist wirklich nicht leicht«, ergänzte Revisor II.

Ein ausladender runder Tisch. Mooreiche, massiv.

»Ich sagte ihr«, wiederholte Czybilla, »dass ich die Zweihunderttausend so nicht annehmen darf, und erklärte ihr das Gesetz gegen Geldwäsche. Dass sie sich mir gegenüber ausweisen muss.«

»Und dann?« Revisor I trug einen dunklen Anzug und eine gestreifte Krawatte zu einem grüngelb karierten Hemd.

»Was haben Sie ihr dann gesagt?« Revisor II trug einen Nadelstreifenanzug und eine gepunktete Krawatte zu einem lila Hemd.

»Sie hat gesagt, dass sie das Geld im Auftrag einer Erbengemeinschaft anlegen will. Dass sie erst klären muss, wer gegenüber dem Fiskus als Berechtigter angegeben werden soll. Sie wollte nicht, dass es ihr zugerechnet wird, verstehen Sie? Ihr gehören wohl ein paar Mietshäuser, und sie denkt deshalb, dass der Fiskus denkt, das Geld sei daraus abgezweigt.«

»Warum haben Sie ihr nicht gesagt«, sagte Revisor I, »dass das Konto für die Erbengemeinschaft angelegt werden kann?«

»Ich habe es ihr gesagt. Aber sie sagte, dazu sei sie nicht befugt. Sie müsse erst mit den anderen Erben darüber reden.«

»Und dann«, fragte Revisor II, »haben Sie ihr das Geld doch sicher wieder mitgeben wollen?«

»Es war ihr zu gefährlich«, antwortete Czybilla. »Zweihunderttausend könne sie nicht länger so mit sich herumtragen, sagte sie. Und dass Banken doch dazu da seien, dass man dort sein Geld loswird.«

Revisor I und Revisor II sahen sich an.

Das habt ihr noch nie gehört? Komisch, dachte Czybilla. »Also habe ich ihr gesagt, dass ich es in meinen Tresor tue, und ihr eine Quittung gegeben.«

»Und was«, fragten die Revisoren I und II unisono, »haben Sie dann getan?«

»Dann hatte ich den Schlüssel zu meinem Tresor nicht zur Hand, weil der noch in meinem Aktenkoffer war, und ich dachte, ich hätte ihn in einem anderen Jackett, und draußen wartete dieser Kriminalbeamte Kuttler auf mich, und ich habe die Aktenmappe mit den zweihunderttausend Euro hinter meinen Schreibtisch gestellt und den Kriminalbeamten hereingebeten, das heißt, ich wollte es tun, weil die zweihunderttausend Euro ja nicht wegkommen, solange ein Polizist dabei ist, aber da passierte auch schon dieser Überfall, und die ganze Zeit, als ich auf dem Boden lag und der Kerl mit der Maschinenpistole auf mich gezielt hat, da hab ich gedacht, die werden doch die kleine Aktenmappe nicht finden, aber als die Russen weg waren, war auch die Aktenmappe weg.«

»Also ...«, sagte Revisor I.

»Wie heißt denn die Kundin?«, wollte Revisor II wissen.

Czybilla richtete sich auf. Dann schüttelte er den Kopf. »Tut mir Leid«, sagte er ruhig. »Das darf ich Ihnen nicht sagen.«

»Und warum nicht?«

»Ich habe ihr mein Ehrenwort gegeben.«

Tamar Wegenast setzte Kuttler in der Neustadt ab, vor dem Haus mit dem Eisenbahnladen, und Kuttler wartete, bis sie mit ihrem Wagen zurückgestoßen war und gewendet hatte und die Rücklichter in der Nacht verschwunden waren. Es war kalt geworden, und er hoffte nur, dass er den Thermostat für die Gasheizung nicht zu weit heruntergedreht hatte. Und dass vielleicht noch eine Flasche Bier im Kühlschrank war. Wenigstens eine.

Er stieg die Holztreppe hoch, die ausgetreten war und knarrte. Trautes Heim, dachte er, als er aufgeschlossen hatte und die Glühbirne an der Decke den einen Korbsessel und den tragbaren Fernseher und die unausgepackten Bücherkartons beleuchtete. Er warf seine Reisetasche in die Ecke und stellte als Erstes den Thermostat hoch. Dann schaute er, fröstelnd, in der Küche nach. Im Eurocity »Johann Wolfgang v. Goethe« hatte es einen entsetzlichen Kaffee gegeben und Schokoladenkekse und sonst nur das liebreizende Lächeln einer französischen Zugbegleiterin, die ihm mit großem Bedauern etwas erklärt hatte, was er nicht verstand.

Es hatte ihm nichts ausgemacht. Appetit hatte er keinen. Nur jetzt hatte er Hunger. In seinem Kühlschrank fand er noch eine Dose Corned Beef, aber kein Bier. Außerdem hatte er noch eine angebrochene Packung Knäckebrot. An der Dose befand sich ein Schlüssel, um sie zu öffnen. Nach zwei Umdrehungen brach der Schlüssel ab. Das ist kein Problem, wenn man einen Dosenöffner hat.

Natürlich besaß er keinen.

Er setzte sich, noch im Mantel, in seinen Korbsessel. Irgendetwas drückte an seinem Oberschenkel. Eigentlich sollte er sich ausziehen und sich auf seinem Matratzenlager unter der Decke verkriechen und das Licht ausmachen und die Welt da draußen vergessen, mindestens bis zum nächsten Frühjahr. Aber er war zu müde dazu.

Das Ding drückte noch immer. Er musste sich im Sessel zur Seite wenden, um danach zu tasten. Das Ding war sein Handy. Er holte es aus der Manteltasche und schaltete es ein. Warum er das tat, wusste er nicht. Vielleicht nur deshalb, weil es gerade so in seiner Hand lag. Er gab die Kennnummer ein, das Gerät meldete sich mit dem albernen Piepsen, das er nicht abstellen konnte, und auf dem Display erschien eine Mitteilung, offenbar hatte ihm Tamar den ganzen Speicher voll gequasselt.

Er war noch immer zu müde, um ins Bett zu gehen, und so begann er, die Nachrichten abzuhören.

»... Kuttler, ich muss wissen, wo du steckst, wir haben den Armbruster...«

Kuttler drückte die Löschtaste. Nächste Nachricht:

»Wo zum Teufel...«

Löschtaste.

»Kuttler, bitte...«

Löschtaste.

»Ja, hier ist die Angie Falter, Sie waren doch letzte Woche bei mir, wegen Tilman, und haben mir Ihre Karte dagelassen. Ob Sie mich mal anrufen? Ich hätte Sie gerne was gefragt.«

Der BMW glitt aus der Tiefgarage, mit seinem gelassen und katzengleich schnurrenden Motorengeräusch, schob sich in den ausklingenden Abendverkehr, bog nach rechts ab, beschleunigte und schoss vor einem behäbig seiner Vorfahrt nachhängenden Daimler auf den Inneren Ring, pendelte kurz auf die Gegenfahrbahn, zog – noch einmal beschleunigend – an der Straßenbahn vorbei und scherte vor der Ampel, die auf Rot stand, wieder nach rechts ein. Die Straßenbahn klingelte zornig, Manfred Czybilla hob die Hand und winkte zurück, Entschuldigung! sollte das heißen, oder genauer: Nimm es nicht so ernst, Kumpel, ich hab einen guten Job gemacht, und wer das tut, der darf auch einen Zahn schneller fahren.

Was er jetzt brauchte, war erst einmal Musik, irgendwas von den ganz besonders feinen Sachen. Was passte zu: Herr Revisor, der Sachverhalt ist solcher...? Er rief die Liste auf, die er in der Musikkonsole gespeichert hatte, aber da hatte er es ja schon. Er drückte auf Start, Leporellos volltönender Bariton drang aus den Stereo-Lautsprechern:

Madamina, il catalogo è questo...

Die Ampel schaltete auf Grün, der BMW schnurrte davon, dass die Schlafmützen nur so glotzten, so – genau so! – hatte er es mit den Revisoren gemacht, alle beide hatte er sie gefickt, nach dem Trick mit dem Ehrenwort war ihnen die Luft weggeblieben.

In Italia seicento e quaranta
In Allmagna duecento e trentuna...

Gewiss, sehr unglücklich das alles. Duecento mille Euro in eben dem einen winzigen Augenblick unter die Russen gefallen, in dem sie noch nicht im Tresor verstaut waren, sehr unglücklich, sehr bedauerlich, gewiss doch, zumal die Dame, deren Namen wir nicht nennen wollen, ihre Geschichte vielleicht doch lieber nicht den Ermittlungsbehörden mitteilen wird, vielleicht wirklich und ganz bestimmt lieber Duecento mille verliert, bevor das Finanzamt davon erfährt, ja mehr noch: der man es andererseits gar nicht erklären könnte, mit Engelszungen nicht, warum ausgerechnet ihr Geld verschont geblieben sein soll, richtig enttäuscht wäre sie! Und da es nun einmal leider diesen bedauerlichen Zwischenfall gegeben hat – was liegt da näher, als neue Rekruten zu bringen, um den kleinen Verlust wettzumachen?

Cento in Francia, en Turchia novantuna...

Wäre das nicht ein Abend, samtschwarz und nachtkühl, mit 210 über die Autobahn ins Casino zu fahren? Nein. Ja. Nein. Nicht zu viel auf einmal. Dies war ein guter Tag für Manfred Czybilla, zweihunderttausend Euro für die eigene ganz private Kriegskasse einkassiert, mehr wollte er heute nicht, der Kluge genießt und weiß sich zu bescheiden ... Die Einfahrt zum Apartmenthaus, das Tor der Garage schwang hoch, exakt und mit hauchdünnem Abstand schwebte der BMW darunter durch.

Ma in Espagna son già mille e tre!

Er stieg aus und ging zum Fahrstuhl, ganz sicher hatte er eine Witwe oben, und wenn die nicht reichte ... nein, die eine würde reichen. Sieger feiern kühl und gelassen und hören Mozart, dachte er und summte vor sich hin:

Nella bionda egli ha l'usanza
Di lodar la gentilezza ...

Ha, dachte er, da fiele mir mehr ein, bei den Blonden zu loben ... Irgendetwas war mit der Tür. Wieso klemmte der Schlüssel? Aber dann ging die Tür doch auf, sie fiel fast nach innen, ein eisenharter Griff packte Czybilla am Arm und riss ihn zu sich herum, eine Hand legte sich auf seinen Mund, und eine Stimme sagte an seinem Ohr:

»Ganz ruhig bleiben ...«

Kuttler bezahlte den Taxifahrer und stieg aus. In der Luft war ein Geruch, als würde es bald Winter werden. Die Tür des Reihenhauses war erleuchtet, und als er darauf zuging, hörte er das Summen des Türöffners.

»Hey«, vernahm er von oben an der Treppe Pucks Stimme, »das ist nett, dass Sie gleich gekommen sind, aber warum mit dem Taxi?« Sie nahm ihm den Mantel ab. »Ich will doch nicht, dass die Polizei sich wegen mir in Unkosten stürzt.«

Im Schlafanzug erschien Janina an der Tür des Kinderzimmers. »Gibst du mir einen Schuh?« Sie sah nicht so aus, als ob sie schon geschlafen hätte.

»Das geht heute nicht«, antwortete Kuttler. »Ich hab heute

kein Auto, und mit einem abben Schuh kann ich nicht in die Stadt runter.«

»Warum hast du kein Auto?«

»Weil es untersucht wird. Ob es Fusseln hat.«

Janina fand, dass das eine merkwürdige Sache sei, aber Puck schickte sie zurück ins Bett und ging mit Kuttler in das Zimmer, in dem sie sich bei seinem letzten Besuch unterhalten hatten. Es war warm in der Wohnung, eigentlich zu warm, Puck trug Jeans und darüber einen Streifen Bauch und über dem Bauch etwas, das vermutlich ein Top war.

»Und was ist mit Ihrem Kopf passiert?«

»Da ist so ein Eisenteil dagegen gelaufen.«

Puck sah ihn prüfend an. »Aber Sie sind nicht der Polizist, den diese Bankräuber als Geisel genommen haben?«

»Ich dachte, das hätte sich schon herumgesprochen.«

»Also doch.« Puck zog ein Gesicht. »Eigentlich hätte ich es mir denken können, als in der Zeitung was von dem Bankangestellten Manfred C-Zett-Punkt stand. Sie waren beim Bilch, nicht wahr?«

Sie setzte sich. »Also sind Sie noch immer hinter dieser Sache mit Tilman her. Übrigens habe ich Sie nicht deshalb angerufen. Es ist... irgendwas anderes, aber komisch ist es schon, dass jetzt gerade Sie der einzige Polizist sind, den ich kenne.« Wieder warf sie einen Blick auf seine Stirn. »Das Pflaster sieht übrigens ziemlich vergammelt aus. An einer Ecke hat sich's auch schon gelöst. Und Ihre Haare sind richtig verklebt.«

»Ich hab Schiss, dass ich irgendwas aufreiße, wenn ich's runter mache«, gestand Kuttler.

»Keine Angst«, sagte Puck, »ich kenn mich mit so etwas aus. Soll ich Ihnen nicht vielleicht auch gleich die Haare waschen?«

»Was ist komisch daran, dass ich...?«

»Kommen Sie, wir gehen jetzt ins Bad.«

Widerstrebend folgte Kuttler in ein winziges, mit Wäsche voll gehängtes Bad, wo er sich auf einen Hocker vor das Handwaschbecken setzen musste.

»Ich muss Ihnen von Mamutschka erzählen«, sagte Puck und drehte an den Wasserhähnen, bis das Wasser handwarm aus der Leitung kam. »Mamutschka Neumeister ist eine liebe alte Frau und ganz närrisch mit Janina, wahrscheinlich hätte sie zu gerne ein Enkelkind, aber Wanja ist immer auf Montage, und jetzt den Kopf nach vorne.«

Das kommt davon, wenn man keinen Dosenöffner zuhause hat, dachte Kuttler und beugte sich folgsam über das Handwaschbecken, wo er mit geschlossenen Augen das Wasser über seinen Kopf laufen ließ.

»Wanja also ist immer auf Montage, heute Morgen hat Mamutschka mir das schon wieder vorgejammert«, fuhr Puck fort und begann Kuttlers Haarschopf behutsam zu shampoonieren, »und damit ich ihr auch zuhöre, steckt sie mir draußen vor dem Laden zwei Tafeln Schokolade für Janina in die Einkaufstasche, das ist doch übertrieben, finden Sie nicht?«

Hast du mich wirklich deswegen angerufen?, dachte Kuttler und sagte lieber nichts, weil ihm sonst der Shampooschaum in den Mund gelaufen wäre.

Das ist eine Scheißauswahl, die du da hast«, sagte Wanja und ließ missmutig seinen Blick über die Schrankwand aus Teakholz und deren mit CDs und Schallplatten dicht bestückte Fächer streifen. »Scheißvornehme Schrankwand, und was ist drin! Schallplatten, wer hat denn noch so was!«

Die Schallplatten waren zu einem größeren Teil historische Aufnahmen, manche davon richtige Sammlerstücke. Czybilla hütete sich, das zu sagen. Er hütete sich überhaupt, irgendetwas zu sagen. Er saß in einer Ecke seiner mit Antilopenleder bezogenen Couch und versuchte, so auszusehen, als ob er gar nicht vorhanden sei. An der Wand hinter ihm lehnte Brötchen, schweigend, und Czybilla hatte keine Lust zu erfahren, was passieren würde, wenn Brötchen etwas missfiele, eine Bemerkung zum Beispiel.

»Hast du Tschaikowski? Die Sechste?«, fragte unmittelbar über ihm eine tiefe Stimme. Zum ersten Mal hatte Brötchen etwas gesagt.

»Ja doch«, antwortete Czybilla, »linke Reihe, fünftes Fach von oben, drei Einspielungen, die Beste ist, finde ich, die von Karajan mit den Berliner Philharmonikern.«

»Hast du gehört?«, sagte Brötchen. »Fünftes Fach links.«

Wanja fand die CD und legte sie auf. Die Bläser setzten ein, zunächst fast unhörbar, aus weiter tiefer Ferne.

»Die Kastelruther Spatzen wären mir lieber«, meinte Wanja, »aber du bist wirklich ein Glückspilz. Mein Kumpel mag so was.«

Czybilla überlegte, ob es die Situation entspannen würde, wenn er jetzt sagte, die Geschmäcker seien eben verschieden. Aber er ließ es lieber bleiben.

Wanja hatte sich der Bar zugewandt und den Kühlschrank geöffnet. »Meine Herrn!«, sagte er dann. »Das ist nun mal nicht von schlechten Eltern.« Er wandte sich um. »Und all das« – die Hand beschrieb einen Halbkreis, der Schrankwand und Sitzgruppe und Panoramafenster zu umfassen schien – »und all das kann sich einer leisten, der in so einer Klitsche von Halsabschneiderbank herumsteht und den Leuten bedrucktes Papier andreht?«

Auch dazu, fand Czybilla, sagte er besser gar nichts.

Wanja griff in den Schrank und griff sich eine Flasche Chivas Regal. »Du magst Whisky? He – ich hab dich was gefragt.«

»Ja, sicher«, antwortete Czybilla eilig.

«Na gut.« Wanja kam auf ihn zu und schraubte die Flasche auf. »Ich finde, als Gastgeber bist du noch ein wenig unterkühlt. Die richtige Stimmung fehlt... trink!« Zögernd nahm Czybilla die Flasche.

»Na los«, befahl Wanja, »zeig uns, dass du ein Kerl bist und nicht bloß eine Wampe mit Latschen!«

Czybilla nahm vorsichtig einen Schluck und behielt ihn im Mund, wie um das Aroma auszukosten. Mit einem Paukenschlag brachen die Berliner Philharmoniker aus den Lautsprechern und eilten weiter in lyrische Ferne.

»Guck dir das Dämchen an!«, rief Wanja, »wie eine Tunte trinkt der, das ist doch im Kopf nicht auszuhalten.« Er nahm Czybilla die Flasche ab, setzte sie sich an den Mund und ließ einen knappen Viertelliter in sich hineinlaufen, ohne zu schlucken oder abzusetzen. »Und jetzt du!«

»So kann ich das nicht«, wandte Czybilla ein. Wieder spürte er, wie Brötchen sich über ihn beugte.

»Trink!«, sagte Brötchen.

Czybilla nahm die Flasche und versuchte zu trinken, als ob es Wasser wäre. Die Streicher stritten mit den Bläsern, und Czybilla verschluckte sich, dass ihm die Tränen in die Augen schossen und der Atem wegblieb.

Wanja sah ihm zu. »Das war ja nun gar nichts«, bemerkte er, als Czybilla wieder atmen konnte und sich die Augen wischte, »wie soll man da ein vernünftiges Gespräch unter vernünftigen Männern führen... Es ist nämlich so«, er beugte sich nach vorn und sah Czybilla fast freundschaftlich an, »wir hätten gerne etwas gelernt, und zwar über das Geld. Ich zum Beispiel, ich bin ein einfacher Mensch, mir gefallen die Kastelruther Spatzen, und ich hab auch keine Schrankwand aus so einem scheißvornehmen Holz, und wenn ich mal ein Geld in der Hand habe, dann sind das zehn Mäuse oder fünfzig und keine einzige mehr, denn so steht es auf den Scheinen auch drauf. Aber das, was bei mir drauf steht, das gilt nicht für die Bank, da sind zehn Mäuse plötzlich fünfzig, oder lausige angefressene Fünfzigtausend sind plötzlich Zweihundertfünfzigtausend, und wie das zugeht, das will ich jetzt doch mal wissen, verstehst du das?«

Puck hatte Kuttler vorsichtig das Pflaster abgenommen, die Stelle darunter abgetupft und gesäubert und entschieden, dass er kein neues mehr brauchte.

»Jetzt hab ich ganz vergessen, was ich Ihnen über die Mamutschka wirklich erzählen wollte«, fuhr sie fort und räumte Mull und Schere und die Flasche mit dem Desinfektionsmittel weg. »Während sie mir nämlich vorjammert, wo ihr armer Wanja gerade wieder auf Montage ist, steht sie so vor ihrem Einkaufswagen, als sollte ich nicht sehen, was sie drin hat, aber dass zwei Kästen Bier drin sind und ich weiß nicht wie viele Flaschen Wodka, das sieht eine Blinde mit Sonnenbrille, und jetzt frage ich mich…«

Sie brach ab und ging zu dem Regal hinter ihr. Nach einigem Suchen fand sie einen Zeitungsausschnitt und kam damit an den Tisch zurück. Ausgeschnitten war der Bericht des »Tagblatts« über den Banküberfall im Eschental.

»Also, ich weiß nicht, wer so aussehen soll«, sagte sie und deutete auf die beiden Phantomzeichnungen.

»Keiner der beiden Männer sieht so aus«, erklärte Kuttler, »und die Beschreibungen stimmen auch nicht.«

»Aber warum sagt das niemand?« Sie sah ihn an, aufrichtig empört. »Oder schreibt es der Zeitung?«

»Ich hätte es sagen sollen«, antwortete Kuttler.

»Und warum haben Sie es nicht getan? Ist das ein Trick, damit die sich in Sicherheit wiegen?«

»Kein Trick.« Plötzlich musste er gähnen. »Erst war ich im Krankenhaus, dann haben mir die Chefs ein Disziplinarverfahren angehängt, und dann hatte ich die Schnauze voll. Wenn ich nämlich im Neuen Bau angerufen und gesagt hätte, das stimmt nicht, was in der Zeitung steht – wissen Sie, was ich dann zu hören bekommen hätte? Interessant, hätte ich zu hören bekommen, und was genau stimmt da nicht, Kollege? Ja so, diese Leute sehen anders aus, sagen Sie, Sie sind ja sehr eifrig dabei, etwas richtig zu stellen und wieder gutzumachen, lieber Kollege, diesen Eindruck dürfen wir doch notieren… So in etwa wäre das gelaufen, und deswegen habe ich mein Maul gehalten. Wenn einer aus dem Spiel ist, dann ist er draußen. Ich hätte es Ihnen gleich sagen sollen, als ich Sie zurückgerufen habe, aber vielleicht tickt mein Kopf nicht mehr richtig.«

Das sei ihr bisher eigentlich nicht aufgefallen, antwortete Puck. »Aber könnten Sie denn mir sagen, wie die beiden ausgesehen haben? Einfach so, weil ich neugierig bin?«

Kuttler sah sie nachdenklich an. »Bitte sehr. Nummer eins ist zwischen einsfünfundneunzig und zwei Meter groß, mindestens dreißig Jahre alt, dunkles, kurz geschnittenes Haar, die Nase gerade und kräftig, auffallend kantiges Kinn, eine Narbe von der rechten Augenbraue zum Jochbein, spricht deutsch mit leichtem Akzent, ruhige, tiefe Stimme... kennen Sie ihn?«

Puck hob abwehrend – oder genauer: abwägend – die Hand. »Reden Sie weiter.«

»Nummer zwei ist etwa einsfünfundsiebzig groß«, fuhr Kuttler fort, »etwas über siebzig Kilo schwer, ebenfalls um die dreißig, kurzes blondes Haar, hellblaue Augen, Nase aufgeworfen, gespaltenes Kinn, spricht akzentfrei.«

»Bingo«, sagte Puck. »Sie haben gerade Wanja beschrieben. Mamutschkas Sohn, der immer auf Montage ist. Auch dann, wenn nachts das Licht in seinem Zimmer brennt und Mamutschka die Bierkästen mit der Handkarre holen muss. Und der andere, dieser Tundra-Yeti, ist sein Cousin. Sagt jedenfalls Mamutschka. Der Cousin kommt manchmal zu Besuch.« Sie stand auf, löschte die Tischlampe und ging zum Fenster. »Kommen Sie mal mit.«

Kuttler stemmte sich hoch. Von den Bogenlampen draußen auf der Straße drang gerade so viel Licht herein, dass er sich im Zimmer bewegen konnte. Er trat neben Puck, plötzlich stand er sehr dicht neben ihr und spürte die Berührung ihrer Hüfte.

»Sehen Sie«, sagte Puck, »das Haus schräg da drüben... ach Scheiße, jetzt müssen sie mich für eine Wichtigtuerin halten.«

Kuttler sah zu dem Haus, unten brannte Licht, vermutlich in der Küche. Die beiden Fenster im Obergeschoss waren dunkel. War das jetzt wichtig? Er wandte sich wieder Puck zu. Auf einmal waren ihre Gesichter ganz nah beieinander.

Entschuldigung«, sagte Wanja und machte eine großzügig einladende Handbewegung, »der Herr saufen seinen Schnaps ja nicht runter wie unsereins.«

Czybilla hatte gefragt, ob er sich ein Glas und etwas Eis für seinen Whisky holen dürfe, und so stand er auf – erst jetzt merkte er, dass ihm die Knie zitterten – und ging zur Bar. »Für Sie auch?«

»Zu viel der Mühe«, sagte Wanja. Czybilla lockerte ein paar Eiswürfel aus der Schale, warf sie in ein Whiskyglas und ging damit zur Couch zurück. Brötchen stand noch immer da, an die Wand gelehnt, Czybilla versuchte ein freundliches Lächeln und ließ es gleich wieder bleiben... *Se vedeste che figura...* Aber das war nun wirklich übertrieben, dachte er und setzte sich, Wanja gegenüber, komische Lederjacke, war nicht ganz billig gewesen, so alt, dass man sie fast schon wieder tragen konnte, samt der Flecken.

»Noch einmal«, sagte Wanja, »du sagst, das Geld sei nicht da, aber das wissen wir doch auch, wir haben es nämlich gezählt.«

»Wir hatten einen Fehlbestand von etwa zweihunderttausend in der Kasse«, sagte Czybilla. »Ein vorübergehender Liquiditätsengpass, verstehen Sie? Und da dachte ich...«

»Und da dachtest du, du kannst es uns in die Schuhe schieben?«

Czybilla hob beide Hände, als wollte er sich entschuldigen. »Es hat sich so ergeben.«

»Also wenn das ein Fehlbestand war, dann waren die zweihunderttausend erst in der Kasse und danach nicht mehr. Richtig?«

Czybilla nickte.

»Und wer hat sie herausgenommen?«

Czybilla überlegte. Er musste Zeit gewinnen. Nachdenklich griff er nach dem Glas, das heißt, er wollte danach greifen, denn es flog ihm aus der Hand und schlug klirrend auf dem Kristallglas des Couchtisches auf. Ein trockener Schlag hatte Czybillas linke Gesichtshälfte getroffen und seinen Kopf auf die Seite gerissen. Whisky lief über den Tisch und tropfte auf den Buchara.

Schützend legte Czybilla beide Hände vor den Kopf. »Nicht schlagen«, sagte er, »nicht noch einmal, ich bin krank, man darf mich nicht schlagen, mein Herz ist nicht gesund.«

»Wer?«

»Nicht schlagen. Man darf…«

Eine Hand packte ihn am Kragen und zog ihn hoch.

»Wer?«

»Ich habe es genommen. Nicht auf einmal. Aber ich weiß, es sind ungefähr zweihunderttausend, bitte nicht schlagen.«

»Lass ihn los.« Die Hand löste sich. Czybilla hielt sich die getroffene Wange.

»Ihr habt mir das Trommelfell zerschlagen.«

»Das war nur der Anfang«, antwortete Wanja. »Aber trink erst einen Schluck. Erst mal ohne Eis.« Er hielt ihm die Flasche hin. Czybilla zögerte, dann wollte er danach greifen, wieder traf ihn ein Schlag, diesmal von rechts, und warf ihn gegen die Seitenlehne.

»Jetzt gefälligst keine Heulerei«, sagte Wanja. »Man darf nicht heulen. Wir ertragen das nicht. Was hast du mit dem Geld gemacht?«

Czybilla fuhr sich mit der Hand übers Gesicht. Plötzlich war die Hand voll Blut.

Brötchen beugte sich über ihn und hielt ihm eine angebrochene Packung Papiertaschentücher hin. »Wisch dich ab.« Seine tiefe Stimme klang so ruhig, als mache es für ihn keinen emotionalen Unterschied, ob er jemandem gerade den Schädel einschlug oder dem Mütterchen über die Straße half.

»Also?« Das war wieder Wanja.

Czybilla lehnte den Kopf zurück und hielt sich ein Taschentuch vors Gesicht. »Spielbank«, sagte er. »Stuttgart. Lindau. Konstanz.«

Und was machen wir jetzt?«

»Du hast nicht zufällig ein Bier im Haus?«

»Ich guck mal.« Puck schwang sich aus dem Bett. »Und was zu essen? Ein Brot mit irgendwas drauf?«

Kuttler sagte, dass er außer den Schokoladenkeksen im Eurocity den ganzen Tag noch nichts gegessen habe, und Puck zog sich eine Pyjamajacke an und stand auf und machte Licht, und Kuttler sah, wie sich ihre Figur unter der fast durchsichtigen Jacke abzeichnete, und es gefiel ihm alles sehr.

»Was dagegen, wenn ich jemanden anrufe?«

»Mach nur. Aber weck Janina nicht auf.« Sie blieb kurz an der angelehnten Tür zum Kinderzimmer stehen und horchte, aber offenbar schlief ihre Tochter ruhig und fest, und so ging sie weiter in die Küche. Kuttler suchte in seinen Hosen nach seinem Handy, fand es und schaltete es ein. Es war weiter keine Nachricht aufgelaufen, und so rief er das Revier im Neuen Bau an. Aber Leissle und Heilbronner hatten schon Feierabend.

Schade. Es wäre ihre Chance gewesen. Eine Chance, wie sie nie wieder eine bekommen würden. Er rief sein Telefonverzeichnis auf und fand dort Orries privaten Anschluss.

Nach dem dritten oder vierten Rufzeichen meldete sich eine Stimme. Sie gehörte Sylvia Leissle und klang so ablehnend, wie eine Stimme nur klingen kann. »Orrie ist unter der Dusche.«

»So viel schafft der nicht, dass das sein muss«, sagte Kuttler. Durch das Telefon hörte er Schritte, eine Stimme äußerte sich über Ärsche, die einen nicht einmal auf dem Scheißhaus in Ruhe lassen könnten. Schließlich war Orrie am Apparat:

»Was willst du?«

»Hast du diese bescheuerte Personenbeschreibung verbrochen, die im Tagblatt stand?«

»Wär das ein Grund, mich um diese Zeit anzurufen?«

»Hast du oder hast du nicht?«

»Natürlich nicht«, sagte Orrie. »Ich hab euch doch gar nicht richtig gesehen. Wieso auch? Ich wollte nur, dass keiner totgefahren wird.«

»Die Personenbeschreibung kommt also von den Bankleuten, von diesem Czybilla und seinen beiden Schnepfen?«

»Von wem sonst?«

»Na gut«, fuhr Kuttler fort. »Hast du was zu schreiben? Der eine Kerl heißt Iwan Neumeister, und er wohnt bei seiner Mutter in der Sperlinggasse 19, das ist in der Buchenbronn-Siedlung. Der zweite Kerl ist angeblich sein Cousin, das ist ein Zwei-Meter-Mann, da müsst ihr gucken, wie ihr den ruhigstellt. Im Augenblick sind die beiden zwar nicht im Buchenbronn, aber sie haben sich schon das Bier und den Schnaps ins Haus bringen lassen.«

»Entschuldige«, unterbrach ihn Orrie, »was glaubst du, wie mir das am Arsch vorbeigeht? Hast du eigentlich eine Vorstellung, was die mich im Neuen Bau alles geheißen haben? Der Schlimmste war euer Zwangszwinkerer.«

»Und mir haben Sie ein Disziplinarverfahren angehängt.«

»Tut mir Leid. Trotzdem...«

»Ich hab dir den Namen gegeben«, sagte Kuttler. »Das ist nicht nichts. Damit kannst du es ihnen zeigen. Ihnen allen.«

»Erstens hab ich Feierabend«, protestierte Orrie, »zweitens ist das ausschließlich verdammte Kripoarbeit. Warum kümmerst du dich nicht selbst darum?«

»Mach was draus, oder lass es bleiben«, antwortete Kuttler. »Ich hab anderes zu tun.« Er schaltete das Handy aus und drehte sich auf den Rücken und sah Puck zu, die – ein Tablett mit einer Bierflasche und belegten Broten balancierend – zu ihm ins Bett stieg. »Sei nicht enttäuscht«, sagte sie, »das Bier ist lauwarm. Mein Kühlschrank hat den Geist aufgegeben.«

Kühlschrank?, dachte Kuttler. »Ich liebe lauwarmes Bier. Und für den Kühlschrank wird sich Ersatz finden lassen.«

Das Nasenbluten hatte aufgehört. Czybilla fühlte sich merkwürdig leicht, ein wenig betrunken, sicher doch, aber wenn er den Kopf nicht zu rasch bewegte, hatte er keine Schmerzen.

Das Dröhnen war noch da, aber so, als ob es sich in ihm eingerichtet hätte oder er sich in ihm.

»Angefangen hat es... ich weiß gar nicht mehr, wann es angefangen hat.« Doch, du weißt es. Angefangen hat es mit Tantchen. »Da kam so eine Alte in die Filiale, die hatte siebzig- oder achtzigtausend Mark, verteilt auf drei Konten, mal hat sie da fünfzig abgehoben, mal dort hundert einbezahlt. Die Auszüge hat sie schon lange nicht mehr lesen können, aber von ihren Verwandten hat sie keinen dran gelassen, und so ist sie immer zu mir gekommen, ich hab ihr den Beleg ausgefüllt, und sie hat ihren Krakel dazu gemacht. «

»Und dann hat die Alte bald keine siebzigtausend mehr gehabt«, sagte Wanja und gähnte, »das ist keine so besonders hinreißende Geschichte, weißt du das?«

Czybilla schüttelte den Kopf. »Nein, so ist das nicht gelaufen. Durchaus nicht. Da kam nämlich einmal ein Kunde, ein ganz gut situierter Mann.«

»Was war der?«, unterbrach ihn Wanja.

»Es war einer mit Kohle, ein Bauamtsleiter vom Land, ich weiß auch nicht, wieso es der so üppig hatte, aber er hatte das Geld in Bündeln in seiner Aktentasche verstaut, und er hat so herumgedruckst, ich sollte es für ihn anlegen, aber nicht unter seinem Namen, ob ich da einen Weg wüsste? Es sei ihm einfach zu blöd, immer nach Österreich zu fahren, die österreichischen Nummernkonten waren damals sehr in Mode.«

»Weiter«, sagte Wanja.

»Ich hab das Geld dann angelegt, nicht in Aktien, sondern in Optionen, das ist vielleicht riskanter, aber wenn Sie richtig Kasse machen wollen...«

»Was für Zeug?«

»Optionen. Ich erkläre es Ihnen. Gleich.« Czybilla griff nach der Flasche und nahm einen Schluck. Sie war fast leer. »Nehmen wir mal Daimler. Der Kurs liegt jetzt so bei 32...«

»32 was?«

»Bei 32 Euro pro Aktie. Und nun denken Sie, Daimler baut

bescheuerte Autos, und der Kurs, der geht so was von baden – was tun Sie dann?«

»Mercedes find ich nicht bescheuert.«

»Auch recht«, konzedierte Czybilla. »Daimler baut tolle Autos, und deshalb denken Sie, der Kurs ist viel zu niedrig, der geht auf mindestens fünfzig rauf. Dann bieten Sie mir einen Vertrag an, dass ich Ihnen in zwei Monaten zehntausend Stück zum Kurs von sagen wir einmal vierunddreißig verkaufen muss...«

»Zehntausend Stück wovon?«

»Von den Daimler-Aktien.«

»Sehe ich vielleicht so aus, als ob ich Aktien kaufe?«, wandte Wanja ein.

»Lass ihn weiterreden«, sagte Brötchen.

»... also jedenfalls ist das eine Option, und wenn der Kurs tatsächlich raufgeht, muss ich Ihnen die Aktien für vierunddreißigtausend verkaufen, obwohl sie vielleicht schon fünfzigtausend wert sind.«

»Das ist für dich aber ein Scheißspiel«, bemerkte Wanja.

»Das ist ganz normales Bankgeschäft«, widersprach Czybilla, »und wenn Sie auf der richtigen Seite sind, dann machen Sie ordentlich Kohle, als Banker ist man meist auf der richtigen Seite, eigentlich immer. Und so ist die Alte an einem schönen Frühlingstag mit dem Geld aus der Aktenmappe vom Bauamtsleiter ins Termingeschäft eingestiegen, hat zwar nichts davon gewusst, aber brav alle Krakel gemacht, und alle beide haben auch richtig Rendite bekommen, nicht zu knapp, dabei wollten sie es gar nicht. Der Amtsleiter hat das Geld gleich wieder mir gegeben, damit ich es weiter für ihn anlege, was hätte er auch sonst damit machen sollen? Das Finanzamt durfte ihm nicht dahinter kommen, und die Ehefrau auch nicht, sonst wäre das gute Geld gleich wieder weg gewesen. Und wer Geld hat, verstehen Sie, der will nur eines: dass es mehr wird. Er muss es gar nicht sehen, und er muss es auch nicht haben. Er muss es nur glauben... Entschuldigung, im Kühlschrank hab ich noch ein paar Flaschen Cola, darf ich mir eine holen?«

»Ich geh schon«, sagte Brötchen.

»Ja, und dann hat der Bauamtsleiter einen Bekannten gehabt, und der Bekannte einen guten Freund, und alle sind sie zum Czybilla gekommen und haben ihm das Geld gegeben, von dem kein Finanzamt und keine Ehefrau was wissen sollte, aufgedrängt haben sie es ihm, und ich hab getan und gewühlt, und alles lief gut, und den Krakel von der Alten hatte ich bald selber drauf, das wäre ja zu dumm gewesen, wenn die jeden Tag hätte kommen müssen, sie hatte Arthritis in den Füßen, wissen Sie.«

Brötchen kam aus der Küche zurück und stellte die Cola auf den Couchtisch. Als sich Czybilla suchend nach einem Flaschenöffner umsah, nahm Brötchen die Flasche, schnippte mit dem Daumen den Verschluss weg und reichte sie ihm.

»Danke«, sagte Czybilla und trank. »Manchmal«, fuhr er fort, als er die Cola abgesetzt hatte, »manchmal habe ich auch ein bisschen gezockt, mal ein paar Tausender dazu gewonnen, mal ein paar verloren, es kam nicht darauf an... Die Leute wollten ja kein Geld von mir, sie brachten es mir nur, und wenn ich ihnen was von der Rendite erzählte, sagten sie, das sei ja alles ganz wunderbar, und ich sollte es gleich weiter einsetzen – nein, natürlich sagten sie nicht, ich solle es einsetzen. Anlegen sollte ich es... Ganz selten kam es vor, dass einer etwas zurückhaben wollte, aber das hat er dann auch anstandslos bekommen, mit Zins und Zinseszins und ff. Rendite, so viel hatte ich immer in der Hinterhand, nie gab es ein Problem, bis... ja, bis es mit diesen Biotec-Aktien so komisch wurde. Da hätte noch Musik drin sein müssen, aber es passierte nichts, die dümpelten einfach nur so dahin, und das hat mich verwirrt. Krise, Rezession, nennen Sie es, wie Sie wollen, so etwas passiert nicht von einem Tag zum anderen, das kommt ganz allmählich, aber plötzlich war mir klar, da liegt was in der Luft, es wird schwieriger, das Rad zu drehen, immer schwieriger, die internationalen Rahmenbedingungen, der Ölpreis und all das andere Gesülze. Schließlich hat es ein paar heftige Verluste gegeben, übrigens war das noch, bevor die Türme einfielen...«

»Welche Türme?«, unterbrach ihn Wanja.

»Die in New York«, sagte Brötchen.

»Und so bin ich dann dazu übergegangen, mit dem ganzen Zaster gleich ins Casino zu gehen«, fuhr Czybilla fort und lächelte plötzlich. Ja, so war es, sagte das Lächeln, jetzt hab ich endlich Kumpel gefunden, denen ich das erklären kann.

»Und da hast du dann alles verzockt?«

»Nein«, wehrte Czybilla ab, »so kann man das nicht sagen. Auch im Casino ist das Risiko beherrschbar. Sie müssen einen kühlen Kopf behalten, und Sie dürfen nie die Übersicht verlieren. Und wenn Sie Ihren angemessenen Gewinn haben, dann müssen Sie damit zufrieden sein...«

»Und – bist du zufrieden gewesen?«

»Nun ja«, antwortete Czybilla, »zuletzt nicht so besonders. Ich sagte Ihnen doch, es hat da einen vorübergehenden Liquiditätsengpass gegeben. Das ist auch der Grund, warum ich einen – sagen wir einmal – informellen Überbrückungskredit meines Arbeitgebers in Anspruch genommen habe.«

»Und die Leute«, fragte Brötchen, »die dir all das Geld gegeben haben – sind die nicht unruhig geworden?«

Czybilla drehte sich um und sah zu ihm hoch. »Das würden die doch nur, wenn das Finanzamt etwas erfahren würde. Aber wie sollte das geschehen? Es gibt keine Unterlagen, absolut nichts, die ganze Buchführung, die ist hier drin!« Er tippte sich gegen die Stirn, aber das tat plötzlich weh. »Nirgendwo sonst«, fügte er hinzu, mit vorsichtiger, fast wieder kleinlauter Stimme.

»Ist das nicht riskant?«, fragte Wanja. »Das wäre doch schade, wenn dir was passiert. Du solltest es aufschreiben.«

Czybilla sah erschrocken hoch. Brötchen beugte sich über ihn. »Wanja hat Recht. Du wirst es aufschreiben. Für uns wirst du das tun.«

Kriminalkommissarin Tamar Wegenast zog die Tür der Zweizimmerwohnung hinter sich zu, die sie vor einem halben Jahr

Auf dem Kreuz angemietet hatte, einem alten denkmalgeschützten Ulmer Viertel. Noch immer, wie am ersten Tag nach dem Einzug, genoss sie dieses Schließen der Tür wie ein Aufatmen, endlich war sie für sich und konnte für ein paar Stunden die Welt draußen lassen.

Kann man das Alleinsein lernen? Irgendwer hatte sie das einmal gefragt, und vermutlich hatte sie keine sehr intelligente Antwort gegeben. Es kommt auf den Versuch an, dachte sie, und dieses erste halbe Jahr der Lehre hatte sie jedenfalls hinter sich gebracht.

Sie zog sich aus und ging unter die Dusche, dann setzte sie Wasser für einen Pfefferminztee auf. Früher hätte man sie damit jagen können. Aber mit einer Flasche Wein lässt sich nur das Weintrinken lernen, nicht das Alleinsein. Sie machte sich ein Butterbrot mit etwas Schnittlauch, dann setzte sie sich im Bademantel vor den Fernseher und ließ die Zappe bei einem der Sportkanäle stehen, auf dem japanisches Stockfechten gezeigt wurde. Sicherheitshalber schaltete sie den Ton aus. Als sie das Brot gegessen hatte, fand sie, dass auch japanisches Stockfechten nicht unbedingt abendfüllend war. Du hast jetzt frei, ermahnte sie sich noch, aber da war sie schon aufgestanden und hatte aus ihrer Tasche den Ausdruck der E-Mail geholt, den ihr eine Kriminalbeamtin aus dem Kommissariat des XVIII. Pariser Arrondissements geschickt hatte, und dazu ihr französisches Wörterbuch.

Noch immer hatte sie keine klare Vorstellung von der jungen Frau, die sich im Alter von 34 Jahren an der Regalleiter eines Pariser Lebensmittelladens erhängt hatte. Die Beschreibung, die Tilman Gossler in seinem Tagebuch von Solveig gegeben hatte, war zumindest unzuverlässig, wenn nicht völlig unbrauchbar. Er hatte sie als eine Art Märchenprinzessin beschrieben, die ihm – angeblich – ins Leben geschneit war. Aber so spielt das Leben nicht. Märchenprinzessinnen schneien einem nicht ins Haus. Oder in die Kneipe.

Sie nahm sich die E-Mail vor. Soweit sie den Text verstand,

hatte Solveig Wintergerst mit dem 57jährigen Inhaber des Ladens zusammengelebt, war aber nicht mit ihm verheiratet. Sie war in Frankreich nicht straffällig geworden, ihre Papiere waren in Ordnung, nur ganz am Anfang – noch bevor sie mit dem Gemüsehändler zusammengezogen war – hatte es eine *plainte* gegeben, eine Klage offenbar oder doch eher eine Strafanzeige wegen *coups et blessures*, wegen Körperverletzung, die Klage richtete sich gegen einen Keul, Alexandre, deutsche Nationalität, das Verfahren endete mit einem *arrêt*, mit einem Arrest? Unsinn: *arrêt* bedeutet, es war eingestellt worden.

Tamar überlegte. Kuttler hatte etwas von einer Narbe gesagt. Hatte Keull sie so zusammengeschlagen, dass sie entstellt war? Sie überlegte, ob sie Kuttler anrufen sollte. Lass es sein, dachte sie dann. Er ist krankgeschrieben, er ist nicht gut drauf, und von jemandem aus dem Neuen Bau wird er schon gleich gar nichts hören wollen.

Das Telefon schlug an.

Tamar warf einen Blick auf das Display. Das war ein Missverständnis. Von jemandem aus dem Neuen Bau will auch ich nichts hören. Dann nahm sie doch den Hörer ab.

»Ich hoffe, ich störe dich nicht«, meldete sich die Mädchenstimme von Tamars Kollegin Wilma Rohm, »du wolltest doch benachrichtigt werden, wenn etwas Neues über den abgängigen Keull, Alexander einläuft?«

»Ja?« Tamar wartete.

»Da hat gerade der Rechtsanwalt Petri angerufen. Der Herr Keull sei mit seiner Lebensgefährtin bei ihm, und er werde mit ihm morgen bei der Staatsanwaltschaft vorsprechen.«

Keull und Petri bei Desarts? Da ist sich jemand seiner Sache sehr sicher. Warum muss Keull dann erst davonlaufen? Egal.

»Danke«, sagte Tamar rasch.

»Da ist noch was«, sagte Wilma Rohm, »ich hab die Verkäuferin gefunden, die damals in dem Obststand gearbeitet hat, es ist eine Italienerin, aber ich kann sie erst morgen früh sprechen.«

Der da«, sagte Czybilla und kritzelte mühsam einen Namen, »den glaubt ihr nicht, wenn ihr ihn seht. Ein Sach... Sacharbeiter...« Er legte den Kopf schief. »Kann man gut lesen. Sachbearbeiter. Im Schulamt. Hat sich Schwielen in Arsch gesessen. Mittelscheitel. Zuständig für Computer. Welche Schule welche kriegt. Is ja egal. Is ja immer der gleiche Händler, der das Zeug liefert...«

»Wie viel?«, fragte Brötchen.

»Hundertdreißig«, antwortete Czybilla. »Einzahlt fünfundachtzig, will sagen eingezahlt, ist auch egal, Geld ist wie der liebe Gott, den gibt es auch nur, wenn man dran glaubt...«

»Also alles weg?«

»Sicher doch«, sagte Wanja und rülpste.

»Und der weiß nichts davon?«

»Das könnt ich nicht verdingsbums, ehrlich«, antwortete Czybilla, »der Sach... also der hat hunnerdreißich gut, auf fümf'achtzig macht einen Gewinn... egal, schöner Gewinn, das hat er gut gemacht, da hält er sich dran fest, is die Sonne seines Alters, schönes Gefühl, wie? Werd ich ihm doch nicht rauben... seinen Glauben, das reimt sich sogar...«

»Gib mal her«, sagte Brötchen und nahm sich Czybillas Notizblock. Dann schüttelte er den Kopf und reichte den Block Wanja. »Kannst du das lesen?«

»Scheiß drauf«, sagte Wanja und nahm einen Schluck von der Flasche Slivovitz, die er in Czybillas Bar gefunden hatte. »Hat keinen Sinn. Der ist hackedicht zu.«

Er stand schwankend auf, ging um den Couchtisch und setzte sich neben Czybilla. »Hör zu, Kumpel. Du gehst jetzt in die Heia und schläfst deinen Konfirmandenrausch aus, und morgen schreibst du uns brav und leserlich alles auf, was du weißt.« Er griff Czybilla unters Kinn und zog sein Gesicht zu sich heran. »Und glaub bloß nicht, du bist uns los. Wir finden dich. Immer.«

»Aber tu ich doch«, widersprach Czybilla, »ich schreib euch alles auf, alle Namen, das geht schon in Ordnung, glaubt mir.«

»Halt's Maul«, sagte Brötchen und ging zur Tür. Wanja folgte. Dann drehte er sich noch einmal um. »Wir kommen wieder. Denk dran.«

Czybilla sah ihnen nach. Die Tür fiel zu. Er starrte auf den Tisch vor sich, auf die vollen Aschenbecher und die Flaschen und Gläser, die leer herumstanden oder umgefallen waren. Morgen. Mühsam stand er auf, beinahe wäre er über den Tisch gefallen. Er stolperte zur Badezimmertür, schlug unerwartet einen Haken, öffnete die Tür zu seinem Schlafzimmer und nestelte mit der freien Hand die Krawatte von seinem Hals.

Mit einem Plumps setzte er sich auf das französische Bett, brachte es irgendwie noch fertig, sich die Schuhe von den Füßen zu streifen, und schlief schon, noch bevor sein Kopf das Kissen erreichte.

Unten vor dem Apartmenthaus schloss Wanja die Fahrertür auf. Brötchen stand neben ihm und hielt ihm die Hand hin. »Ich fahre.«

Wanja zuckte die Achseln und ging um den Wagen herum.

»Netter Abend«, sagte er, als er sich auf den Beifahrersitz fallen ließ. »Hat richtig was gebracht.«

»Erst mal nicht«, antwortete Brötchen und startete den Wagen. »Die Zweihunderttausend zum Beispiel haben wir nicht.«

»Holen wir alles rein.«

»Vielleicht.« Brötchen nahm den Weg durch die Innenstadt. Um diese Zeit fanden Kontrollen eher draußen statt. »Vielleicht auch nicht. Vielleicht hat das Schwätzerchen uns auch nur die Hucke voll gelogen. Und die Zweihunderttausend sind irgendwo gebunkert.«

»Der hatte Schiss. Ganz einfach. Und wenn du so viel Schiss hast, dann denkst du dir nichts mehr aus, dann hast du einfach zuviel ...«

»Vielleicht hat er es sich gar nicht ausgedacht«, meinte Brötchen und fuhr vorsichtig in eine Kreuzung ein, deren Ampeln auf Gelb geschaltet waren. »Vielleicht ist alles wahr, und das Geld hat er trotzdem gebunkert.«

Wanja schwieg. Morgen ist auch ein Tag. Das war doch lustig, so zu tun, als ob sie den dicken Banker laufen ließen. Und zack! hätten sie ihn schon wieder. Moment… sie würden nicht bloß so tun. Sie würden ihn wirklich laufen lassen. Sie würden sogar aufpassen, dass ihm nichts passierte. Dass er keinen Scheiß baute. Dass er keinen Ärger bekam mit den Oberbankern. Dass die Leute weiter kamen und brav ihr Geld brachten, immer mehr, und sie, sie würden nie mehr irgendwelche Karren klauen, nie wieder in kleinen Klitschen dumm mit der Kalaschnikow herumfuchteln, ein wärmendes Glücksgefühl stieg in Wanja hoch und vermischte sich mit der Rührung über die Fürsorglichkeit, mit der sie den Dicken betreuen und beschützen würden.

Brötchen bog nach links ab, das Licht der Scheinwerfer wurde vom Verputz der Lärmschutzmauer zurückgeworfen, der Wagen rollte durch die Einfahrt und über die Tempo-30-Straße zum Parkplatz, voll gestellt wie immer mit den Schrottautos der Leute hier, ein einziger Platz war noch frei, gerade am Rand und eingequetscht zwischen einem verbeulten Toyota und der Begrenzungsmauer.

»Steig schon mal aus«, sagte Brötchen und hielt. Wanja kletterte aus dem Wagen. Die Luft war frisch, und er bekam Lust auf eine Zigarette. Brötchen musste einmal zurückstoßen, um die Kurve in den engen Stellplatz zu bekommen. Wanja fingerte eine Zigarette aus der Packung und versuchte, sie sich anzuzünden. Der Wind blies das Feuerzeug aus. Ein Mann kam die Straße herunter.

Brötchen hatte den Wagen glücklich in die Lücke gebracht, keine Handbreit von der Begrenzungsmauer entfernt. Wanja drehte sich mit dem Rücken gegen den Wind und versuchte es noch einmal, den Kopf zum Schutz gegen den Wind zwischen die Schultern gezogen.

»Guten Abend«, sagte der Mann, der die Straße heruntergekommen war und offenbar zum Parkplatz wollte.

»n' Abend«, murmelte Wanja, die Zigarette im Mund. Er kannte den Mann nicht. Immer wieder Neue hier. Das Feuerzeug züngelte blau auf.

Brötchen zwängte sich aus dem Wagen. Wegen des Toyotas konnte er die Tür nicht richtig öffnen. Dann schob er sich zwischen beiden Autos hindurch zur Straße. Links, in Brötchens Rücken, tauchte ein Schatten auf. Wanja griff nach dem Revolver in seinem Schulterhalfter. Ein harter Gegenstand presste sich gegen seinen Rücken, es war wie ein Schlag auf die Nieren.

»Polizei«, sagte eine Stimme in seinem Rücken, »Sie sind festgenommen, die Hände auf den Rücken.«

Der Schlag in Wanjas Rücken war so heftig gewesen, dass ihm die Zigarette aus dem Mund geflogen war. Brötchen stand noch immer, aufrecht, wie erstarrt. Hinter ihm war dieser Schatten, kompakt, geduckt.

»Hände auf den Rücken!«

Langsam streckte Wanja die Arme nach hinten. Metallbänder schlossen sich um sein linkes, dann um sein rechtes Handgelenk. Fast betäubt beobachtete Wanja, was vorne am Auto ablief, wie in Zeitlupe sah er, dass Brötchen seinen Ellbogen nach hinten stieß. Der Schatten tauchte darunter weg und sprang zur Seite und hielt mit beiden Händen eine Pistole, und der Lauf zielte auf Brötchens Bauch.

Desarts bietet ein Bonbon an

Noch vor der ersten Tasse Tee war Tamar ihre acht Kilometer entlang der Donau gelaufen, die Luft war kühl und frisch gewesen und hatte der Lunge gut getan und dem Kopf. Zuhause hatte sie geduscht, sich Frühstück gemacht, irgendwann das Radio eingeschaltet, mit halbem Ohr oder gar nicht zugehört und doch unvermittelt die Hand mit der Teetasse sinken lassen:

... nach noch unbestätigten Meldungen hat die Ulmer Polizei in der vergangenen Nacht die beiden Männer festgenommen, die am vergangenen Freitag eine Filiale der Handels- und Gewerbebank im Stadtteil Eschental überfallen und dort rund eine Viertelmillion Euro erbeutet haben. Die beiden Männer, die im dringenden Verdacht stehen, weitere Banküberfälle im Raum Oberschwaben begangen zu haben, sind in Ulm von Polizeibeamten überwältigt worden. Näheres soll heute Vormittag in einer Pressekonferenz mitgeteilt werden ...

Das zu hören, tut gut, hatte sie spontan gedacht. Aber was war das für ein Einsatz gewesen? Wer hatte ihn angeordnet? Markert, der Leiter der Sonderkommission, hatte gestern noch unwissend, ja hilflos geklungen. Alles nur Theater? Außerdem war sie erst spät am Abend gegangen, aber nichts hatte zu diesem Zeitpunkt auf eine größere, gar auf eine spektakuläre Aktion hingedeutet, etwa auf den Einsatz einer SEK-Einheit.

Eine halbe Stunde später war sie im Neuen Bau. Es ist nicht

so, dass der Tagesablauf einer Polizeidirektion durch einen Fahndungserfolg, und sei er noch so spektakulär, aus seinen gewohnten Bahnen geworfen werden könnte. Es war eher so, dass jeder, der Tamar über den Weg lief, eine geradezu betonte Alltäglichkeit zur Schau stellte, ja, das stimmt, es hat heute Nacht zwei Festnahmen gegeben, und hier, bitte, deine Post...

Der Anrufbeantworter blinkte. Tamar, noch im Mantel, drückte auf die Abspieltaste.

»Desarts hier«, meldete sich die leise, kaum hörbare Stimme des Ersten Staatsanwalts. »Für zehn Uhr hat sich bei mir Rechtsanwalt Petri mit dem Herrn Keull angemeldet, er will klären, was gegen seinen Mandanten vorliegt oder was wir von ihm erwarten.« Ob Tamar wohl vorher bei ihm vorbeikommen könne?

Tamar hängte ihren Mantel auf, es klopfte, in der Tür erschien Wilma Rohm, die noch immer da war oder schon wieder, die Samstagsausgabe des Tagblatts in der Hand. »Ich habe mit der Verkäuferin aus dem Obstladen gesprochen.«

»Hat sie denn reden wollen?«

»Sie wollte sich zuerst an gar nichts erinnern, ich merkte schon, dass sie Angst hatte, ich würde ihr Ärger machen wegen dieser Geschichte. Sie arbeitet schon lange nicht mehr auf dem Hauptbahnhof, ist verheiratet und geht auf dem Arbeitsamt putzen«, fuhr Wilma Rohm fort und warf einen Blick auf Tamar, als ob sie sich vergewissern müsse, dass sie auch alles richtig gemacht hatte. »Da hab ich ihr gesagt, dass wir ja beide im öffentlichen Dienst seien und uns Amtshilfe leisten müssten. Irgendwann hat sie dann geredet, aber von dem Mann, der ihr den Schlüssel brachte, weiß sie nur noch, dass er Rechtsanwalt war, deswegen hat sie auch gedacht, dass es nichts Unrechtes sei.«

»Und was ist mit dem anderen?« Tamar merkte, dass sie ungeduldig wurde. »Ich meine den, der den Schlüssel zum Schließfach dann abgeholt hat?«

»Das sei ein jüngerer Mann gewesen, hat sie gesagt, und sie

könne sich gut an ihn erinnern, weil er eine solche Mähne gehabt hat.« Wilma Rohm hob ihre Hände und zeichnete um ihren zierlichen Kopf die Umrisse einer imaginären gekräuselten Lockenpracht. »Auf dem Zeitungsbild hat sie ihn auch sofort erkannt.« Sie legte Tamar das »Tagblatt« auf den Schreibtisch, sie hatte die Zeitung so gefaltet, dass die Lokalseite mit dem Artikel und den Bildern über die Vernissage im Kunstverein aufgeschlagen war. »In einer Viertelstunde hast du meinen Bericht.«

»Danke«, sagte Tamar, zögerte und fragte doch, was eigentlich genau in der vergangenen Nacht passiert sei.

»Das ist eine komische Geschichte«, antwortete Wilma, »diese Bankräuber sind von zwei unserer Streifenpolizisten festgenommen worden, das heißt, das ist gar nicht das Komische, sondern dass die gar keinen Dienst gehabt haben, das ist irgendwie so nebenher passiert, der eine ist der Kleine, der immer so nett ist...«

Welcher Kleine? Orrie. »Da wird der Kollege Markert aber ein Gesicht machen«, sagte Tamar.

»Wie meinst du das?«, fragte Wilma und schaute sie mit den ernsthaften Augen eines fast schon erwachsenen und sehr aufmerksamen Schulmädchens an.

Drei Kilometer Stau auf der A 8 zwischen Merklingen und Ulm-West, auf der Bundesstraße 10 ein Schwertransporter, der nicht überholt werden kann, Reifenteile auf der Bundesstraße B 27 zwischen Kirchentellinsfurt und Tübingen...

Puck stand auf und schaltete das Radio aus. »Ich muss dir was gestehen«, sagte sie, als sie sich wieder an den Küchentisch setzte.

»Dazu sind Polizeibeamte da, dass man ihnen was gesteht«, meinte Kuttler und schenkte sich Kaffee nach.

»Verarsch mich nicht. Was mach ich bloß, wenn ich der Mamutschka Neumeister über den Weg laufe?«

»Ein liebes Gesicht machst du und sagst guten Tag, und wenn sie ein bisschen heulen muss, muss sie ein bisschen heulen.«

»Willst du mich nicht verstehen?« Puck ließ das Buttermesser sinken und sah Kuttler fast zornig an. »Ich hab ihren Wanja verpfiffen ...«

»Gar nichts hast du«, widersprach Kuttler. »Du hast mir bloß erzählt, dass da jemand das Bier in der Handkarre aus dem Supermarkt holen muss. Ist doch nichts dabei, oder? Wird da vielleicht irgendwer diskriminiert? Wenn einer jemanden verpfiffen hat, war ich das. Nur: ich darf so etwas, erstens sowieso, und zweitens war es Mamutschkas Wanja, der mir dieses Eisen über den Kopf gezogen hat.«

»Trotzdem tut sie mir Leid«, beharrte Puck.

Kuttler setzte die Tasse ab, aus der er hatte trinken wollen. »Hör mal – das ist noch das Beste, was allen beiden passieren konnte. Oder allen dreien. In ein paar Wochen hätten die den nächsten Bruch gemacht oder in ein paar Tagen, ich glaub nämlich nicht, dass die im Eschental eine Viertelmillion kassiert haben, irgendwie kann ich das nicht glauben. Und beim nächsten oder übernächsten Mal hätte es vielleicht Tote gegeben, was glaubst du, was das Mütterchen Neumeister dann zu heulen gehabt hätte.«

Puck verzog nachdenklich das Gesicht. »Okay«, sagte sie schließlich. »Was machst du heute?«

»Eigentlich wollte ich mein Auto holen«, antwortete Kuttler. »Und einen Kühlschrank. Aber die Mühe kann ich mir sparen. Das Auto hat sich jetzt noch einmal die Spurensicherung vorgenommen. Also könnte ich nachher Janina vom Kindergarten abholen, und wenn du am Nachmittag im Café jobben musst, kann ich ja mit ihr auf den Spielplatz, falls sie mitgeht und es nicht regnet und du das überhaupt willst, ich bin nämlich krankgeschrieben, die ganze nächste Woche noch.«

Puck schwieg. Sie hatte sich auf dem Küchenstuhl zurückgelehnt, die Hände hinter dem Kopf gefaltet, und sah ihn an.

»Wenn du das wirklich machen willst...«, sagte sie schließlich.

Das Büro von Staatsanwalt Desarts war ein Eckzimmer, dessen Fenster nach Süden und Westen gingen. Es war hell an diesem Morgen, nirgends lag ein Stäubchen, und nirgendwo stapelten sich Aktenbündel, so dass kein Besucher auf die Idee hätte kommen können, dieser Staatsanwalt habe möglicherweise noch etwas anderes zu tun, als sich um ihn zu kümmern. Auf dem Besuchertisch lag, wie immer, ein Häkeldeckchen, und wie immer stand auf dem Deckchen eine Bonbonniere. Es gibt Dinge, dachte Tamar, die ändern sich nie, so überflüssig sie auch sein mögen. Irgendwann wird es diese Bonbonniere nicht mehr geben, und dann wird sie mir womöglich fehlen.

Desarts bat die Besucher herein. Rechtsanwalt Petri nickte ihr grüßend zu, ein eher kleiner Mann mit einer Aktentasche, bei deren Anblick man sich gerne fragte, warum es diese nicht zwei Nummern kleiner gegeben hatte. Neben ihm schob sich ein großer kräftiger Kerl ins Zimmer, erste graue Strähnen in der schwarzen Lockenpracht, Jeans und eine Lederweste, die an ihm ausnahmsweise nicht so aussah, als würde er einen Mercedes der A-Klasse fahren.

Ein Macho wie aus dem Bilderbuch im Frauenladen, dachte Tamar. Eine Fassade von Kraft und Selbstsicherheit und nirgends ein Riss zu erkennen, kein einziges Anzeichen einer Unsicherheit, auch wenn deren größte Sorge es nur wäre, erkannt zu werden. Der ist vielleicht wirklich so. Nur die Augen schienen ein wenig unruhig, als ob er sich fehl am Platze fühle. Aber wer, wenn er nicht Staatsanwalt ist, fühlt sich bei der Staatsanwaltschaft schon am rechten Ort?

»Mein Mandant hat, wie er mir schlüssig dargelegt hat, Vorbehalte gegen die Justiz«, eröffnete Petri das Gespräch, kaum dass man sich um den Besuchertisch gesetzt hatte. »Er ist zweimal verurteilt worden, und beide Male wäre der Staatsanwaltschaft kein Zacken aus der Krone gefallen, wenn sie das Verfahren vorher eingestellt hätte, alles was recht ist.« Er blickte von Tamar zu Desarts, aber es kam kein Widerspruch, Desarts nickte nur aufmerksam.

»Deswegen – und nur deswegen – hat Herr Keull gestern ein Problem gehabt, dieser etwas hemdsärmeligen Einladung seitens der Polizei Folge zu leisten.« Petri hob beide Hände, die Handfläche nach oben gekehrt. »Das ist sicher nicht klug gewesen, aber was soll's? Seine Lebensgefährtin, die übrigens draußen wartet, hat ihn überzeugt, sich juristisch beraten zu lassen.« Sein Blick nahm Tamar ins Visier. »Und hier sind wir. Was also wünschen Sie von Herrn Keull?«

Tamar wollte antworten, sah aber, dass Desarts die Hand gehoben hatte. »Es ist wirklich nur eine Kleinigkeit«, sagte der Staatsanwalt, drehte sich zu seinem Schreibtisch um, nahm das Telefon und gab eine Kurzwahl ein.

»Wenn Sie ihn jetzt herüberschicken wollen«, sagte er, als sich der Gesprächsteilnehmer gemeldet hatte.

»Ich stelle Ihnen jetzt jemand vor«, sagte Desarts, zu Keull gewandt, »und würde gerne wissen, ob Sie ihn schon einmal gesehen haben.«

Er wartete. Von draußen hörte man Schritte. Die Schritte verharrten. Sprach jemand? Desarts runzelte die Stirn, ging zur Tür und öffnete sie. »Kommen Sie ruhig herein, Sie sind hier richtig.«

Dannecker betrat das Zimmer und blieb zögernd stehen. Er trug Cordhosen, einen Pullover und eine ausgebeulte Hausjacke. Das Morgenlicht, das durch das Südfenster hereinfiel, zeichnete die grauen Stoppeln im unrasierten Gesicht nach und die Tränensäcke unter den Augen, die fast schon so verschwommen waren wie die eines wirklich alten Mannes.

»Sie kennen sich?«, fragte Desarts und machte eine Handbewegung, als ob er Keull bitten wolle aufzustehen. Der blieb sitzen und stemmte sich erst hoch, als ihm Petri ein Zeichen gab.

Desarts wiederholte seine Frage.

Dannecker schüttelte den Kopf. »Es kann sein, dass ich diesen Mann schon einmal gesehen habe. Aber wann und aus welchem Anlass, das weiß ich wirklich nicht.«

»Und Sie?« Desarts hatte sich an Keull gewandt.

»Wenn er's nicht weiß«, antwortete Keull, »warum soll ich's dann wissen?«

»Sie haben ihn auch nicht in der Zeit gesehen, als Sie Ihr Atelier in dieser Autowerkstatt hatten?«

»Da haben mich nur die Leute interessiert, die zu mir gekommen sind«, sagte Keull. »Wenig genug waren es. Und der da« – er deutete auf Dannecker – »war ganz bestimmt nicht dabei.«

Desarts blickte zu Dannecker. »Was ist mit der Stimme? Haben Sie die schon einmal gehört?«

»Einen Augenblick.« Petri hob protestierend eine Hand. »Das geht zu weit. Mein Mandant hat seinen guten Willen gezeigt, aber bevor wir hier länger mitspielen, müssen wir wissen, was für eine Inszenierung das ist. Wem, bitte, wird was vorgeworfen?«

»Wir ermitteln in einem Verbrechen der vorsätzlichen Tötung«, antwortete Desarts. »Noch gibt es keinen Beschuldigten.« Er wandte sich wieder Dannecker zu. »Nun?«

»Ich möchte jetzt keine weiteren Aussagen machen«, antwortete der. »Benötigen Sie mich noch?«

Desarts begleitete Dannecker zur Tür und sah ihm nach, als er den Flur hinunterging.

»Haben Sie bitte noch etwas Geduld«, sagte er zu jemand, der – für die anderen im Zimmer unsichtbar – neben der Tür stand oder saß.

Am Waldrand oberhalb des Tobels stand ein Kastanienbaum, und im Gras auf dem Boden um sie herum lagen unzählige der braunen Früchte mit dem hellen Nabelfleck, und das Braun glänzte wie frisch poliert. Harald Treutlein konnte nicht widerstehen, er musste sich bücken und die Kastanien einsammeln, es war wie eine Einladung, die man nicht zurückweisen darf, schon als Kind hatte er das so empfunden. Eigentlich hätte er das am Nachmittag tun wollen, mit Johannes und Mona gemeinsam, aber man durfte die Aufmerksamkeit der Kinder nicht überfordern, heute ging das nicht mehr, das sagte auch Isolde.

Am Nachmittag würden sie basteln. Kiefernzapfen- und Kastanienmännchen, eine ganze Familie, und vielleicht ein Häuschen dazu, im Wald waren einige Kiefern gefällt worden, und er hatte nicht nur die Zapfen eingesammelt, sondern auch die Kiefernrinde, das war überhaupt der beste Werk- und Bastelstoff, den der Wald hergab. Wenn Johannes mitmachte, würden sie Schiffchen daraus schnitzen, mit Segeln aus Papier oder – doch besser – aus Kastanien- und Ahornblättern, und damit an die Donau gehen und die Schiffchen schwimmen lassen.

Das ist, meine Damen und Herren, nun doch etwas anderes, als die Kinder vor der Glotze abzustellen, dabei geht es ganz einfach, Sie müssen nicht einmal besonders geschickt mit den Händen sein, Phantasie, spielerische Kreativität sind gefordert, nicht technische Perfektion ...

Wirklich, warum machte er kein Referat daraus für den Elternabend des Kindergartens? Oder eine Broschüre, ein kleines Buch, Bastelanleitungen mit Fotografien, *Johannes und Mona bauen ein Schiff* – das wäre doch schon mal ein griffiger Titel, im Selbstverlag könnte er das machen und vormittags, wenn er frei hatte, zu den Buchhandlungen gehen, alles ist möglich, man muss es nur anfangen und in die Hand nehmen, bei der Bürgerinitiative war das genauso gewesen.

Beschwingt schlug er den Weg ein, der durch den Wald zum Eschental hinunterführte. Früher war er oft hier gewesen, nicht selten auch mit Tilman, ganz früher hatten sie Karl May nachgespielt oder einfach das Anschleichen: Wer sieht den anderen zuerst… Und irgendwann einmal war Tilman überhaupt nicht mehr zu finden gewesen, er war nämlich einfach nach Hause gegangen, schon damals hatte er solche Tricks auf Lager gehabt, um einen blöd aussehen zu lassen.

Der Pfad schlängelte sich durch das Gehölz, an einer Wegkehre entdeckte Treutlein ein verlassenes Vogelnest, das der Wind von den Zweigen geweht hatte, er bückte sich und hob es auf. Der Pfad verließ den Tobel und führte hinauf auf die Wiese, auf der er und die Freunde sich am Freitag zur Demo getroffen hatten. Am Waldrand blieb er stehen. Jetzt liefen dort Leute in Gummistiefeln herum und vermaßen etwas, Geometer oder Bauingenieure oder was? Er runzelte die Stirn. Niemand hatte hier etwas zu vermessen. Das Projekt des Obdachlosenheims war abgeblasen, von der Tagesordnung, der Oberbürgermeister selbst hatte so entschieden, er wusste es von Schleicher.

»Das Heim Zuflucht wird nicht bei euch gebaut«, hatte Schleicher ihm am Telefon gesagt, »wenn überhaupt, findet das irgendwo anders statt, in einem Gewerbegebiet oder vielleicht ganz außerhalb, im Landkreis, das ist definitiv, aber behalt es für dich und sag auf keinen Fall, dass du es von mir weißt…«

Wenn das so war, was wollten diese Gummistiefel? Er ging auf einen der Männer zu, der zwar eine Lederjacke trug, aber auch eine Brille, und insgesamt etwas weniger grobschlächtig aussah als die anderen.

»Sie entschuldigen«, sagte Treutlein, »ich bin einer der Anwohner hier, wollen Sie denn jetzt doch dieses Heim bauen?«

»Nichts zu entschuldigen«, antwortete der Mann, griff in die Brusttasche seiner Lederjacke und überreichte Treutlein seine Visitenkarte. Er war Architekt und arbeitete für die Bau-, Planungs- und Entwicklungsgesellschaft *UlmComfort*.

Treutlein beschlich ein ungutes Gefühl.

»Übrigens ist da kein Heim geplant, oder besser: nicht mehr«, fuhr der Architekt fort. »Das Gelände ist dafür wohl auch ein bisschen zu wertvoll, finden Sie nicht? Wir planen jetzt einen Apartmentbau, hochwertiges Wohnen, natürlich für ein entsprechend anspruchsvolles Publikum, Sie dürfen sich davon eine Aufwertung dieses gesamten Wohngebietes erhoffen, und wir erhoffen uns eine gute Nachbarschaft.«

Treutleins ungutes Gefühl verstärkte sich. »Und in welcher Größenordnung wollen Sie da bauen?«

»Das ist natürlich noch Verhandlungssache«, antwortete der Architekt, »da wir aber mit der freien Fläche möglichst sparsam umgehen wollen – das ist ja eine Ressource, verstehen Sie? Also schon aus ökologischen Gründen zielt unsere Planung auf zwölf Stockwerke, wie wir dies auch aus den Vorgaben des Flächennutzungsplans der Stadt ableiten können. Nettes Vogelnest, das Sie da gefunden haben, von einer Hecken-Braunelle vielleicht?«

»Ja, gut möglich«, sagte Treutlein gedankenverloren, »die brauchen keine zwölf Stockwerke…«

Sie bleiben also dabei«, fragte Desarts, »dass Ihnen der Herr Dannecker unbekannt ist? Gänzlich unbekannt?«

Keull schüttelte ärgerlich den Kopf. »Wie oft soll ich…« Petri legte ihm die Hand auf den Arm. »Ich rate meinem Mandanten«, sagte der Anwalt, »sich dazu jetzt gar nicht zu äußern.«

Desarts lächelte und wandte sich Tamar zu. Es war ein kleines, nachsichtiges Lächeln. »Bitte«, sagte er auffordernd.

Tamar nickte. »Im Januar 1999 haben Sie, Herr Keull, den Schlüssel zu einem Bahnhofsschließfach abgeholt«, sagte sie mit kühler gleichgültiger Stimme. »Der Schlüssel war zuvor von Dannecker bei der Verkäuferin eines Obststandes abgegeben worden. Wir haben heute mit der Verkäuferin gesprochen. Sie hat Sie, Herr Keull, sofort identifiziert.«

»Anhand welcher Vorlagen, bitte?« Petri klang ärgerlich, aber nicht alarmiert.

»Anhand des ›Tagblatts‹. Herr Keull war darin abgelichtet.«

Tamar klappte die Mappe auf, die sie mitgebracht hatte. »Hier ist der Bericht meiner Kollegin Rohm und hier der Artikel des ›Tagblatts‹ samt Foto.« Sie wandte sich wieder an den Bildhauer. »Was war das, was Dannecker im Schließfach für Sie deponiert hatte?«

»Das alles ist doch lächerlich«, sagte Keull.

»Wie Sie meinen«, antwortete Tamar. »Wann haben Sie Solveig Wintergerst kennen gelernt?«

Petri runzelte die Stirn. »Solveig wer?«, fragte Keull zurück.

»Solveig Wintergerst«, wiederholte Tamar. »Sie haben sie wiederholt in Thalfingen besucht. In dem Appartement, das ihr von Dannecker zur Verfügung gestellt worden war. Wenn Dannecker nicht da war. Dämmert es?«

»Ich streite ja nicht ab, dass es da mal eine Solveig gegeben hat«, sagte Keull und deutete ein Lächeln an. Er hatte ein auffallend kräftiges, intaktes Gebiss. »Vermutlich hat es das. Aber die Nachnamen muss ich mir wirklich...«

»Später haben Sie in Paris mit ihr zusammengelebt«, fuhr Tamar fort. »Bis Sie ihr das Gesicht zusammengeschlagen haben.«

»Das geht so nicht«, sagte Petri, an den Staatsanwalt gewandt, der sich in den Zeitungsausschnitt vertieft hatte. »Das ist keine Vernehmung, das ist ein persönlicher Rachefeldzug.«

Tamar ließ ihn unbeachtet. Ihre Augen waren unbeirrt auf Keull gerichtet. »Warum haben Sie das getan? War das Geld aufgebraucht, das Sie von Dannecker erpresst hatten? Sollte sie für Sie anschaffen gehen und wollte nicht?«

Keull hob die Hand, als ob er sich an die Stirn klopfen wollte, ließ es dann aber bleiben und begann, seine Fingernägel zu betrachten.

»Oder weil sie etwas gesagt hat, das Sie nicht ertragen haben? Weil sie Sie an etwas erinnert hat, woran man Sie nicht erinnern darf?«

»Genug«, sagte Petri. Er beugte sich über den Tisch und sah zu Desarts. »Wir brechen das Gespräch jetzt ab, es sei denn, Sie erklären uns auf der Stelle, was Sie meinem Mandanten überhaupt vorwerfen.«

»Gleich«, antwortete Desarts freundlich und studierte noch immer den Zeitungsausschnitt. »Diese Statue, die ist aus Autoblech gemacht, nicht wahr?« Fragend hielt er dem Bildhauer das Zeitungsfoto hin.

Keull blickte von seinen Fingernägeln auf und nickte wortlos.

»Na schön«, sagte Desarts, legte den Ausschnitt zur Seite und wandte sich dem Anwalt zu. »Ich sagte Ihnen schon, dass wir wegen eines Verbrechens der vorsätzlichen Tötung ermitteln, und zwar begangen in der Nacht zum ersten Januar 1999, das Opfer war ein Tilman Gossler, dreiundzwanzig Jahre alt. Er war mit dem Fahrrad nach Thalfingen unterwegs, als er auf der Uferstraße von einem Autofahrer angefahren und tödlich verletzt wurde. Der Fahrer beging Unfallflucht, und zunächst wurde angenommen, es sei dies ein typischer Unfall unter Alkoholeinfluss gewesen.«

»Und?«, fragte Petri.

»Der Fahrer stand nicht unter Alkoholeinfluss«, fuhr Desarts fort, »da sind wir uns ziemlich sicher. Und er hatte ein Motiv, vorsätzlich zu töten. Ein solides, handfestes Motiv. Der Getötete hatte bereits zuvor Kontakt mit Herrn Dannecker aufgenommen und ihn mehr oder weniger direkt zur Rede gestellt, und zwar wegen des Geldes, das Ihr Kollege unterschlagen hat, wenn ich insoweit den Feststellungen des diesbezüglichen Strafverfahrens vorgreifen darf... ja, mehr noch: Tilman Gossler wollte sich an die Polizei wenden, aus erster Hand wissen wir das.«

»Sie sollten das alles einmal mit Herrn Dannecker diskutieren«, schlug Petri vor. Er hatte sich in seinem Stuhl zurückgelehnt und betrachtete den Staatsanwalt aus wachen Augen, die gar nicht so gleichgültig dreinsahen, wie seine Stimme klang.

»Das haben wir bereits«, antwortete Desarts freundlich. »Nur gibt es ein kleines Problem. Gewiss hatte der Herr Dannecker ein Motiv. Aber woher wusste er, wann Tilman Gossler welchen Weg mit dem Fahrrad nimmt, so dass er ihn dort würde totfahren können? Die einzige Person, die Tilman Gossler zu dieser Fahrt hätte bewegen können, war die von Gossler zu seinem Unglück hoch verehrte Solveig Wintergerst. Sie war also auch die Einzige, die wusste, wohin er unterwegs war, und die seinen Mörder dorthin schicken konnte.«

Desarts unterbrach sich, ging zu dem Telefon und seinem Schreibtisch und gab eine kurze Anweisung durch: »Sie können jetzt kommen!« Petri blickte auf, mit einem Gesichtsausdruck, der alarmiert war und geradezu empört.

Desarts blieb stehen, drehte sich aber wieder zu dem Besprechungstisch um.

»Solveig also, die einzige Person, die gewusst hat, was passieren würde, hat dieses Wissen nicht mit Dannecker geteilt. Sie hat ihn ja kurz darauf verlassen. Sie hat ihr Wissen mit ihrem Liebhaber geteilt. Damit das Paar den Herrn Dannecker noch einmal gründlich melken konnte. Ach, Herr Keull, darf ich Ihnen nicht doch eins von meinen Bonbons anbieten?«

Keull blickte hoch, als erwache er aus einem wirren Traum. Es klopfte.

»Herein!«, rief Desarts.

Zwei uniformierte Beamte betraten das Zimmer.

Das kleine Café in der ersten Etage der Pfauengasse lag für Touristen zu abseits, so kamen meist nur diskrete Liebespaare hierher und alte Damen, letztere des gedeckten Apfelkuchens oder vielleicht auch einer eigenen diskreten Erinnerung wegen. Warum um Gottes willen haben wir uns ausgerechnet hier verabredet?, fragte sich Luzie und betrachtete Schleicher, der in seinem Tee herumrührte, nur damit er sie nicht anzusehen brauchte.

»Ich kann dir beim besten Willen nicht helfen«, sagte Matthes schließlich und blickte sie aus seinen undurchdringlichen grünen Augen an. »Wie stellst du dir das vor? Dass der Oberbürgermeister bei der Staatsanwaltschaft anruft und denen Vorschriften macht?«

»Von deinem besten Willen kann überhaupt keine Rede sein«, unterbrach ihn Luzie. »Als sie mich bei den Heimstätten rausgeworfen haben, hast du keinen Finger für mich gerührt, obwohl du ganz genau gewusst hast, wie sich alles verhalten hat. Du wirst niemals etwas tun, was deiner Karriere schadet oder was dir auch nur ein Stirnrunzeln der Dienstleistungsgewerkschaft einbringen könnte.«

»Hör auf«, sagte Matthes halblaut. »Die Leute gucken schon.«

»Ja«, antwortete Luzie, »so bist du. Da mag sein, was will – Hauptsache, dass die Leute nicht gucken. Aber es geht gar nicht um mich. Es geht um Sascha. Er ist Künstler, den kannst du nicht einsperren, das ist ein Verbrechen, der geht im Knast zugrunde, verstehst du? In dieser Stadt, in der alles drittklassig ist, der Fußball, das Theater, die Zeitung – da ist Alexander Keull der Einzige, der aus diesem Mittelmaß herausragt, der eine Idee hat vom großen Entwurf, auch wenn du das nicht wahrhaben willst, weil du selbst bloß so eine graue Maus bist…«

»Danke«, sagte Matthes. »Es reicht.«

Luzie schwieg. Durch die Fenster sah man die Kronen der kümmerlichen Bäume, die in der Pfauengasse gepflanzt worden waren. Die Kronen waren kahl. Was bin ich nur für eine unglaublich dumme Kuh, dachte sie.

»Also gut«, sagte sie schließlich. »Vergiss, was ich dir gesagt habe.« Sie winkte der Bedienung. Weil sie für das Parkhaus noch ein paar Münzen brauchte, nahm sie aus ihrem Portemonnaie einen Zehner. Mit dem Geldschein fiel eine Karte heraus.

Es war eine Visitenkarte, wie sie Beamte der baden-württembergischen Polizei verwenden. Unter dem Namen Markus Kuttler war handschriftlich die Nummer eines Mobiltelefons eingetragen.

Janina war das mit Seilen bespannte Gerüst hochgeklettert, hielt sich mit einer Hand fest und schaukelte befriedigt auf dem Verbindungsstück, auf dem sie sich breitbeinig mit beiden Füßen abgestützt hatte.

»Gib mir deinen linken Schuh!«

Kuttler stand etwas besorgt unter ihr, um sie jederzeit auffangen zu können. Zwar war der Boden unter dem Klettergerüst mit elastischem Kunststoff ausgelegt, aber man konnte nie wissen.

»Wenn ich dir den linken Schuh gebe, kann ich hier nicht mehr rumlaufen«, erklärte er und wies auf die Kieswege rund um das Klettergerüst. »Das macht keinen Spaß, mit einem Fuß in der Socke herumzuhüpfen.«

»Du sollst nicht hüpfen, sondern mir zugucken!«

»Aber wenn du bloß einen Schuh hast, hat das keinen Witz«, versuchte es Kuttler noch einmal. »Du musst die Schuhe von vielen haben, also zum Beispiel von all den anderen Kindern aus dem Kindergarten, lauter linke Schuhe, und du sitzt oben auf dem Seil und zeigst sie ihnen, bis die Kinder alle zornig werden und ihre Schuhe wiederhaben wollen, aber du tust nichts und sitzt nur oben und spielst mit den Schuhen, und erst, wenn sie so richtig grün vor Zorn sind und schreien, sagst du: bitte sehr! Und schmeißt die Schuhe herunter…« Kuttler, was redest du da!

»Und das ist ein Witz?«

»Jein«, wich Kuttler aus. »Ein Witz ist, wenn es anders kommt, als man denkt. Wenn die Kinder zum Beispiel denken, du willst ihnen die Schuhe stehlen, auch wenn niemand lauter linke Schuhe stiehlt, und ihnen schwups! die Schuhe um die Ohren fliegen, so dass keines mehr weiß, welches seiner war.« Kuttler, gib es auf.

»Ein Witz ist, wenn ich ihnen die Schuhe auf den Kopf schmeiß, dass es Batsch! macht«, sagte Janina und schaukelte. Das Seil quietschte.

»Dein Seil quietscht komisch«, sagte Kuttler.

»Nein«, widersprach Janina, »dein Handy piepst. Ist das die Mama?«

Kuttler tastete nach seiner Hosentasche und zog das Handy heraus. Tatsächlich war ein Anruf aufgelaufen, aber die Nummer auf dem Display sagte ihm nichts. Er meldete sich.

»Haltermann«, sagte eine Frauenstimme. »Luzie Haltermann. Vielleicht erinnern Sie sich – Sie haben mir Ihre Karte bei der Trauerfeier für Tilmans Mutter gegeben.«

Kuttler legte die Hand aufs Mobiltelefon und sagte zu Janina, dass es nicht die Mama sei. Dann nahm er das Gespräch auf.

»Ich erinnere mich.«

»Ich wende mich an Sie, weil ich bei der Polizei nur Sie kenne und sonst niemanden weiß, der mir helfen kann. Sie wissen sicherlich, dass Alexander Keull festgenommen worden ist.«

Schön, dachte Kuttler.

»Das ist ein schrecklicher Irrtum. Sascha kann nichts damit zu tun haben.«

Kuttler schwieg.

»Sie haben in dieser Sache doch ermittelt, Sie haben versucht, diese Neujahrsnacht zu rekonstruieren, also müssen Sie doch auch wissen...«

»Ich bin nicht im Dienst«, sagte Kuttler. »Die Ermittlungen führt meine Kollegin Tamar Wegenast.«

Janina hatte begonnen, ganz auf die Spitze des Gerüstes zu klettern.

»Aber Sie können doch nicht zusehen...«

»Einen Augenblick!« Janina hatte die Füße an der obersten Querverbindung eingehakt und ließ sich kopfüber nach unten hängen. Kuttler rannte zu ihr hin und hielt den rechten Arm so, dass er sie würde auffangen können.

»Geh weg!«, sagte Janina. Kuttler blieb stehen.

»Bitte...«, sagte die Stimme am anderen Ende der Verbindung.

»Ich mache Ihnen einen Vorschlag«, antwortete Kuttler und

traute seiner eigenen Stimme nicht. »Bringen Sie die Leute aus der Clique zusammen, alle, die damals dabei waren, am besten heute Abend, am besten im Eastside, und wir sprechen durch, wie das damals abgelaufen ist, und wenn es nötig ist, spielen wir es nach. Rufen Sie mich wieder an, wenn alle zugesagt haben, Puck wird mit mir kommen.«

Janina ließ die Füße los und plumpste wie ein Kartoffelsack in seine Arme.

Und was wollen Sie als Nächstes? Die ›Mona Lisa‹ ins Säurebad legen, um zu sehen, ob Leonardo da Vinci womöglich Cannabis konsumiert hat?« Mit einer Geste, die komische Verzweiflung signalisieren sollte, warf Petri beide Hände hoch, dass die Talarärmel flogen.

»Das fiele kaum in meine Zuständigkeit«, antwortete Desarts leise.

»Ähm«, machte der Vorsitzende Richter der Strafkammer, »ich will Ihrem Mandanten nicht zu nahe treten, aber sind Sie ganz sicher, dass Ihr Vergleich gerade sachgerecht war?«

»Bitte?«, fragte Petri zurück.

»Der Vorsitzende meint«, sagte der erste Beisitzer, »ob wir wirklich ein Stück verbeultes Autoblech mit der Mona Lisa vergleichen sollten.«

»Ha!«, sagte Petri, »das exakt ist der Punkt! Ein Werk vom Rang der ›Mona Lisa‹ also würde das Hohe Gericht kaum einer Staatsanwaltschaft zum Fraß vorwerfen, die in ihrer schieren himmelschreienden Beweisnot offenbar alle Schranken des gesunden Menschenverstandes niederreißen will ... nein, Hohes Gericht, die Mona Lisa würden Sie nicht preisgeben wollen, sehr nachvollziehbar. Aber woher wissen Sie, welchen Rang die Figur ›Traumtänzer‹ beanspruchen darf?«

Er kam um seinen Tisch herum und ging zu der Skulptur, die vor der Richterbank aufgestellt war, dort, wo sonst Zeugen Platz nahmen.

»Immerhin handelt es sich hier um die Arbeit eines international tätigen und anerkannten Bildhauers«, fuhr er fort und zeichnete mit der Hand die Konturen der Figur nach, die fast so groß war wie er selbst, »eines Bildhauers, der bereits in Paris und an der Côte d'Azur viel beachtete Ausstellungen gehabt hat.« Beiläufig warf er einen Blick auf einen Zettel, den er in seinen Talarärmel gesteckt hatte. »Kunst ist längst nicht nur das Schöne als sinnliches Scheinen einer Idee, wie der Herr Beisitzer vielleicht annehmen mag, es umfasst im modernen Verständnis auch Werke, die einer materiellen Scheinhaftigkeit, ja selbst der formalen Intention gänzlich entbehren ...« Beschwörend hatte er die Hand gehoben, jetzt ließ er sie wieder sinken, als warte er die Wirkung seiner Worte ab. »Falls das Hohe Gericht unserer Beschwerde gegen die Beschlagnahme der Skulptur ›Traumtänzer‹ nicht ohnehin stattgeben will«, fügte er mit normaler Stimme hinzu, »beantrage ich deshalb die Zuziehung eines Kunstsachverständigen, der nach Rücksprache mit der Kunstakademie Stuttgart benannt werden könnte.«

Damit ging er zu seinem Tisch zurück, setzte sich und verschränkte beide Arme. Der Vorsitzende Richter blickte zu Desarts.

»Die Strafkammer kann sich selbst ein Bild machen«, sagte Desarts, »dass es sich um Relikte eines Unfallwagens handelt, um Relikte, die als Kunstwerk bloß ausgegeben sind, als solches bloß behauptet werden.«

Der zweite Beisitzer beugte sich nach vorn und betrachtete Desarts. »Sagen Sie mal – was wollen Sie an diesem Ding eigentlich untersuchen lassen?«

»An diesem Ding!«, echote Petri empört.

»Wir glauben, dass sich an diesen Karosserieteilen noch Anhaftungen von einem Zusammenstoß mit einem Fahrrad finden lassen, möglicherweise auch unter der später dazugekommenen Bemalung«, antwortete Desarts. »Wie ich mir habe sagen lassen, wird das Kriminaltechnische Labor des LKA einzelne punktuelle Stichproben von der Lackierung nehmen. Es seien dies Eingriffe, wurde mir gesagt, die die Substanz der Arbeit völlig unbeeinträchtigt lassen.«

»Ja, warum nicht gleich die ganze Moderne Kunst ins Säurebad!«, rief Petri.

Der Vorsitzende Richter und die beiden Beisitzer steckten die Köpfe zusammen.

Petri schüttelte den Kopf. Desarts betrachtete das metallische Ding vor der Richterbank. Plötzlich kam es ihm vor, als beginne es zu schweben und sich zu drehen, aus dem einfachen Grunde, um ihm – Desarts – ein Rätsel aufzugeben. In Wirklichkeit war sein Blutdruck zu niedrig. Er musste sich um einen Termin bei seinem Internisten kümmern.

»Könnten wir uns darauf einigen«, sagte der Vorsitzende, »dass wir in unserem Beschluss die Untersuchung ausdrücklich auf einzelne, mikroskopische Stichproben begrenzen?«

Schnee in Tamars Haar

Ein Windstoß wirbelte Blätter durch das Scheinwerferlicht des Taxis. Kuttler bezahlte und stieg aus. Puck folgte und zog fröstelnd ihr Cape um sich.

»Irgendwann, bald, wird es schneien«, sagte Kuttler.

»Irgendwann, bald, wirst du mir erklären, warum du mich hierher geschleppt hast«, sagte Puck.

»Ich doch nicht. Das war Luzie.«

Puck schüttelte den Kopf. »Luzie hätte es nicht geschafft.« Zusammen gingen sie zu dem erleuchteten Eingang des Eastside. »Niemals hätte die mich hierher gebracht, in diese Schnafti-Tränke, die sie daraus gemacht haben.«

Kuttler sagte nichts.

»Aber auf etwas bin ich doch gespannt.«

»Ja?«

»Ob die Scheuch diesmal kommt.«

Kuttler blieb stehen. »Wer ist denn das nun wieder?«

»Die Izzy«, antwortete Puck. »Will sagen Isolde. Verheiratete Treutlein. Bei der Trauerfeier kam sie schon nicht.«

»Ach so«, sagte Kuttler. »Ich dachte, es hätte vielleicht mit dem Bilch zu tun.«

»Nicht bloß damit.«

»Sondern?«

»Der Detektiv bist du.«

An der Bar des Eastside saßen drei oder vier Gäste, jüngere Leute, die einen Blick auf Puck und ihren Begleiter warfen und wieder weg sahen. Hinter dem Tresen besorgte ein fülliger Mittdreißiger – Dreitagebart und ein goldblonder Irokesenstreifen im Haar – die Drinks. Gelangweilt wartete eine Bedienung im kurzen Schwarzen. Sonst war das Lokal leer, bis auf eine Ecke, in der zwei Tischchen aneinander gestellt waren. Czybilla saß dort, das Gesicht halb hinter einer Sonnenbrille versteckt, und Luzie Haltermann, die ihnen ein Handzeichen gab.

Kuttler begrüßte die beiden mit Handschlag. Puck begnügte sich mit einem Nicken. »Hier ungefähr saßen wir«, sagte Luzie. »Kannten Sie das Lokal, wie es früher war?«

Er schüttelte den Kopf und betrachtete Czybilla.

»Sie brauchen nicht so zu schauen«, sagte der, »ich bin gegen eine Straßenlaterne gelaufen.«

»Und von der einen an die andere weitergereicht worden?«

»Kommt in den besten Familien vor, wenn ich Sie mir so ansehe, mein Bester«, antwortete Czybilla. Er hob das Glas Weißwein, das vor ihm stand. »Erlauben Sie mir einen Anerkennungsschluck auf die Ortspolizei für erfolgreiches Räuberfangen!« Er trank. »Sie werden demnächst ja wohl auch rehabilitiert sein, wie?«

Puck hatte sich an das entfernte Ende der zusammengestellten Tische gesetzt, die Arme aufgestützt und die Hände vor dem Kinn gefaltet. Aus verdeckt montierten Lautsprechern drangen Klavierakkorde, es klang nach einem Jazzpianisten und nach frühen fünfziger Jahren.

Die Unterhaltung wird mühsam, dachte Kuttler. Aber das war nicht sein Problem.

Wieder öffnete sich die Tür, Isolde Treutlein kam herein, gefolgt von ihrem Ehemann. Isolde – noch im Mantel – ging schnurstracks auf den Tisch zu und fuhr Luzie an.

»Du siehst, dass wir da sind. Aber glaube bitte nicht, dass das selbstverständlich ist. Wir konnten nur kommen, weil wir jemanden haben, der so unglaublich freundlich und hilfsbereit ist, dass er sofort eingesprungen ist und jetzt auf Johannes und Mona aufpasst.«

Luzie murmelte etwas in der Art, dass sie das sehr wohl verstehe und deswegen auch sehr dankbar sei.

»Das verstehst du durchaus nicht«, schnitt ihr Isolde das Wort ab, »du hast nun einmal keine Kinder, sonst wärst du nicht auf einen solchen Einfall gekommen.«

Kuttler half Isolde aus dem Mantel und blickte dabei zu Puck. Auch sie hatte erst fragen müssen, ob Janina bei der Nachbarin bleiben konnte.

Harald Treutlein setzte sich neben Czybilla. »Du veränderst dich nicht zu deinem Vorteil«, sagte er munter. »Waren das diese famosen Bankräuber, die dir zu deiner Gesichtsfarbe verholfen haben? Bisschen zu gut durchblutet, wie?«

»Ich zahl dir einen Wein, wenn du das Maul hältst«, meinte Czybilla. »Oder ein Bier.«

»Da müssen wir schon einen drauf trinken«, antwortete Treutlein. »Ich steh da draußen vor der Bank und halte Volksreden, und drinnen wird der Bilch ausgeraubt, also so etwas...«

Ein Mann in einem dunkelblauen, elegant geschnittenen Mantel stand im Lokal, sah sich um, schenkte Luzie und der Gruppe ein kurzes Nicken, ging aber erst einmal zum Tresen und begrüßte den Mann am Zapfhahn.

»Dem Großen Staatsmann«, sagte Czybilla, »ist selbst die kleinste Kneipe Bühne für seinen Auftritt.«

Matthes, der ein paar Worte mit dem Wirt gewechselt und seinen dunkelblauen Mantel aufgehängt hatte, kam zum Tisch. Ein Nicken für Luzie, ein Handschlag für die anderen, bei Kuttler blieb er kurz stehen:

»Sie sind dienstlich hier?«

»Nein«, sagte Kuttler. »Dienstlich ließe sich das gar nicht darstellen.«

»Aber dann verstehe ich nicht...«

»Ich bin mit Puck gekommen. Mehr ist nicht.«

Matthes zog die Augenbrauen hoch und sah sich in der Runde um, als wolle er sich vergewissern, dass die anderen der Anwesenheit Kuttlers zustimmen.

»Er spielt den Tilman«, erklärte Czybilla. »Nehmen Sie hier Platz, Mr. Archer, auf dem übernächsten Stuhl links von mir, und Luzie soll sich zwischen uns setzen, ich bin ganz sicher, dass wir damals so gesessen sind, und Schleicher ihr gegenüber, gleich sind wir alle sieben Jahre jünger...«

»Dann zieh erst mal deinen Bauch ein«, sagte Treutlein und wandte sich an Matthes. »Hör mal, was habt ihr da draußen mit dem Grundstück gedreht?«

Die Vorhänge waren nicht zugezogen. Der Widerschein der Lichter des Fischerviertels hob die Umrisse des Fensters aus der Dunkelheit. Im Zimmer waren die Schreibtischlampe und der bläulich schimmernde Bildschirm des Computers die einzigen Lichtquellen. Kommissarin Tamar Wegenast las noch einmal ihren Bericht durch, speicherte ihn entschlossen ab und schickte ihn auf den Drucker.

Alles klar? Ja doch. Der Markthändler Simon Rotter hatte den Stadtstreicher Kaminski zum Krüppel gefahren, aber ein Schmerzensgeld hatte Kaminski nicht bekommen, weil es der Rechtsanwalt Dannecker unterschlagen hatte. Kaminskis Schachfreund Gossler sucht Dannecker auf, wird abgespeist, überlegt sich aber daraufhin, ob er sich an einen Polizisten wenden soll...

Nicht an irgendeinen Polizisten, ermahnte sich Tamar, du weißt ganz genau, an wen!

Aber bevor Gossler das tun kann, wird er totgefahren, auf dem Weg zu eben jener Solveig, die gemeinsam mit ihrem Liebhaber Keull dem Rechtsanwalt Dannecker das Geld abgenommen hat, das nicht ihm, sondern Kaminski gehört. Und totgefahren wird Tilman, damit er nicht zur Polizei gehen kann, damit die Geldquelle Dannecker nicht versiegt, ja, dass sie ganz im Gegenteil noch viel ergiebiger angezapft werden kann. So jedenfalls lautete die Argumentationskette des Staatsanwaltes Desarts, die zumindest einen Vorzug besaß: Keull hatte sich darin verfangen. Und der hatte es nicht anders verdient, allein schon wegen des Schicksals von Solveig...

Alles in Ordnung also. Wirklich? Aus irgendeinem Winkel in Tamars Kopf meldete sich ein hässlicher kleiner Einwand. Warum gehst du nicht los, fragte der Einwand, und sperrst überhaupt jeden ein, der dir gerade über den Weg läuft? Egal wofür, irgendeine Niedertracht wird jeder begangen haben.

Sie hatte den Kopf in die Hand gestützt und die Augen geschlossen. Nicht so sehr, weil sie müde gewesen wäre. In einem kurzen Moment ertappte sie sich dabei, dass sie das Telefon zu sich herziehen und in Berlin anrufen wollte, bei jenem Polizisten, an den Tilman...

Was würde er sagen? Nicht viel. Wenn Desarts dieses Bonbon gebacken hat, würde er sagen, dann soll er es auch selber lutschen.

Trotzdem. Wieder ging ihre Hand zum Telefon. Noch ehe sie es berührt hatte, jaulte es wie ein geprügelter Hund in Vorahnung seines Herrn. Sie zog ein Gesicht, nahm aber den Hörer ab.

»Grüß Gott, Kollegin«, sagte eine Männerstimme in dem seltsam archaisch anmutenden, fast gutturalen Schwäbisch, wie es in den Gegenden zwischen Iller und Lech gesprochen wird, »Sie haben bei uns wegen einer Strafanzeige der Familie Rotter angerufen?«

Was hab ich? Dann fiel es ihr ein. Der Kollege war von der Polizei-Inspektion Illertissen, und sie hatte dort angerufen, als sie die Klage von Rotters Sohn über irgendwelche Verleumdungen gehört hatte.

»Das ist wirklich keine angenehme Geschichte gewesen«, fuhr der Kollege fort, »ich habe die Briefe und Postkarten selber gesehen. Immer die gleiche Schrift, immer anonym, meist Poststempel Ulm, eine eher ungeübte Männerhand, sagt unser Graphologe, und nicht nur an Rotter adressiert, sondern auch an Nachbarn, an den Bürgermeister und den Pfarrer.«

»Und was stand drin?«

»Drohungen. Zum Beispiel: Simon, kauf dir schon einen Rollstuhl. Oder: Rotter, geh heute nicht ins Wirtshaus. Ein anderes: Rotter, gib Acht, wer heute die Hand im Sack lässt… solches Zeug.«

»Da gibt es eine Erklärung dafür«, meinte Tamar.

»Ich weiß«, kam die Antwort. »Dieser Stadtstreicher, der von Rotter angefahren worden ist. Aber wissen Sie, die Familie Rotter hat es nicht so mit der Polizei, und als sie sich schließlich doch an uns gewandt hat, da war dieser Stadtstreicher schon tot. Und dann hat sich der Ton auch geändert. Eines von diesen Machwerken hab ich grad hier vor mir liegen, ich les es Ihnen mal vor…

Sehr geehrter Herr Landrat, falls Sie auf Weihnachten wieder Bundesverdienstkreuzer oder Bayerische Verdienstmedaillen austeilen wollen, womöglich an den Herrn Rotter Simon, bedenken Sie, dass dieser ein Mörder ist. Hochachtungsvoll ein Bürger

…der Landrat hat sich daraufhin auch noch eingeschaltet, aber es ist halt so, dass der Herr Rotter zeitlebens immer gerne ausgeteilt hat, da gibt es viele, die ihm gerne was zurückgegeben hätten. Und wegen Beleidigung und übler Nachrede würden Sie auch nicht gleich eine Rasterfahndung ausschreiben…«

»Und Rotter sitzt jetzt tatsächlich im Rollstuhl?«

»Ja, so ist es uns gesagt worden. Aber was dafür letztlich die Ursache war, wer will das schon wissen?«

Das finde sie auch, meinte Tamar. »Aber könnten Sie mir vier oder fünf der Briefe und Karten kopieren?« Sie dankte und legte auf.

In der Tür erschien Wilma Rohm.

Wann geht dieses Mädchen eigentlich nach Hause?

»Während du telefoniert hast, kam ein Anruf für dich aus der JVA«, sagte sie. »Vom Wachhabenden im Frauengraben. Ich hab das Gespräch angenommen. Einer der Untersuchungsgefangenen will dich sprechen, und zwar dieser Alexander Keull, du weißt schon…«

Müssen wir wirklich diesen Unsinn noch einmal aufführen?«, fragte Isolde.

»So wie es ausgegangen ist, schon«, sagte Czybilla.

Matthes beugte sich über den Tisch und sah Kuttler an: »Es war ein Jux, nichts weiter. Sie müssen sich das vorstellen wie eine Parodie auf den politischen Betrieb. Wir waren in Silvesterlaune.«

»Schleicher«, widersprach Isolde, »ich war das nicht.«

Luzie sah sie fragend an. »Davon weiß ich gar nichts mehr«, sagte sie. »Was war denn? Entschuldige, jetzt kommt es mir wieder, das war doch damals die Sache mit deinem Vater, er war wohl schon krank, nicht wahr?«

»Ja«, antwortete Isolde, »auch das.« Ein rascher Blick streifte Kuttler und tauchte wieder ab.

»Was ich heute nicht mehr verstehe«, sagte Harald Treutlein, »warum haben wir uns überhaupt darauf eingelassen?«

Czybilla winkte der Bedienung und wollte noch einen Weißen. »Es war ein Spiel«, sagte er. »Ein so saudumm blödes Spiel, wie es sich nur Tilman ausdenken konnte. Und eben deswegen haben wir es gemacht. Damit er sieht, was er davon hat.«

Kuttler warf einen Blick zu Puck. Zwischen ihren Augenbrauen zeichnete sich eine feine, aber scharfe Falte ab. »Und wie ist es nun abgelaufen?«, fragte er.

»Wir sollten abstimmen, wer in der nächsten Neujahrsnacht nicht mehr dabei sein würde«, antwortete Matthes. »Das heißt, die Abstimmung verlief eigentlich umgekehrt. Zuerst wurden diejenigen gesucht, die dabei sein sollten.«

»Und wie wurden die ausgesucht?«

»Wir waren ja zu siebt, und gewählt oder eingeladen war, wer mindestens vier Stimmen bekam. War das nicht der Fall, gab's eine Stichwahl zwischen den Bestplatzierten.«

Erinnerte sich Matthes noch an die Ergebnisse?

»Als Erste, glaube ich, wurde Puck gewählt, sogar auf Anhieb, also im ersten Wahlgang.« Matthes blickte in die Runde. Niemand widersprach, nur die Falte auf der Stirn von Puck vertiefte sich.

»Danach wurde es schwierig.« Matthes verzog das Gesicht. »Auf Platz zwei kam wohl Juffy.«

»Allerdings«, sagte Treutlein.

Czybilla nahm einen Schluck aus dem frischen Glas, das ihm die Bedienung gebracht hatte. »So geht das nicht. Wenn das alles ordentlich rekonstruiert werden soll, müssen wir auch die Abstimmung wiederholen, nicht wahr, Herr Kriminaloberrat?«

»Bilch, hör auf herumzualbern«, sagte Luzie.

»Übrigens musste ich in die Kampfabstimmung«, sagte Treutlein.

»Ja«, sagte Isolde, »und zwar gegen mich.«

»Ich glaube, es ging vier zu drei für Harald aus, ein Strickmuster wie bei den Grünen, auf Platz eins eine Frau, auf Platz zwei ein Mann«, sagte Matthes und lächelte etwas verlegen. »Eigentlich müsste ich das ziemlich genau wissen, ich war nämlich der Wahlvorstand dieser kindischen Veranstaltung.«

»Tilman hat danach gesagt«, erinnerte sich Czybilla, »die meisten hätten gar keine andere Wahl gehabt als Juffy, weil der sonst tödlich beleidigt gewesen wäre.«

»Unsinn«, sagte Harald Treutlein.

»Da wird Tilman so falsch nicht gelegen haben«, bemerkte seine Frau.

»Du bist dann als Dritte gewählt worden«, fuhr Matthes fort und blickte Isolde an, von der aber keine Reaktion kam. »Demnach muss Luzie die vierte gewesen sein, bevor der versammelte Stammtisch-Souverän beschloss, als Fünften mich für das nächste Jahr einzuladen, 5:2 in der Stichwahl gegen Czybilla, ich habe die ehrenvolle Wahl angenommen und für das Vertrauen gedankt... Muss ich diese Farce eigentlich bis zum Ende vortragen?« Er schaute Kuttler an und dann Luzie.

»Dem dicken Bilch nicht einmal den fünften Platz gönnen«, sagte Czybilla, »sondern ihn in der Stichwahl rauskegeln – so macht man Karriere. Immer auf einen armen alten Teufel los…«

»Und weiter?«, fragte Kuttler.

»Bis dahin war das Ganze wirklich nicht mehr als ein Spiel gewesen«, sagte Matthes, »ein albernes Spiel, und überhaupt nicht spannend, aber plötzlich waren nur noch Tilman übrig und eben Manfred Czybilla. Ich weiß noch, dass der Bilch plötzlich ganz merkwürdig einsilbig geworden ist. Das ist sonst nicht seine Art, wie Sie bemerkt haben werden. Es war, als habe er begriffen, dass es jetzt ernst für ihn wird, wenn er jetzt durchfällt, ist er draußen, rausgekegelt, im nächsten Jahr wirklich nicht mehr eingeladen…«

»Willst du im Landtag auch so herumlügen?«, fragte Czybilla freundlich.

»Mich würde interessieren, wie sich Tilman verhalten hat«, fragte Kuttler.

Luzie drehte sich zu ihm um. »Sie sollten den Stuhl etwas zurückschieben, so als gehörten Sie nicht richtig zu uns. Das war seine Haltung. Ich glaube, er hat es wirklich darauf angelegt.«

»Worauf angelegt?«

»Dass die Clique ihn rauswirft.«

»Und hat niemand gesagt«, fragte Kuttler und schob den Stuhl zurück, »dass man das jetzt abbrechen und bleiben lassen soll?«

»Ich hab mir vor dieser letzten Runde einen Augenblick lang so etwas überlegt«, antwortete Matthes. »Aber ich glaube, das wäre fast noch schlimmer gewesen.«

»Na gut«, meinte Kuttler. »Aber diesmal will ich jetzt wirklich hören, wie es abgelaufen ist. Kriegen Sie das hin?«

Puck stand auf und ging ein oder zwei Schritte zur Seite.

»Warum gehst du weg?«, fragte Isolde.

»Weil ich nicht bei euch gesessen bin. Ich hab bedient.«

Diesmal keine Bonbonniere. Neonlicht. Die Inneneinrichtung knapp überm Standard der Beruhigungszelle. 1 Tisch. 2 Stühle. Mehr braucht es nicht.

Alexander Keull betrachtete Tamar mit einem Blick, den sie sofort erkannte. Es war der Blick, der nach der verborgenen Schwachstelle sucht, der Stelle, die schmerzt und die verwundbar ist. Zugleich aber wirkte Keull angespannt und strömte den unangenehmen Geruch eines Mannes aus, der erregt ist und der Angst hat. Das schwarze krause Haar mit den grauen Strähnen war verschwitzt. Doch die Betäubung, die von ihm Besitz ergriffen hatte, als Desarts ihn festnehmen ließ, schien abgeklungen.

»Ich weiß nicht, warum«, sagte er, »aber ich weiß, dass Sie mich nicht mögen. Wahrscheinlich bin ich Ihnen zuwider. Bei manchen Frauen passiert mir das.«

»Sie haben mich sprechen wollen«, erinnerte ihn Tamar.

»Merkwürdig, nicht?« Keull schien auf eine Reaktion zu warten. Es kam keine. »Aber mein Anwalt kann nur mit seinen Talarärmeln fuchteln, und bei dieser Bonbontüte von einem Staatsanwalt drehe ich hohl. Da habe ich mir gedacht, bei Ihnen geht es vielleicht besser. Wenn es klar ist, dass man sich nicht leiden kann, redet es sich vielleicht leichter.«

»Dann reden Sie.«

Keull betrachtete sie noch einmal mit diesem forschenden, fast abtastenden Blick. Dann zuckte er die Achseln. »Sie haben meine Skulptur beschlagnahmt und lassen sie untersuchen. Ich könnte mich darüber aufregen, aber ich will es nicht.« Er beugte sich vor und sah ihr in die Augen. »Natürlich sind das Teile von einem Unfallwagen. Und wenn damit ein Radfahrer von der Straße gerammt worden ist, dann können da durchaus Spuren von dem Schutzblech drauf sein oder von welchem Teil des Fahrrades auch immer… Ich bin sogar sicher, dass Ihre Experten etwas finden werden, das gehört sogar zu meiner Idee, dass da etwas zu finden sein muss…«

Das müsse er ihr erklären, sagte Tamar.

»Diese Skulptur heißt Traumtänzer«, sagte Keull. »Haben Sie

sich mal überlegt, warum die so heißt? Wer träumt hier welchen Traum? Na ja, Sie halten das alles sowieso für Blech und kunstloses Zeug.«

Tamar schüttelte den Kopf. »Ich bin hier, um Ihnen zuzuhören.«

Keull sah sie zweifelnd an. »Die Skulptur heißt Traumtänzer«, fuhr er fort, »weil ich mir tatsächlich vorgestellt habe, dass das Teile von dem Unfallauto sind, mit dem dieser Tilman Gossler über den Jordan befördert wurde. Der war ja mal bei mir, hat so getan, als ob er etwas von meinen Arbeiten verstünde, so auf die schulterklopfende Tour, das kann ich schon gar nicht ab. Und dann hat er sich an die Solveig herangemacht, das war doch lächerlich, die war ein paar Nummern zu heiß für ihn, alles, was recht ist.«

»Sie wussten also sofort, mit welchem Auto Tilman angefahren wurde?« Tamar hatte begonnen, sich Notizen zu machen.

Keull schüttelte den Kopf. »So kann man das nicht sagen. Das war am zweiten oder dritten Arbeitstag im neuen Jahr, da kam jemand mit einem Daimler, und bei dem waren vorne Stoßstange und Kotflügel ein wenig eingedellt, nicht besonders dramatisch, man hat eben gesehen, dass da etwas gewesen sein musste. Und weil am Morgen etwas von einem Unfall eines Radfahrers in der Zeitung gestanden war und dann auch eine Todesanzeige für diesen Gossler erschien, dachte ich mir – dieser Daimler da, der könnte es gewesen sein, damit hat jemand den Radfahrer erwischt…«

»Verstehe ich Sie recht«, fragte Tamar, »diese Teile, die Sie verarbeitet haben, stammen nicht von Danneckers Auto?«

»Definitiv nicht.«

»Aber bei dem war doch auch die Stoßstange beschädigt?«

Keull zog eine Grimasse. »So verstehen Sie doch! Erst in der Werkstatt, Tage nach dem Unfall, bin ich auf diese blöde Idee gekommen. Und als Dannecker in der nächsten Nacht wieder in Thalfingen war und der Wagen auf der Straße abgestellt…«

»Ach so«, machte Tamar, »da haben Sie ein Hämmerchen genommen und ein bisschen nachgeholfen und am nächsten Tag am Telefon dem Dannecker eingeredet, er fahre seit der Neujahrsnacht mit einem Blechschaden herum?«

»Kein Hämmerchen. Eine Stahlstange.«

Tamar überlegte. »Sie sagten vorhin, Sie seien sicher, dass die Unfallexperten noch Anhaftungen finden werden. Warum?«

»Sehen Sie!«, sagte Keull, als habe er endlich seinen Ansatzpunkt gefunden. »Ich habe dieses Blech und diese Stoßstange vor dem Verarbeiten nicht sauber gemacht oder abgeschliffen oder irgendetwas in der Art. Ich habe sie so verwendet, wie es mir der Zagorac gegeben hat, das war der Typ, dem die Werkstatt gehörte. Ich hatte die Idee von einem Traumtänzer, den man aber nicht sieht, den es vielleicht nur in *meinem* Traum gibt, man sieht nur das Blech, der Tänzer tanzt also – unsichtbar, wenn Sie so wollen – auf genau dem konkreten Material, das ihm in der wirklichen Wirklichkeit das Leben gekostet hat...«

Er sah Tamar zu, die seine letzten Sätze stenographiert hatte.

»Und deswegen«, fuhr Keull fort, »müssten die Experten tatsächlich Spuren finden, vorausgesetzt, dass dieser Daimler wirklich das Unfallauto war und ich es mir nicht nur eingebildet habe. Ich habe diese Spuren nicht nur nicht entfernt, ich habe sie übersprüht, sie gehörten für mich zum Material meiner Arbeit, Sie könnten auch sagen, dass ich diese Spuren konserviert habe.«

Er unterbrach sich und lehnte sich auf dem Holzstuhl zurück. »Niemand«, sagte er nach einer Pause, »niemand, der diesen Gossler wirklich auf dem Gewissen hat, hätte so etwas getan.«

»Wer diesen Daimler in die Werkstatt gebracht hat«, fragte Tamar mit unbeteiligter Stimme, »wissen Sie das noch?«

»Das hatte für mich keine Bedeutung«, antwortete Keull. »Eine junge Frau. Keine, die mich interessiert hätte. Zagorac nahm an, dass sie gar nicht selber gefahren war. Sie musste die Sache für irgendeinen Kerl in Ordnung bringen.«

»Das Kennzeichen haben Sie sich also auch nicht notiert?«

»Wozu?«, fragte Keull zurück. »Ich wollte von dem Mädchen

nichts, und Zagorac ebenso wenig. Sein Job war es, kaputte Autos zu reparieren. Ich war sein Untermieter. Es war nicht unser Job, Fragen zu stellen. Schon gar nicht Fragen, die die Polizei angehen. Zagoracs Laden hat in Wirklichkeit der kroatischen Mafia gehört.«

Also«, sagte Matthes, richtete sich auf und rückte seine Krawatte zurecht, mit einer Grimasse, die komisch sein sollte oder ein latentes Unbehagen überspielen. »Letzter Wahlgang. Zwei Kandidaten. Bilch und Tilman. Nur einer ist nächstes Jahr noch dabei. Noch Fragen an die Kandidaten? Eine letzte Vorstellungsrunde gewünscht?« Er blickte in der Runde um sich. »Nein. Damit stimmen wir ab. Juffy?«

»Bilch soll eingeladen werden«, sagte Harald Treutlein.

»Isolde?«

»Tilman.«

»Eins zu eins. Puck?«

Puck stand noch immer, hatte sich aber an einen Stützpfeiler gelehnt, der den Übergang vom vorderen Teil des Eastside zu den hinteren Tischreihen teilte. »Tilman.«

»Zwei zu eins. Luzie?«

»In Gottes Namen soll halt der Bilch kommen.«

»Zwei zu zwei.« Matthes überlegte. »Ich glaube, ich habe gesagt, dass wir dem Bilch in diesem Lokal sowieso nicht entgehen können. Also stimme ich dafür, wie es ohnehin kommt. Zwei zu drei. Tilman?« Matthes blickte zu Kuttler. Der zögerte.

»Ja, Mr. Holmes«, sagte Czybilla, »wie wird Tilman denn nun abgestimmt haben?«

Kuttler zuckte die Achseln. »Bilch«, sagte er dann.

»Bingo!«, rief Czybilla. »Fast perfekt. Aber sein Lächeln haben Sie noch nicht so richtig drauf. Da müssten Sie noch etwas üben. Und außerdem hat er es begründet. Er hat gesagt, warum er so abstimmt. Na?«

Die Blicke richteten sich auf Kuttler. Er griff nach seinem

Weizenbierglas. »Ich stimme für den Bilch«, sagte er plötzlich, das Glas in der Hand, »damit ihr mich endlich los seid.« Er nahm einen kräftigen Schluck. Als er das Glas wieder absetzte und aufsah, blickte er in schmale forschende Augen, die ihn unverwandt betrachteten, wie ein unbekanntes Tier. Es waren die Augen von Isolde Treutlein, geborene Scheuch.

»Sie haben gerade eine ganz andere Stimme gehabt, Monsieur Maigret«, sagte Czybilla. »Wir sind beeindruckt.« Er sah sich in der Runde um. »Auch wenn der Wortlaut etwas anders war. Etwas unmittelbarer, glaube ich.«

»Ich stimme für den Bilch«, fiel Harald Treutlein mit fast träumerischer Stimme ein, »damit ihr mich endlich alle miteinander am Arsch lecken könnt.«

Matthes nickte. »Zwei zu vier. Damit war es entschieden. Auf den Bilch kam es gar nicht mehr an. Tilman hat sich selber ausgeladen.«

»Es war wirklich so«, sagte Luzie, an Kuttler gewandt. »Aber keiner von uns fand es lustig. Ich jedenfalls nicht. Irgendwie war es auch merkwürdig still am Tisch, merkwürdig deshalb, weil im ganzen Lokal ja ziemlicher Krach herrschte, es konnte also an einem einzelnen Tisch nicht wirklich still sein, aber mir ist es so vorgekommen, und Tilman ist aufgestanden und hat gesagt: ›Dann macht's mal gut!‹, und ging an die Theke.«

»Und wie weiter?«, fragte Kuttler, während er aufstand, sein Weizenbierglas nahm und an die Theke ging. Dort drehte er sich um.

Ein Mann in Jeans, zu denen er ein gestreiftes Jackett trug, stieß ihn an. »Spielt ihr hier Tatort?«

»Nein«, sagte Kuttler. »Vorsicht Kamera ... im Vertrauen gesagt, wir suchen den dümmsten Zwischenfrager.«

»Einen Augenblick«, sagte Puck. »An der Theke drängten sich die Leute. Er hat sein Glas ganz an der Ecke abgestellt und ist erst mal aufs Klo oder zum Telefon.« Sie sah die anderen an. »Ich weiß noch, wie er an mir vorbeiging und mir mit so einem blöden Lächeln auswich, als ob ich Luft für ihn wäre.«

Kuttler ließ das Glas stehen und ging an Puck vorbei zur Toilette.

Die Luft war stickig, und wenn niemand sprach, hörte man das Zischeln der einen Neonröhre, die wohl bald durchbrennen würde.

»Vielleicht werde ich Ihnen sogar glauben«, sagte Tamar. »Ungern. Aber wenn ich das tun soll, muss ich die ganze Geschichte wissen.«

»Was denn noch?«, fragte Keull.

»Wann und wo haben Sie Solveig kennen gelernt?«

»Im Frühjahr 1998, in der Werkstatt. Ein Mensch in einem karierten Jackett wollte seinen Daimler abholen und hatte Solveig dabei. Wir haben uns angesehen, und das war es dann. Sie kam am nächsten Abend.« Er warf einen prüfenden, zugleich etwas ratlosen Blick auf Tamar. »Wollen Sie Details wissen?«

»Wie viel Geld hat Solveig von Dannecker bezogen?«

Keull schüttelte unwillig den Kopf. »Das weiß ich doch nicht... mal fünfhundert, mal einen Tausender... es schmeichelte ihm, als der große Gönner von Welt aufzutreten.«

»Wie viel von diesem Geld haben Sie bekommen?«

Er richtete sich auf, zornig oder gekränkt. »Hören Sie – ich lass mich von Ihnen nicht vorführen...«

»Darum geht es nicht«, sagte Tamar. »Es war Ihre Idee, dass wir beide uns nichts vormachen müssen. Also kommt es nicht darauf an, was wir voneinander halten. Es kommt nur darauf an, dass Sie mir die ganze Geschichte erzählen, weil ich nur dann sagen kann, ob ich Ihnen glaub. Wie viel?«

»Mal fünfhundert, mal einen Tausender.«

Tamar nickte. Na gut, dachte sie. Aber die wirklich hohen Hürden kommen erst. »Wessen Idee war es, dass Solveig die Bekanntschaft von Tilman Gossler suchen sollte?«

Keull sah sie an und schwieg. Tamar wartete. Über ihnen knisterte die Neonröhre.

»Ich glaube, das war im Herbst«, sagte Keull in das Schweigen hinein, »da hat Solveig zu Dannecker gewollt – fragen Sie mich nicht, warum – und auf der Treppe zur Kanzlei ist ihr so ein Jungchen entgegengekommen und hat vor sich hin gestarrt wie nicht gescheit, so hat sie es mir erzählt, und als sie beim Dannecker war, ist auch der durch den Wind gewesen, überhaupt nicht ansprechbar. Auf seinem Schreibtisch lag ein Zettel mit dem Namen von dem Jungchen – Gossler, Tilman – und der Adresse, Solveig hat es gelesen und sich gemerkt… Ich bin einfach hingegangen, und das Muttchen hat mir gesagt, dass ich das Jungchen vielleicht in der Stadtbibliothek finde oder später im GlucksKasten.«

»Moment«, unterbrach ihn Tamar. »Sie haben da doch einen Vorwand gebraucht. Was hätten Sie denn Gossler gesagt, wenn Sie ihn angetroffen hätten?«

»Dass ich von der Kirche der Heiligen der Letzten Tage komme«, antwortete Keull. »Oder vom Institut zur Erforschung jugendlichen Konsumverhaltens – irgendwas, er hätte mich ja ruhig auf der Stelle rausschmeißen dürfen.«

Das also, dachte Tamar, ist die wahre Geschichte der Märchenprinzessin. Die Mutter plaudert aus, wo Tilman einkehrt, und schon taucht Solveig dort auf. »Aber warum das alles?«

»Das war ja mit Händen zu greifen, dass Dannecker ein Problem hatte«, antwortete Keull, »schon in den Wochen vorher hatte er gejammert, dass er etwas knapp bei Kasse ist. Wir wollten einfach wissen, was da auf ihn zukommt, verstehen Sie?«

»Und? Haben Sie es herausgefunden?«

»Nun tun Sie nicht so«, antwortete Keull ärgerlich. »Das müssen Sie doch wissen, dass Geld gefehlt hat, das Schmerzensgeld für diesen Rollstuhlfahrer, deswegen sind Sie doch dem Dannecker überhaupt an den Kragen gegangen. Solveig hat das ziemlich schnell herausbekommen, sie wusste von dem Jungchen, wonach sie suchen musste, und hat in Danneckers Aktentasche die Kontoauszüge gefunden, als er…« Keull brach ab und starrte auf den Tisch.

»Als er was…?«

»Den Rest können Sie sich doch denken«, antwortete er gleichgültig. »Sie hat das Zeug gefunden, als Dannecker bei ihr im Bett lag und sein bisschen Altmännerbumsen mit ihr gehabt hatte und sich eins wegschnarchte, weil er schon wieder knülle war vom Schnaps aus seinen Flachmännern… Macht Ihnen das eigentlich Spaß, dass Sie mich so etwas erzählen lassen?«

Tamar ging nicht darauf ein. »Wollten Sie ihm das Geld abnehmen?«

»Sie haben wirklich keine Ahnung.« Keull lachte unfroh. »Das Geld war schon vorher weg. Der Grandseigneur hatte die ganze Zeit schon auf Pump gelebt. Und wir, wir wollten weg, vor allem Solveig war am Durchdrehen, es war ihre Idee gewesen, dass wir nach Paris gehen sollten, dann wäre alles vergessen… Aber wir hatten nichts, sie nicht und ich nicht, ich hatte bloß Schulden bei Zagorac, und glauben Sie ja nicht, Sie könnten der kroatischen Mafia etwas schuldig bleiben und einfach abhauen! Wir mussten bleiben und froh sein, wenn Dannecker mal wieder fünfhundert rausrückte.«

Deswegen also wollte Solveig nicht, dachte Tamar, dass Tilman zu diesem Polizeimann geht. Zu Berndorf. »Aber plötzlich konnten Sie doch nach Paris.«

»Das hab ich Ihnen doch schon erklärt«, kam die Antwort. »Als die Geschichte über diesen totgefahrenen Tilman Gossler in der Zeitung stand, dachten wir, wir könnten Dannecker einreden, er sei es gewesen. Der war ja breit wie eine Natter gewesen, als er in der Neujahrsnacht bei Solveig erschien. Erst hab ich ihm nur einen kleinen Schrecken einjagen wollen. Aber irgendwann kam es mir, dass Dannecker eine treusorgende Ehefrau hat und niemals so pleite sein kann, dass er nicht noch vier Mark fuffzich für einen Menschen auftreiben kann, der ihm in der Neujahrsnacht die Freundin überläßt.«

»Nicht bloß vier Mark fünfzig«, erinnerte ihn Tamar.

»Is ja gut«, sagte Keull, »unter Gejammer und Geschrei

brachte er fünfzigtausend zusammen, das war ja immer noch besser, als in den Knast zu gehen, und ich hab den Zagorac bezahlt und bin mit Solveig ab nach Paris, das muss so Anfang Februar gewesen sein.«

Die ganze Zeit über hatte sich Tamar Notizen gemacht. Jetzt steckte sie den Notizblock ein. »Und waren Sie erfolgreich in Paris?«

»Ach Scheiße!«, antwortete Keull. »Ohne Beziehungen haben Sie nirgendwo eine Chance, am allerwenigsten in Paris, da werden Sie bloß abkassiert, es sei denn, irgendeine Schwuchtel entdeckt Sie... aber auf dem Ufer brüte ich nicht.«

»Sie sind dann nach Südfrankreich?«

»Ja.«

Das war plötzlich sehr einsilbig, dachte Tamar. »Ohne Solveig?«

Bittend hob Keull seine Hände. »Wie lange noch? Ja, ich bin ohne Solveig an die Côte. Eine Schweizer Witwe hatte mich eingeladen, da konnte ich schlecht...«

»Aber Solveig wollte Sie nicht gehen lassen?«

»Mag sein...«

»Sie haben sich gestritten?«

»Ja.« Keull zuckte die Achseln. »Sicher doch. Es hat eine Szene gegeben. Eine Scheißszene. Sie hat nur noch geschrien. Damit sie aufhört, hab ich ihr eine gescheuert, und sie ist hingefallen und hat sich das Gesicht an der Werkbank aufgeschlagen und hat erst recht geschrien, ohne Ende, bis die Polizei gekommen ist.«

Tamar sah ihn an. Fast bereute sie es, sich auf das Gespräch eingelassen zu haben. »Wissen Sie, was aus ihr geworden ist?«

Ratlos blickte Keull auf. Er hatte die Frage nicht erwartet. »Warum sollte ich?«, fragte er zurück.

Ja, dachte Tamar, warum soll jemand wie du sich darüber Gedanken machen? Das Zischeln der Neonröhre wurde stärker, veränderte sich, irgendetwas vibrierte in ihrer Tasche.

»Ihr Handy klingelt«, sagte Keull.

Warum hatte sie es nicht ausgeschaltet? Tamar zog es heraus und meldete sich mit einem knappen: »Ja?«

»Kuttler hier«, sagte eine Stimme, die leise und beiläufig klang, »ich hab hier einen Namen und wollte dich bitten, dass du nachprüfen lässt, ob auf ihn im Jahr 1998 ein dunkler Mercedes zugelassen war.«

»Was soll ich?«

»Es ist wichtig«, fuhr Kuttler fort. »Darf ich dir den Namen durchgeben?«

Kuttler kehrte an die Theke zurück, nahm sein Glas und stellte sich damit neben Puck, die noch immer an dem Stützpfeiler lehnte. Beide betrachteten sie die Runde, die an den zusammengeschobenen beiden Tischchen saß. »Was ist?«, fragte er. »Haben Sie weiter getrunken, haben Sie sich unterhalten oder saßen Sie einfach nur da?«

»Nein, sicher nicht«, sagte Matthes, stand auf und kam zu Kuttler, das Glas in der Hand. »Mir war die ganze Sache rasend peinlich, und ich habe mich schnell zu Bekannten gesetzt, zu Parteifreunden aus unserem Kreisverband, um genau zu sein.«

»Aber sicher doch«, fiel Luzie ein, »du hast ja sicherstellen müssen, dass die keine merkwürdigen Dinge über dich weitererzählen.«

»Luzie, bitte!«, antwortete Matthes und setzte sich wieder, zwei Tische weiter.

»Puck hatte mir gerade ein frisches Bier gebracht«, sagte Harald Treutlein und drehte sich halb zu Kuttler, »und so bin ich erst mal einfach sitzen geblieben, obwohl es wirklich nicht lustig war am Tisch mit dem Bilch und den beiden Frauen, mit Isolde und Luzie, die müssen beide ziemlich sauer gewesen sein.«

»Ich war, wie immer, glänzend drauf«, widersprach Czybilla, »sprühend vor guter Laune.«

»Ja, du hast gefeixt wie ein Schneekönig«, fiel Treutlein ein,

»und jeden, den du gesehen hast, mit dem Victory-Zeichen genervt.«

»Ein Siegertyp«, sagte Czybilla und streckte die rechte Hand hoch, Zeige- und Mittelfinger gespreizt, »war ich schon immer.«

Kuttler kam an den Tisch und sah Luzie und Isolde an. »Und Sie beide? Stimmt das, dass Sie sauer waren oder ärgerlich?«

»Ich glaube nicht«, antwortete Luzie zögernd, »dass wir viel miteinander gesprochen haben.«

»Wir haben überhaupt nie viel miteinander gesprochen«, stellte Isolde Treutlein richtig, und ihre Stimme ließ keinen Zweifel daran, dass sie in dieser Hinsicht auch künftig nichts ändern wollte.

»Wer ging zuerst?«

»Ich nicht«, antwortete Czybilla fröhlich.

»Ich«, sagte Isolde. »Ich glaube, ich bin einfach aufgestanden und gegangen. So.« Sie stand auf und schob den Stuhl zurück. »Es war mir plötzlich alles unerträglich.«

»Moment«, warf Puck ein. »Du bist aufgestanden. Aber nicht sofort gegangen. Du bist zuerst zu Til.«

Kuttler sah Isolde an, wartend.

»Sicher doch«, antwortete sie. »Natürlich bin ich zuerst zu ihm. Wer sonst hätte das tun sollen?«

»Und?«, fragte Kuttler.

»Er stand nur da, wie Puck es beschrieben hat«, sagte Isolde, »am Rand vom Tresen, und tat so, als trinke er sein Bier und wolle sowieso mit keinem reden... Deswegen kam ich gar nicht dazu, ihm etwas zu sagen. Ich kannte ihn ja, wenn er diese Laune hatte. Da hat er die ganze Welt in der Ecke stehen lassen, schon als Kind war er so, früher war ich die Einzige gewesen, die ihn aus dieser Stimmung hat herausholen können.«

Kuttler vermied es, Harald Treutlein anzusehen. »Aber dieses Mal haben Sie es nicht geschafft?«

»Nein.«

»Und dann sind Sie wirklich gegangen?«

»Ja, ich bin gegangen, und gehen würde ich eigentlich jetzt auch ganz gerne.« Fast bittend sah sie zu ihrem Mann.

»Warten Sie noch einen Augenblick«, sagte Kuttler. »Sie sind mit Ihrem Renault heimgefahren?«

Sie schwieg einen Augenblick. »Warum fragen Sie das? Ja, mit meinem Renault.«

Unerwartet stand Luzie Haltermann auf und trat Isolde gegenüber. »Irgendwie ist das komisch. Ich hab deinen Renault damals nicht gesehen. Das weiß ich noch, weil ich zuerst gedacht habe, du kommst später oder gar nicht. Und wie du dann schon da warst, am Tisch im GlucksKasten, da habe ich gedacht, okay, sie ist mit jemand anderem gekommen.« Luzie machte eine Pause. »Oder mit einem anderen Wagen.«

»Hoppla!«, entfuhr es Czybilla. Er winkte der Bedienung. »Noch einen Weißen.«

Isolde sah Luzie an. »Was willst du damit sagen?«

»Nichts«, antwortete Luzie. »Dass ich dachte, du seist in einem anderen Wagen gekommen. Sagte ich doch.«

Isolde stand noch immer. Harald Treutlein sah zu seiner Frau hoch, erhob sich und legte beruhigend seine Hand auf ihren Arm. Sie schüttelte die Hand ab.

»Sag mal, Luzie«, sagte Treutlein plötzlich und wandte sich ihr zu, »wir sind ja wegen dir hierher gekommen. Weil wir irgendetwas herausfinden sollen, warum es dieser andere Typ nicht gewesen sein kann. Du hast uns förmlich angebettelt. Warum sagst du eigentlich nicht, dass überhaupt du die Letzte gewesen bist, die mit Til gesprochen hat?«

»Das fällt dir jetzt plötzlich wieder ein?«

»Du bist noch eine Weile allein dagesessen«, fuhr Treutlein fort. »Wir waren zu dritt am Tisch, der Bilch, du und ich, jeder saß für sich, und geredet haben wir nichts, nur der Bilch hat krakeelt, aber dann bist du aufgestanden und zu Til gegangen, nicht für lange, und ich weiß auch nicht, was ihr gesprochen habt, aber ich sehe noch, wie du zu Til marschierst, mit deinem Gang, den nie etwas aufhalten kann.«

Kuttler sah Luzie an. Dann wies er mit dem Kopf zur Theke und ging voran. Inzwischen hatten sich weitere Gäste im Eastside eingefunden, auch an der Bar. Kuttler stellte sich an das äußerste Ende der Theke. Zögernd folgte Luzie.

Kuttler trank aus und bestellte sich noch ein Weizen. Die Treutleins hatten sich wieder gesetzt und unterhielten sich halblaut. Sah ihnen Czybilla zu, amüsiert oder spöttisch? Von der Bar aus konnte es Kuttler nicht erkennen, er sah nur einen dicken Mann, dessen blaurot fleckiges Gesicht durch eine Sonnenbrille ein wenig verdeckt war und der mit der linken Hand auf einem imaginären Flügel den Jazzpianisten begleitete, von dem der Kneipier eine neue Platte aufgelegt hatte.

»Also?«

»Was also?«

»Hören Sie«, sagte Kuttler ruhig, »das ist Ihre Inszenierung. Sie waren einverstanden, dass das alles nachgespielt wird. Was also haben Sie zu Tilman gesagt?«

»So genau weiß ich das auch nicht mehr«, antwortete Luzie.

»Doch«, sagte Kuttler.

»Dass er dieses blöde Spiel nicht so ernst nehmen soll. Dass ich mit ihm befreundet bleiben will.«

»Unsinn.«

»Was sonst soll ich ihm gesagt haben?«

»Er war zum Telefon gegangen«, antwortete Kuttler, »er kam zurück und blieb hier, an der Theke, stehen. Er fuhr noch nicht nach Thalfingen. Warum erst später?«

»Sie haben Recht.« Plötzlich schien sie etwas von ihrer Sicherheit zurückzugewinnen. »Das ist komisch. Müsste die Polizei so etwas nicht wissen, bevor sie jemanden einsperrt?«

»Aber dann kamen Sie«, fuhr Kuttler fort, »und sprachen mit ihm. Erst danach ging er und nahm sein Fahrrad. Was haben Sie ihm gesagt?«

Luzie Haltermann schwieg. Plötzlich winkte sie dem Wirt, wartete, bis er kam, und bat um einen Gin tonic. »Woher weiß ich, dass Sie mir meine Antwort auch glauben?«

Kuttler schüttelte den Kopf. »Die Frage verstehe ich nicht. Warum sollte ich Ihnen nicht glauben?«

»Glauben Sie mir denn – um nur ein Beispiel zu nennen –, dass ich Sascha erst vor wenigen Tagen kennen gelernt habe?« Der Wirt brachte Kuttlers Weizen und den Gin, und sie nahm einen vorsichtigen Schluck.

»Das will ich Ihnen gerne glauben«, antwortete Kuttler. »Aber ...« Aus den Augenwinkeln sah er, dass die Treutleins aufgestanden waren und gehen wollten. Er trat rasch auf sie zu. »Bitte – bleiben Sie noch. Nur ein paar Minuten.«

»Wozu soll das gut sein?«, fragte Harald Treutlein.

»Bitte.«

Widerwillig setzte sich das Ehepaar wieder. Kuttler kehrte an die Bar zurück.

»Es nützt mir nichts, wenn Sie mir glauben wollen«, sagte Luzie. »Ich muss eine Sicherheit haben.«

Kuttler sah sie an. Eine große stämmige Frau. Das blonde Haar etwas zerzaust. Gut angezogen. Das Gesicht etwas grob geschnitten. Die Nase ausgeprägt. Die Bewegungen – rudernd. Das große ungelenke Mädchen, das es in jeder Schulklasse gibt. Etwas zu viel Make-up.

Was noch? Kuttler, du weißt es. Etwas war noch. Tamar hatte davon gesprochen.

»Tilman ist ohne Vater aufgewachsen«, sagte er. »War er deswegen ein Außenseiter?«

»War er das?« Ihr Gesicht verschloss sich.

»Wie war das bei Ihnen?«

Sie sah ihn aufgebracht an. »Worauf wollen Sie hinaus?«

»Was war denn mit Ihrem Vater?«

»Hat sich gedrückt.« Auf ihrem Gesicht zeichnete sich ein Ausdruck von Verachtung ab. Sie spülte mit einem Schluck Gin. »Alimente überwiesen oder auch nicht. Fertig.«

»Als Solveig zum ersten Mal hier erschien, im GlucksKasten, waren Sie es, die sie an den Tisch gebeten hat?«

»Möglich.«

Kuttler vermied es, zum Tisch der Treutleins zu schauen. Warum rief Tamar nicht zurück? Er zwang sich, einen Schluck Weizen zu trinken.

»Sie wussten«, sagte er, als er das Glas absetzte, »dass Solveig Danneckers Geliebte war?«

»Und wenn?« Ihr Gesicht blieb unbewegt. »Erst will ich wissen, ob Sie mir glauben, dass ich Sascha erst seit ein paar Tagen kenne? Schwören Sie es!«

»Das ist nicht nötig«, sagte Kuttler. »Sie brauchen nichts zu sagen, und ich muss nicht schwören. Sie sind Danneckers uneheliche Tochter, das weiß ich jetzt. Warum Sie Solveig an den Tisch holten, ist mir zwar noch immer unklar. Dafür weiß ich, was Sie Tilman hier gesagt haben, hier an der Theke – Sie sagten ihm, er brauche nicht länger auf einen Anruf zu warten und den leidenden Liebhaber zu geben. Solveig sei belegt, im Sinne des Wortes, von dem Rechtsanwalt Dannecker.«

»Das ist nicht gerade mein Wortschatz«, antwortete Luzie und schüttelte leicht ihr Glas, so dass die Eiswürfel klirrten. »Aber sonst… ich habe meinen Vater einmal zufällig mit dieser Solveig in einem Jazzkeller gesehen, das heißt, im letzten Augenblick habe ich ihnen ausweichen können, das hat mir einen schönen Abend komplett versaut, das dürfen Sie mir glauben. Und an dem anderen Abend, dem im GlucksKasten, im Spätherbst oder wann das war, als die Solveig hereinkam, da hab ich gedacht, mal gucken, wer das wirklich ist und ob ich zu meiner kleinen Revanche für den versauten Abend komme…«

»Und ausgebadet hat die Revanche dann Tilman?«

»Das ist doch nicht meine Schuld«, sagte Luzie, mit einem Anklang von Zorn in der Stimme. »Ich wollte ihm die Augen öffnen.«

»Unsinn.«

»Von mir aus.« Luzie stellte entschlossen das Glas ab. »In der Neujahrsnacht konnte ich plötzlich das selbstgefällige beleidigte wehleidige Lächeln von Tilman nicht mehr ertragen. Ich wollte, dass er endlich einmal begreift, was wirklich Sache ist.

Wird Ihnen jetzt klar, dass der Unfall von Tilman von niemandem geplant worden sein kann? Niemand hat vorhersehen können, dass mir die Sicherung durchbrennt und ich Klartext mit ihm rede, und erst recht konnte niemand ahnen – hören Sie: niemand! schon gar nicht Sascha –, dass der Idiot daraufhin das Fahrrad nimmt und nach Thalfingen fährt, um dort ich weiß nicht was anzustellen.«

Kuttlers Handy begann zu vibrieren. »Entschuldigung«, sagte er und meldete sich, mit einer Hand das freie Ohr abdeckend, weil der Geräuschpegel im Eastside zu steigen begonnen hatte.

Während er zuhörte, suchten seine Augen die Tischreihen ab. Dann erblickte er Isolde, und ihre Blicke hielten sich gegenseitig fest, für ein paar Sekunden nur.

»Ja, sie ist noch hier«, sagte er schließlich.

Isolde Treutlein sagte etwas zu ihrem Mann, wieder erhoben sich die beiden Eheleute, diesmal entschlossen, sich nicht mehr aufhalten zu lassen. Als Isolde ihren Mantel anzog, sah sie noch einmal zu Kuttler. Er hatte noch immer das Mobiltelefon in der Hand und zeigte es ihr über die Tische hinweg mit einer Geste, die heißen sollte, dass er eine Nachricht hatte, die sie betraf.

Sie hielt inne, erst den einen Arm im Mantel, für einen Augenblick blieb sie so stehen, als überlege sie.

Ein bläulicher Lichtschein glitt über die Fensterscheiben des Eastside, brach ab, kehrte zurück und setzte sich blinkend und zuckend fest. Auf dem Gehsteig hielt ein Wagen.

Isolde ließ sich von ihrem Mann vollends in den Mantel helfen. Das Ehepaar wandte sich zur Tür. Die Tür öffnete sich, ein Polizist trat herein und sah suchend um sich.

Mitternacht war vorbei, und mit dem Licht der Straßenlaterne vor dem Haus erlosch auch das Rechteck, das sie durch das Fenster auf die Decke des Schlafzimmerchens geworfen hatte.

»Wird die Scheuch jetzt als Mörderin verurteilt?«, fragte

Puck und drehte sich auf die Seite, um ihn anzusehen, so gut das in der Dunkelheit eben möglich war. »Ich meine, die Izzy?«

»Isolde?«, fragte Markus Kuttler zurück. »Ein Mord war das wohl kaum.« Er überlegte, ob er jetzt erklären sollte, was einen Mord von einem Totschlag unterschied. Unter besonderer Berücksichtigung der subjektiven Merkmale... lieber nicht. »Vielleicht nicht einmal Totschlag, sondern Körperverletzung mit Todesfolge. Wahrscheinlich kommt sie nicht einmal in Untersuchungshaft.«

»Die Izzy hat immer geglaubt, dass sie und der Til...« Puck sprach den Satz nicht zu Ende.

»Dass sie füreinander bestimmt sind?«, ergänzte Kuttler. »In gewisser Weise waren sie das ja auch. Die ganze Zeit schon stelle ich mir vor, wie Isolde da in dem Daimler von ihrem Vater sitzt, wartet, hofft, dass Tilman herauskommt, dass sie noch einmal mit ihm reden kann, und dann kommt Tilman heraus, vielleicht steigt sie aus dem Wagen und ruft ihn, aber das Arschloch klettert auf das Rad und fährt nicht nach Hause, sondern in die andere Richtung, und sie fährt ihm nach und bekommt einen Zorn und will ihm noch eins mitgeben, dass er ja schnell genug zu der anderen kommt...« Er unterbrach sich und drehte den Kopf zu Puck. »Woher hat sie eigentlich gewusst, dass Solveig in Thalfingen wohnt?«

»Luzie hat es einmal gesagt. Til war nicht dabei oder kam später, und der Bilch fragte, ob die schöne Frau von neulich nicht wieder käme, und Luzie hat geantwortet, dass er sich diese Tusse aus dem Kopf schlagen solle, die lasse sich in Thalfingen von einem alten geilen Bock aushalten.«

»Ja so.« Kuttler schloss die Augen. Eine Mütze Schlaf.

»Du.« Langsam öffnete er die Augen wieder. »Was wird aus den andern?«

»Weiß nicht«, antwortete Kuttler. »Ein paar Jahre für Wanja und Brötchen. Bilch hat vielleicht noch eine Gnadenfrist. Obwohl – mit dem Überfall hängen ein paar Dinge zusammen, die mir nicht ganz klar sind...«

»Was ist dir da nicht klar?«

»Das Geld. Die Personenbeschreibung. Die Ohrfeigen, die er kassiert hat. Das waren Ohrfeigen von keinen schlechten Eltern.«

Puck kicherte. »Mein Mitleid hält sich in Grenzen. Und dieser Keull?«

»Der wird in ein paar Stunden entlassen. Die Erpressung ist verjährt. Was bleibt, wird ein jämmerlicher Auftritt sein als Zeuge vor Gericht, wenn gegen Dannecker wegen seiner Unterschlagungen verhandelt wird. Was tut's? Er hat Luzie. Und nach ihr werden andere Luzies kommen.«

»Warum hat Solveig sich umgebracht?«

Kuttler schwieg. »Ich bin schuld«, sagte er. »Ich bin wie ein Elefant in ihren Gemüseladen getrampelt.«

»Das ist mir jetzt neu«, sagte Puck. »Wie ein Trampeltier bist du mir bisher nicht vorgekommen. Außerdem ist das noch kein Grund, sich umzubringen.«

Kuttler überlegte. »Dannecker war in der Neujahrsnacht bei Solveig«, sagte er schließlich. »Also hat sie auch gewusst, dass er es gar nicht gewesen sein konnte. Folglich musste sie annehmen, dass Keull den Tilman umgebracht hat, nur um Dannecker weiter abkassieren zu können.«

»Und sie hat die ganzen Jahre mit der Vorstellung gelebt, dass sie der Lockvogel gewesen ist«, griff Puck den Faden auf. »Oder der Anlass... die ganzen Jahre hat sie damit gelebt, bis du gekommen bist.«

Ja, dachte Kuttler. Bis ich gekommen bin. Und es vergeigt habe. Wenn ich sie zum Reden gebracht hätte...

»Nur eine Frage noch. Woher hast du gewusst, dass es in Wahrheit die Izzy war?«

»Du hast mich drauf gebracht«, antwortete Kuttler. »Weil du sie manchmal bei ihrem Mädchennamen nennst: die Scheuch, sagst du dann. In Tilmans Tagebuch hätte man das meiste dazu schon nachlesen können. Dass Isoldes Vater einen Daimler fährt, dass er krank war und dass ihr Renault vor Weihnachten schon bei dem Kroaten in der Werkstatt stand...«

»Izzys Vater ist ein paar Monate später gestorben«, sagte Puck. »Ich glaube, er hatte Krebs. Und du meinst, sie hat seinen Wagen genommen?«

Kuttler gähnte. »Was ich meine, hat keine Bedeutung. Bedeutung hat nur, was man beweisen kann. Da gibt es diese Blechfigur, vielleicht können die schlauen Leute im Landeskriminalamt damit herausfinden, ob Tilman von Scheuchs Wagen angefahren worden ist…«

»Welche Blechfigur?«

»Irgendwas aus Schrott. Traumtänzer heißt sie…«

Es hatte zu schneien begonnen, in großen Flocken, die langsam zu Boden sanken und sich dort auflösten. Die Stadt war still, wie sonst ganz selten, selbst um diese Zeit. Eine schlanke, groß gewachsene Frau ging über den verlassenen Münsterplatz, einzelne Schneeflocken setzten sich in ihrem dichten langen Haar fest.

Dann verschwand die Kommissarin Tamar Wegenast in dem Gewirr der kleinen Straßen nördlich des Münsterplatzes, tauchte in der Frauenstraße wieder auf, kam an einem kleinen Postamt mit heruntergelassenem Rollgitter vorbei und blieb plötzlich stehen, als sei ihr eine Eingebung gekommen.

Mit irgendwem war sie hier gewesen. Nein, hier abgeliefert hatte sie ihn. Wen? Jakubeit. Den Mann, der auch gerne Briefmarken genommen hätte. Plötzlich musste sie lächeln. Jakubeit also. Er war es, der gerne Briefe schrieb. Und Postkarten. Sie hätte zu gerne gewusst, ob er jetzt zufrieden war.

Wenn es sich ergab, würde sie ihn danach fragen.

Sie überquerte die Straße, ging aber nicht weiter in Richtung zu ihrer Wohnung. Zum Schlafen war die Nacht zu spät und der Morgen noch zu fern.

Das Schneetreiben wurde dichter. Die Flocken schwebten durch das diskrete Licht, das aus dem »Christophers« in die dunkle Nebenstraße drang.

Der Türsteher hatte nichts gegen Tamar.

Ein Pianist versuchte sich an etwas, das nach Keith Jarrett klang.

Ein Mädchen, ganz in schwarz, das blonde Haar so kurz geschnitten, dass die Kopfhaut durchschimmerte, kreuzte ihren Weg.

Sie kreuzte ihn nicht. Sondern sie lief in sie hinein.

»Das kann nicht sein«, sagte das Mädchen und schaute zu Tamar hoch und hob die Hand, als wollte sie die Schneeflocken in ihrem Haar berühren. »Das gibt es nur im Traum ...«

Es wirkten mit

In der Clique:

Luzie Haltermann, später Assistentin der Geschäftsführung der Gemeinnützigen Heimstätten
Bilch = Manfred Czybilla, Bankangestellter
Schleicher = Andreas Matthes, Pers. Referent des Oberbürgermeisters
Juffy = Harald Treutlein, Hausmann
Izzy = Isolde Treutlein, geb. Scheuch, Lehrerin
Johannes und Mona, beider Kinder
Puck = Angelika Falter, allein erziehende Mutter von Janina
Tilman Gossler

Bei Polizei und Justiz:

Tamar Wegenast, Kriminalkommissarin
Markus Kuttler, Kriminalkommissar
Hannskarl Englin, Kriminalrat
Leissle, genannt Orrie, Polizeihauptmeister (PHM)
Heilbronner, PHM
Wilma Rohm, Kriminalbeamtin
Markert, Polizeihauptkommissar, Leiter der Soko Kalaschnikow
Gruber II, PHM, Verkehrspolizei
Schaufler, Fernschreibraum
Hans Herbert Ziffringer, Landeskriminalamt
Kubiczek, Polizei-Inspektion Neu-Ulm
Armbruster, Kriminalkommissar, Dezernat Wirtschaftskriminalität

Desarts, Erster Staatsanwalt
Wolfram Dannecker, Rechtsanwalt und Justiziar
Dorothea Dannecker, Richterin
Monika Landwehr, frühere Sekretärin Danneckers
Petri, Rechtsanwalt, um modernes Kunstverständnis bemüht
Eisholm, Rechtsanwalt, derzeit eines Führerscheins entbehrend

Im Heim Zuflucht

Brauchle, Heimleiter, HB-Männchen genannt
Rolf Kaminski, Rolli-Rolf genannt, Schachspieler
Frieder Jakubeit, sammelt Briefmarken (neu)
Dr. med. Franz-Xaver Handloser, Hausarzt

Kirche, Kunst und Gewerbe

Johannes Rübsam, Pfarrer
Solveig Wintergerst, Buchhändlerin (Aushilfskraft)
Zagorac, repariert Schrott
Alexander Keull, genannt Sascha, macht Kunst daraus
Erwin Heimerdinger, Modell-Eisenbahnen
Simon Rotter, Landwirt

Bei den Gemeinnützigen Heimstätten

Hundsecker, Personalrat
Gudrun Fudel, Sachbearbeiterin
Köhl-Kunzmann, Sekretärin

Im Eschental

Marion (freizügig)
Thomas (zu oft abwesend)
Rebecca, beider Kind
Kevin, fällt gerne hin

In München

Stocketsrieder, Konsistorialrätin (verstorben)
Gottlinde Elvenspoek, deren Tochter

Im Haus Herwegh-Straße 5

Charlotte Gossler, Mutter von Tilman G. (verstorben)
Murad Inönü, Schneider
Fatima, seine Tochter

In der Siedlung Buchenbronn

Mamutschka Neumeister
Iwan Neumeister, genannt »Wanja«
Sein Cousin, genannt »Brötchen«

Nicht erreichbar

Hans Berndorf, Kriminalhauptkommissar a. D.
(nach Berlin verzogen)

Ulrich Ritzel bei btb

Der Schatten des Schwans

Roman. 282 Seiten

»Dies ist wohl einer der aufregendsten Krimis aus deutscher Hand, die ich seit langem gelesen habe. Ein großartiges Debüt.«

Renée Zucker, ZDF

Schwemmholz

Roman. 416 Seiten

Ausgezeichnet mit dem Deutschen Krimipreis

»Scharf beobachtet und glänzend geschrieben. Kein Zweifel: Von diesem Autor möchte man mehr lesen.« *DIE ZEIT*

Die schwarzen Ränder der Glut

Roman. 416 Seiten

»Ein literarischer Genuss weit über dem Durchschnitt des Genres.«

FOCUS

Der Hund des Propheten

Roman. 446 Seiten

Ausgezeichnet mit dem Burgdorfer Krimipreis

Eigentlich will Ex-Kommissar Berndorf seinen Ruhestand genießen, doch dann kommt alles ganz anders: Ein Journalist stellt zu viele Fragen nach Nazigold in jenen Bombenkratern, die zu stillen Waldteichen voll gelaufen sind. Als ein junger Sinti beschuldigt wird, den Lokalreporter ermordet zu haben, geht Berndorf der Sache auf den Grund …

Halders Ruh

Erzählungen. 254 Seiten

»Sieben Kurzromane, die große Geschichten aufreißen, schnell gelesen, aber schwer zu vergessen. Großartig.« *Literarische Welt*

www.btb-verlag.de

Demnächst bei btb –
der neue große Roman von

Ulrich Ritzel: Forellen-Quintett

Roman. ca. 320 Seiten
ISBN 75182. ca. 19,95 Euro

Die enthauptete Leiche einer Frau in Krakau. Ein Mann ohne Vergangenheit in Berlin. Ein verschollener Junge vom Bodensee. Was haben die drei Ereignisse miteinander zu tun? Wo laufen die Fäden zusammen?

btb

Kriminalkommissarin Tamar Wegenast, Nachfolgerin des in Rente gegangenen Kommissar Berndorf, ermittelt in ihrem bislang schwierigsten und undurchsichtigsten Fall. Wer spielt ihr Informationen zu? Und warum? Wegenast hat allen Grund zur Vorsicht. Offensichtlich will ihr jemand Böses. Seit Wochen wird sie mit Drohbriefen überschüttet, als dessen Verfasser ein Kai Habrecht firmiert. Doch Kai Habrecht ist tot, und zwar seit Jahren – Tamar Wegenast selbst hat ihn erschossen …

www.btb-verlag.de